MINA TEICHERT

Finnischer Schnee von gestern

ROMAN

TINTE & FEDER

Deutsche Erstveröffentlichung bei
Tinte & Feder, Amazon Media EU S.à r.l.
5 Rue Plaetis, L-2338 Luxembourg
September 2016

Umschlaggestaltung: semper smile, München, www.sempersmile.de
Umschlagmotiv: © smilewithjul /Shutterstock; © Iveta Angelova / Shutterstock; © blinkblink /Shutterstock
Lektorat: Sandra Schmidt, www.text-theke.com
Korrektorat: Petra Schmidt, www.lektorat-ps.com
Printed in Germany
By Amazon Distribution GmbH
Amazonstraße 1
04347 Leipzig, Germany

ISBN: 978-1-503-94047-5

www.amazon.de/tinteundfeder

Für meine Mädels

Kapitel 1

Tatsächlich bin ich mir nicht sicher, was mehr wehtut: mein Kopf, das Hirn dort drinnen, das mich mit fiesen Gedanken und Bildern nervt, oder mein Herz. Ich befühle meine linke Hand, an der bis vor Kurzem noch ein Verlobungsring saß, der mich mit so viel alberner Glückseligkeit und Zuversicht für Christians und meine Zukunft erfüllt hatte. Ich unterdrücke den Schmerz, der sich erneut in meiner Brust breitmacht, und zähle die Astlöcher in den Krankenhausfensterrahmen. Draußen regnet es. Sollte es nicht schneien? Schließlich ist Dezember. Weihnachten, wir hatten so viel vor. Ich hatte so viel vor. Schön weiteratmen. Krieg dich ein, Vivien Hübsch. Ich greife nach dem kleinen Plastikbecher, in dem die Beruhigungstropfen schwimmen, und schlucke die bittere Medizin. Ich merke, wie sich langsam eine sanfte Ruhe in mir ausbreitet. Was soll ich jetzt bloß machen? Ach, scheißegal. Mein Leben ist ein Trümmerhaufen. Scheißegal! Ich werde mich nie wieder verlieben und als einsame Frau sterben – in einer verwahrlosten Bude mit mindestens hundert Katzen, die mich anschließend anknabbern. Scheißegal! Mein Mundwinkel zuckt. Die Tropfen sind geil.

Gerade als ich endlich in die Schwerelosigkeit des Schlafes hinübergleiten will, wird die Tür zu meinem Krankenzimmer mit viel zu viel Schwung aufgedrückt. Für einen Augenblick glaube ich, Chris kommt herein. Reumütig, mit Blumen und einem Kniefall vielleicht? Meine Gedanken galoppieren davon, verheddern sich und stoppen ihren irrwitzigen Ausflug in die Welt aus Zuckerwatte und gestreiften Giraffen. Ich sehe ein besorgtes Gesicht, doch es ist nicht Christians, sondern das von Meike.

»Was machst du für Sachen? Kannst du mir das erklären?«, fragt sie, während sie mit raschen Schritten die Entfernung zwischen uns überwindet und ihren Vierjährigen hinter sich herzieht. Seine Turnschuhe machen dabei quietschende Geräusche auf dem Linoleumboden und erinnern mich an meine Gehirnerschütterung, die ich von dem verkackten Autounfall davongetragen habe.

»Die ist ja gar nicht tot«, sagt der kleine Jesse locker und starrt mich mit großen Augen an. Ich versuche zu lächeln.

»Nein, bin ich nicht«, protestiere ich viel zu lahm und wünsche mir einen Moment später, ich wäre es, als der Knirps weiterredet.

»Papa hat doch gesagt, Vivien und Chris sind gestorben.« Meike schnappt nach Luft und bringt ihren Sohn zum Schweigen. Dann kommt sie auf mich zu.

»Wie bitte?«, frage ich verwirrt und versuche, die Worte in meinem Kopf zu wiederholen. Dabei presse ich die Lippen fest aufeinander, was Meike fehltinterpretiert.

»Oh, mein Gott. Ist dir schlecht?«, fragt sie und bleibt abrupt stehen. Ihr Sohn kracht in sie rein und mault. Ich schüttle den Kopf und zucke unter dem Schmerz zusammen. Meikes Gesicht entspannt sich wieder. Sie hat eine ausgeprägte Kotzphobie, die mich an gestern Nachmittag erinnert, als die Brechschale mein bester Freund war.

»Ich hatte einen klitzekleinen Unfall«, sage ich heiser und schiebe die plötzlich zu warme Decke von mir.

»Was du nicht sagst«, antwortet Meike, setzt sich auf die Bettkante, beugt sich zu mir und küsst mich auf die Stirn, dort, wo kein Verband ist. Jesse beäugt mich von der Seite und ich zwinkere ihm zu. Dabei versuche ich, vergnügt zu wirken, was nicht sonderlich gut funktioniert.

»Also, was ist passiert?«, fragt Meike auffordernd und streicht sich dabei über ihren kurzen Bob.

Ich grüble. »Also, ich fuhr mit meinem Beetle über die Autobahnbrücke, du weißt schon, nahe der alten Brennerei, und dann bin ich irgendwie vom Weg abgekommen …«

Ich verstumme, weil Meike eine ihrer Augenbrauen anhebt. »Süße, du bist drei Meter in die Tiefe gedonnert und kannst bloß froh sein, dass du einen guten Deal mit deinem Schutzengel hast, der dafür gesorgt hat, dass die mächtige Eiche, auf die du zu bist, ein Stück zur Seite gehüpft ist, damit sie dein Auto nicht in eine Ziehharmonika verwandelt.«

»Mami, was ist eine Ziehharmonika?«, fragt Jesse und zupft an ihrer Tasche.

»Es war glatt«, versuche ich es leise.

»Es gab keinen Frost«, erwidert Meike etwas barsch.

»Mh«, gebe ich nachdenklich zurück. Mein Kopf ist beinahe leer und ich suche nach einem brauchbaren Gedanken. Zuckerwatte. In meinem Kopf herrscht Zuckerwattenschlamassel.

»Ich habe den Unfallort gesehen. Du bist sicher, dass du keine Katze werden wolltest? Ich meine, wegen der neun Leben?«

Ich muss ein wenig lächeln. Eine Katze. Wie viele Leben hätte ich dann noch? Meinen Schutzengel habe ich nämlich schon einige Male in Anspruch genommen. Als ob Meike meine Gedanken erraten könnte, stellt sie stirnrunzelnd die nächste

Frage: »Sag mal, das wievielte Auto ist das eigentlich, das unter deiner Führung zu einem Totalschaden wird?«

»Meike, echt. Muss das jetzt sein? Ich kann keine Standpauke gebrauchen.« Ich seufze und Meike steht auf, umrundet das Bett, lässt mich dabei aber nicht aus den Augen.

»Ich habe Neuigkeiten für dich.« Sie reicht mir die Tasse Tee, die neben meinem Bett steht, und ich nippe vorsichtig daran. Vielleicht hat sie etwas von Christian gehört? Macht er sich Vorwürfe? Immerhin war ich Hals über Kopf aus seiner Wohnung getürmt und hatte daraufhin diesen beschissenen Unfall.

»Solja ist in Finnland.« Meike macht eine bedeutungsschwere Pause und ich überlege, was das mit mir zu tun haben könnte. Solja ist gebürtige Finnin. Also ist es nicht vollkommen abwegig, dass sie sich in Finnland aufhält.

»Wenn du hier rauskommst, kannst du zu Hause bald deine Sachen neu packen. Ich, Esther und du fahren über Silvester nach Finnland.« In Meikes Gesicht steht ein seltsames »Hurra« geschrieben. Ich verschlucke mich an meinem Tee und ringe um Luft.

»Ich kann nicht«, krächze ich und runzle verwirrt die Stirn, weil die Panik ausbleibt, die ich im Angesicht von Reisen sonst verspüre. Ich leide unter etwas, das man chronischen Stalldrang nennt. Also könnte dieser Ausflug in Verbindung mit der finnischen Kälte meine ganz persönliche Hölle werden. Obwohl, mit der Hölle kenne ich mich ja bereits aus. Kurz höre ich Christians Grunzen und Stöhnen, während er auf der brünetten Kuh lag. Gab er eigentlich auch solche Geräusche von sich, wenn wir in Aktion waren? Das Bild ätzt sich in mein Hirn und etwas in meiner Brust zieht sich kurz zusammen.

»Ich bin wirklich nicht in Stimmung, ich habe gerade erst meinen Verlobten mit einer anderen im Bett erwischt, die Verlobung gelöst und …«

Meike unterbricht mich. »Ja. Das war endlich einmal eine wirklich gute Entscheidung von dir. Der Typ ist es nicht wert, das weißt du schon seit Jahren, wenn ich mich recht erinnere. Wie oft hat er dich betrogen und eine andere gepiept?«, fragt Meike mit einem Blick auf ihren Sohn und ich hoffe, die ältere Frau im Bett gegenüber ist taub, senil oder schläft. Ansonsten weiß sie auch bald, wie dämlich ich bin.

»Und ihr denkt, ein Urlaub wird helfen, das alles zu vergessen?«, frage ich und versuche, böse zu schauen.

»Es wird das Beste sein«, gibt Meike zurück.

»Das Beste wird sein, Christian stellt sich zur Hauptverkehrszeit auf die Autobahn!«

Ich ziehe mir die Bettdecke bis zum Hals und versuche, das Bild von Christian und dieser zwanzigjährigen Brünetten aus dem Kopf zu bekommen. So eine Scheiße.

»Mir ist so gar nicht nach Silvester feiern zumute. Das ist absolut nicht der richtige Zeitpunkt zu *feiern*«, sage ich etwas schroff und ernte einen abschätzigen Blick von Meikes Sohn, dem so ein Tonfall in Gegenwart seiner Mutter ganz sicher nicht gestattet ist. Aber schließlich habe ich an Silvester vor genau zehn Jahren Christian, den Freund von Meikes Bruder, kennengelernt. Damals begann meine aufzehrende Liebe zu diesem charismatischen und charmanten Business-Arschloch.

Meikes Blick wird milde.

»Und ob das genau der richtige Zeitpunkt ist, um endlich einen Abschluss hinzubekommen, Liebes«, sagt sie und nimmt mich in den Arm.

»Ich hasse Schnee und Kälte«, maule ich.

»Schluss jetzt, Vivien. Wir vier machen einen supergeilen Mädelsurlaub und basta.«

»Ja, Schluss jetzt, Vivien«, wiederholt der Knirps und lächelt schelmisch, während er auf das Bett klettert.

»Was hast du da für einen komischen Schal?«, fragt er und zeigt auf meine Halskrause.

»Schick, nicht wahr?«, gebe ich zurück und er schüttelt entsetzt den Kopf.

»Nein, gar nicht.«

Ich verdrehe die Augen. Kinder und Besoffene sind aber auch immer brutal ehrlich.

»Den muss Vivien noch einige Zeit tragen«, erklärt ihm Meike.

»Du Arme. Mama zieht mir manchmal auch komische Sachen an und ich muss dann so in den Kindergarten.«

Meike schnappt ihren Spross und holt ihn von meinem Bett, und das gerade, als ich mich zu fragen beginne, wie viel Ruhe und Unbekümmertheit mir die Scheiß-egal-Tropfen wohl noch bringen und wann die Wirkung aufgebraucht ist.

»Hier, mein Schatz, deine Spielsachen.« Meike setzt ihren Sohn an einen Tisch und breitet etliche bunte Mitbringsel vor ihm aus.

»Nee, ich will aber jetzt ein Eis. Du hast gesagt, ich bekomme eins.«

»Ja, wenn wir gehen, okay?«

Der Kleine schmollt, begnügt sich aber erst einmal mit seinen Autos, die er mit Schmackes aneinanderkrachen lässt. Die alte Frau im Bett gegenüber rührt sich. Ich sehe, wie ihr grauer Schopf wackelt, als sie missbilligend mit der Zunge schnalzt.

»Ich bin so froh, dass dir nichts geschehen ist«, sagt Meike nun wieder mir zugewandt und ich verziehe mein Gesicht.

»Wenn du das, was Chris mir angetan hat, als *nichts* bezeichnen möchtest?« Meike legt ihren Kopf schief und ich weiß, was sie sagen will. »Denkst du, ich bin selbst schuld? So wie dein Mark? Weil ich mich nicht schon früher von Chris getrennt habe?«

»Hör mal. Es war schon viel zu lange ein Schrecken ohne Ende. Jetzt ist das Ende mit Schrecken endlich da. Nimm es an und schließe ab.« Leichter gesagt als getan.

»Na, du hast gut reden. Bei dir und Mark ist immer alles rosig.«

»Für so etwas müssen beide bereit sein und an sich arbeiten, Vivien. Wenn es einer nicht will, muss man loslassen. Und wenn du ehrlich bist, weißt du schon lange, dass es nicht funktionieren konnte.«

Eins zu null für sie. Ich müsste eigentlich sauer werden. »Hast du das aus einem Beziehungsratgeber? Oder von Mark?«, frage ich schnippisch und bekomme sofort ein schlechtes Gewissen. »Tut mir leid«, nuschle ich hinterher und ziehe mir die Decke schützend höher.

»Schon gut. Du weißt ja, wie die Männer sind. Sie verhalten sich absolut solidarisch untereinander.«

»Und wir flüchten?«

»Wenn du so willst. Wir gehen ihnen aus dem Weg.«

»Und du hältst es für eine gute Idee, dass wir nach Finnland fahren? Übers Wasser? Mit deinem schwachen Magen?« Jetzt wird sie einknicken.

»Das habe ich im Griff.«

»Du weißt schon, dass viele Reisekranke sich übergeben?«

»Es gibt doch Tabletten gegen so was. Und der Urlaub wird uns allen guttun.«

Als hätte seine Mutter soeben das letzte Wort gesprochen, hüpft der kleine Gnom wieder auf mein Bett und verfällt in eine Eistirade.

»Eis, Eis, Eis«, plappert er.

»Jesse, was habe ich dir gesagt? Wenn die Kekse reden, hat der Krümel Pause«, rügt sie ganz lehrerhaft, was so keinerlei Wirkung zeigt.

»Ist das dein Ernst? Meinst du, es ist klug, ihm mit Keksen zu kommen, wenn er nach Eis schreit?«, frage ich müde.

»Eis, Eis, Eis«, wiederholt der Kleine, bis Meike ihn an die Hand nimmt und zu dem Tisch mit seinem Spielzeug zurückbringt. Sie führt eine ernste Diskussion mit ihrem Sohn und die Frau im Nachbarbett und ich tauschen einen vielsagenden Blick.

»Mama, null ist doch gar nichts, oder?«, höre ich Jesse fragen. Mama Meike antwortet bestätigend. »Dann bist du eine Null, Mama!«, ruft der Kleine ihr nach, als sie wieder zu meinem Bett kommt.

Jetzt muss ich lachen, während Meikes Gesichtsausdruck versteinert.

»Du solltest deine antiautoritäre Erziehung überdenken, Meike«, sage ich trocken. »Sonst züchtest du deinen ganz persönlichen Tyrannen.«

Sie sagt nichts dazu.

»Also, du weißt Bescheid. Ich hole dich morgen hier ab, dann hast du eine Woche Schonfrist und es geht Montagnachmittag los zur Fähre.«

»Und ihr habt euch das gut überlegt? Im Winter nach Finnland?« Schneegestöber, Elche, Rentiere, Kälte, Bären. Ich sehe uns schon irgendwo in der finnischen Pampa festsitzen und wundere mich darüber, dass ich grinse. Muss an den Tropfen liegen. Die brauche ich dringend fürs Handgepäck.

»Und dein Mann, hat der kein Problem damit? Ich meine, er alleine mit dem Kind und du Millionen Kilometer weit weg? Er ist doch sonst so ein Kontrollfreak.« Ich ernte einen genervten Blick von Meike.

»Er hat mittlerweile Übung. Ich unterrichte wieder.«

»An der Grundschule?«

»Wenn du nicht mit den falschen Dingen beschäftigt gewesen wärst, wäre es deiner Aufmerksamkeit vielleicht nicht ganz entgangen.«

Ich verschränke die Arme vor der Brust. Nicht noch mehr von dem Thema Dummheit und Chris. Der Gesichtsausdruck von Meike und Esther drängt sich in meine Erinnerung, als ich den beiden von der Verlobung berichtete.

»Schluss, aus, vorbei! Ich will jetzt auch nichts mehr hören«, sage ich schnell.

»Du immer mit deinem: Schluss, aus, vorbei, wenn dir ein Thema nicht zusagt«, erwidert Meike milde lächelnd.

»Ich meine es ernst«, setze ich nach.

»Gut, gut. Also, du weißt Bescheid.« Sie lässt den Finger vor meinem Gesicht kreisen und ich zwinkere mehrmals schnell hintereinander. »Wenn ich dich hole, will ich keinen Protest mehr hören.« Sie haucht mir einen Kuss auf die Stirn, dreht sich um und zieht Jesse, der etwas unglücklich in ihrem Griff hängt, mit sich zur Tür.

Kapitel 2

Ich presse meine Stirn an die Fensterscheibe der Fähre nach Helsinki und beobachte die Möwen, die uns seit Travemünde begleiten und nach Fressbarem Ausschau halten. Es ist fast noch dunkel und meine Uhr zeigt unfassbare sechs Uhr zweiundzwanzig an. Wann die wohl müde werden und zurückfliegen? Der Wind frischt auf und die Vögel haben alle Mühe, in dem eisigen Regen, der jetzt wie Bindfäden ins Meer fällt, vorwärtszukommen. Etwas in mir zieht sich schmerzlich zusammen. Ich will hier nicht sein. Dann und wann überkommt mich dieses aberwitzige Gefühl, dass ich sofort aufspringen und zurück an Land muss – koste es, was es wolle.

Ich zucke zusammen, als sich Esther neben mich auf die Bank fallen lässt.

»Stell dir vor. Bei der Buchung muss Solja gehörig Mist gebaut haben. Diese Nuss hat nur ein mickriges Zimmer gebucht und zwei Sitzplätze!« Fassungslos sieht sie mich aus ihren braunen Pfefferkuchenaugen an. »Meike versucht, das Missverständnis gerade aus der Welt zu schaffen.« Bei dem Wort ‚Missverständnis' malt sie Gänsefüßchen in die Luft.

»Bestimmt nur ein dummer Fehler«, vermute ich.

»Wenn du mich fragst, hat Miss Fancy einfach nur vergessen, rechtzeitig zu buchen, und musste dann nehmen, was übrig blieb. Und da sie nicht im selben Boot sitzt …« Esther unterbricht sich, als ihr mein Gesichtsausdruck auffällt.

»Du, also von mir aus wären wir nicht auf diesem Kahn«, erinnere ich sie.

»Vivien, jetzt mach mal 'nen Punkt. Wir alle haben wirklich Himmel und Hölle in Bewegung gesetzt, um dich aus deinem Trott und für ein paar Tage aus deinem Trübsal herauszuholen.«

Vorwurfsvoll sehe ich auf. »Himmel und Hölle?«, frage ich und hole Luft. »Ja, die Hölle war schon da. Sie hat mich aus meiner Wohnung auf dieses Schiff gezerrt und regt sich gerade beim Steward über eine falsche Buchung auf.« Ich nicke zu Meike hinüber, die wild gestikuliert. »Und wo genau ordnest du dich ein?«, frage ich zuckersüß an Esther gerichtet.

»Vivien, wir wussten, dass du versuchen würdest, um die Reise herumzukommen. Deshalb haben wir dich überrumpelt. Verzeih, aber es kann halt nicht so weitergehen.«

»Wie denn?«, frage ich empört.

»Du hast die Kontrolle verloren.«

»Ja, über mein Auto.«

Esther kneift sich in die Nasenwurzel. »Hör zu. Chris hat eine neue Freundin.« Bitte!? Ich fasse es nicht. Bevor ein Ton meine Lippen verlassen kann, hebt Esther beschwichtigend ihre Hände und redet weiter. »Ich weiß, dass er ein mieses Stück ist, aber mein Mann und auch Mark nehmen ihn als Freund so, wie er nun mal ist. Das Leben geht weiter und du brauchst eine Auszeit. Wir kennen schließlich deine, sagen wir einmal, sprunghafte emotionale Ader. Und bevor du wieder auf irgendeinem Dach stehst und eine filmreife Darbietung von Liebe auf Leben und Tod oder Romeo und Julia einmal anders zum Besten gibst, wollten wir reagieren.«

Ich schnappe ärgerlich nach Luft und schüttle die Erinnerungen an diese Nacht so schnell es geht ab.

»Ich war fünfzehn, ja? Da kann man schon mal aus Liebeskummer etwas theatralisch werden, oder?«

»Etwas?«, fragt Esther zurück und hebt ihre dünnen Augenbrauen. Ihr Mundwinkel zuckt verräterisch. »Die gesamte Feuerwehr von ganz Hastedt war da. Und die Polizei auch und nicht zu vergessen, die Presse.«

Ich ertappe mich dabei, wie ich aufstampfen will wie eine Fünfjährige, und unterdrücke den Impuls gerade noch rechtzeitig.

Esther sortiert ihr Gepäck fein säuberlich neben sich und versucht, nicht aus der Haut zu fahren, um ihr gutes Karma nicht zu versauen. Beiläufig berühren ihre Finger ihren Glücksbringer aus Mondstein, den sie um den Hals trägt.

»Was machen die Zwillinge?«, frage ich und wechsle das Thema.

»Welche meinst du?«, fragt Esther lächelnd.

»Die kleineren natürlich.«

Esther hat zwei Jungs, die jetzt sechs Jahre alt sind. Ich für meinen Teil bin aber tierisch in die beiden vierjährigen Mädchen Thale und Fee verliebt. Tatsächlich würde ich behaupten, dass es keine schöneren und liebreizenderen Kinder auf diesem ganzen Planeten gibt. Sie haben Esthers sanftes Gemüt und ihre hellbraunen Haare, die sich in großen Locken um ihre Gesichter legen. Nur wenige sind in der Lage, die beiden Mädchen auseinanderzuhalten, aber ich bin eine aus diesem erlesenen Kreis, die den feinen Unterschied an den goldenen Sprenkeln in Fees Augen sieht. Außerdem bewegt Fee sich ganz anders als Thale. Schneller, intuitiver. Thale ist in allem, was sie tut, bedachter, ganz wie die Mama.

»Fee hat vorgestern mit meinen Stricknadeln Henrys Lautsprecher punktiert. Das gab ein wenig Schimpfe, woraufhin sie gesagt hat, ich zitiere: ‚Die Nadel wollte das so.'» Esther schürzt die Lippen und ich muss lachen.

»Das ist meine Fee«, sage ich liebevoll.

Plötzlich ist Meike wieder da.

»Vivien, mach mal Platz«, kommandiert sie, während sie Kaffeetassen vor sich her balanciert und nebenbei mit der Hüfte ihre Tasche auf der Bank zur Seite drückt. Ihre dunklen Haare fallen ihr wie ein Fächer vor die Augen und sie versucht, sie fortzupusten. Schnell räume ich die Bücher und Zeitschriften vom Tisch und nehme ihr eine Tasse ab.

»Also, schlechte Nachrichten. An der Buchung können sie keinesfalls etwas ändern. Der Steward ist ein zähes Stück.«

Esther zuckt mit den Schultern. »Was soll's, sind ja nur an die dreiundzwanzig Stunden Überfahrt. Wir können uns abwechseln oder im Bett einfach stapeln.« Dann klingelt Esthers Handy. »Oh, da muss ich noch einmal ran«, sagt sie entschuldigend.

»Wir haben Handyverbot ausgesprochen!«, erinnert Meike sie forsch, doch Esther ist schon mit dem Handy am Ohr aufgesprungen. »War ja klar, dass sie das nicht durchhält«, sagt sie an mich gewandt und schüttet Unmengen von Sojamilch in den ungenießbaren Kaffee.

Ich beobachte Esther. Sie hat hektische Flecken am Hals und befördert jetzt fahrig ihr Handy wieder in die Tasche.

»Na, was ist mit Henry?«, fragt Meike gelangweilt.

»Thale hat Bauchweh und er findet das Kümmelöl nicht, um sie damit einzureiben.«

»Kümmelöl?«, frage ich und schiebe ihr angewidert eine Tasse Kaffee zu.

»Ich bin ja mal gespannt …«, beginnt sie, da schrillt ihr Handy erneut los.

Meike stößt mich an. »Keine dreißig Sekunden«, sagt sie und nickt zu Esther, deren Mund sich zu einem schmalen Strich verzieht, als sie auf das Display schaut.

»Was?«, frage ich nach und lege meine Hand auf meinen Magen, der sich ein wenig flau anfühlt. Ich glaube, er mag den Wellengang nicht, und ich wundere mich, dass Meike nicht schon grün im Gesicht ist. Draußen peitschen jetzt Gischt und Regen gleichermaßen an die Scheibe. Bitte kein Unwetter auf hoher See. Ich weiß zwar nicht, wie tief das baltische Meer ist, aber ich will es auch nicht herausfinden. Und schon gar nicht will ich versuchen müssen, unter Wasser zu atmen.

»Es hat keine dreißig Sekunden gedauert und Henry ruft wieder an, das meine ich. Und ich bin gespannt, wie das die nächsten Tage weitergeht.«

»Ja, was …?«, fragt Esther freundlich und ruhig in den Hörer und streicht sich ihren bunten Rock glatt. Sie sieht dabei aus wie ein Hippie, der im nächsten Moment tanzend seine Arme über den Kopf wirft. »Der Fencheltee ist dort, wo er immer steht, Schatz«, erklärt sie gedämpft.

»Mann, ich wäre nach Anruf Nummer fünf schon aus der Haut gefahren«, erklärt Meike und gibt Esther einen unmissverständlichen Wink, dass wir immer noch ein Handyverbot ausgemacht hatten. Nur in Notfällen und abends zwischen sechs und sieben Uhr, so ist das einstimmig beschlossen worden.

Stille. Nur aus dem Telefon hört man das laute Plärren der Zwillinge und den Fragenkatalog, den Henry herunterleiert.

Als Esther sich jetzt wieder zu uns setzt, sieht sie ebenfalls nach Kategorie ‚schlechte Stimmung' aus.

»Manchmal habe ich das Gefühl, ich habe fünf Kinder«, sagt sie und leert ihre Tasse auf ex.

Meike wühlt in ihrer Tasche und befördert alte Dinkelkekse von Jesse zutage. »Hunger?«, fragt sie und bietet zuerst Esther einen an, ich lehne dankend ab.

»Zu gesund.«

***

»Also, wir sind auf dieser Fähre, um noch einmal was zu haben?«, fragt Meike schließlich und schaut auffordernd in die trübselige Runde. »Spaß, stimmt's?«, bohrt sie nach. »Und deshalb Schluss mit den langen Gesichtern, Mädels.« Sie schnipst mit den Fingern und organisiert uns in null Komma nichts eine Flasche Sekt.

»Also, Kippis!«, sagt sie fröhlich und stößt mit uns an. Die Gläser klirren laut, als wir sie zusammenhalten, und das ruft in mir neue Erinnerungen wach. Silvester vor zehn Jahren. Ich kneife die Augen zusammen. Nein, nein, nein. Nicht an ihn denken, verdammt noch eins. Toll, jetzt sehe ich Chris vor mir, wie er meine Hände hält und mich fragt, ob ich seine Frau werde.

»Ja, genau. Kipp es!«, sage ich viel zu laut und ziehe damit die Blicke der anderen Passagiere auf mich, was mich weniger stört als die gute Esther, die etwas beschämt ausschaut. Ich trinke das Glas in einem Zug leer und muss die Kohlensäure krampfhaft bei mir behalten.

Meike legt ihren Arm schwesterlich um mich.

»Schätzchen, Kippis heißt so viel wie Prost auf Finnisch. Das hat Solja uns beigebracht«, erklärt Meike sachlich.

»Ach ja.« Ich schlucke schwer, weil ich aufstoßen muss und mir mit einem Mal übel ist.

»Sag mal, Vivien. Wie läuft es denn eigentlich bei dir beruflich im Augenblick?«

Autsch, falsche Frage.

»Geht so«, murmele ich und schaue wieder aus dem Fenster. Wo sind denn die Möwen abgeblieben?

»Ja, genau. Das wollte ich auch schon gefragt haben«, mischt Esther sich nun ein. Ich verrenke mir den Hals am Fenster. Schnee mischt sich in den Regen.

»Was ist mit der Illustration zu dem Kinderbuch geworden?«, bohrt Esther und sieht mich neugierig an. Ich atme tief ein. Und wieder aus.

»Daraus wird nichts«, sage ich mit fester Stimme und hoffe, sie belassen es dabei.

»Und sonst? Die anderen Projekte?«, fragt Meike. Oh, Mann. Jetzt muss ich den beiden auch noch erzählen, dass ich beruflich ebenfalls eine Totalversagerin bin. Und alles nur, weil ich vor lauter Aufregung wegen der Hochzeit zu verpeilt war, um die Termine einzuhalten.

»Okay, Mädels. Ich sag's euch.« Meike lehnt sich gemächlich in ihrem Sitz zurück. »Ich bin absolut pleite, habe keinen Job und keine Perspektive. Noch Fragen?«

»Oh.« Esther kriegt den Mund nicht mehr zu und ich denke an das Hochhaus, auf dem ich mit fünfzehn stand und überlegte, ob man den Aufprall noch spüren würde.

»Und das erzählst du uns so nebenbei?«, sagt Meike empört.

»Wie konnte das so weit kommen?«, fragt Esther entsetzt und ich mache eine hilflose Geste. »Warum wurdest du gefeuert?«

»Weil ich Termine nicht eingehalten habe.« Genau genommen hatte ich alle meine Termine nicht eingehalten. Ich verstumme, schaue wieder aus dem Fenster und versuche, etwas Hübsches in den Wolkentürmen am Himmel zu erkennen. Los, Himmel, gib mir was Hübsches!

»Also brauchst du einen neuen Job?«, fragt Esther immer noch sichtlich mitgenommen von den Neuigkeiten und ich nicke langsam. »Und was schwebt dir da so vor?«

Meike schenkt mir und Esther Sekt nach. Ich setze das Glas an. Solange ich trinke, brauche ich nicht zu antworten.

»Du könntest doch zur Überbrückung wieder bei deiner Tante in der Herrenboutique arbeiten«, schlägt Esther vor.

Ich verziehe mein Gesicht.

»Oh, ja. Das war eine witzige Zeit«, platzt es aus Meike heraus.

»Ja, mit zwanzig vielleicht.« Doch jetzt sträubte sich alles in mir dagegen. Esther ist von ihrer Idee richtig angetan. Ihre Augen funkeln vor Begeisterung.

»Wie früher, weißt du noch?« Ja, ja. Die gute alte Zeit. »Du warst eine heiße Verkäuferin. Ich weiß noch, dass deine Tante beinahe geheult hat, als du deinen Job als Grafikerin angenommen hast und sie ihr bestes Pferd im Stall verlor«, erinnert sich Esther. »Die Typen in diesem Laden haben dir aus der Hand gefressen, nicht wahr?« Sie fängt an zu kichern wie ein Teenager. »Weißt du noch, der Typ mit der Nickelbrille? Den hast du für zig Euro neu eingekleidet und dann hat er sein Kreditlimit überzogen. Der Gesichtsausdruck war zum Schießen und die roten Ohren erst. Die haben richtig geglüht, so peinlich war dem das«, erzählt sie weiter.

Ich muss lächeln, als ich an früher denke. Da schien alles noch so einfach. Als könnte man alles erreichen, was man möchte.

»Und es waren echt unverschämt gutaussehende Typen unter deinen Kunden«, meint Meike und stößt über den Tisch hinweg mit Esther an, die kräftig nickt.

Ich grüble. »Wir sprechen aber von dem gleichen Laden, oder? Ich kann mich nämlich nur an einen Haufen Nerds mit Kohle erinnern.«

»Ja, aber denen hast du die Mäuse ganz schön abgenommen. Kaufen sie von alleine, zeig ihnen deine Beine«, zwitschert Meike fröhlich und ich frage mich, wie lange sie keinen Alkohol mehr getrunken hat. Esther stößt sie an und gluckst dabei. »Ja, du warst ein unartiges Mädchen. Wackele mit dem Po, dann kaufen sie auch so«, plappert Meike weiter und Esther nimmt ihr das Sektglas ab.

»Ich glaube, Meike hat genug vom Sprudel«, stellt sie fest.

»Ich weiß nicht, ob ich das noch kann«, sage ich halb abwesend. Mir ist so was von flau im Magen.

»Sicher kannst du das noch, Süße«, ermuntert mich Esther.

»Wieso denn nicht?«, fragt Meike zeitgleich. »Sind die Hemden gut geschnitten, zeig ihnen einfach deine …«

…e, jetzt mach mal einen Punkt«, schimpft Esther. … du keinen Alkohol mehr oder was ist mit dir los?«, … …nd schaut entschuldigend zu einer Mutter am Nebentisch, die ihre drei Kinder, schätzungsweise zwischen vier und acht, um sich geschart hat und vorwurfsvoll zu uns guckt. Ihr kleiner Junge hält sich gerade noch rechtzeitig seine lustige Kotztüte vor den Mund, während seine Backen sich blähen und er würgen muss. Mir dreht sich der Magen augenblicklich um.

Eilig stehe ich auf und torkle, so schnell es geht, zu den Toiletten.

»Ich gehe frische Luft schnappen«, höre ich Meike noch erstickt hinter mir sagen. Schnell weg, hämmert der Gedanke in mir.

Nachdem ich mich ausgiebig übergeben habe und mir dabei eingefallen ist, dass ich meine hübschen blauen Pillen, die mich beruhigen sollten, nicht in Verbindung mit Alkohol genießen dürfte, wasche ich mir mein überhitztes Gesicht. Ich glaube, für heute ist dies hier Platz zwei der miesesten Momente. Platz eins war, als ich Meikes Telefonat mit ihrem Mann mitbekam und im Hintergrund Christian fröhlich reden hörte. Die Männer spielen Skat, wie jeden Sonntag.

Ich betrachte mich eingehend im Spiegel. Für eine Dreißigjährige habe ich enorm viele Falten auf der Stirn. Ich straffe meine Haut und denke über ein Lifting zum Jahreswechsel nach. Meine dunkelblonden Haare stehen wirr von meinem Kopf ab und weigern sich, glatt gestrichen zu werden. Dann seufze ich, trete aus der Toilette auf den Gang hinaus … und krache in einen Mann, der geradezu obszön gutaussehend ist.

»Tschuldigung«, nuschle ich und werde von vollkommenen weißen Zähnen hypnotisiert, als er lächelt.

»Keine Ursache. Gern wieder«, sagt der dunkelblonde Traum mit den grauen Augen.

Ich sollte etwas Originelles antworten. »Mal sehen«, stammle ich und stelle fest, dass ich an meiner Schlagfertigkeit dringend arbeiten muss. Zeitgleich frage ich mich, ob ich noch nach Erbrochenem rieche. Wir stehen uns in dem engen Gang gegenüber und ich presse mich mit dem Rücken an die Wand. Abstand, etwas Abstand wäre gut. Doch sein Koffer blockiert mich. Ich kann nicht ganz unterscheiden, ob sich eine neue Übelkeitswelle anbahnt oder ob es meine Aufregung in Anbetracht der Tatsache ist, dass gerade ein Traum von einem Mann in dieser ungünstigen Situation mit mir zu flirten scheint.

»Sie machen Ferien in Finnland?«, höre ich ihn mit einem Akzent fragen, den ich nicht einordnen kann. Sicher ist er Finne. Ich schaue zu Boden, wie eine Zehnjährige, die von dem Schul-Sunnyboy angesprochen wird.

»Ja, so ist es. Und wer will das wissen?«, frage ich mutig. Mein Lächeln zuckt unruhig in meinem Mundwinkel. Der Typ bleibt gelassen und ich bin mir plötzlich sicher, dass dieser Mann ziemlich genau weiß, wie er auf Frauen wirkt. Er runzelt ein wenig die Stirn, als ich einen Schritt vorwärtsgehe, macht aber immer noch keine Anstalten, mir den Weg frei zu machen, damit ich vorbeikann. Während sich hinter ihm andere Leute vorbeidrängen, um in dicken Jacken auf das Deck zu kommen, scheint er über etwas nachzudenken, das wichtiger ist als die schimpfenden Menschen in seinem Rücken.

»Ich glaube, ich kenne Sie von irgendwoher«, meint er nun. Bestimmt sagt er das zu jeder Frau, die er trifft und die annähernd in sein Beuteschema passt. Denn ich könnte mich ganz sicher an ihn erinnern, wenn ich ihn schon einmal gesehen hätte.

»Wirklich?«, frage ich daher ungläubig und ziehe eine Augenbraue hoch, in dem Versuch, spöttisch zu wirken. Was mir, glaube ich, nicht gelingt, da er plötzlich loslacht.

»Doch, wir haben uns schon einmal in Hamburg gesehen.«

Ich wühle in meinem Kopf. Solja wohnt in Hamburg.

»Nein, da klingelt nichts. Sie irren sich.« Ich lächle entschuldigend und versuche, mich nicht von seinem Blick fesseln zu lassen. Der Typ hat dieselbe Sorte sprühendes Selbstbewusstsein wie Christian und in mir beginnt mit einem Mal etwas anderes zu summen. Wut.

»Doch, ganz sicher. Ihr hübsches Gesicht würde ich unter tausenden wiedererkennen.«

Nein, abgedroschener geht es wohl nicht? Ich schnappe nach Luft, bevor er weiterreden kann.

»Wir wissen beide, dass der Wahrheitsgehalt dieses Satzes ähnlich weit oben liegt wie bei der Aussage: In Finnland gibt es rosa Elche.« Jetzt grinst er nicht mehr.

»Das kommt drauf an«, erwidert er, während ich seine Koffer zur Seite drücke. »Das mit den Elchen, meine ich.«

»Darf ich«, fordere ich ihn noch einmal auf und verschwinde bald darauf in einem Strom Leute, die an Deck gehen. Ich drehe mich nicht um, könnte aber schwören, dass er mir nachschaut.

Eine nasse Böe schlägt mir entgegen, sobald ich aus der Tür bin. Mann, ist das schweinekalt hier oben. Mit den Armen umklammere ich meinen Oberkörper und mustere die Menschen, die hier in dicken Mänteln und Skijacken stehen, sich unterhalten oder Zigaretten rauchen. Blöd, Vivien. Einfach blöd. Ich schaue an mir herab, denn ich habe ja fast nichts an. Langes T-Shirt, Jeans und ein Halstuch. Beste Winterbekleidung also. Meine Zähne beginnen zeitgleich mit der Erkenntnis zu klappern und ich ziehe die schwere Tür hinter mir schnell wieder auf, um unter Deck zu eilen. Der Typ von eben steht noch immer im Gang und grinst mich breit an.

»Kalt?«, fragt er und deutet auf mein T-Shirt, unter dem sich meine Brustwarzen eindeutig abzeichnen. Ich spüre sofort, wie mir das Blut in den Kopf jagt.

»Nein, gar nicht. Sie freuen sich nur, Sie zu sehen? mus, die Fähigkeit, Idioten zu beleidigen, ohne dass si ken. Oder, in meinem Fall, mich selber zu einem zu … Mein Lächeln verrutscht.

»Wenn das so ist? Ich könnte Sie zu einem Heißgetränk einladen, wenn Sie mögen.« Sein Lächeln. Frech und doch schüchtern. Ein Teil von mir möchte sich von ihm davonführen lassen und nicht nur ein Heißgetränk mit ihm genießen. Der andere Teil, der nervige, wütende, Leben durcheinanderbringende, der sich noch die Wunden leckt, verfällt gerade in eine heiße Hasstirade gegen Männer mit gutem Aussehen und wünscht ihn in die hinterste kalte Hölle Finnlands. Im Hintergrund erklingt in dem Moment die langsame Ballade, zu der Christian und ich unseren ersten Tanz hatten, und der Traum vor mir reicht mir seine freie Hand. Mit der anderen stemmt er seinen Koffer, was sein Muskelspiel deutlich hervorhebt.

»Ich habe keine Zeit«, erwidere ich mit leicht zitternder Stimme.

Jetzt sieht er tatsächlich etwas enttäuscht aus.

»Ich wünsche Ihnen trotzdem eine gute Überfahrt«, sagt er und hat schnell seine Gelassenheit wieder. Dann dreht er sich um und geht davon.

Besser so, denke ich und registriere noch, wie er sich neben eine hochgewachsene Blondine an der Bar setzt und sie sofort in ein Gespräch verwickelt. Wusste ich es doch. Über solche Männer und deren Hinterteile sollte man besser nicht fantasieren. Oder sich fragen, wie sie unter der Dusche aussehen. Was dabei herauskommt, weiß ich ja mittlerweile ganz genau.

Kapitel 3

Es ist immer noch dunkel draußen. Die Fähre schiebt dicke Eisschollen vor sich her und steuert Helsinki an. Das Wasser ist genauso grausam schwarz wie der Himmel, nur die Lichter der Stadt leuchten uns ihren Weg. Ich klopfe auf meine Uhr. Ist die stehen geblieben? Ach, nein. In Finnland geht die Sonne um diese Jahreszeit ja erst um halb zehn auf. Also noch eine halbe Stunde, bis es endlich Tag wird.

Ich halte meine Nase in den Wind, doch dann ruft Meike nach mir und fuchtelt mit den Armen. Ich drehe mich viel zu schnell um, was mein Nacken mit einem Ächzen und einem stechenden Schmerz quittiert. Aua! Mit dreißig sollte man nicht mehr quer über eine Bank liegend pennen. Das kommt nicht gut. Allerdings muss man den blauen Pillen ja eines lassen. Sie wehen einen in null Komma nichts in das rosa Land der Träume, in dem sich Einhörner und Prinzessin Lillifee gute Nacht sagen. Was für ein Schlaf. Ich seufze und reibe mir die schmerzende Stelle, während ich auf Meike zueile, um ihr mit dem Gepäck zu helfen.

»Wo ist Esther?«, frage ich und zeitgleich taucht sie auch schon weit hinten an Deck auf und kämpft sich mit ihrem Trolli ab. Telefoniert sie schon wieder?

Ich erkenne das dunkle Rot weit hinten am Horizont, das den Tag ankündigt, und freue mich auf einmal, trotz der Kälte, die mir die Nasenhaare einfriert, auf ein Abenteuer.

Als wir anlegen und darauf warten, die Fähre zu verlassen, spüre ich Blicke in meinem Rücken.

Unauffällig schaue ich mich über die Schulter um und entdecke Mister Lecker etwa drei Leute hinter mir. Er zwinkert mir zu und ich drehe mich erschrocken wieder um. Wo ist meine Coolness, wenn ich sie brauche? Wir waren uns auf der Fähre noch einmal begegnet. Das war kurz bevor ich auf den Sitzen eingeschlafen bin und hoffentlich nicht sabbernderweise mit dem Kopf in den Jacken steckte. Er fragte, ob ich allen Ernstes vorhatte, dort zu schlafen. Meine Fantasie machte sich sofort auf eine Reise in die Welt der Eventualitäten und jagte mir einen Heidenschreck ein. Und da ich es nicht riskieren konnte, dass er mir anbot, mich mit in seine Kajüte zu schleppen, versicherte ich ihm, dass ich schon schlechtere Plätze zum Schlafen gehabt hatte. Unter einer Brücke zum Beispiel. Er runzelte die Stirn und schüttelte den Kopf. Ganz leicht nur, aber ich sah es und fragte mich nur kurz, ob die Pillen auch nachteilige Wirkungen haben konnten, verwarf die Idee aber sofort wieder.

Meike schiebt mich an, als es weitergeht, und ich stolpere. Jetzt werde ich das Gefühl gar nicht mehr los, dass sich Blicke in meinen Rücken bohren. Sollte ich vielleicht noch einmal …? Nein. Oder doch? Einmal umschauen wird doch erlaubt sein. Vielleicht schenke ich ihm ja ein Lächeln? Ein nettes oder ein überlegenes. Wie lächelt man eigentlich überlegen? Ich kaue auf meiner Unterlippe und ringe mit meiner Neugierde. Was, wenn ich ihn tatsächlich aus Hamburg kenne und ich ihm unrecht tue? Schwachsinn, mach mal 'nen Punkt, Fräulein Hübsch, rüge ich mich scharf und schaue mich doch suchend nach ihm um.

Er ist fort. Ich recke meinen Hals und suche hektischer. Ein Gefühl der Enttäuschung macht sich in mir breit und Meike stupst mich an.

»Alles klar?«, fragt sie und ich umfasse den Griff meines Trollis fester, als ich endlich das unliebsame Schiff verlasse. Esther winkt bereits aufgeregt jemandem zu. Die Lichter der Stadt blenden fast ein wenig und ich stelle fest, dass der Südhafen, an dem wir landen, wirklich wunderschön ist. Schöner, als ich es aus Soljas Vorträgen entnehmen konnte. Weiter entfernt erkenne ich den Dom und viele weitere wunderschöne Stadthäuser, die diesen Ort und seinen Marktplatz säumen.

Glitzerten die Lichter aus der Ferne wie unzählige Sterne, so verleihen sie Helsinki jetzt einen ganz besonderen Glanz, der es vermag, einen gefangen zu nehmen und nicht wieder loszulassen.

»Da ist sie«, sagt Meike und ich folge ihrem Blick. Solja steht am Steg und sticht heraus aus der Masse von Menschen, die an ihr vorbei und um sie herum huschen. Ihre langen blonden Haare wehen in dem kalten Polarwind und rahmen ihr schmales Gesicht ein, das von den Lichtern ausgeleuchtet wird. Sie ist in einen grauen Pelz gehüllt und ich hoffe für sie, dass es sich um Kunstfell handelt.

»Willkommen in Helsinki!«, ruft sie und tänzelt auf uns zu. Ihr Grinsen steckt an, die Wut über die vermasselte Buchung ist zumindest für mich Schnee von gestern. Und das, obwohl eine schnelle Bewegung mich sofort an das fehlende Bett erinnert.

»Oh, wie hab ich dich vermisst, Süße«, zwitschert Solja und drückt mich fest an sich.

»Und ich dich erst«, antworte ich in dem Bewusstsein, dass ich keine Ahnung hatte, wie sehr es der Wahrheit entspricht. Ich rieche ‚Eternity' von Calvin Klein und sauge diesen gewohnten Duft nach Vergangenheit und Gegenwart in mich auf. »Kalt hier«, sage ich etwas pelzerstickt und lasse mich dann von ihren dunkelblauen Augen gefangen nehmen.

»Lass dich anschauen. Wie lange haben wir zwei uns nicht mehr gesehen?« Ich weiß, wie lange nicht mehr. Seit Christians und meiner Verlobungsfeier ist sie zu *busy* gewesen. Dann lächelt sie wieder ihr Solja-Lächeln und gluckst auf ihre unvergleichliche Art.

»Ich bin so froh, dass ihr da seid.« Sie küsst Esther und Meike zweimal auf die Wange, lässt mich aber keinesfalls dabei los. Mein Trolli versinkt in einem Schneeberg. »Das ist doch super gelaufen«, beginnt Solja vergnügt und legt ihren Arm um mich.

Meikes Gesicht spricht Bände und Esther schnappt nach Luft. »Also, um genau zu sein, die Überfahrt lief nicht so wie erwartet.«

Meikes Einleitung geht unter wie die Titanic.

»Ich habe euch so viel zu erzählen und zu zeigen. Und, was habe ich von dir gehört, Vivi?« Jetzt runzelt Solja für eine Millisekunde die Stirn. »Wir müssen reden, stimmt's?«

»Ähm, ich glaube, ähm …« Sie unterbricht mich und zieht mich mit sich durch den aufgehäuften Schnee. Ich stolpere und das kalte Weiß fällt in meine Boots. Nur am Rande bekomme ich den Blick mit, den sich Esther und Meike zuwerfen.

»Doch, doch, ich glaube schon. Aber jetzt machen wir uns erst mal auf den Weg. Kommt ihr mit den Koffern klar?«, fragt Solja beiläufig und angelt nach meinem Trolli, den ich ihr gern überlasse. Dann befreie ich mich aus ihrem Griff und helfe Esther, die eindeutig am meisten zu schleppen hat. Solja plaudert weiter. »Ich bin ja schon seit zwei Wochen hier und bei meiner Tante. Und ich sage euch: Weihnachten ist hier wirklich etwas ganz anderes. Ihr hättet früher kommen sollen. Es wäre so genial gewesen. Aber ihr habt ja immer nur die Kinder und eure Männer im Kopf.«

Ich hebe den Finger. »Ich nicht.«

Solja öffnet den Mund, sagt aber nichts dazu und dreht sich zu Esther um: »Wie geht es den Kleinen?«

»Bestens, sie haben zu Weihnachten …«

Solja wartet nicht ab.

»Und dem Großen?«, fragt sie und grinst. Esther hebt die Brauen bis zum Haaransatz. Sie hat bestimmt die ganze Nacht kein Auge zugemacht und wirkt erschöpft. Wie oft hat das Handy noch geklingelt? »Ach, egal. Wir machen uns jetzt erst mal auf den Weg, ein Auto zu beschaffen«, erklärt Solja unbekümmert und Meike rutscht zum wiederholten Mal auf dem vereisten Boden aus. Jetzt spüre ich sie neben mir innerlich explodieren.

»Sag mal, Solja. Hast du eigentlich irgendwas vor unserer Ankunft organisiert?!«

Solja stoppt und ich laufe in sie hinein.

»Ja, wieso?«, fragt sie angespannt.

»Ich dachte, du kümmerst dich um alles? Du hast darauf bestanden, wenn ich mich recht erinnere«, hakt Meike nach.

»Hab ich doch auch? Alles erledigt«, antwortet Solja mit einem Gesichtsausdruck, als würde sie aus allen Wolken fallen.

»Du hast gesagt, du weißt alles besser. Du kennst dich hier aus. Und was ist? Kein Bett auf der Fähre, kein Auto, das uns abholt?«

Solja zieht einen Schmollmund.

»Ich weiß gar nicht, was du hast? Die Überfahrt hat doch geklappt. Ihr seid hier und das mit dem Auto ist gar kein Problem. Ich muss nur den Schlüssel noch holen.«

»Du weißt schon, dass wir nur ein Zimmer mit einem Bett hatten, weil du es so gebucht hast?«, mischt Esther sich jetzt ein und ich beginne zu frösteln.

»Nicht dein Ernst?«, sagt Solja empört und etwas in ihrer Haltung gefällt mir nicht. Dicke Flocken fallen jetzt vom Himmel und verfangen sich in unseren Mützen.

»Doch, ist es.«

»Es tut mir wirklich leid, dass es Probleme mit der Buchung gab. Ach, ich hätte auf meine Tante hören und nicht das Unlimited-Unternehmen wählen sollen. Angeblich gab es da schon einige Male Beschwerden solcher Natur.« Solja zuckt gleichmütig mit den Schultern, geht voraus über den erleuchteten Platz vor dem Dom und biegt in eine Gasse.

»Ein Dach über dem Kopf hast du organisiert, oder?«, fragt Esther und zieht den Reißverschluss ihrer Jacke weiter zu.

»Natürlich.« Jetzt strahlt Solja wie früher, als wir vierzehn waren und sie große Pläne für die Ferien schmiedete. »Es wird der Hammer. Ich erbe ein Haus. Mein Großelternhaus am See.« Sie wirbelt herum, was ihr Haar fliegen lässt, und hüpft auf und ab.

»Am See«, wiederhole ich verträumt. Solja hatte oft von dem Ort ihrer Kindheit erzählt. Von der Pippi-Langstrumpf-Villa am See.

Soljas Augen leuchten.

»Es wird euch gefallen, das verspreche ich euch.«

***

Minuten später stehen wir am Schalter des Fahrzeugverleihers und Esther bekommt hektische Flecken im Gesicht.

»Das kann nicht sein. Wir haben einen Family-Van bestellt. Nicht einen zu kleinen Kleinwagen.« Sie versucht, freundlich zu sein. Ich bohre derweil mit meiner Stiefelspitze auf dem Fußboden herum und frage mich, wie weit ihre Ader am Hals noch anschwellen kann, bevor sie platzt.

»Das Gespräch verläuft nicht wirklich gut, was?«, stellt Meike fest. Solja spielt sich gekünstelt auf und ich nehme ihr nicht ab, dass sie wirklich etwas anderes bestellt hat als den kleinen Fiat Panda.

»Nein, auf keinen Fall. Sehen Sie noch mal nach. Wir können ja schlecht unser Gepäck hierlassen.« Esthers Stimme überschlägt sich fast.

»Oha«, flüstert Meike neben mir.

»Gut, dann geben Sie schon her. Dann nehmen wir eben den. Geht ja nicht anders«, schimpft die sonst so sanfte Esther weiter.

Meike stöhnt neben mir. In ihrem Mundwinkel zuckt ein Lachen. »Gott, guck dir mal den hilflosen Gesichtsausdruck des Typen an. Der weiß gar nicht, wie ihm geschieht.« Ich drehe mich zu Meike um, damit Esther mein Grinsen nicht sieht. »Esther geht gleich ab wie Schmidts Katze. Es fehlt nur noch ein Handyklingeln und dann wird das wohl so schnell nichts mit dem gelobten Nirvana. Karma versaut«, sinniert Meike weiter und zuckt mit den Schultern, bevor sie sich an den Türrahmen lehnt. Mein Blick fällt auf Esthers Tasche und ihr blinkendes Handy. Einen Knopfdruck später ist es aus.

»Erledigt.«

»Besser so«, flüstert Meike und ich kann nicht fassen, dass sie zeitgleich ihre eigenen SMS checkt.

»Geht's noch?«, zische ich und nicke zu den anderen beiden, die sich jetzt auf den Weg zu uns machen. Meike reagiert schnell und lässt ihr Handy verschwinden. Mann, reicht es nicht, wenn man alleine durchgeknallt ist? Ich komm mir gerade echt vor, als würde den anderen eine Zwangsjacke besser stehen als mir.

»Echt, das kann doch alles nicht wahr sein. Wie zum Teufel sollen wir unsere Sachen mitbekommen?«, wütet Esther und rauft sich die langen Haare, die ihr nun nach allen Seiten abstehen.

Solja hält einen Sicherheitsabstand und schaut vorsichtig von einer zur anderen. Meike kann nicht mehr und gibt ein Grunzen von sich, dass verdächtig nach einem Lachen klingt.

»Was ist bloß los mit dir, Esther. So kennen wir dich ja gar nicht«, versuche ich sie runterzubringen.

Esther hält inne und sieht einen Moment aus, als wäre ihr der Bus vor der Nase davongefahren. Ihre Empörung verpufft allmählich und sie atmet tief ein und aus.

»Ihr habt ja so recht. Was rege ich mich auf? Om. Ruhe und Frieden. Om«, spricht sie ihr Mantra und berührt dabei einmal kurz ihre Stirn.

»Genau«, raune ich und hake mich bei ihr unter.

***

Eine Viertelstunde später fahren wir aus Helsinki heraus. Die Sonne bahnt sich ihren Weg durch dicke Wolken und färbt den Horizont in ein seltsames Rot. Ich habe das Gefühl, der dämliche Kleinwagen schlingert gefährlich bei jedem Schlagloch, und die Befürchtung, dass mich unser Gepäck jeder Zeit zerdrücken könnte, hebt meine Stimmung nicht gerade. Solja plaudert fröhlich vor sich hin und ignoriert die Stille auf der Rückbank, die erdrückende Ausmaße angenommen hat. Es ist unglaublich, wie lange sie reden kann, ohne dass jemand antwortet.

»Hey, ihr da hinten. Seid ihr noch da?«, frage ich vorsichtig und schaue über die Lehne.

Meike blinzelt müde und schiebt ihre Haare von den Augen, bevor sie die Stirn wieder an das Fenster lehnt.

»Wo sollen wir denn hin? Hier ist nicht einmal Platz zum Niesen.« Esther sitzt eingeklemmt zwischen Meike und einer Reisetasche und zieht eine Grimasse, die ein Lächeln darstellen soll.

»Ganz ehrlich, Mädels, so geht das nicht. Ihr wolltet doch für gute Stimmung sorgen«, ziehe ich sie auf. »Will jemand von meinen Pillen? Ich würde teilen«, schiebe ich nach, als die beiden sich nur blöde anschauen, und schüttle die Dose, als wären es Tic Tacs.

»Lass uns nur einen Moment zu uns kommen, dann hebt sich die Laune von ganz alleine«, versucht es Esther.

»Du hättest dich mal eben erleben sollen. Du hast den armen Mann beschimpft.« Solja lacht glockenklar auf. Auch Meike grinst jetzt breit. »Ich fürchte, du hast dir gehörig dein Karma versaut«, gibt sie frotzelnd von sich.

Esther knufft sie in die Seite, was das Gepäck gefährlich zum Rutschen bringt.

»Das war so urkomisch, wie du ihn angefahren hast. Der ist immer mehr zurückgewichen und hat sich hilfesuchend umgeschaut. Der dachte bestimmt, du bist irgendwo ausgebrochen oder hast deine Medikamente vergessen«, mischt sich Meike ein.

»Ihr seid so doof, könnt ihr mal aufhören? Ich war die Ruhe selbst«, verteidigt sich Esther. Meike kichert.

»Oh ja. Und wie gefährlich ruhig du warst.« Sie setzt sich aufrecht hin und äfft Esther nach: »Sie sehen jetzt noch einmal ganz genau nach, da, in Ihrem Computer, und stellen mir einen anderen Wagen bereit, denn wenn Sie es nicht tun, dann könnte das Folgen haben, die Ihnen bis jetzt unbekannt sind«, säuselt Meike in ein und derselben Tonlage wie Esther zuvor.

Solja prustet los.

»Und das in der Verbindung mit deinem puterroten Gesicht. Der hatte Todesangst, sag ich dir.«

Das Gelächter füllt den ganzen Miniwagen und auch Esther sieht jetzt wieder losgelöst aus. Und zum Glück ist ihr Handy immer noch aus.

Je weiter wir von Helsinki fortkommen, umso ruhiger wird der Verkehr und umso idyllischer die Schneelandschaft. Es ist, als tauchen wir nach und nach in eine andere Dimension ein.

»Wow, schau mal. Der erste See«, ruft Meike aus und deutet nach rechts.

»Ab jetzt kommen wir von einem See zum anderen. Wirst schon sehen, bald langweilt es dich«, antwortet Solja und spielt an der Scheibenwaschanlage herum. Der Schnee fällt wieder vom Himmel und trübt die Sicht in dem einsamen Waldstück, das wir passieren. Kein Auto weit und breit, nur die Morgensonne, die uns folgt.

»Bist du sicher, dass wir richtig abgebogen sind?«, schaltet sich Esther jetzt nachdenklich ein.

»Natürlich, für wen hältst du mich. Ich weiß, was ich tue.« Ja, dass Solja wusste, was sie tat, war so sicher wie das Amen in der Kirche. Zumindest war es früher so gewesen. Solja war von uns immer die Zielsicherste und wusste genauestens, was sie wollte und was nicht. Mit vierzehn verkündete sie, dass sie vorhabe, jemanden Berühmten zu heiraten, der viel Geld hat. Das tat sie dann auch. Zugegeben, wir dachten alle an einen süßen Schauspieler, Popstar oder Fußballer. Ja, als Spielerfrau hätten wir uns unsere Solja super vorstellen können. Dass es sich letztendlich um einen bekannten Unternehmer handeln würde, den sie von heute auf morgen ehelicht, konnte bis dahin keiner ahnen.

»Okay, dann ist ja alles gut.« Meike befördert Schnittchen zutage und hält jedem eines hin. Die Brottüten knistern unnatürlich laut in meinen Ohren.

»Es ist schon ein wenig unheimlich, dass so wenig Autos hier fahren, oder?«, schmatzt Esther auf der Rückbank.

»Das ist aber hier so. Tantchen sagt immer, die Touris beschweren sich nie über zu viel Verkehr. Für den Finnen sind ein paar Minuten Verkehrsverspätung schon zu viel Verkehr«, erklärt Solja und zeigt nach vorne. »Und dort, meine Lieben, ist ein Auto. Wir sind also nicht alleine.« Solja grinst, als uns ein Bus entgegenkommt.

»Oh, schau mal, der grüßt uns sogar«, freut sich Esther und winkt, als der Bus die Lichthupe betätigt. »Ist ja toll. Total freundlich.«

Ich verdrehe die Augen.

»Solja, kann es sein, dass du dein Licht nicht anhast?«, frage ich und sie betätigt gefühlt jeden Knopf in dem Wagen. Meine Hände greifen in das Polster des Sitzes, weil ich insgeheim befürchte, sie könnte versehentlich einen geheimen Schleudersitz betätigen.

»Ups, jetzt ist es an.« Sie lächelt entschuldigend. »In Finnland ist Scheinwerferpflicht. Egal, ob Tag oder Nacht.«

Die Straßen beginnen sich immer mehr wie Schlangen zu winden und führen immer weiter in schneeweiße Wildnis.

»Verdammt, was ist denn jetzt los?« Solja spricht eher mit sich selbst als zu uns und probiert weitere Knöpfchen des Autos aus. Die Scheiben im Wageninneren beginnen langsam, aber sicher einzueisen, bis ein brüllendes Gebläse mir die Haare aus dem Gesicht pustet. Plötzlich ist eine Erinnerung beschissen präsent: Christian, letzten Winter, als wir zum Skifahren in den Harz gereist sind. Wir hatten Rast an einer romantischen Aussichtsplattform gemacht. Für Sekunden höre ich seine sanfte Stimme an meinem Ohr und spüre die federleichte Berührung, als er mich dort küsste. Ich vermisse ihn. Der Schmerz sticht mir unvermittelt hart direkt ins Herz. Meine Finger krallen sich in meine Tasche und finden kurz darauf meine Pillen. Es ist sicher langsam wieder Zeit für die nächste.

Mein Kopf lehnt schwer an der Stütze und ich lausche Soljas euphorischen Beschreibungen der kleinen Villa am See, die für die nächsten Tage unser Zuhause sein soll.

»Ich schwöre euch, der süßeste Gussofen, den ich je gesehen habe. Und überall sind Stuckverzierungen und Möbel im Vintage-Style.«

»Oh, das hört sich einfach zu schön an, um wahr zu sein«, freut sich Meike und klatscht aufgeregt in die Hände.

»Das ist so, Meike. Es ist einfach ein Traum.«

»Und eine Sauna gibt es auch?«, fragt Esther hoffnungsvoll.

»Ja, total klein und niedlich. Für uns vier genau richtig.«

»Ist es noch weit?«, will ich nun wissen.

»Nein, etwa zwanzig Minuten noch, oder dreißig«, antwortet Solja und ich filtere die Unsicherheit heraus.

»Oha, schau mal. Schon wieder so ein netter Finne, der uns grüßt«, zwitschert Esther und winkt erneut aus dem Fenster.

»Hast du die Scheinwerfer an?«, fragt Meike argwöhnisch.

»Ja, hab ich.«

»Bist du sicher, denn das ist hier sicher von höchster Wichtigkeit. Ich meine Schneegestöber, Glatteis, Nebel. Um nur ein paar Gründe zu nennen.«

Solja schnauft auf und streicht sich angespannt ihren Pony aus der Stirn.

»Mann, geh mir nicht auf den Nerv. Ich weiß, wie man hier Auto fährt«, antwortet sie.

»Ich mein ja nur.« Meike seufzt.

»Also, zurück zum Haus am See. Wie viele Zimmer hat es denn?«, fragt sie nach einer Weile neugierig.

»Ähm, ich weiß nicht genau. Genug auf jeden Fall.«

Elch voraus, denke ich müde. Mann, ist der groß, stelle ich lahm fest. Steht nur da und glotzt stur in die Scheinwerfer. Verrückt. Wie paralysiert, resigniert, müde, zugedröhnt … wie ich. Ein Kichern steckt in meiner Kehle. Meike fragt Solja weiter Löcher in den Bauch. Aber warum bremst Solja nicht?

Die Frage hat sich kaum in meinem Gehirn manifestiert, da ertönt ein schriller Schrei von hinten: »Elch!«

Ich klammere mich an den Sitz. Solja tritt panisch auf die Bremse. Der Wagen schlingert von rechts nach links, dann scheint er zu kippen. Heilige Scheiße! Ich fülle meine Lungen mit Luft und schreie, wie jetzt auch alle anderen in dem schlitternden Auto. Die Landschaft verschwimmt in einem einzigen Weiß und Grau der Tannen, als das Auto sich dreht, bis die Fahrt mit einem Knall in einer Schneeverwehung endet. Sämtliche Taschen rasen durch den Innenraum. Etwas Hartes trifft meinen Kopf, landet auf dem Armaturenbrett und es wird Nacht um mich herum.

Kapitel 4

In einer Sekunde denke ich darüber nach, ob ich tot bin, und in der nächsten darüber, wer alles zu meiner Beerdigung kommen wird. Ich sehe meine Eltern an einem offenen Grab und etwas abseits von ihnen Christian. Mit verquollenen Augen, wie vom Zwiebelschneiden. Als mir klar wird, dass mein Kopf ganz schön brummt, bin ich versucht, eine Beschwerde an Gott zu formulieren. Es kann doch wohl nicht sein, dass etwas so Profanes wie diese lästigen Kopfschmerzen einen bis in das ersehnte Jenseits verfolgen!

Meine Gedanken werden von einem lauten Fluch neben mir aufgelöst und entgleiten mir, wie glitschige Melonenkerne zwischen den Fingern.

»Verfickte Scheiße!«, brüllt Solja und kloppt auf etwas herum. Ich ziehe den Rucksack aus meinem Nacken und zwei Jacken von meinem Kopf. Es wird hell. Vor mir ist alles weiß. Schnee hat Besitz von der gesamten Frontscheibe ergriffen.

»Wieso? Wieso, verdammte Kacke!« Solja rauft sich ihr Haar und sieht aus, als würde sie jeden Moment in das Lenkrad beißen.

»Augen auf beim Autofahren«, kommt es krächzend von hinten. Meike! Eine zu schnelle Bewegung lässt mich aufheulen, als ich mich nach ihr umsehen will. Vorsichtig reibe ich meinen Nacken, zeitgleich verschluckt der Motor sich und stirbt mit einem kläglichen Glucksen. Super!

»Miese Kiste!«, brüllt Solja und trommelt wie verrückt auf das Armaturenbrett ein. Bis sich unsere Blicke treffen. Sofort hält sie inne. Ihre Augen werden groß und ich halte die Luft an.

»Oh Gott. Ganz ruhig, Vivien«, sagt sie plötzlich und streckt mir ihre Hand entgegen. Mein Magen sackt mindestens eine Etage tiefer.

»Was?!«

»Bleib ruhig, hab ich gesagt.« Ihre Stimme ist schrill.

»Ist das Blut?«, fragt Esther und beugt sich zu mir. Schön, sie lebt auch noch.

»Blut?«, frage ich dümmlich zurück. Ein Déjà-vu meines letzten Autounfalls packt mich.

»Blut?!«, quieke ich jetzt, wie ein Schwein, das man über eine Wiese hetzt.

»Es ist halb so wild«, versucht Esther mich zu beruhigen. Mein Blick fliegt von Soljas panischem Gesichtsausdruck zu Esther und zu Meike, die sich blitzschnell mit einem Taschentuch bewaffnet und zu mir beugt. Esthers Lesebrille hängt ihr schief auf der Nase und das Buch *Finnland für Dummies* hält sie noch in den Fingern.

»Was ist denn passiert? Warum hast du nicht gebremst?«, kreische ich jetzt in Soljas Richtung. Mein Atem rast.

»Hab ich doch«, antwortet Solja und macht sich an der Tür zu schaffen. Mit wenig Aussicht auf Erfolg, denn diese Seite steckt ebenso im tiefen Schnee wie die ganze Schnauze des Kleinwagens. »Scheiß Elche!«

»Das ist ja wirklich toll gelaufen«, motzt Meike und drückt mir wenig sensibel das Tuch auf eine aufgeplatzte Stelle am Mund. Autsch! Als ich realisiere, dass ich nicht dabei bin, aus der Nase oder einer klaffenden Wunde am Kopf zu verbluten, atme ich einmal tief durch. Meine Hand zittert, als ich das Tuch von Meike übernehme und meine Wunde abtupfe. Ich habe mir ein kleines Loch in die Lippe gestanzt.

»Ja, laufen! Das ist dann wohl das Stichwort, Mädels«, schlägt Esther trocken vor und befreit sich von Klamotten, die aus einem Koffer geplatzt sind. Sie klappt den Reiseführer mit einem Knall zu.

»Wisst ihr, was hier zum Thema Lichthupe steht?«, fragt sie erwartungsvoll in die Runde.

Niemand sagt etwas.

»Es kann als Warnung gemeint sein. Zum Beispiel, falls sich eines der recht großen Wildtiere auf eine der einsamen Straßen verirrt hat.«

»Nee, das steht da nicht«, sagt Meike tonlos.

»Pah, was weiß so ein Buch schon«, äußert Solja kleinlaut und richtet sich ihre Frisur.

»Was genau weißt *du* denn? Und wo ist der Elch, der stand doch hier?«, zischt Meike unfreundlich, aber auch ängstlich.

»Der ist längst weg, keine Panik«, entgegnet Solja.

»Mädels, kommt mal runter«, schlichte ich, als mir die Stimmung zu eisig wird. Neben mir beschlägt die Scheibe und ich kann kaum noch nach draußen gucken.

»Egal, jetzt heißt es spazieren gehen«, erklärt Solja und schnallt sich ab.

»Das kannst du gleich wieder vergessen«, antwortet Meike barsch und zückt ihr Handy. Meine Hand greift wie von selbst nach dem Türgriff und öffnet die Beifahrerseite, was mich in meinem leicht desolaten Zustand aus dem Wagen fallen lässt, wie einen Maikäfer auf Drogen. Wild mit den Armen rudernd, donnere ich auf den Hintern.

»Vivi!«, rufen alle, die noch im Trockenen sind, gleichzeitig und schauen mir hinterher. Mit großen Augen und Solja mit einem dicken Grinsen im Gesicht. Na toll. Das wird mir alles jetzt schon ein wenig zu viel Abenteuer.

»Nix passiert«, rufe ich aus und bringe mich auf die Beine. Solja rutscht auf meinen Sitz, um auch den Wagen zu verlassen und den Schaden, den zweifelsohne sie verursacht hat, in Augenschein zu nehmen.

»So, das war's dann wohl. Den bekommen wir hier nicht ohne Hilfe wieder flott.« Solja hat bereits wieder ihre Überlegenheitsmaske aufgesetzt.

»Und jetzt?«, frage ich lässig und nehme meine Jacke entgegen, die Esther mir fürsorglich gibt. Betreten stehen wir da. Nebeneinander aufgereiht und blöd guckend. Fehlt nur noch, dass wir wiederkäuen.

Meike tippt wie wild auf ihrem Handy herum.

»Hat jemand Empfang?«, fragt sie in etwas greller Tonlage.

»Nee, ich nicht«, meldet sich Solja und wühlt im Auto herum.

»Mein Akku ist leer«, sage ich und stecke mein Handy zurück in meine Tasche.

»Das ist auch nicht ungewöhnlich. Ich meine den schlechten Empfang. Manchmal ist das hier so«, erklärt Solja beiläufig.

»Wie meinst du das?«, fragt Meike noch eine Oktave höher.

»Wie ich es sage.« Solja feuert ihren Rucksack in den Innenraum.

»Bleib ruhig«, mischt Esther sich ein, macht Atemübungen und hält Meike dazu an, mitzumachen. »Hier kommt schon jemand vorbei, der uns helfen kann«, sagt sie gelassen.

Als Solja auf Esthers Aussage nicht reagiert, wird Meike blass.

»Du willst mir doch nicht sagen, dass wir hier festsitzen, oder? Das willst du doch nicht sagen, oder? Oder?« Meike ist an der Grenze zur Hysterie. Solja ignoriert sie.

»Atme in den Bauch, Süße. Es ist doch alles gut«, beschwichtigt Esther in gewohnt ruhiger Art und legt Meike einen Arm um die Hüfte.

»Nein, gar nichts ist gut. Verstehst du?«, blafft Meike.

»Ich hab ja gleich gesagt, dass Finnland eine Schnapsidee ist«, gebe ich klug meinen Senf dazu und beiße mir auf die Lippe, als Esthers Blick mich trifft. »Schon gut, schon gut.« Ich hebe beschwichtigend die Hände.

»Hast du dir den Kopf angestoßen?«, fragt Solja säuerlich und an Meike gerichtet: »Wir sind alle heil und unversehrt. Es ist alles halb so schlimm.« Dann lächelt sie ihr Unschulds-Solja-Lächeln. »Im Ernst. Wir haben es doch nicht mal mehr weit«, ergänzt sie. Wie kann es sein, dass ihr Lippenstift und überhaupt ihr ganzes Make-up so perfekt sitzen?

Esther drückt Meike fester an sich.

»Hier, nimm die«, flüstert sie und gibt Meike eine ihrer Bachblüten-Notfallpillen. »Die beruhigen ungemein. Und ganz natürlich.«

»Gib ihr lieber die ganze Dose«, scherze ich und ernte diesmal einen bösen Blick von Meike. Ich schaue mich um. Schnee und Schnee, so weit das Auge reicht. Bäume, Tannen und noch mehr Bäume.

»Solja, wo genau befinden wir uns denn eigentlich?«, fragt Esther vorsichtig und breitet anschließend die Karte auf dem Autodach aus.

»Ähm«, lässt Solja hören und macht eine Pause. »Im Grunde sind wir ganz in der Nähe von dem Haus«, antwortet sie und zeigt auf einen Punkt der Karte, der wirklich nah an unserem derzeitigen Standpunkt liegt. Esther räuspert sich und sagt:

»Da ist ein See im Weg.« Ich muss lachen. »Also, um es genau zu formulieren: Wenn wir wie Jesus übers Wasser laufen können, dann ist es ein Katzensprung.«

»Ja, so in etwa.« Solja macht eine Grimasse und schaut sich um.

Minuten und Diskussionen über Bekleidungsstile später kramt Solja dicke Handschuhe und eine Mütze aus ihrem Koffer. Nachdem sie ihre High Heels gegen Boots getauscht hat, schließt sie den im Schnee geparkten Panda ab. Ich stehe etwas abseits und überlege, ob ich mir nicht lieber gleich einen Strick nehmen und mich an einem der schönen Bäume erhängen sollte. Es sieht wirklich urig aus, wie die Äste sich unter dem ganzen Weiß biegen.

»Ich schlage vor, wir gehen zu Fuß, wenn wir nicht wollen, dass uns die finnische Nacht hier überfällt. Also, hopp hopp«, fordert uns Solja auf und stiefelt im Marschschritt los.

»Nacht?«, frage ich ängstlich. »Das ist ja hoffentlich noch eine Ewigkeit hin, oder?« Solja zuckt mit den Schultern und Esther wickelt ihr Gesicht in ihren Blümchenschal. Nur ihre Augen gucken noch raus, wie bei einer Burka.

»Du weißt doch, wann hier bereits die Sonne untergeht?« Mein Magen wird kurzfristig zu einem Eisklumpen. Ob er das aus Solidarität zu meinen Eisfüßen tut?

Wenig später stapfen wir durch den Schnee entlang der Straße und schwenken unsere Handys von rechts nach links. Ich halte gerade meines über den Kopf und gehe rückwärts, als Esther sich laut darüber wundert, dass ihr Handy ausgestellt war, als der Unfall geschah. Ich stelle mich dumm und halte weiter nach Fahrzeugen Ausschau.

»Wie kann es sein, dass hier keine Menschenseele vorbeikommt. Hier müssen doch irgendwo Leute wohnen. Oder?«

»Finnland ist nicht gerade dicht besiedelt. Ähnlich wie Alaska«, klugscheißt Meike und hakt sich bei mir ein. »Für eine heiße Soja-Latte würde ich jetzt morden«, murrt sie und schaut mich von der Seite an. Ihre Augen sind gerötet und sie wirkt so müde, wie ich mich fühle.

»Einen Glühwein mit ordentlich Umdrehungen würde ich eher willkommen heißen. Sonst steht man diesen Wahnsinn ja kaum durch«, brumme ich.

Solja geht mit schnellen Schritten voraus. Ihre Boots knirschen auf dem frischen Schnee am lautesten und übertönen unsere Schritte fast vollständig.

»Weißt du noch, Silvester vor zehn Jahren?«, fragt Esther unvermittelt laut neben mir. Ich rolle innerlich mit den Augen. Wie könnte ich diese Nacht vergessen?

»Es war eiskalt. So kalt wie hier. Und die Männer mussten unbedingt dieses phänomenale Feuerwerk machen.«

»Ach ja. Oh, mein Gott! Und du, Vivien, bist fast von einem Taxi überfahren worden!«

Schön, dass ihr mich erinnert. Meike gackert laut los. Ich lächle gequält.

»Ja, das war so krass! Irgendjemand hatte eine Rakete in eine leere Sektflasche gestellt und wollte sie mitten auf der Straße zünden. Dann kam ein Auto und was macht Vivien? Sie will die scheiß Rakete retten.« Meike kriegt sich vor Lachen kaum ein und erzählt weiter: »Die war am Boden festgeeist und Vivien zieht und zerrt, als hinge ihr Leben davon ab.«

»Ja, so war das«, sage ich lahm.

»Mann, das war so skurril.«

»Christian hatte sie gezündet«, erkläre ich ungehört. »Für mich. Er wollte meine Wünsche in den Himmel fliegen lassen.«

»Und du hast einfach nicht locker gelassen, bis Solja dich von der Straße geschubst hat.«

»Ich hab dich gerettet«, flötet Solja und wirft mir über ihre Schulter einen Blick zu. Ihre Nase leuchtet so rot wie die von Rudolph, dem Rentier.

»Und dann, zack, bämm! Das Taxi nagelt die ganze Flasche mit der gezündeten Rakete um.« Meike schaut mich an, und erst jetzt dämmert ihr etwas.

»Die ist dann unter dem Wagen mit einem Knall explodiert«, ergänzt Esther und wird von Meike mit einem Blick zum Schweigen gebracht.

Einige der nächsten Sekunden sind so leise, dass sie in meinen Ohren dröhnen. Unangenehm. Ich zwinge mich, Christians Antlitz von meinen inneren Augen zu wischen, und halte die Nase in den auffrischenden Wind. Kalt schneidet er in Wangen und Ohren.

»Ja, das war lustig«, sage ich endlich und erinnere mich an eine ganz andere Geschichte. »Denkt eigentlich auch noch jemand an den nächsten Morgen?« Jetzt grinse ich breit. Solja wirft mir einen bitterbösen Blick zu. »Ich sage nur ‚Gartenzwerge'«, rede ich ungerührt weiter.

»War das nicht Solja?«, fragt Esther und macht einen Ausfallschritt über eine vereiste Stelle am Straßenrand, der mich stolpern lässt. Sie versucht Solja einzuholen. »Du hast doch die Gartenzwerge vom Nachbarn Leinweber freigekotzt, oder?« Esther grübelt angestrengt. Solja ignoriert uns. »Ja, ja. Mir fällt es wieder ein. Als wir nach Hause wollten, ich glaube, es war früher Mittag. Du warst so hacke, dass du dich urplötzlich über den Zaun gelegt und spontan losgespuckt hast. Vivi hat dir noch die Haare gehalten«, erinnert sie sich.

»Stimmt genau«, singe ich vergnügt. Esthers Rehaugen glitzern belustigt. »Und unter der Kotze schmolz der Schnee und legte die Zwerge frei.«

»Genial war ja auch, dass Solja sich die Hälfte der Zeit bei jedem Einzelnen von den Gnomen mit Zipfelmütze für die Störung entschuldigte«, mischt sich Meike ein.

»Haha, sehr witzig«, sagt Solja. »Und was hast du damit zu schaffen? Du warst gar nicht dabei!«, meckert sie mit erhobenem Zeigefinger in Meikes Richtung. Irgendwie wirkt sie abwesend. Mit den Gedanken weit weg. Sie ist nicht wirklich bei diesem peinlichen Abend und nicht wirklich hier in der kalten Pampa, in der es jetzt dicke Schneeflocken rieselt.

»Alles okay?«, rufe ich in Soljas Richtung. Der Wind frischt auf und mir wird kalt.

»Wieso fragst du sie das?«, fragt Meike alarmiert. »Sie hat sich doch nicht verirrt, oder?«

»So ein Bullshit. Es ist alles in Ordnung und ich weiß, wo es lang geht«, bekräftigt Solja abermals.

»Ich dachte nur, weil du …« Ich verstumme. Dann schlinge ich die Arme um meine Mitte und wette, dass sich Solja mittlerweile ebenso den Arsch abfriert wie ich. Wenn ich es mir recht überlege, ist Meike die Einzige, die die passende Bekleidung für diesen Trip der besonderen Art trägt. Ihr quadratisch praktischer Hintern steckt in einer warmen Skihose und wackelt jetzt gleichmäßig vor mir her.

»Sind in Finnland eigentlich schon einmal Touris erfroren?«, will ich wissen.

»Süße Vivien. Schalt mal einen Gang der Theatralik zurück. Keiner möchte jetzt über mögliche Todesursachen in der Wildnis sinnieren«, antwortet Solja.

»Nein? Wieso nicht?«, frage ich frotzelnd zurück. »Ich finde, man sollte sich ruhig mit Eventualitäten auseinandersetzen. Wie ist es mit wilden Tieren? Wölfen zum Beispiel? Fressen die eigentlich auch Menschen?«, bohre ich weiter und stapfe in eine Schneeverwehung. Das kalte Nass frisst sich durch den Stoff meiner Jeans.

»Hast du noch von den Bachblüten?«, fragt Meike Esther, die verschwörerisch grinsend neben mir her läuft.

»Nein, eigentlich stehen Menschen nicht auf dem Speiseplan von Wölfen. Von Bären übrigens auch nicht«, erklärt Solja fachmännisch und biegt auf eine kleinere Straße ab.

»Bären?«, höre ich Meike.

»Ich bin mir sicher, bei Vivi machen sie eine Ausnahme«, prustet Esther jetzt los und schubst mich. Ich bin mir sicher, sie wollte nicht, dass ich ausrutsche. Trotzdem geschieht es und ich knicke schmerzlich mit dem Fuß um.

»Mann, pass doch auf!«, fauche ich. Der Schmerz zuckt mein ganzes Bein hinauf.

»Entschuldige«, sagt Esther betroffen und hilft mir, auf den Beinen zu bleiben. Ich mag es nicht besonders, wenn sie ihre Lippen so kräuselt, denn ich weiß genau, was dann kommt. Eine Psychoanalyse gefällig?

»Weißt du, du stehst ganz schön unsicher auf deinen Beinen, Vivi. Ist dir eigentlich bewusst, dass so etwas tiefe psychologische Bedeutungen haben kann? Ich meine, du fällst bei jeder Gelegenheit. Diese Tatsache musst du einmal mit offenen Augen angehen und überlegen, was sie bedeutet.«

»Wie wahr«, mischt sich Meike ein und nickt bekräftigend, was ihren Bob unter ihrer Mütze wippen lässt. »Du vertraust dir selbst nicht und das bringt dich zu Fall.«

»Schon gut, Frau Freud. Können wir das Thema vertagen?«, knurre ich.

»Nein, ich finde, wir sind hier, um dich zu unterstützen, und dazu gehören auch unangenehme Wahrheiten«, gibt Esther hinterher.

Gott im Himmel, nicht jetzt!

»Mein Knöchel tut weh und mir ist kalt. Dies ist kein guter Zeitpunkt, mir meine Defizite nahezubringen, Esther.«

Sie hebt beschwichtigend die Arme und hakt sich wieder bei mir ein. Ihr Blick ist milde. Ihre braunen Augen so sanft und meine Wut verraucht. Man kann ihr einfach nicht böse sein. Ich ziehe meine Mütze tiefer ins Gesicht und betrachte die Bäume über mir. Der Himmel wird immer dunkler und frischer Schnee verdeckt die Spuren, die wir in den Grund gestampft haben.

»Also, wenn wir uns verlaufen, uns findet kein Schwein«, gebe ich zu bedenken. Im selben Augenblick, in dem Solja mich anfauchen möchte, entdecke ich zwei Scheinwerfer in der Kurve. »Da, es kommt jemand!«, rufe ich aus.

Und tatsächlich. Ein großer Wagen hält direkt auf uns zu. Dummerweise scheint er seine Geschwindigkeit gar nicht zu drosseln, als er so auf uns zurauscht. Meike fuchtelt wie wild mit den Armen. Ich beschließe, es ihr gleich zu tun. Solja, ganz Profi, reißt sich die Pudelmütze vom Kopf und schüttelt ihr blondes Haar aus. Gerade als ich denke, das Auto würde stumpf weiterfahren, geht es in die Bremse. Ich höre das Knacken des Antiblockiersystems, während uns Schneematsch im hohen Bogen entgegenspritzt.

»Argh!«, schreit Meike und springt zur Seite.

Mitleidig schaue ich an ihr herunter, während sie den Modder abzuschütteln versucht. Na, das hat gesessen. Ich helfe ihr und wische mit einem kleinen Taschentuch völlig sinnfrei an ihr herum.

»Mann, echt jetzt?«, fragt sie maulend und verengt die Augen. Na, der Fahrer kann sich auf eine Ansage gefasst machen. Ich wappne mich schon, da bemerke ich, wie Esther Meike in die Rippen stößt und zu dem mächtigen Jeep deutet, aus dem monströser Heavy Metall dröhnt, während sich langsam das Beifahrerfenster senkt.

Mir für meinen Teil bleibt die Spucke weg. Ein junger Mann mit rötlichem, langem Bart, ähnlich dem eines Weihnachtsmannes, nur ohne das Großväterliche, beugt sich aus dem Fenster und begrüßt uns lautstark. Zumindest denke ich, dass er uns begrüßt. Solja tänzelt auf ihn zu. Meike und Esther stehen wie angefroren da und lächeln irgendwie minderbemittelt.

»Hallo, wir hatten einen Unfall«, erklärt Solja und knickt ihre Hüfte ein, was ihr eine grazile Haltung verleiht. »Können Sie uns behilflich sein?«, fragt sie mit einem Augenaufschlag, den die Monroe nicht besser hätte hinkriegen können. »Unser Wagen liegt fest, etwa ein oder zwei Kilometer von hier.« Beiläufig streicht sie sich ihre Haare nach hinten und hält sich am Autospiegel fest.

Das Gegröle aus dem Autoradio wird abrupt abgestellt und die Fahrertür schwingt auf. Ein Mann, gefühlte zwei Meter groß, steigt aus. Auf seinem schwarzen Kapuzenpullover steht mit weißen Lettern »Death Metal« und sein Blick hat etwas zutiefst Finsteres. Auf eine vage Kopfbewegung von ihm reagiert der Rothaarige sofort und schnallt sich umständlich ab. Ein Schatten huscht über sein Gesicht, was mich an die düstere Textzeile des letzten Liedes erinnert, das den Wagen eben noch beschallt hat. »I'll kill you, Miss Sunshine« oder so ähnlich. Der lange Typ, der um das Auto geht, reckt sich und lässt seine Knochen knacken. Holla, die Waldfee.

»Von allen Menschen auf der Erde müssen uns ausgerechnet die Axtmörder von ‚The hills have eyes' zur Rettung kommen, oder was?«, flüstert Meike hinter mir.

»Ach, nun warte doch erst mal ab«, zischt Esther und versucht, uns mit ihrem Optimismus anzustecken.

»Der lächelt doch ganz nett«, ergänzt sie und hebt die Hand zögerlich zum Gruß.

Der Mann verzieht seinen Mund zu einem Grinsen und entblößt eine mächtige Zahnlücke.

»Auweia«, hauche ich tapfer grinsend.

»Und die Zähne fehlen bestimmt, weil sein letztes Opfer sich bitterlich gewehrt hat«, schlägt Meike vor.

Ich kichere albern. Und die Narbe an seiner Stirn?

»Seid still jetzt«, sagt Esther ruhig, aber bestimmt.

Solja tritt einen Schritt zurück, als auch der Rothaarige aussteigt. Er sagt was. Ich verstehe nur etwas von Abschleppen und mir gefällt das anzügliche Grinsen in dem Gesicht des jungen Mannes nicht. Obwohl? Schöne Augen hat er ja. Und der Bizeps, der sich unter dem Pulli abzeichnet. Wow. Meikes Augenbrauen schnellen in die Höhe, als der große Mann seine Jacke auszieht und sie Solja um die Schultern legt. Der Rothaarige winkt uns zu sich. Und ein Dritter mit hüftlangem, dunkelblondem Haar, das zu einem schmalen Zopf geflochten ist, und ebenso viel Bartwuchs wie eins und zwei, prüft den Kofferraum.

»Jetzt holt er die Axt«, witzele ich.

»Ich steig da nicht ein«, flüstert Meike nahe an meinem Ohr.

Esther drängelt sie vorwärts und raunt: »Willst du lieber erfrieren?«

»Wenn du mich so fragst?«, antwortet Meike. Weiße Wölkchen bilden sich zwischen unseren Gesichtern, als sie nahe vor mir stehen bleibt und mich bei den Händen nimmt. »Findest du die etwa vertrauenerweckend, Vivien?«

Ich lege meinen Kopf schief und spähe zu Solja hinüber, die mit Händen und Füßen mit dem Rothaarigen kommuniziert. Der Große hält ihm den Daumen entgegen. Ob er damit Solja meint oder die Tatsache, dass er ein Abschleppseil im Auto gefunden hat, kann ich nicht sicher sagen.

»Na ja. Sie können auf jeden Fall unseren Wagen aus dem Schnee ziehen. Oder uns zu einer Werkstatt fahren«, gebe ich zu bedenken.

»Wenn wir da mal ankommen«, nuschelt Meike.

»Sei nicht so pessimistisch«, antworte ich.

Esther fasst sich ein Herz und geht zu den Männern hinüber, die Solja, meiner Meinung nach, ein wenig zu sehr umkreisen, wie Geier ein sterbendes Tier. Sie wirft einen schnellen Blick in ihren Finnlandführer und sucht nach einer passenden Begrüßung.

»Hei«, sagt sie laut und gibt einem von den Hünen die Hand. Dieser erwidert freudig den Gruß und plappert anschließend drauflos. Esthers Gesichtsausdruck nach zu urteilen, versteht sie kein Wort. Zaghaft nickt sie nach jedem Satz und blättert unruhig in ihrem Büchlein.

»Komm, wir gehen auch ‚Hallo' sagen«, schlage ich vor und ziehe Meike einfach mit mir in diese fröhliche Runde.

»Kippis«, sage ich und hebe die Hand.

Meike runzelt die Stirn.

»Warum bringst du jetzt einen Trinkspruch aus?«, fragt sie perplex. Ich grinse stur.

»Ganz einfach, weil ich kein anderes Wort auf Finnisch kenne.«

Solja guckt mich komisch an und ehe ich mich versehe, bekomme ich eine Dose Bier von dem Rothaarigen mit Rauschebart angeboten.

»Oh, danke«, sage ich überrascht und öffne die Dose mit einem lauten Schnalzen.

»Trink das lieber nicht«, warnt mich Meike und bohrt dabei mit der Schuhspitze im Eis herum. Ich halte meine Nase darüber. Es riecht seltsam. Entgegen Meikes Mahnung nehme ich einen großen Schluck.

Solja kommt zu uns und sieht zufrieden aus.

»Sie wollen uns mitnehmen und dann den Fiat wieder flottmachen«, berichtet sie. Ihre Wangen glühen rot. Wie ihre Nase.

»Bist du sicher? Es sah so aus, als wäre dein Finnisch etwas eingerostet?«, fragt Meike zweifelnd. Die Männer sind gerade dabei, die Rückbank freizuräumen.

»Nein, ist es nicht, meine Liebe. Nur, weil es nicht meine Muttersprache ist …« Solja macht eine Pause und stemmt die Hände in die Hüften. »Nun gut. Es ist meine Vatersprache. Da ich sie nicht jeden Tag spreche, musste ich ein wenig überlegen. Aber ich kann es noch.«

»Aha.« Ich nehme noch einen Schluck Bier und kämpfe mit der Kohlensäure.

»Warum der Umstand mit der Rückbank?«, fragt Meike missgelaunt und nickt zu den Männern hinüber. »Sie können uns doch gleich in den Kofferraum stopfen, wie ein erlegtes Reh?«

Als Esther hinter ihr auftaucht, gibt sie ihr einen Knuff in den Nacken. »Aua«, zischt sie und reibt sich die Stelle. »Stell dich nicht so an. Die sind schon okay.«

Solja winkt dem Mann mit den ellenlangen Haaren zu, der sie verstohlen beobachtet.

»Also, da mir leider keine sinnvolle Alternative einfällt, akzeptiere ich«, gibt Meike endlich nach.

»Sehr schön, Meike. Du wirst also vernünftig«, scherze ich.

»Mit Vernunft hat das wenig zu tun. Wenn Mark das wüsste«, zischt sie sauer.

»Also daher weht der Wind. Er erlaubt dir nicht, anderen Männern zu nahe zu kommen.« Solja grinst breit. »Der gute Mark hat Angst, dass seine Felle wegschwimmen.«

Meike legt ihren Kopf schief und schaut Solja mit einer Spur Überheblichkeit an.

»Ich weiß, dass das nicht dein Ernst ist. Aber über deinen Sinn für Humor sollten wir bei einem Gläschen Rotwein einmal diskutieren.«

»Kinder, Kinder. Wir atmen jetzt einmal ganz tief durch und finden unsere Mitte«, fordert Esther uns auf und zieht uns alle an sich heran. »Wir sind zu viert und stark.« Ich hebe eine Augenbraue an. »Wir sind in der Überzahl, falls sie keine edlen Motive haben.«

Edle Motive. Wo sind wir? In einem Jane-Austen-Film? Ungelenk mache ich mich von Esther los, blase mir eine Strähne aus dem Gesicht und gehe lässig auf den Jeep zu. Der Rothaarige hält mir die Tür auf.

»Minun nimeni on Sven«, erklärt er und ich proste ihm mit dem Bier zu, das ich umklammere, als wäre es der einzige Halt in diesem Leben, den ich bekommen kann.

»Kippis«, trällere ich erneut.

Er lächelt und zeigt auf seine Brust.

»Sven«, sagt er abermals. Als ich nicht sofort reagiere, lacht er schallend los und schiebt mich am Hintern in den Wagen. Fast verschütte ich etwas von dem Getränk auf dem feinen Ledersitz. Die anderen jungen Weihnachtsmänner in Heavy-Metal-Kluft amüsieren sich recht gut über uns vier und ich lasse mich auf den Sitz fallen. Meine Füße sind nur noch unbewegliche Klumpen und ich heiße die Wärme im Fahrzeug mehr als willkommen.

»Auto haku«, sagt Sven.

»Ja, Hacke im Auto, genau«, antworte ich nickend.

Er schüttelt den Kopf und lässt ein Geräusch hören, als würde er ersticken. Heult der gleich vor lauter Lachen? Ich nehme noch einen Schluck von dem Bier.

Esther und Meike sitzen fast auf meinem Schoß, als wir losfahren. Esther versucht, mit Sven zu reden, der an der Tür sitzt. Sie zupft unruhig an ihrem Zopf herum und dreht ihn immer wieder um ihre Finger. Solja, wie sollte es anders sein, darf vorne sitzen. Zwischen den anderen zwei Bergen von Männern.

Nach kurzer Zeit sind wir auch schon an unserem Fiat Panda angekommen. Fast wären wir daran vorbeigefahren, weil von ihm kaum noch etwas zu erkennen ist. Das arme kleine Auto. Ein weißer Hügel, an dem hier und da etwas Blau hervorblitzt.

Ich mache innerlich drei Kreuze, als ich wieder auf der Straße vor unserem Wagen stehe. Kann jemand begreifen, wie man mit Hundert-noch-was-Sachen über so vereiste Straßen donnern kann? Ich meine, die kommen doch von hier und kennen das Problem mit suizidgefährdeten Elchen, oder etwa nicht? Meike ist grün im Gesicht und sagt kein Wort mehr.

Esther steckt ihr irgendwelche homöopathischen Kügelchen zu, die sie dankbar nimmt.

»Solja hätte vielleicht lieber ihre Jacke anbehalten sollen«, zischt sie neben mir. »Ich schwöre euch, der Fahrer hat mehr auf ihre Titten geguckt als auf die Straße.«

Ich stimme ihr stumm zu.

»Selbst diesem Sven stand zeitweise Panik ins Gesicht geschrieben«, antworte ich und klopfe mir auf meinen Ohren herum. »Ich fürchte außerdem, ich habe einen Tinnitus von dem Speed Metal und seiner Lautstärke.«

Solja wackelt mit ihrem hübschen Hintern voran und die drei Typen folgen ihr brav. Heiter befreien sie den kleinen Wagen vom Schnee und packen beherzt zu.

»Yksi, kaksi, kolme!«, rufen sie wie aus einem Hals und ziehen das Auto aus seinem weißen Grab. Mir klappt mein Mund auf.

»Na, das sollten eure Männer auch mal versuchen, Mädels«, schlage ich vor. Ein weiteres »Yksi, kaksi, kolme«, und der Wagen steht auf der Fahrbahn. Solja jubiliert und springt auf und ab. Sven entgeht nicht, dass ihre Möpse auch hüpfen, was ihn wiederum innerlich jubilieren lässt.

»Oh, mein Gott. Das darf doch alles nicht wahr sein.« Meike hat ihre Sprache wiedergefunden. »Lass die Karre bitte auch anspringen«, flüstert sie, während Solja sich an das Steuer setzt.

»Ja, na bitte!«, rufe ich, als der Fiat schnurrend wie ein Kätzchen vor sich hin surrt. Ein wahres Hochgefühl ergreift mich und fast wäre ich Sven, der gerade am nächsten steht, aus Dankbarkeit um den Hals gefallen. Gerade noch rechtzeitig bemerke ich meinen Irrtum und strecke ihm meine Hand entgegen. Grinsend schüttelt er sie, während er ein freudiges »Kippis« hören lässt. Meike und Esther sind schon dabei einzusteigen. Und Solja? Ja, was macht die denn da? Sie schreibt den netten Axtmördern erst mal unsere Adresse auf. Alarmiert gehe ich zu ihr hinüber.

»Bist du verrückt?«, frage ich in lockerem Plauderton und lächle, als hinge mein Leben davon ab.

Ihre schönen Augenbrauen schnellen in die Höhe und sie schaut mich unsicher an. Der Stift schwebt über dem Stück Papier. »Ist das eine Fangfrage?«

»Im Ernst? Du kannst doch keine Horde Rocker zu uns einladen?!«

»Wieso nicht?«

»Weil ...« Ich überlege und mein Blick fällt auf Meike, die sich gerade auf der Rückbank anschnallt. »Mann, weil halt.« Solja runzelt die Stirn. Ich suche nach Worten und finde ein paar. »Weil Meike dann nicht mehr ruhig schlafen kann?«

»Schwachsinn!«, zischt Solja und schreibt einfach weiter.

Einige Meter hinter uns beim Jeep ruft Sven: »Kippis!«, und winkt freudestrahlend. Ich verschlucke mich fast an meiner eigenen Spucke. Denkt der jetzt, das sei mein Name? Ehe ich noch was zu Solja sagen kann, übergibt die unseren nächsten Aufenthaltsort an den Fahrer des Jeeps, Mister Kamikaze höchstpersönlich, der ihr zum Abschied doch tatsächlich einen Kuss auf den Handrücken haucht. Sven und der andere grölen irgendwas auf Finnisch und verschwinden im Jeep, während er sich mit ernster Miene und weitgreifenden Schritten auf den Weg zu ihnen macht. Ich winke zögerlich und sehe zu, dass ich zum Auto komme.

Solja fährt an und ich kann gerade noch meinen Fuß in das Innere des Fiats bringen und die Tür zuziehen.

»Na, hast du jetzt doch Skrupel, weil du denen unsere Adresse gegeben hast?«, frage ich nach.

»Du hast was?«, mischt sich Meike ungläubig ein. »Sag mal, geht es noch? Können wir so etwas nicht gemeinsam entscheiden, wen wir so zu uns einladen?«

Jetzt geht Solja die Hutschnur hoch.

»Meike, Schatz. Es muss heißen: wen wir zu mir einladen. Es ist mein Haus«, sagt sie schnippisch.

Meike schnappt nach Luft.

»Wir wohnen aber auch dort, oder etwa nicht?«

»Sicher, aber es ist mein Haus.«

»Na und? Wir haben diesen Urlaub geplant und wollen die Zeit alleine genießen. Ohne irgendwelche …«

»Retter?!« Solja schaut verbissen nach vorne.

»Genießen? Ja, ich genieße euch in vollen Zügen«, muss ich mich sarkastisch zu Wort melden. Gut, auf andere Gedanken hat mich der Trip bis jetzt tatsächlich gebracht.

»Jetzt fang du nicht auch noch an«, mischt sich Esther ein und schließt für einen Moment die Augen. Sie kneift sich in die Nasenwurzel. In diesem Moment klingelt ihr Handy. Zischend entweicht ihr die angestaute Luft aus der Lunge.

»Das kann ja wohl nicht …« Sie starrt aufs Display. »Henry. Wieso habe ich jetzt Empfang?«, fragt sie ungläubig in das Innere des Kleinwagens und geht ran.

»Außerdem sind sie fast unsere Nachbarn«, fügt Solja in die entstandene Stille hinzu.

»Wer, diese Wacken-Rocker?«, erkundigt sich Meike sehr leise.

»Henry, Schatz. Ja. Funkloch.« Esther schaut perplex auf ihr Telefon.

»Wieder weg?«, fragt Solja nach.

»Ja. Was er wohl wollte?« Esther wirkt ein wenig besorgt und schaut aus dem Fenster. Bäume rauschen an uns vorbei. Viele davon, und hinter ihnen blitzt dann und wann ein See hervor.

»Was soll er wollen? Wissen, wie man eine Dose öffnet«, meint Meike.

»Sag mal, kann es sein, dass du echt miese Stimmung verbreitest?«, frage ich und bereue es wieder einmal, dass ich mich zu diesem Überlebenstraining hab überreden lassen.

»Schluss jetzt mit trüben Mienen. Wir sind hier, um diese Tage zu genießen«, stellt Esther noch einmal klar.

Stille. Absolute Stille im Wagen. Ich kann nicht anders und muss kichern, als Esthers Handy wieder klingelt.

Kapitel 5

Etwa eine halbe Stunde und gefühlte zehn vereiste Seen später biegen wir auf einen winzigen Pfad ein. Esthers Lippen bewegen sich stumm, als spräche sie lauter kleine Gebete, während der Wagen unruhig von einer zur anderen Seite geschaukelt wird. Ich ziehe scharf die Luft ein, als wir eine wahre Bilderbuchlichtung erreichen. Einen wunderschönen Platz mit einem Steg, an dem ein eingeschneites Ruderboot liegt. Alte Bäume säumen den Platz um die Villa. Eine ziemlich kleine Villa, mit dem Charme alter Tage. Sehr alter Tage, um genau zu sein. Das Dach des Schwedenhauses sieht aus, als beuge es sich schon eine Ewigkeit dem kalten Ostwind, und die einst himmelblaue Farbe platzt vom Holz und schlägt hässliche Blasen.

»So, da wären wir«, trällert Solja vergnügt und parkt den Fiat neben einer alten Scheune, deren Tor aus den Angeln gefallen ist und auf dem Boden liegt. Ich bekomme das Grinsen gar nicht mehr aus dem Gesicht.

»Das ist also die traumhafte Pippi-Langstrumpf-Villa mit den vielen Zimmern«, sage ich scharfzüngig. Esther ist ganz still und ihr Lächeln muss wehtun. Meikes Mundwinkel hängen wie die der Merkel gefährlich weit unten.

»Kommt, ich zeig euch alles«, zwitschert Solja weiter, wie ein Vögelchen im Frühling, und steigt aus. Sie kann mir nichts vormachen. Ich wette, sie war seit ihrer Kindheit nicht mehr hier und hat selbst keine Ahnung, was sie hier erwartet. Kalte Luft strömt in das Wageninnere und ich beschließe, ihr zu folgen. Hoffentlich ist es wenigstens warm in der Villa Kunterbunt.

»Na, denn«, sagt Esther und kämpft sich mit einem Koffer aus dem Auto. Voll bepackt stiefeln wir müde unserer kleinen blonden Anführerin hinterher. Während ich mich beeindruckt umschaue und Esther über eine einsame Tierspur im Schnee hinwegsteigt, pfeift Solja ein Lied. Ich greife mir eine Handvoll Schnee und werfe den Ball in die Bäume hinein, was eine wahre Lawine hinabregnen lässt. Meike hüpft eilig zur Seite, bevor der Schnee sie erwischt. Alles hier ist weiß und den See erkennt man nur als solchen, weil das eingeschneite Boot an diesem kleinen, schrägen Steg liegt. Solja pfeift weiter ihre Melodie und ich sauge klare Winterluft tief in meine Lungen. Der Wind beginnt, feine Eiskristalle von den niedergedrückten Ästen zu wehen und umherzutragen.

»Solja, du bist sicher, dass das hier das Haus deiner Großeltern ist?«, fragt Meike, die ihre Stimme wiedergefunden hat. Sie hofft auf einen Irrtum.

Solja schaut sie verständnislos an.

»Es ist nicht mehr das Haus meiner Großeltern. Es ist jetzt meins«, antwortet sie und wedelt mit einem Schlüsselbund vor Meikes Nase.

»Du hast aber gesagt, es wäre eine Villa. Und es wäre traumhaft schön. Ich bin davon ausgegangen, dass unser Feriendomizil etwas … ähm, wie soll ich es formulieren?« Meike zeigt mit dem Finger zum Haus. »Das hier wird nur noch von Termiten, die sich an den Händen fassen, zusammengehalten.«

Solja seufzt langgezogen und sieht dabei echt leidend aus. Etwas Warmes steigt in mir auf. Besorgnis um meine Freundin, vielleicht. Sie ist irgendwie anders als sonst.

»Ihr beiden, also echt. Jetzt wartet doch erst mal ab. Wir sind ja nicht mal drinnen. Wie könnt ihr es jetzt schon madig machen?« Solja zieht ärgerlich die Augenbrauen zusammen, sammelt sich aber schnell wieder und setzt ihr gewohnt überlegenes Lächeln auf.

»Du wirst schon sehen, es ist ein Traum, hier zu wohnen«, versucht Solja, sich selbst zu überzeugen.

»Wenn uns nicht das Dach über den Köpfen zusammenbricht«, ergänzt Meike.

Meine Güte. Bin ich froh, dass ich Scheißegal-Tabletten habe. Solja steckt den Schlüssel ins Schloss und dreht. Ein Knacken, die Tür schwenkt mit einem lauten Knarren auf und gibt den Blick auf einen Raum mit hohen Decken und einem scheinbar geordneten Chaos frei. Leicht vergilbter Stuck verziert die Ecken und betont einen alten Kronleuchter, in dem sich Spinnenweben verfangen haben. Zögerlich trete ich hinter Solja ein, die den Lichtschalter sucht. Die Glühbirnen flammen auf und fressen die Dunkelheit in dem Raum.

»Wow«, hauche ich. Ich weiß nicht genau, ob ich beeindruckt oder abgeschreckt bin. Wir stehen mitten in einem Wohnzimmer, mit kleinem verschnörkelten Guss-Ofen, einem Tisch mit sechs verschiedenen Stühlen, die alle antik aussehen, und einem Buffet, auf dem sich Bilderrahmen aneinanderreihen wie Orgelpfeifen. Eine dicke Staubschicht liegt auf ihnen und ich male mit dem Zeigefinger »Sau« auf das größte Bild, direkt über einen Pferdekopf.

»Ein Albtraum«, flüstert Meike neben mir und schaut sich mit gerümpfter Nase um. Esther bugsiert ungeschickt ihren Koffer durch die Tür und bleibt mit dem Griff so ungünstig an ihr hängen, dass plötzlich ein kreischendes Geräusch die Stille in dem Haus zerreißt. Alarmiert fliegen unsere Blicke zu ihr.

»Scheiße!«, flucht Esther. Ihr Koffer kracht zu Boden. Mit beiden Händen und großen Augen umklammert sie die Haustür, die jetzt schief in den Angeln hängt.

»Na, das kannst du aber laut sagen.«

»Halb so wild«, winkt Solja aus sicherer Entfernung ab. Meike schüttelt den Kopf. Mit vereinten Kräften bringen sie die Tür wieder in Stellung. Leider schließt sie jetzt nicht mehr richtig. Aber das macht ja nichts. Die Axtmörder kennen ja sowieso unsere Adresse. Da können wir ihnen ja auch gleich die Tür offen lassen.

»So schlimm ist es eigentlich gar nicht«, sage ich zögerlich und öffne eine Schranktür, aus der mir ein muffiger Geruch entgegenkommt.

»Ähm, wir sollten unbedingt mal frische Luft hineinlassen«, schlägt Esther vor, nachdem sie das Türproblem hinter sich gelassen hat und über knarzende Dielen tippelt. Meike zieht ein weißes Laken von einem Sofa und legt es fachmännisch Kante auf Kante zusammen. Solja steht etwas befangen mitten im Raum. Als hinge sie Erinnerungen nach. Oder als überlege sie, wie sie möglichst heimlich hier verschwinden und uns unserem einsamen Schicksal überlassen könne. Ich gehe zu ihr und lege ihr meinen Arm um die Mitte.

»Komm, wir machen den schnuckeligen Ofen an«, schlägt sie nachdenklich vor und übergibt einen großen Weidenkorb an mich. »Früher haben wir auf ihm immer Tee gekocht.« Im nächsten Moment schiebt sie mich vor die Tür und in Richtung Scheune.

»Sag, mal. Hättest du nicht vorher einmal nach dem Rechten schauen sollen? Bevor wir alle hier aufschlagen?«, frage ich vorsichtig. Sie geht schneller. Unter ihren Schuhen knirscht es rhythmisch. Ich komme kaum nach und versinke förmlich in den Massen an Schnee. Ungeduldig winkt sie mich um die Ecke, zur Scheunenwand, an der sich unzählige Holzscheite stapeln. Ich schrecke zusammen, als sich ein Vogel wütend zwitschernd unweit von mir in die Luft schwingt.

»Ich hatte keine Zeit, Süße. Aber ich verspreche dir, du wirst dich hier wunderbar erholen können.«

Aha. Ich runzle die Stirn und beginne, trockenes Holz mit Schwung in den Korb zu befördern.

»Du meinst, nachdem wir einen Tischler und eine Putzfrau durch das Haus gejagt haben?« Ich gehe davon aus, dass Solja schon einen Plan hat, wer die Mängel fachmännisch behebt. Leider kräuseln sich ihre Lippen in einer ganz bestimmten Art und Weise, was mir schlagartig jegliche Illusion nimmt. »Niemand wird kommen. Wir müssen das selbst machen, oder?« Ich frage mich, wann Solja das letzte Mal selbst ihr Haus in Ordnung gebracht hat. Bei ihr und ihrem Übermann gibt es nämlich für jede Angelegenheit Fachpersonal.

»Ach, Liebes.« Sie schaut mir tief in die Augen, greift mit ihren behandschuhten Händen meine und zieht mich abrupt in ihren Arm. »Ich bin so froh, dass du hier bist und ich mich endlich um dich kümmern kann.« Ihre Lippen bewegen sich leise an meinem Ohr. »Weißt du noch, unser Spruch?«, fragt sie verschwörerisch.

Ich muss lächeln und mir wird trotz der Eiseskälte warm ums Herz. Mein Blick ruht auf dem See am Waldrand und ich lasse das Weiß in mich einsinken.

»Und ist es dein Herz, das bricht. Ich schenke dir meins im Sonnenlicht«, sagen wir wie aus einem Mund. Ich atme den Duft ihres Shampoos, als sie mich fester drückt.

»Und in diesem Sinne«, erklärt sie feierlich und gibt mich frei. »In diesem Sinne werden wir uns jetzt auf uns besinnen und Zukunftsvisionen erarbeiten, die ein Leben im Licht ermöglichen.« In ihren babyblauen Augen glitzert es. »Ich hab dich doch lieb«, flüstert sie und diesmal werfe ich mich in ihre Arme. Ein Kloß sitzt in meinem Hals und egal, wie sehr ich dagegen anschlucke, die ersten Tränen brennen in meinen Augen. Solja drückt mir einen Kuss auf die Wange und lässt mich abrupt los. Sie wechselt leicht gehetzt das Thema, um die emotionsgeladene Stimmung zu entschärfen. »Ich musste meine Täti länger besuchen als geplant. Sie bestand darauf, dass ich ihr Gestüt besichtige, weißt du?«

Ich nicke, immer noch damit beschäftigt, nicht loszuheulen.

»Und wie geht es deiner Tante so?«

»Ganz gut. Aber seit dem Tod meines Onkels führt den Betrieb keiner mehr mit fester Hand und Sachverstand«, erklärt sie und hilft mir mit dem Holz. »Dabei hat das Gestüt so viel Potential. Alleine die Stute, die wir letztes Jahr von ihr übernommen haben. Erste Sahne, sage ich dir. Ein Exterieur zum Verlieben.«

Wir eilen vorbei an einem alten Plumpsklo und einer kleinen Holzhütte, die die Sauna darstellen könnte, wieder in die schiefe Villa, die keine ist.

Als im Ofen ein Feuer prasselt und Solja mit Meikes Hilfe die alte und bedenklich glucksende Heizung in Gang gebracht hat, sieht die Welt schon ganz anders aus. Für mich zumindest. Ich finde es eigentlich gar nicht so schlecht hier. Immerhin passt das Haus mit seinem morbiden Charme und der etwas kränklich aussehenden Innenausstattung bestens zu meinem Gemütszustand.

»Vivien?!«, ruft Meike mich zu sich. Sie betätigt ungeduldig einen Lichtschalter in der einzigen Toilette. Mehr als das ist es auch fast nicht. Darüber kann selbst die Miniaturbadewanne nicht hinwegtäuschen. »Das Licht hier geht gar nicht richtig«, stellt Meike unglücklich fest und sieht mich fragend an. Die einsame Birne flackert schwächlich.

»Gib ihr doch mal Zeit«, schlage ich vor, als Meike sie wieder ausschalten will. Sie streicht sich unwirsch ihr braunes Haar zurück.

»Ich hätte es wissen müssen. Ich hätte selbst ein Hotel buchen sollen«, knurrt sie und lehnt ihren Kopf an den Türrahmen.

»Was hättest du wissen müssen? Dass die Villa ein altes verfallenes Feriendomizil ist?« Ich seufze.

»Wenn ich etwas in die Hand nehme, passiert so etwas jedenfalls nicht.« Eigenlob stinkt. Aber recht hat sie. Meike ist ein absolutes Planungstalent und organisiert für ihr Leben gern. Doch so ein Durcheinander sieht Solja eigentlich auch nicht ähnlich.

Endlich verströmt die kleine Glühbirne ihr weiches Licht in dem zweimal zwei Meter großen Raum mit türkisfarbenen Fliesen.

»Na, wer sagt es denn?« Meike quetscht sich hinein.

»Hey, warum geht das Radio nicht mehr?«, wundert sich Esther in der Küche.

Es dauert eine Weile, bis wir begriffen haben, dass die Stromversorgung in der Küche unterbrochen ist, sobald das Licht im WC leuchtet. Immerhin stehen wir nicht im Dunkeln, als Meike die Tür im Bad zudrückt, weil das Licht aus der Wohndiele hereindringt.

»Man kann ja nicht mal abschließen«, mault sie, weil sie es noch nie leiden konnte, wenn sie nicht ungestört Pipi machen kann.

»Wir sind doch hier unter uns.« Solja sieht mich verständnislos an und tippt sich an die Stirn.

»Ich weiß, dass du keine Hemmungen hast, Solja. Erspar mir einfach deinen Kommentar«, höre ich Meike versucht freundlich durch die Tür rufen.

***

Mir fällt ein, wie Solja und ich Meike und Esther kennengelernt haben. Janika, damals die fünfte im Bunde, die sich mit neunzehn auf Nimmerwiedersehen mit einem zehn Jahre älteren Typen nach Amerika abgesetzt hat, war daran schuld gewesen. Sie kannte die beiden gut erzogenen Mädchen schon aus dem Kindergarten. Janika sagte immer, sie seien in der Disziplin-Straße, Ecke Vernunft im Hause »heile Welt« geboren. Und wir eher am anderen Ende der Straße. Eines netten Sommertages, wir waren vierzehn, da trafen wir am Baggersee aufeinander und brachen gemeinsam nach Hause auf. Die Luft war lau und es dämmerte bereits. Solja und Meike begannen ihr erstes Kräftemessen.

»Reiten ist in meinen Augen kein richtiger Sport«, meinte Meike und beobachtete genau Soljas Miene, während sie ihre Fahrräder nebeneinander herschoben.

»Du hast ja keine Ahnung. Tennis kann ja jeder. Aber wenn du mit einem Tier zusammenarbeiten musst, ist das eine ganz andere Liga, Süße«, zwitscherte Solja und zog hinter Meikes Rücken eine Grimasse. »Und es ist zehntausendmal anstrengender als Joggen«, gab sie hinterher.

»Bist du überhaupt schon mal richtig gejoggt?«, wollte Meike wissen. »Ich meine, mehr als fünf Kilometer?«

»Natürlich«, log Solja und rümpfte die Nase. »Ich habe schon mal am weltberühmten Hermannslauf im Teutoburgerwald teilgenommen.«

Meike begann zu grinsen.

»Den darf man erst ab achtzehn laufen.«

Ich wich Soljas Blick aus. Das war unangenehm. Plötzlich riss Balu, Meikes dusseliger Bernasennenrüde, so heftig an der Leine, dass Meike mitsamt ihrem Rad auf den Schotterweg stürzte. Alles ging unheimlich schnell. Esther versuchte noch die Leine zu kriegen, doch Balu hatte ein Kaninchen entdeckt und dachte gar nicht daran, stehen zu bleiben. Solja sah dem

Hund, der dann abrupt inmitten der Zuggleise einfach stoppte, ungläubig nach. Meike heulte, weil ihr Knie blutete, hörte aber sofort auf, als sie begriff, dass Balu sich mit der Leine verheddert hatte. Das Kaninchen war über alle Berge, lachte sich womöglich in Anbetracht dessen, dass ein Zug bereits nahte und auf den doofen Hund zuhielt, gerade ins Fäustchen.

Solja reagierte als Erste. Sie rannte viel schneller, als ich es je auf Plateauschuhen gekonnt hätte, zu dem Hund hinüber. Meike humpelte vorwärts und brüllte nach ihrem Balu. Der winselte nur laut. Ich stützte Meike, der die Beine drohten nachzugeben. Wie aus einem Mund schrien wir beide auf, als der Zug um die Ecke rumpelte. Er war nur noch wenige Meter entfernt. Solja erreichte Balu und zog ihn hinter sich her. Eine gefühlte Ewigkeit verging. Ich presste mir die Hände auf die Ohren und zitterte am ganzen Körper, als der Zug vorbeiraste. Das Geräusch – dieses gleichmäßige Holpern und Kreischen – höre ich immer noch, wenn ich mich an diesen Tag erinnere. Solja war in Sicherheit und der dusselige Hund mit seinem zwischen den Beinen eingeklemmten Schwanz auch.

»Das war ja so etwas von irre«, wiederholte Esther in einer Tour.

Meike weinte und nahm Solja dankbar in die Arme. Balu schlabberte schuldbewusst an Meikes Bein herum und sprang an ihr hoch.

»Bäh. Der macht mir mein Kleid ganz schmutzig«, frotzelte Solja und nahm Abstand. »Kannst du den nicht mal richtig erziehen?« Sie machte eine winzige Pause und plapperte weiter. »In Finnland verstehen die Hunde mehr als hundert Befehle und gehorchen umgehend, wenn man einen ausspricht. Sie würden nie auf die Idee kommen, ungebeten einem Kaninchen hinterherzujagen.«

Der Vortrag kam so trocken rüber, dass ich die Erste war, die begann zu lachen. Gott, tat das gut, als sich die Anspannung auf diese Weise endlich wieder löste. Meine Finger prickelten vom Adrenalin und meine Knie waren immer noch weich. Esther und Meike stimmten als Nächstes mit ein. Janika, die eigentlich nur staunend danebenstand, fand das alles gar nicht lustig und verabschiedete sich abrupt von uns.

Zwischen Meike und Solja gab es von diesem Tag an ein liebevolles Kräftemessen, das nie ganz enden wollte. Und wir vier wurden die besten Freundinnen. Die allerbesten!

***

Esther schleppt Lebensmittel in die Küche und ich lasse mich mit dem Rücken an die Badezimmertür fallen.

»Wir können es ja so machen: Wenn Licht an ist, dann ist besetzt. Wenn es aus ist, ist frei«, schlägt Esther vor. Ich räuspere mich.

»Oder wir basteln ein Schild.«

Solja stellt sich gefährlich wankend auf einen Stuhl und öffnet einen Schrank.

»Und, Solja? Was macht Viktor so? Warum ist er nicht mit dir gekommen?«, fragt Esther und reicht ihr eine Tüte hinauf.

»Er hat zu viel zu tun. Sein Keksimperium leitet sich nicht von alleine.« Solja macht eine Pause und balanciert sich aus. »Neuerdings hat er höhere Ziele. Er kandidiert zur Wahl des Bürgermeisters.«

»Oha. Ehrgeizig ist er ja, das muss man ihm lassen.« Nicht nur, dass er der Keksgraf von Norddeutschland ist, jetzt will er auch noch in die Politik?

»Ja, das stimmt.«

»Du musst so stolz auf Viktor sein«, haucht Esther ehrfurchtsvoll.

»Natürlich. Ich wusste schon immer, was alles in meinem Hasen steckt. Seitdem er das Unternehmen seines Vaters übernommen hat, läuft er quasi zu Höchstformen auf«, tönt Solja und öffnet den nächsten Hängeschrank.

Noch ehe aus einem Gedanken ein Wort werden kann und ich eine Warnung ausspreche, knickt das Bein des Stuhls ein. Solja schreit auf und ich stürze zu ihr. Gerade noch rechtzeitig, bevor der Stuhl kippt. Etwas wird aus dem Regal gerissen und landet mit einem dumpfen Schlag in meinem Gesicht. Ich habe ein erneutes Schnee-Déjà-vu. Um mich herum rieselt Mehl auf die Dielen nieder. Meine Lungen ziehen sich zusammen und ich keuche.

»Mistding!«, schimpft Solja und klettert von dem kaputten Stuhl.

Meike kommt mit offener Hose aus dem Bad zu uns geeilt und nimmt Solja die Tüte mit Lebensmitteln ab. Das Licht in der Küche flammt wieder auf. Ich ringe weiter um Sauerstoff, bis ich Meike zetern höre.

»Sind das Mäuseködel?«, fragt sie spitz, als sie die braunen Kügelchen zwischen dem uralten Mehlstaub entdeckt. Ich muss würgen. Mäuse?! Die kann ich wirklich gar nicht gebrauchen. Andere haben vielleicht eine Clownphobie. Ich habe eine klassische Mäuseangst.

»Warte, ich helfe dir«, mischt jetzt Esther mit, putzt mir das Mehl aus dem Gesicht und die Panik gleich dazu. »Du siehst aus wie gepudert«, versucht sie, die Stimmung zu entschärfen.

»Was du nicht sagst«, antworte ich lahm und lasse es über mich ergehen, dass sie mir mit einem nassen Geschirrtuch das Gesicht wäscht, wie einem ihrer Zwillinge.

»Das ist halb so wild«, erklärt Solja wieder einmal. »Das Haus war lange alleine. Wir haben es in null Komma nix im Griff«, sagt sie mit wackeliger Stimme und schnappt sich ein Kehrblech.

Für einen Moment habe ich den Verdacht, es fehlt nicht mehr viel, und sie selbst rennt schreiend aus dem Haus. Zeit für meine Pillen!

***

Wenig später, die Küche ist akzeptabel sauber und eingeräumt, führt Solja uns die knarrende Holztreppe hinauf in einen schmalen Flur, von dem vier Zimmerchen abgehen. Jedes von ihnen verströmt eine ganz eigene Gemütlichkeit und ich verliebe mich auf Anhieb in eines mit einem breiten Bett aus weißem Metall. Ein Zimmer wie aus Emily Brontës Zeiten.

»Meins!«, rufe ich und betrachte den gewebten Teppich an der gegenüberliegenden Wand. Er hat verschlungene Muster, die mit ihren Sternen und Monden an Weihnachten erinnern. Neben ihm steht ein alter Schrank mit weißen Griffen. Vorsichtshalber teste ich auch hier die Lichtschalter und sie funktionieren tadellos. Die Heizung beginnt zu blubbern, was sicherlich auch ein gutes Zeichen ist. Solja steht unschlüssig im Raum.

»Schön, das war das Zimmer meiner Täti Elsa. Du hast Glück, ich finde, es ist das beste«, sagt Solja leise.

»War sie schon lange nicht mehr hier, deine Tante Elsa?«, frage ich und lasse mich auf die Matratze fallen.

»Ich glaube, seit dem Tod von Onkel Hanno nicht mehr.« Sie schweigt und starrt an die Zimmerdecke mit ihren Verzierungen. »Ist es nicht schön hier? In Finnland?«, höre ich ihr zu, während ich die Augen schließe.

»Mh«, brumme ich und ziehe meine Beine an den Bauch.

»Manchmal frage ich mich, ob es nicht schön wäre, hier alt zu werden.« Sie klingt nachdenklich.

»Aber du denkst jetzt nicht daran, auszuwandern und in diese Hütte zu ziehen, oder?«, hake ich nach und schaue sie wachsam an. Solja blickt ins Leere und spielt mit einer gelösten Haarsträhne.

»Hamburg zu verlassen, meinst du?« Sie spaziert zum Fenster und zieht die geblümten Gardinen vorsichtig auf. »Wo denkst du hin, natürlich nicht.«

»Na, da bin ich ja erleichtert«, platzt es aus mir heraus und ich ziehe die Decke über meine kalten Füße.

Von draußen fällt das letzte Licht des sterbenden Tages in den Raum und zeichnet Schatten an die Wand. In einem von ihnen steht ein Schminktisch mit einem Prunkspiegel, in dem ich mich jetzt betrachten kann. Meine grünen Augen blicken mir stumm aus meinem blassen Gesicht entgegen. Als würden sie fragen: Wer bist du, Vivien Hübsch? Was machst du hier?

»Und wer sind die Bekloppten, die mich hierhergebracht haben?«, flüstern meine Lippen ohne mein Zutun. Solja reißt ihren Blick von irgendwas da draußen los, was sie fixiert hatte, und sieht zu mir.

»Was sagst du, Liebes?« Ich kann ihre Miene nicht deuten.

»Nichts, nichts«, antworte ich unschuldig. Vor der Tür höre ich jetzt Esther und einen Koffer, der laut über die Dielen gezogen wird.

»Na, gut. Dann nehme ich eben das kleine Zimmer. Hab ich kein Problem mit«, verkündet sie.

»Du bist ein Schatz!«, ruft Meike aus einem anderen Zimmer.

Tja, jetzt ist es offiziell. Wir richten uns hier ein.

Solja geht hinaus. Nur kurz schaut sie zu mir zurück.

»Ich bin gleich nebenan, wenn du mich brauchst«, sagt sie und beim nächsten Wimpernschlag ist sie weg.

Ich bin alleine. Alleine mit mir. Alleine mit meinem Spiegelbild, das mich zweifelnd ansieht.

Kapitel 6

Ich weiß nicht, wie viel Zeit ich in diesem Zustand der schläfrigen Schwerelosigkeit verbringe. Als ich gähnend die Treppe hinunterkomme, traue ich meinen Augen kaum. Die Mädels haben das Wohnzimmer in den Inbegriff absoluter Behaglichkeit verwandelt. Meike, die Sauberkeitsfanatikerin, verstaut gerade ihre Sakrotansprühflasche und setzt sich auf das mit Kissen ausstaffierte Sofa. Kerzen brennen auf dem Tisch, der mit einer frischen Tischdecke enorm edel aussieht. Alles ist entstaubt und der muffige Geruch ist nahezu verschwunden. Meike wickelt sich in eine Decke ein. Solja bindet sich ihre langen Haare im Nacken zusammen und verschwindet in die Küche. Esther bemerke ich erst spät. Sie geht auf federnden Schritten durchs Haus und trägt etwas vor sich her. Ich kneife die Augen zusammen, um es besser erkennen zu können.

»Om Namo Narayana«, spricht Esther im Flüsterton und wedelt mit der Hand vor einem Räucherstäbchen herum. Ach, herrje. »Om Namo Narayana«, wiederholt sie und tänzelt graziös weiter.

Ihr Rock schwingt dabei um ihre Beine, und als sie ihren Kopf mit geschlossenen Augen in den Nacken legt, zuckt mein

Auge nervös. Meikes und mein Blick treffen sich und wir denken dasselbe.

»Ist das ein Mantra oder so was?«, will ich von Esther wissen.

Sie aber bedeutet mir nur, ruhig zu sein, und schreitet das nächste Zimmer ab. Ich lasse mich zu Meike auf das Sofa fallen. Eine Sprungfeder drückt mir dabei empfindlich in den Hintern.

»Das macht sie schon eine geschlagene halbe Stunde. Wir dürfen nicht mal das Radio anmachen«, berichtet Meike und schürzt dabei die Lippen.

Solja kommt mit einem Tablett und vier Tassen mit dampfendem Inhalt aus der Küche zurück. Sie trägt einen rosafarbenen Nickianzug und weiße Häschenpantoffeln, mit denen sie gefährlich schlittert. Ich komme ihr entgegen.

»Soll ich dir etwas abnehmen?«, biete ich an, doch sie weicht mir aus.

»Alles im Griff.« Esther kommt hochkonzentriert in unsere Richtung und Solja macht einen Ausfallschritt, um nicht in sie hineinzulaufen. Holla, die Waldfee! Esthers Wangen sind rosig und ihre Rehaugen leuchten. Noch ein Om und es scheint, als würde sie uns jetzt erst wahrnehmen.

»Was machst du zum Teufel?«, frage ich sie ein weiteres Mal. Sie zieht die Augenbrauen bis zum Haaransatz hoch, als verstünde sie nicht ganz. Vorsichtig platziert sie das letzte rauchende Stäbchen vor uns auf dem Tisch. Meike rümpft die Nase.

»Ich dachte, wir haben Rauchverbot?«, stichelt sie. Esther schnalzt missbilligend mit der Zunge.

»Das ist keine Zigarette. Und außerdem, wenn es danach geht, dürften wir den Ofen auch nicht befeuern. So wie der qualmt. Das ist bestimmt nicht richtig so.«

»Das liegt nur daran, dass der Kamin noch kalt ist und der Ofen nicht richtig abziehen kann. Das Problem wird sich erledigen«, erklärt Solja fachmännisch und gibt mir eine heiße

Tasse Punsch. Sie lächelt lieb und ich frage mich, wie viele der Probleme sich noch von alleine erledigen sollen.

»Ich finde es wichtig, dass man versucht, Räume mit so viel Geschichte mit positiven Energien zu reinigen«, meint Esther und Meike verbrennt sich an dem Heißgetränk.

»Du schlägst jetzt aber nicht vor, dass wir uns als Nächstes alle auf den Boden setzen, Händchen halten und mit irgendwelchen Engeln channeln, oder?«, frage ich amüsiert.

Im Winter vor Esthers siebzehnten Geburtstag hatte sie ein Erlebnis der besonderen Art. Wir liefen gerade Schlittschuh auf dem Baggersee, als es passierte.

***

»Wusstest du, dass Quallen bereits seit 500 Millionen Jahren auf der Welt leben?«, fragte sie damals und überholte mich gekonnt. Ich hatte Mühe, ihr zu folgen, und übersah eine Unebenheit im Eis.

»Was soll mir das jetzt sagen, Esther?«, wollte ich von ihr wissen.

Sie wandte sich über die Schulter zu mir um und fuhr eine Schleife. Ihre kastanienbraunen Locken lugten unter ihrer Mütze hervor und kringelten sich lustig um ihr Gesicht.

»Na, wenn das keine gute Nachricht für einige Menschen ist. Denn die haben ja auch kein Gehirn und überleben trotzdem.«

Jetzt fiel der Groschen. Sie spielte auf meinen Schwarm an, der sich als ziemlich einfach gestrickt herausgestellt hatte. Allerdings schwirrte mir die Frage im Kopf herum, wer dämlicher war. Er oder doch ich, weil ich mich von ihm verarschen ließ. Ich grübelte noch darüber nach, als ich ungeschickt eine Wende einlegte und frontal in Esther krachte.

»Verdammt«, heulte sie und ließ sich auf den Hintern fallen.

Ich versuchte, wieder klar zu sehen und nicht anzufangen zu heulen, weil meine Nase blutete. Tränen stiegen mir in die Augen und ich sah alles verschwommen.

»Oh Gott«, hauchte Esther plötzlich und zog ihre Mütze von ihrem Kopf. Zuerst dachte ich, sie meinte das bisschen Blut. Aber sie starrte an mir vorbei zum Ufer. Ich folgte ihrem Blick.

»Was ist denn?«

Ihr Mund öffnete sich, ihre roten Haare standen ihr wirr vom Kopf und leuchteten in der Mittagssonne. »Da, siehst du es nicht?«

Ich runzelte die Stirn und ließ endlich meine schmerzende Nase los.

»Nein, was denn?«, fragte ich leicht gereizt.

»Du kannst es nicht sehen?«, hakte sie vorsichtiger nach.

Ich verrenkte mir den Hals und spähte an Land, aber wir waren mutterseelenallein. Von dem Tag an schwor Esther, sie habe einen Engel gesehen. Eine Lichtgestalt mit dem Gesicht ihrer kürzlich verstorbenen Oma. Irre, nicht?

***

Esther macht sich groß. Meine Zunge berührt den Punsch und zuckt zurück. Heiß. Esther verengt die Augen ein kleines bisschen und forscht in meinem Gesicht.

»Du denkst auch, ich spinne, oder?«, fragt sie mit Empörung in der Stimme.

»Nein, ganz und gar nicht«, antworte ich unschuldig. Als sie sich zu mir setzt, kuschle ich mich an sie und lehne meinen Kopf an ihre Schulter.

»Thale und Fee lieben es, wenn ich ihre Zimmer säubere. Sie schlafen dann viel besser, sage ich euch«, erklärt Esther stolz. »Henry kann mit den Mantren auch nichts anfangen.« Sie macht eine Pause. »Wisst ihr, Klang besteht aus Schwingung und Energie. Und diese Energie kann positiv genutzt werden, um Stimmungen zu verändern. Das hat auch nichts mit Aberglaube oder so zu tun. Es sind uralte Weisheiten.«

»Hast du das aus dem Yogakurs?«, fragt Meike misstrauisch.

»Nicht direkt.«

»Wie, nicht direkt?«, fragt Solja und nimmt einen großen Schluck.

»Gut, wenn ihr es genau wissen wollt. Ich habe mich mehrfach mit unserem Yogalehrer getroffen. Er meditiert sehr viel und hat mir viel über mein Chakra beigebracht.«

Meike bekommt große Augen.

»Du meinst die Art Chakra, das auch beim Tantra eine Rolle spielt?«

»Du Luder!«, bricht es aus Solja heraus und ihre Augen strahlen belustigt.

»Tja, stille Wasser sind tief«, sage ich.

»Und dreckig«, lacht Solja. Wer hätte das gedacht.

Esther rudert hektisch mit den Händen und wird ein wenig rot.

»Nein, nein. Ihr versteht das völlig falsch«, versucht sie zu erklären. Aber gegen Meikes und Soljas Gelächter kommt sie kaum an, also wartet sie ab, bis sie wieder ruhig sind. »Was du meinst, ist das Sakralchakra. Und damit haben wir uns nicht beschäftigt.«

»Schon klar«, zwitschert Solja und dreht eine Locke um ihre beringten Finger. Esther muss jetzt selbst lachen.

»Liebste Solja, ich kann verstehen, warum dich dieses Thema interessiert. Für Menschen mit einer ausgeprägten Libido kann es sehr hilfreich sein, sein Sakralchakra kennenzulernen. Wenn du willst, ich hätte da eine Adresse für dich«, schlägt sie vor. Solja klappt der Mund auf.

»Das würde dem Herrn ‚angehender Bürgermeister' aber nicht gefallen, will ich wetten«, gibt Meike zu bedenken. »Ach, wie geht es dem Herrn Gemahl denn so? Wollte er sich denn das Gestüt gar nicht mit ansehen? Ich meine, immerhin hat er doch sonst gern das letzte Veto, welche Pferde für den Rennstall eingekauft werden?«, fragt Meike nach. Mir entgeht nicht das kurze Blitzen in Soljas Augen.

»Geschäfte, Geschäfte, meine Liebste. Du weißt doch, wo die Prioritäten liegen.« Ist das Bitterkeit in ihrer Stimme? Solja steht auf, setzt den Punsch an ihre Lippen und geht hinüber zu einer kleinen Anlage. Nur kurz wirft sie einen Blick zu Esther. »Ich nehme an, jetzt ist es erlaubt, die Musik anzustellen?«, vergewissert sie sich.

»Natürlich. Es ist alles vollbracht, um eine gesunde Stimmung in diesen vier Wänden zu garantieren.«

Oha! Na denn! Heimlich verkrümle ich mich nach draußen. Meine Pudelmütze ziehe ich mir tief ins Gesicht und krame das Feuerzeug aus meiner Jackentasche hervor.

»Geh schon an, du blödes Ding«, zische ich und jaule auf, als der Wind die Flamme an meinen Daumen bläst. Es ist dunkel, nur das Licht, das durch die Fenster dringt, erleuchtet die Veranda.

»Rauchen ist ungesund, mein Herz«, sagt plötzlich jemand hinter mir. Fast lasse ich die Kippe fallen. »Ich dachte, wir haben Rauchverbot?«, fragt Solja und nimmt mir meine Schachtel Lucky Strikes ab. Mit flinken Fingern fummelt sie sich auch eine heraus und zündet sie wesentlich geschickter an als ich. »Ein holperiger Start in einen Entspannungsurlaub, nicht wahr?«, flüstert sie beinahe.

Kalter Wind fegt über die Veranda und ich setze mich mit Solja auf die alte Hollywoodschaukel. Die Ketten über uns knarren bedenklich.

»Mach dir keinen Kopf«, antworte ich und sauge das Nikotin tief in meine ungeübten Lungen, die sich prompt schmerzlich zusammenziehen.

»Lass uns bloß aufpassen, dass unsere zwei Vernunftspuppen uns nicht beim Sündigen erwischen. Sonst gibt es ein Donnerwetter«, erinnert mich Solja verschwörerisch. »Pass auf auf dies, mach das nicht, das ist gefährlich, das tut man nicht.« Solja äfft die beiden lehrerhaft nach. Ja, so sind sie. Richtige Vollblutmuttis.

»Aber sie haben uns auch schon oft vor ziemlichen Dummheiten bewahrt«, gebe ich zu bedenken.

Solja zieht einen Schmollmund und atmet kraftvoll aus.

»Die beiden haben die Moral und die Tugend mit dem Milchfläschchen bekommen.«

Wir holen leicht Schwung und schaukeln.

»Gibt es so etwas in Flaschen? Das muss ich mir merken, falls ich mal Kinder bekomme, kann ich es ihnen auch geben«, scherze ich und muss daran denken, dass es vieles leichter macht, so zu sein wie Meike und Esther. Auf ihre Weise geerdet.

»Weißt du noch auf der Pfingstwiese im Dorf? Wie alt waren wir?«, frage ich Solja und ziehe meine Jacke fester um mich. »Wir waren doch zu viert dort, und als wir im Dunkeln über den Parkplatz sind, hat irgendjemand total Panik geschoben, weil uns eine Gruppe ausländisch aussehender Jungs entgegenkam.«

»Es waren Ausländer«, sagt Solja abwartend. Ihr rosa Nickianzug blitzt unter ihrer dicken Jacke hervor.

»Kann sein, jedenfalls mussten wir uns hinter Autos verstecken, weil – war es Meike? – weil sie Angst hatte, dass sie uns was tun könnten. Voll irre.«

»Wir waren nur zu zweit«, erklärt Solja ernst, nimmt einen tiefen Zug und ich rede ungerührt weiter.

»Und wir lagen fast im Dreck wegen dieser übertriebenen Vorsicht.« Ich ziehe an meiner Zigarette, muss aber husten, weil mir Soljas Miene nicht gefällt.

»Das war ich. Ich habe gesagt, dass wir uns besser verstecken.« Solja gluckst komisch. Eine Mischung aus Lachen und Bitterkeit. »Es war Torbens Schuld. Er hat mir eingetrichtert, dass ich das perfekte Vergewaltigungsopfer bin, wenn ich solchen Typen nicht aus dem Weg gehe.«

Ich halte die Luft an und betrachte Soljas Puppengesicht. Die zarte Nase, die schön geschwungenen Lippen.

»Mann, echt. Du warst aber ganz schön beeinflussbar«, stelle ich herb fest und denke an meine eigenen wackeligen Anfänge im Beziehungswesen. Habe ich eigentlich seitdem dazugelernt?

»Ich stand schön unter seiner Fuchtel«, gibt Solja zu und starrt in den nachtschwarzen Himmel. Dutzende Juwelensterne zeigen sich an ihm und mein Blick saugt sich an einem strahlend leuchtenden fest.

Plötzlich ertönt ein Knall neben uns. Ich schreie auf. Solja sieht so ertappt aus, wie ich mich fühle.

»Heilige Scheiße!«, flucht Meike und versucht die Tür, die wieder schief in den Angeln hängt, zu richten. »Da müssen wir dringend was machen. Das ist ja gemeingefährlich.« Eilig schnippe ich meine Kippe weg und sie vergeht wie eine Sternschnuppe mit einem Zischen im Schnee vor der Veranda. »Kommt ihr rein? Wir wollen anstoßen. Esther hat uns ein Lager aus Decken vor dem Ofen gemacht und den Sekt geköpft«, erklärt sie jetzt vergnügter und wir beeilen uns, ins Warme zu kommen. »Habt ihr geraucht?«, fragt sie misstrauisch, als wir ihr folgen. Sie hebt witternd ihre Nase.

»Nein, natürlich nicht«, antwortet Solja empört. »Der Geruch der Räucherstäbchen liegt hier nur überall in der Luft.«

Kurz darauf klirren unsere Gläser aneinander. Es ist sagenhaft gemütlich auf den Decken und Kissen und erinnert mich ein wenig an die Kindheit, als wir noch Höhlen und Schlösser aus Textilien bauten.

»Kippis! Auf eine unvergessliche Zeit!«, rufen wir gleichzeitig.

Das Feuer prasselt laut im Ofen und ich schaue zu, wie es um das trockene Holz züngelt.

»Vivi, hast du eigentlich schon einen Plan, was du jobtechnisch machen könntest, wenn wir zurück sind?«

Mein Lächeln friert ein.

»Falsches Thema!«, ruft Solja und gibt ein Buzzergeräusch von sich.

»Warte, lass doch mal. Das ist wichtig«, sagt Esther und zieht ihre Brauen kraus. Meike schenkt ihr Sekt nach. »Wir haben uns da was überlegt. Ich habe gerade mit Henry telefoniert und dabei in Erfahrung gebracht, dass sein Bruder …«

Oh nein, nicht Ole.

»Oh, ich sehe, du weißt, von wem Esther spricht?«, vermutet Meike amüsiert und streicht sich ihren Bob aus dem Gesicht.

»Jetzt warte doch erst mal ab. Er hat ein Consulting-Unternehmen und er sucht eine Sekretärin. Nichts Dolles, ein wenig Büroarbeit. Und nur Teilzeit. Aber du hättest einen Job.« Esther schaut mich abwartend an.

»Wollte der nicht mal was von dir?«, fragt Solja und dreht ihr Glas in ihren Händen.

»Von wem denn nicht?«, stelle ich die Gegenfrage.

»Du könntest doch mal mit ihm ausgehen. Er fragt viel nach dir«, schlägt Esther vorsichtig vor. Ihre Finger zupfen an einem imaginären Faden ihrer Retrobluse. Ich hole tief Luft.

»Danke, aber nein, danke.«

»Warum nicht? Er ist nett und ausgeglichen.«

Ja, das stimmt. Er ist nett. Und in diesem Fall ist nett die kleine Schwester von scheiße. Und ausgeglichen die Cousine von langweilig.

»Ich habe da so eine kleine Charakterschwäche. Die nennt man Würde«, antworte ich ernst.

Solja lacht auf.

»Ich sehe das ähnlich wie Vivi. Der Typ hat nicht mehr alle Latten am Zaun. Außerdem hat er mehr Haare zwischen den Augenbrauen als auf dem Kopf.«

Meike prustet los und mir wird das Ganze echt unangenehm.

»Aber sie hätte einen Job«, hält Esther dagegen.

»Wie gesagt, ich möchte nicht.«

»Vivi, du sollst nichts mit ihm anfangen. Es ist nur ein Job. Hartz IV ist doch keine Alternative.«

»Ich hab alles im Griff, okay?« Jetzt bin ich genervt.

Meike und Esther tauschen einen vielsagenden Blick.

»Schluss, aus, Ende, vorbei. Ich diskutiere mein Leben jetzt nicht weiter mit euch«, sage ich barsch.

»Na gut. Sag Bescheid, wenn wir dir helfen können«, antwortet Meike milde. Solja starrt in die Flammen.

Nach Minuten des Schweigens meldet sich Meike als Erste zu Wort:«Eigentlich ist es doch schön hier.« Sie streckt die Beine von sich und drückt ihren Rücken gegen Esthers. Aus dem Radio ertönt »Last Christmas« von Wham. »Kaum zu glauben, dass Weihnachten gerade vorbei ist und wir jetzt hier, kilometerweit entfernt von dem ganzen Trubel, gemütlich sitzen und plaudern.«

In diesem Moment klingelt Esthers Handy. Henry.

»Oh, da muss ich einmal …« Esther unterbricht sich und befreit sich aus Decken und der Umarmung von Meike, die ihr das Handy abnehmen will. »Nur kurz«, beteuert sie und steht auf.

»Was ist aus dem Handyverbot geworden?«, fragt Solja.

»Und was aus dem Rauchverbot?«, stellt Meike vorwurfsvoll die Gegenfrage.

Kapitel 7

Ich wälze mich von einer auf die andere Seite und vergrabe mein Gesicht in dem nach Mottenkugeln riechenden Kissen. Der alte Teddy ohne Augen, ein heimliches Überbleibsel aus meiner Kindheit, stürzt aus dem Bett und ich angle im Halbschlaf nach ihm. Meine Gedanken verheddern sich immer wieder in meinem plötzlich so vollen Kopf und stoppen bei Christian. Wie eine Platte mit einem ordentlichen Sprung wiederholen sich die Bilder in meinem Gehirn. Christian. Sein Lächeln. Die Art, wie er mir durch meine Haare fährt, bevor er mich küsst.

Als ich den Teddy an seinem Ohr zu mir heraufgezogen habe, schmeiße ich mich mit ihm murrend auf die andere Seite der Matratze. Das Bett ist viel zu groß für mich alleine und ich komme mir unendlich verloren vor. Trotz Teddy. Mein Herz schlägt mit jedem Atemzug langsamer und ich warte darauf, dass es stehen bleibt. Bleib stehen, bleib einfach stehen!

Ich denke an Silvester vor zehn Jahren. Die Raketen explodieren vor meinem inneren Auge. Solja knutscht mit Meikes Bruder und ich stehe neben Christian. Den halben Abend hatten wir damit zugebracht, uns gegenseitig sarkastische Sprüche und Sticheleien an den Kopf zu ballern. Es war ein richtiger Wettkampf und ich nahm ihn als Mann bis dahin überhaupt nicht ernst. Diesen doch recht kleinen Businesstypen mit seinem sarkastischen Charme und den lockeren Sprüchen. Bis er mich völlig unerwartet packte und an sich zog. Als seine Lippen auf meine trafen und mein Widerstand erlahmte, war es, als würde das Feuerwerk von Silvester direkt in meiner Brust explodieren.

Ich reiße die Augen auf und starre in das Dunkel des kleinen Zimmers. Nur vage dringt Mondlicht durch die geschlossenen Gardinen. Das Haus ist still, draußen heult ein Fuchs oder so. Heulen Füchse? Ich ziehe mir die Decke über den Kopf, der immer mehr zu schmerzen beginnt. Ist es möglich, dass Christian und ich doch noch glücklich werden könnten? Haben wir vielleicht noch eine Chance? Das Loch in meiner Brust beginnt zu bluten. Ich sehe ihn mit der anderen vor mir. Diese kleine, brünette Bitch, die unter ihm quiekt wie ein malträtiertes Meerschwein.

Ich schüttle meinen Kopf, um die Bilder wieder loszuwerden. Nein, das kann ich ihm einfach nicht verzeihen. Niemals. Hatte ich nicht eben vor dem Ofen noch behauptet, dass ich so etwas wie Würde besitze? Eine heiße Träne verfängt sich in meinem Wimpernkranz und trübt meinen Blick, der an einem silbrigen Lichtstrahl an der Wand hängt.

Was war das?

Mit einem Mal sitze ich senkrecht im Bett. Ein gellender Schrei dringt zu mir durch. Ich halte die Luft an. Eine Sekunde ist es wieder still, dann ein Poltern und noch ein spitzer Schrei. Meike! Ich springe aus dem Bett und verheddere mich in der Decke. Mit den Händen schramme ich über den Boden und krache mit dem Bein an den Nachttisch. Ein stechender Schmerz wird durch mein Knie geschickt und lässt mich aufheulen. Schritte jagen die Treppe hinunter, als ich endlich die Tür erreiche.

»Was, was ist los?«, keuche ich, als das Licht aufflammt. Sterne tanzen vor meinen Augen. Ich humple weiter. Als Erstes rennen mir Szenarien eines brennenden Hauses durch den Kopf und jagen mir eine Heidenangst ein. »Brennt's etwa?«, frage ich ängstlich und bekomme keine Antwort.

Ich stolpere Esther in ihrem indisch aussehenden Schlafkleid hinterher, die fast schon unten angekommen ist. Meike schreit jetzt wie am Spieß. Als würde man sie lebendig häuten.

»Weg, hau ab! Du Mistding!«

Die Rocker? Ich übersehe eine Stufe, falle und hänge am Geländer, das ein gefährliches Knarren von sich gibt. Mein Magen zieht sich zusammen.

»Was ist das?!«, schreit Esther jetzt entsetzt und weicht zurück.

Ich krache in sie hinein. Eine Art Knurren oder Kläffen ertönt.

Solja in einem seidigen Negligee kommt mit einem Besen bewaffnet um die Ecke und hält auf den Tumult in der Küche zu. Ich stolpere ihr hinterher und ducke mich unter dem Besen, den sie über ihren Kopf schwingt, als sie zu einem Schlag ausholt. Dummerweise trifft sie die Küchenlampe dabei. Der Lichtkegel jagt durch den Raum. Und noch etwas Kleines, Pelziges, Dunkles, das bedrohlich knurrt. Mir wird schwindelig. Auf dem Küchenboden liegen unsere Lebensmittel verteilt. Meikes Sojamilch bildet kleine Flüsschen auf den blauen Fliesen.

»Was ist das?«, schreit Esther erneut, als das Ding über den Boden jagt.

»Eine Riesenratte!«, kreischt Meike, die im blauen Pyjama auf einem Stuhl steht. Sie hat am Hinterkopf ein Vogelnest.

»Das ist ein Vielfraß«, antwortet Solja ruhiger und gibt dem kleinen Monster, das mit gebleckten Zähnen auf sie zuhält, einen kräftigen Schubs mit dem Besen. »Mach die Haustür auf, Vivien!«, kommandiert sie.

Mein Kiefer klappert vor Entsetzen beim Anblick dieses tollwütigen Tieres, aber ich gehorche und flitze zur Tür. Mit viel zu viel Schwung reiße ich sie auf. Kalte Polarluft jagt mit tausenden Schneeflocken in den Raum und bläst mir die verschwitzten Haare aus dem Gesicht. Etwas geht in der Küche klirrend zu Boden. Dann ein weiteres Krachen und Meike stürzt kreischend aus dem Raum in das Wohnzimmer. Geistesgegenwärtig schnappe ich mir einen nahen Stuhl und werfe ihn zwischen sie und das Monster, das ihr dicht auf den Fersen ist. Der Vielfraß bleibt abrupt stehen, hält witternd die Nase in den Wind und fixiert mich anschließend aus düsteren Raubtieraugen. Oh, oh.

Ich weiche rückwärts und stehe mit dem Rücken zur Wand, die Tür im Griff. Solja jagt mit Kampfgeschrei heran, wie eine Amazone. Das skurrile Bild brennt sich in meinen Geist. Ihre linke Brust liegt frei, ihre Haare wehen und der Besen schabt über den glatten Boden. Das Vieh knurrt und beißt wie ein verrückter Hund um sich. Sein Kiefer malmt sich in die Borsten und er zieht kräftig. Es entsteht ein Kampf um den Haushaltshelfer und Solja kreischt ängstlich auf, als sie den Besen fast verliert. Esther wirft aus sicherer Entfernung mit Kissen nach dem Tier und es lässt vom Besen ab. Meine Hände krallen sich in die offen stehende Tür. Dann bleckt das etwa katzengroße Vieh die Zähne und hält auf mich zu. Scheiße! Ich bin geliefert.

Wie festgefroren stehe ich da und kann mich nicht rühren. Ein Schrei löst sich aus meiner Kehle, als ich denke, dass es sich jeden Moment auf mich stürzt und mich zerfleischen wird. Zwei Meter, ein Meter, nur noch wenige Zentimeter … und es jagt durch die offene Tür nach draußen.

Mit Schwung werfe ich die Tür ins Schloss und drücke mich dagegen. Solja bläst sich eine gelöste Locke aus der Stirn und ordnet ihre Brüste.

»Wie zum Teufel kommt denn das Ding hier rein?«, fragt Esther mit gefährlicher Ruhe und sammelt die Kissen vom Boden auf. Sie ist kurz vorm Platzen. Ihre Halsschlagader tritt deutlich hervor und ihr Mund ist zu einem Strich verzogen. Sie bemüht sich, wieder ruhig zu werden. Ich wette, sie zählt innerlich bis zehn.

»Keine Ahnung«, antwortet Solja locker und zuckt mit den Schultern.

»Kommt mal in die Küche«, fordert Meike, die sich bereits die Bescherung anschaut.

»Na gut. Das kann jetzt alles in den Müll. Aber das macht nichts«, erklärt Esther immer noch um Haltung bemüht und hält dabei einen ausgelaufenen Tetrapack in spitzen Fingern.

Solja stellt den Besen an die Wand und verkündet: »Schön. Dann gehen wir eben morgen einkaufen.«

»Schön?!«, hakt Meike nach. »Wie kommt das Tier ins Haus? Das ist ja lebensgefährlich.«

»Geht so. Vielfraße sind manchmal etwas angriffslustig, aber ich habe noch nie von einem Fall gehört, bei dem ein Mensch ums Leben gekommen ist«, berichtigt Solja und zupft an ihrem Negligee.

Meike legt den Kopf schief und lässt sich auf einen Stuhl sinken. Ihre Haare fallen ihr wie ein Fächer um das erhitzte Gesicht. Ich hebe derweil umgekippte Stühle wieder auf, stelle sie an den Tisch und setze mich ihr gegenüber.

»Ich weiß nicht, wo der reingekommen ist.« Solja streicht sich fröstelnd über die Arme.

»Wir sollten das Haus untersuchen. Nicht, dass er seine Freunde mitgebracht hat«, gibt Esther zu bedenken.

»Vielfraße sind Einzelgänger«, sagt Solja und gießt sich ein Glas Wasser ein.

»Wie beruhigend«, flüstert Meike sarkastisch.

»Vielleicht sollten wir gleich den Kammerjäger holen?«, schlägt Esther vor. »Eine Reinigung mit Mantren reicht hier nicht aus.«

»Vielleicht ist er durch die alte Vorratskammer gekommen?« Solja öffnet eine Luke im Heizungsraum, die eine Art Kriechkeller freilegt.

Esther zieht eine Grimasse.

»Ja, schau doch. Da ist ein Loch. Und die komische Luke schließt nicht richtig. Kann sein, dass es dort rein ist.«

»Kann sein«, antwortet Solja resigniert.

»Und wo der durchpasst, passen auch andere Raubtiere durch«, fällt Meike ein.

Solja rollt mit den Augen.

»Da liegst du goldrichtig, Meike. Bären, Wölfe und nicht zu vergessen ein T-Rex passt da auch durch und könnte uns im Schlaf fressen«, zischt sie jetzt sichtlich gereizt. Dann gähnt sie. »Ich muss schlafen. Ich brauche meinen Schönheitsschlaf nämlich. Wir können uns morgen eingehend mit den Gefahren des Landlebens beschäftigen.«

Meike klappt der Mund auf und wortlos wieder zu. Ich mag es, wenn sie sprachlos ist. Das kommt selten genug vor. Aber jetzt wünschte ich, ihr würde etwas Passendes einfallen, damit Solja zur Vernunft kommt. Doch sie schaut nur zu, wie Solja aus der Küche rauscht und die knarrende Treppe hinaufeilt.

»Tja, Mädels. Dann bleibt die Arbeit wohl an uns hängen«, sage ich wenig belustigt.

Meike hilft Esther, die Unmengen Sojamilch und Saft aufzuwischen. Ich nehme mir das angeknabberte Brot, die Kekse und das zerdrückte Obst vor und befördere es in eine Mülltüte. Eine gefühlte Ewigkeit später schlüpfe ich mit eiskalten Füßen in mein Bett. Es dauert keine Minute und ich bin eingeschlafen, diesmal ohne gegen Visionen von Christian ankämpfen zu müssen.

***

Müde spähe ich auf meinen Handywecker. Es ist fast neun Uhr und stockfinster im Zimmer, also überlege ich, mich einfach in die Decke einzurollen und weiterzuschlafen. Leider dringen laute Geräusche von unten zu mir hoch und locken mich aus den warmen Federn. Gähnend trotte ich die schmale Treppe hinab und entdecke als Erstes Meike, die Dehnübungen auf dem kleinen, weißen Teppich im Wohnzimmer macht. Sie grüßt knapp.

»Noch müde?«, frage ich sie, weil sich deutlich dunkle Schatten unter ihren Augen abzeichnen.

»Geht so«, antwortet sie karg und lässt sich nicht von mir aus dem Takt bringen.

Ich recke mich herzhaft und entdecke eigentümliche Gegenstände auf dem Fußboden. Eine alte, mit roter Farbe verzierte Holztruhe steht vor der Tür des Heizungsraumes.

»Wie ich sehe, habt ihr Maßnahmen ergriffen?«

»Ja«, antwortet Meike verbissen und beginnt mit Sit-ups. »Ich hoffe, das Tier kann somit wenigstens nicht mehr ins Haus und verliert die Lust an dem Kriechkeller«, erklärt sie.

Ich runzle skeptisch die Stirn.

»Und ihr habt Schätze dabei gefunden, wie ich sehe?«

Mein Fuß stupst eine verschrammte Taucherbrille.

»Ach, das. Wir haben die Kiste geöffnet und diese ganzen alten Sachen lagen drin. Cool, nicht wahr?«

Jetzt lächelt sie und Grübchen zeigen sich auf ihren Wangen. Ich hebe eine alte Schwimmflosse auf, von der ein beachtliches Stück fehlt, als wäre es von einem Raubfisch abgebissen worden, und drehe sie vor meiner Nase.

»Na, da bin ich mal gespannt, wofür wir die noch brauchen werden«, sage ich, lege sie zurück und steuere die Küche auf dem Weg zum Bad an.

Solja müht sich gerade mit einer vorsintflutlichen Kaffeemaschine ab und schenkt mir ein strahlendes Lächeln, als sie mich entdeckt.

»Hi, ausgeschlafen?«

Ich brumme etwas Unverständliches und schaue mich um. Im Ofen prasselt neues Feuer und mir ist sofort klar, wer hier den Laden als Erste zum Laufen gebracht haben muss: Esther. Sie kommt putzmunter und angezogen zur Haustür herein und tritt dicke Schneemassen in den Raum, während sie den Korb mit neuem Feuerholz vor sich her balanciert. Sie lacht mir fröhlich zu.

»Ich bin die Letzte, die aufgestanden ist«, stelle ich fest.

Solja schaut von dem Relikt zur Kaffeeherstellung auf.

»Süße, du darfst das. Schlaf dich ruhig aus. So viel du magst.«

»Aha«, antworte ich misstrauisch und schlendere an ihr vorbei ins Bad. Das sind ja ganz neue Töne aus ihrem Mund. Sonst kommt sie immer mit dem ‚frühen Vogel' an.

Nach Minuten spuckt der Duschkopf endlich warmes Wasser aus und ich lasse das Nass über meinen Körper laufen. Gott, tut das gut. Ich weiß nicht, wie viel Seife ich nehme, um mich zu waschen, aber ich vermute, es würde für die gesamten Elefantenwaschanlagen in Neu Delhi reichen. Die Badewanne geht fast unter im Schaum und ich habe viel damit zu tun, sie wieder in Ordnung zu bringen.

Während ich mich dabei ertappe, dass ich ein Lied summe und den Fön anstelle, geht ein mächtiger Knall durch das kleine Haus.

Verblüfft stehe ich nackt im Dunkeln.

Solja kreischt. Meike flucht. Dann ist alles leise. Gespenstisch leise für eine Weile.

Eine fiese Welle Heimweh schwappt über mich hinweg und nimmt mir den Atem. Es dauert eine Ewigkeit, bis sich meine Augen an die plötzliche Finsternis gewöhnt haben und ich Umrisse in dem kleinen Bad ausmachen kann. Draußen beginnt es anscheinend noch lange nicht zu dämmern. Schritte. Vor der Tür wird etwas bewegt.

»Vivi, alles okay?«, fragt Solja ängstlich und sucht den Türgriff.

»Ja, alles in Ordnung.« Außer, dass ich einen miesen Schreck bekommen habe und nackt und frierend hier stehe, ist alles total tutti.

»Die Sicherung ist rausgesprungen«, erklärt sie mir und öffnet vorsichtig die Tür. In dem aufflammenden Licht ihres Feuerzeugs leuchten ihre blauen Augen gespenstisch. »Das Universum hat wirklich gerade ein Problem mit uns, oder?«, flüstert meine Freundin und sieht aus, als würde sie selbst gern eine gepflegte Runde weinen.

Ich stehe belämmert da und angle nach einem Handtuch.

»Solja, mach dir nichts draus. Das Universum ist eine willkürliche Mistkuh!«

***

Etwa zwei Stunden später sitzen wir in dem beengten Fiat, der nach einer kalten Nacht nur widerwillig angesprungen ist, und fahren in einen kleinen Ort, dessen Namen ich weder lesen noch aussprechen kann. Solja steuert das Auto über verschneite Straßen und unterhält sich mit Meike, die neben ihr sitzt. Esther hört interessiert zu.

»Also, ich schwöre euch. Die BHs, die diese Frau auf ihren Homepartys verkauft, sind einfach der Hammer. Kein Zwicken, kein Zwacken und die halten den Busen da, wo er sein soll«, erzählt Meike. »Das wäre was für dich, Esther.«

»Und das Prinzip ist wie bei den Tupperpartys, oder was?«, fragt Solja amüsiert.

Ich schnaufe. Toll. Das Thema des Tages: Hausfrauenpartys.

»Ich habe von diesen Veranstaltungen gehört. Sollten wir auch mal probieren«, schlägt Solja vor und stellt die Heizung höher, damit die Scheibe nicht komplett einfriert.

»Was? Tupper für die Titten?«, frage ich irritiert.

Esther stößt mich grinsend von der Seite an.

»Ja, genau.« Sie räuspert sich und macht sich auf ihrem Sitz groß.

»Ich war letztens bei einer Nachbarin, die hatte die Dildofee da.« Abwartend schaut sie in die Runde. Meike dreht sich zu ihr um.

»Nicht dein Ernst.« Solja kichert erstickt. »Erst die Sache mit den Chakren und jetzt die Dildofee«, grunzt sie.

»Ach, du wieder. Nein, das ist eine Party für Paare oder Frauen, bei der Spielzeug für Erwachsene nicht das Einzige ist, was angeboten wird. Und die haben wirklich interessante Produkte, sag ich euch. Ein Körperpuder zum Beispiel. Oder auch Badeöle, die super für Neurodermitis sind.«

»Oh, Hautkrankheiten fördernd? Das kenne ich von Billig-Produkten aus China auch«, mische ich mich ein.

»Nein, *gegen* Neurodermitis.« Esther schaut mich strafend an.

»Und ganz zu schweigen von den Dildos«, lacht Solja wieder.

»Hast du keinen?«, fragt Esther versucht provokativ und ihr Erröten verrät sie.

Solja verschluckt sich.

»Nein, wieso sollte ich?«

»Wenn du nicht weißt, wovon du sprichst, solltest du dich nicht lustig machen.«

Jetzt klinken sich meine Gedanken wieder aus. Christian hatte mir vor drei Jahren zu Weihnachten einen Dildo geschenkt. Er schlug unschuldig vor, dass wir unseren sexuellen Horizont erweitern könnten. Mir war das Vibrieren irgendwie zu viel des Guten. Der Orgasmus war viel zu mühselig gekommen und viel zu schnell wieder vorbei gewesen. Als wäre er einfach verpufft. Da beschloss ich, dass ich diese Art von Spielzeug nicht brauche.

Ich drücke meine Stirn gegen die kalte Fensterscheibe. Wie durch Watte dringen Gesprächsfetzen der Mädels und ihr Gelächter zu mir durch. Ich sehe Christian vor mir und kneife mir in die Nasenwurzel. Ein Dildo zu Weihnachten. Pah! Wie hätte ich wissen sollen, dass er es nur gut mit mir gemeint hatte. Er wollte halt nicht, dass ich mich langweile, wenn er sich bei der anderen verausgabt. Ob damals schon etwas mit diesem Mädchen lief?

»Sex ist ungemein wichtig«, höre ich Esther zu. »Er vertieft das Vertrauen und die Gefühle in der Partnerschaft. Eine Beziehung ohne Sex ist nicht gesund, sag ich euch. Also, Henry und ich versuchen daran zu arbeiten. Mit Kindern ist das manchmal nicht so leicht.« Sie macht eine kurze Pause. »Wir wollen die Kinder gern jedes zweite Wochenende zu den Großeltern geben«, sagt sie nachdenklich.

»Hut ab. Solche strapazierfähigen Großeltern muss man erst mal haben«, gibt Meike zu bedenken.

»Ihr habt also nur alle zwei Wochen Sex?«, fragt Solja stichelnd.

»Nein, das habe ich nicht gesagt.« Esther verstummt kurz. »Manchmal weniger, weil die Großeltern die Kinder nicht nehmen, wenn sie krank sind.«

Solja macht ein mitleidiges Gesicht.

»Aber erzähl doch mal von dir. Wie läuft es denn so mit deinem bald Bürgermeister?«, stellt Esther die Frage.

»Ja, genau. Details bitte«, mischt Meike lauernd mit.

Soljas Stimme bekommt einen gekünstelten Klang, und als sie beginnt zu erzählen, weiß ich, dass sie aufschneidet.

Sex. Christian und ich hatten die letzten Monate, die wir zusammen waren, wenig bis gar nicht miteinander geschlafen. Ich hatte es auf den Job und die stressigen Hochzeitsvorbereitungen geschoben. Wie lange hatte ich eigentlich keinen Sex mehr gehabt? Meine Stirn lehnt noch immer an der Autoscheibe und überträgt kleine sanfte Stöße und Schläge auf meinen Kopf, während wir über Schlaglöcher holpern.

»Vivien, schläfst du?«, erkundigt sich Esther und drückt kurz meine Hand.

»Nein.«

»Solja meint, sie hat den ultimativen Tipp zur Orgasmus-Garantie.«

»Hört, hört.«

»Do it yourself?« Esther lacht.

Solja fährt auf eine Ampel zu und bremst. Schneeflocken schweben vor meiner Nase umher und mein Blick folgt ihnen. Sex wird doch überbewertet. Wie kann etwas so Banales so wichtig sein? Mein Blick schweift in die Fahrerkabine eines grünen Volvo, der neben uns steht, und bleibt zuerst an sturmgrauen Augen hängen, bis er zu einem sinnlichen Männermund wandert. Meine Finger heben sich an die Fensterscheibe, legen sich warm daran. Mein Atem zeichnet weiße Wölkchen an das Glas. Am liebsten würde ich diese Lippen mit meinen Fingerkuppen berühren. So schöne Lippen. Ein Kribbeln bahnt sich in meinem Bauch an. Mein Gott, was fantasiere ich da? Der Mann beginnt zu lächeln, ich hebe den Blick und starre ihm offen ins Gesicht. Verdammt! Meine Libido verselbstständigt sich und zeigt mir Trugbilder. Das ist doch der Typ von der Fähre!? Meine Fata Morgana winkt mir zu. Die Verblüffung steht ihm genauso ins Gesicht geschrieben wie wahrscheinlich mir. Ich blinzle verwirrt. Als Solja wieder anfährt, hebe ich ungelenk die Hand und winke zaghaft. Er formt etwas mit seinen schönen Lippen, was ich nicht verstehe, und dann ist er weg. Ich verrenke mir den Hals, um zu sehen, wo er hinfährt. Aber keine Chance.

Kapitel 8

Ich bin immer noch etwas daneben, als wir über den riesigen Supermarktparkplatz gehen und auf den Laden zuhalten. Ein großer geschmückter Weihnachtsbaum steht noch direkt am Eingang des K-Markets. Solja nimmt meine Hand und zieht mich mit sich, wie damals, als wir das erste Mal die Uni betraten und ich mich ein wenig fürchtete.

Gleich am Eingang befinden sich Süßigkeiten und Chips. Esther lädt etwas davon in den Einkaufswagen und kriegt sich über den Namen der Chips nicht mehr ein.

»Gibt's denn so was? Guck mal.« Sie hält Meike die Tüte entgegen.

»Megapussi«, liest Meike laut. »Ha, Solja, die sind für dich!«, fügt sie hinzu.

Solja macht eine überlegene Geste und stolziert in den nächsten Gang. Ihr schwarzer Mantel schwingt um ihre Hüfte und sie lässt einen Finger über die Regale wandern.

Ich folge ihr.

Meike flüstert etwas und Esther lacht schallend.

»Die sind doch wirklich zu albern«, höre ich Solja zischen, als eine Finnin mit Kind um die Ecke biegt. Ihre Mimik sagt alles: Touristen!

»Oh, guck mal. Ein meterlanges Regal mit Gummizeugs zum selber Aussuchen und Abwiegen«, ruft Meike und verschwindet mit dem Einkaufswagen.

»Die Kinder würden ausflippen!«, höre ich Esther, die ihr nacheilt.

Solja dreht sich zu mir um und murrt:

»Wer braucht Kinder, wenn er diese Hühner im Schlepptau hat?«

Wenig später stehen wir vor einem Kühlregal mit unzähligen Milchprodukten. Zumindest gehe ich davon aus, dass es welche sind. Auf den Tetrapacks sind zumindest Kühe abgebildet. Seilspringende Kühe. Tanzende Kühe. Kühe, die Schlittschuh laufen. Ulkig.

»Und welche ist jetzt laktosefrei?«, fragt Meike nach einer Weile und streicht sich die glatten Haare hinter die Ohren, während sie sich ratlos umsieht. Solja reagiert nicht. »Du weißt, ich vertrage keinen Milchzucker«, wird sie energischer von Meike an ihre Lebensmittelallergie erinnert.

Solja erbarmt sich und studiert die Verpackungen. Ihre roten Lippen bewegen sich stumm dabei.

»Die hier«, erklärt sie selbstsicher und tippt mit ihrem manikürten Finger auf einen der Tetrapacks.

»Bist du sicher?«, fragt Meike stirnrunzelnd und dreht die Packung vor sich hin und her.

»Ja, hier ist keine Kuh drauf, oder?«

»Das heißt ja wohl nichts. Was sagt denn die Inhaltsangabe?«, meldet sich Esther zu Wort und hilft suchen, bis sie etwas Interessanteres findet:

»Schau mal, was ist das denn?«, trällert sie begeistert.

Solja fängt die Tube unbekannten Inhalts.

»Ach, Süße, das ist Lakritzpaste. Damit kannst du zum Beispiel Eis verzieren oder du schmierst es auf Brot«, erklärt sie gedankenverloren und sucht die Regalreihe nach Butter ab.

»Ist ja widerlich«, sage ich und schüttle mich vor Unbehagen. Ich hasse Lakritze.

»Das müssen wir mal ausprobieren«, schlägt Esther vor und die Tube hüpft in den Einkaufswagen.

Ich mache Würgegeräusche.

»Du bist im Ausprobiermodus, oder? Dildos, Chakren …«

Sie unterbricht mich und sieht plötzlich ungewohnt deprimiert aus.

»Hört doch mal auf mit dem Quatsch. Ich erzähl sonst gar nichts mehr«, mault sie.

Was ist denn jetzt los?

»Gibt es denn keine Sojamilch?«, verschafft sich Meike wieder Gehör und schiebt Esther sanft zur Seite.

»Bestimmt«, meint Solja und stolziert weiter das Regal entlang.

Plötzlich ertönt hinter mir ein fröhliches: »Kippis!«

Ich wirble herum. Sven, der rothaarige Wikinger, steht vor mir und breitet die Arme aus. Ehe ich mich versehe, drückt er mich herzlich an seine Männerbrust. Seine Barthaare kitzeln mich dabei am Ohr. Ich erstarre zur Salzsäule.

»Hi«, murmle ich und mache mich aus seiner überschwänglichen Umarmung frei. Und schon kommt der nächste Bärtige um die Ecke und schiebt einen Wagen mit unzähligen Flaschen Bier und sehr viel Wurstwaren vor sich her.

Komisch. Fast jede Verpackung der Fleischwaren trägt einen deutschen Namen. Hubert. Wilhelm. Als denke der Finne, Wurst sei eine Erfindung der Deutschen. Wie auf ein Zeichen kommt der Letzte aus dem Trio angefahren. Wie ein Kind lässt er den Einkaufswagen mit Köttbullar – Ikea lässt grüßen – und Silvesterfeuerwerk vor sich her donnern und springt bei voller Fahrt auf. Gefährlich nahe passiert er einen Turm mit Fruchtsäften.

»Hei kauneus«, sagt der Hüne, als er vor Solja stehen bleibt. So wie es aussieht, handelt es sich dabei um ein Kompliment, denn Solja bedankt sich und beginnt ein Gespräch. Esther guckt komisch und beeilt sich, die Lebensmittel, die wir noch brauchen, zusammenzutragen.

»Kippis«, beginnt Sven erneut. Ich lächle unsicher. »Lust?«, fragt er und macht ein nachdenkliches Gesicht. »Lust reki?« Jetzt macht er seltsame Vor-und-zurück-Bewegungen mit den Armen und jubelt dabei.

Ohgottohgott. Was hat er denn?

»Laskea mäkeä.« Wieder eine seltsame Hüftbewegung. Er versucht erneut, mir was begreiflich zu machen, und der Verdacht, dass er mir gerade etwas Schweinisches erklärt, drängt sich mir auf. Er zwinkert und grinst.

Ich lache aus Höflichkeit mit.

Solja unterhält sich bestens in finnischen Bruchstücken und deutschen Wortfetzen.

Als wir durch die Kassen durch sind, steuern die drei Männer zielsicher Spielautomaten an und winken uns zu sich.

»Nein, lass uns einfach schnell verschwinden. Wir sollten ihnen nicht das Gefühl geben, dass wir an ihrer Gesellschaft interessiert sind«, zischt Meike.

Solja macht ein verdutztes Gesicht und knöpft sich ihren Tweedmantel zu. »Sind wir nicht?«, fragt sie und erntet einen Knuff von Esther.

»Die sind mir nicht ganz koscher«, sagt Esther und schiebt die Einkäufe gen Ausgang.

Solja hebt leicht ihre Brauen. »Die sind doch Zucker.«

Zucker? Ich glaube, mir fehlt die Fantasie, um sie mir ohne Pelz im Gesicht vorzustellen.

»Nicht dein Ernst«, antworte ich darauf.

»Doch, ich glaube, das sind ganz anständige Jungs. Mit Muskeln«, neckt Solja und Meike schnappt nach Luft.

»Nein, Solja. Die anständigen Jungs sitzen zu Hause und warten auf uns«, unterstreicht Meike lehrerhaft.

»Klar.« Soljas Augen funkeln angriffslustig.

»Auf mich wartet keiner«, mische ich mich ein. »Dennoch haben die drei etwas Wildes an sich«, pflichte ich Meike bei.

»Ja, wilden Bartwuchs. Sonst sind die lammfromm«, kontert Solja.

»Das weißt du woher?«, bohrt Meike nach.

»Menschenkenntnis?«

Meike lacht auf und über Soljas Miene huscht ein dunkler Schatten.

Esther wird langsamer mit dem Wagen, als ahne sie, dass es gleich gehörig krachen würde, wenn sie nichts tut.

»Ähm, mal ein anderes Thema. Hat schon jemand über unseren Silvesterabend nachgedacht? Brauchen wir eigentlich auch Raketen?«, fragt sie, um Solja und Meike auf andere Gedanken zu bringen.

»Raketen? Brauchen wir nicht. Wir haben doch zwei Pulverfässer«, sage ich phlegmatisch und stolpere fast über meine eigenen Füße, als Esther mich schubst.

Die Wikinger winken, als ich zu ihnen hinüberspähe.

»Kippis!«, ruft jemand.

Ja, prost. Ich hebe müde die Hand und Solja nimmt das zum Anlass, den Wagen mit Esther daran und mich zu ihnen zu lotsen.

»Wir gehen nicht, ohne unser Wechselgeld an den Automaten zu verspielen«, bestimmt sie.

»Was!?«, haucht Meike und schaut sie an, als hätte sie den Verstand verloren.

»Das macht man hier so. Dieses Geld kommt der außerschulischen Jugendarbeit von Finnland zugute. Und zwar bis zu neunzig Prozent davon«, erklärt Solja schnippisch, fegt sich ihre langen Haare zurück und wackelt davon.

Die drei Finnen begrüßen uns mit einem lauten »Hallo« und wir sind für die nächsten zehn Minuten an den Daddelautomaten gestrandet. Esther und Meike räumen bereits den Kleinwagen mit den Einkäufen ein, als Solja sich endlich loseist.

Ich mache mich gerade klein an der Häuserwand, um heimlich eine zu rauchen, als Soljas Telefon klingelt und sie nahe bei mir stehen bleibt. Eigentlich lausche ich nicht. Das liegt gar nicht in meiner Natur. Die ersten Wortwechsel blende ich gepflegt aus, bis der Ton rauer wird und ich mich frage, mit wem sie da spricht. Ist es ihr Mann, Viktor?

»Das kannst du nicht machen«, zischt Solja. Sie steht mit dem Rücken zu mir. Ihr Körper beginnt zu beben. »Reicht es nicht, dass du mir den Hahn abgedreht hast? Jetzt willst du mein eigenes Konto einfrieren, wenn ich nicht so funktioniere, wie es dir beliebt?«, sagt sie um Fassung ringend. Ich höre deutlich die Verzweiflung aus ihrer Stimme. »Nein, das kannst du vergessen. Nein, werde ich nicht. Auf keinen Fall. Ich bin ein eigenständiger Mensch, weißt du?« Pause. Am anderen Ende wird jemand lauter. »Wenn du das tust …, du kannst mich nicht kontrollieren und tanzen lassen wie einen deiner Angestellten«, zischt Solja in den Hörer.

Plötzlich legt sie einfach auf. Ohne Verabschiedung oder Ähnliches. Ich wette, der am anderen Ende war noch lange nicht fertig mit seinem Vortrag.

Eilig schnippe ich die Zigarette fort und trete sie aus. Gerade als ich zu Solja hinüberwill, kramt sie eine Dose aus ihrer Tasche und wirft eine kleine Tablette in den Mund und schluckt. Holla. Was nimmt sie da? Wie Aspirin sieht das jedenfalls nicht aus. Meine Bewegung friert ein, Sekunden vergehen und Solja eilt zum Auto.

Kapitel 9

»Also, ich bin dafür, dass wir uns nach dem Essen ein wenig bewegen. Die Luft ist doch einfach herrlich hier«, sagt Meike und füllt sich noch eine Ladung Reis mit Soße auf ihren Teller.

»Ich müsste mal zu meiner Täti auf das Gestüt. Da könnten wir doch alle zusammen hinfahren«, schlägt Solja vor und stochert lustlos in ihrem Essen herum.

»Nö«, antwortet Meike gedehnt. »Ich bin dafür, dass wir die Natur hier in der Gegend erkunden. Bewegung wird Vivien guttun.«

Wie bitte? Ich schaue auf und versuche meinen vollen Mund leer zu bekommen.

»Aber Vivien mag Pferde. Sie würde sehr gern mitkommen.« Solja starrt Meike nieder.

»Ich bin anwesend«, erkläre ich beiläufig.

Die gemütliche Runde wird von Esthers Handy unterbrochen, als es klingelt und sie vom Stuhl springt. Meike und Solja diskutieren weiter über die Tagesplanung. Solja hat die ganze Zeit ein verklärtes Lächeln im Gesicht, das Meike zu reizen scheint. Ich verenge die Augen und beobachte Solja, wie sie den Reis zu einem Haufen schaufelt und wieder auseinanderwühlt, ohne ihn zu essen. Vielleicht sollte ich sie doch auf die mysteriösen Pillen ansprechen, die sie nimmt?

Plötzlich wird Meike still. Mitten im Satz verstummt sie und wird blass.

Was ist denn jetzt los?

Um ihre spitze Nase wird sie immer weißer.

»Sag mal. Du bist sicher, dass du ohne Kuhmilch gekocht hast, oder?«, fragt Meike gepresst.

Solja schlägt graziös das eine Bein über das andere und beugt sich zu ihr hinüber. »Für wen hältst du mich? Natürlich habe ich die ohne Kuh genommen«, stellt sie klar. »Wieso, geht es dir nicht …?« Weiter kommt Solja nicht.

Meike hält sich die Hand vor den Mund und rennt zur Toilette. Solja und ich sehen uns an.

»Was hat sie denn bloß?«, fragt Solja kopfschüttelnd.

Dann dringt das Würgen zu uns herüber. Mir wird schlecht, alleine vom Zuhören.

»Hoffentlich kein Virus«, betet Solja und bekreuzigt sich.

»Sag mal …«, beginne ich zögerlich. »Finnisch lesen gehört nicht zu deinen Stärken, oder?« Sie antwortet nicht und dreht eine Haarsträhne um ihren Finger. »Sei ehrlich«, fordere ich und ernte ein Aufschnaufen, gefolgt von einem Augenrollen.

Solja steht auf und klopft leise an die Badezimmertür.

»Kann ich dir helfen?«, fragt sie unsicher. Ein heiseres »Nein« ertönt, gefolgt von erneutem Würgen und dem Geräusch des Mageninhaltes, der auf das Wasser in der Toilette trifft. Solja verzieht ihr Gesicht. »Na, dann wird das mit dem sportlichen Ausflug wohl nichts«, erklärt sie leise an mich gewandt.

»Das kannst du gleich wieder vergessen«, kommt es zwischen zweimal Husten aus dem Bad. Dann rauscht die Klospülung.

»Geht's wieder?«, frage ich vorsichtig und schiebe meinen Teller weit von mir.

»Nein«, kommt es knapp zurück. »Ich kann mich nicht entscheiden, was ich zuerst auf die Schüssel hängen soll. Meinen Hintern oder den Kopf.«

Zu viele Informationen. »Sag Bescheid, wenn du was brauchst«, sage ich erstickt. Der Geruch, der durch die Türritzen zieht, haut einen echt um.

»Bescheid! Ein Gewehr für Solja, damit ich sie umlegen kann, wenn ich hier rauskomme!«, knurrt Meike und würgt erneut.

Solja zieht eine Grimasse und schaut mich fragend an.

»Ich glaube ja, sie meint es bitter ernst«, sage ich und knabbere an einem eingerissenen Fingernagel.

Solja beginnt den Tisch abzuräumen. Ich helfe ihr. Gerade als wir fertig sind und ins Wohnzimmer gehen, schrillt Meikes Hilferuf durch das ganze Haus:

»Es läuft über! Oh, mein Gott! Scheiße! Es fließt nicht ab. Was ist das hier bloß für eine beschissene Bruchbude! Hilfe, Herrgottnocheins!«

Solja, ich und auch Esther rennen wie vom Affen gebissen Meike entgegen. Die taumelt, leicht grün im Gesicht, aus dem Bad. Ich weiche zurück, als mich der Geruch trifft. Solja schlägt sich die Hände vor Mund und Nase. Esther ist Kummer gewohnt und sieht sich tapfer die Bescherung an.

»Ist verstopft«, stellt sie fachmännisch fest und rafft ihren Rock, damit er nicht in die Pampe getunkt wird.

Solja lehnt sich resigniert an die Küchenzeile und hält sich weiter die Nase zu.

»Also echt. Was hast du denn da reingeworfen?«, fragt sie näselnd. Und ich schwöre, sie hat Glück, dass Meike ihre ganze Energie ausgeschieden hat und wie ein Schluck Wasser in der Kurve hängt.

»Das wirst du wieder in Ordnung bringen, Solja«, bestimmt Meike und Solja schnappt nach Luft, bevor sie empört antwortet:

»Ich denke gar nicht daran. Ich war das ja nicht.«

Ich schaue gespannt von einer zur anderen.

Esther stochert in der Suppe herum und spült noch einmal. Schwerer Fehler. Jetzt läuft die ganze Scheiße brodelnd über den Boden. »Argh, nein!« Esther hüpft aus dem Bad.

Als ich mich umsehe, ist Solja verschwunden.

»Das ist ja typisch. Jetzt macht Madame sich aus dem Staub«, motzt Meike und presst sich die Hand auf den Magen.

Ich will Solja gerade hinterher und sie zurückholen, um zu verhindern, dass die Situation eskaliert, da kommt sie mir schon wieder entgegen. Meine Augen weiten sich vor Überraschung. Sie trägt die alte Taucherbrille aus der Kiste und den Schnorchel. Mit Eimer und Lappen wild gestikulierend eilt sie an mir vorbei. Wer hätte gedacht, dass der alte Krempel noch einen Zweck erfüllen würde? Meike fällt alles aus dem Gesicht, als Solja sich so ausgestattet an ihr vorbei in das kleine Bad quetscht.

»Alle Achtung. Das nenne ich Erfindergeist«, sagt Esther beeindruckt und macht ihr Platz.

»Ja. So hält sie wenigstens ihren Mund«, setzt Meike sarkastisch nach und lässt sich auf einen Stuhl sinken. Auf ihrer Stirn bilden sich feine Schweißperlen und verkleben die Haarsträhnen an den Schläfen.

Solja murrt etwas durch ihren Schnorchel, das mich an »Das hab ich gehört« erinnert, und ich fasse mir ein Herz.

Wir putzen und wienern. Immer kurz vorm Erbrechen stehe ich Solja zur Seite und beseitige das gröbste Dilemma. Esther kümmerte sich in der Zeit um die angeschlagene Meike, die mir richtig leidtut. Das Klo glänzt wie wahrscheinlich noch nie. Auch der böse Geruch hat sich verabschiedet. Dummerweise ist der Lokus hoffnungslos verstopft. Ganz nach dem Motto: rien ne va plus.

»Na ja, wir haben ja noch das alte Plumpsklo neben der Scheune«, zwitschert Solja jetzt wieder ganz vergnügt, als wir alle vier am Ofen sitzen.

Meike drückt sich eine Wärmflasche an den Bauch und bekommt nur langsam wieder Farbe. »Das meinst du nicht so, oder?«, fragt sie mit dünner Stimme.

»Doch, wieso?« Soljas Mund verzieht sich zu einem Strich.

»Im Ernst, Solja. Ruf einfach einen Klempner an. Ich habe auch keine Lust, dass einem das Pi unter der Muschi gefriert«, mischt sich Esther jetzt ruhig ein.

»Das passiert nicht. Als ich ein Kind war, mussten wir immer …«

Esther lässt sie nicht ausreden.

»Meine gute Solja«, beginnt sie sanft. »Meike geht es jetzt schon nicht gut. Du willst doch nicht, dass noch jemand krank wird?« Esther sieht sie geduldig an. Ihre braunen Rehaugen nageln Solja allerdings regelrecht fest.

Plötzlich steht Solja wortlos auf, feuert mit Schmackes die Taucherbrille, die bis eben auf ihrem Schoß gelegen hat, in die Ecke, schnappt sich Schuhe und Jacke und verschwindet zur Haustür. Nur kurz, während sie ihre rosa Pudelmütze aufsetzt, schaut sie verkniffen zu uns herüber. Dann reißt sie die Tür auf. Wie ein eigenes kleines Unwetter taucht sie in den Schneesturm ein, der sich draußen zusammenbraut.

Meike und Esther schauen sich dümmlich an. Und mir fällt es wie Schuppen von den Augen. Solja hat kein Geld mehr. Ihr Mann hat ihr aus irgendwelchen Gründen tatsächlich den Hahn zugedreht. Deshalb die Sparversion bei der Fährüberfahrt. Deshalb ein Kleinwagen und kein Jeep oder Ähnliches. Deshalb die Villa Kunterbunt und kein Luxushotel. Ich habe wirklich keine Ahnung, was mit meiner Freundin los ist. Geschweige denn, wie es ihr wirklich geht.

***

»Sie ist jetzt wirklich schon lange weg. Ob sie überhaupt wiederkommt?«, fragt Esther in die unangenehme Stille, die entstanden war, seit Solja aus dem Haus ging.

»Klar kommt sie wieder. Vielleicht besorgt sie Hilfe?«, schlage ich vor und frage mich zeitgleich, ob nicht vielleicht Solja es ist, die Hilfe braucht.

Draußen schlagen Äste gegen das alte Dach des Hauses und Schnee peitscht an die Fenster.

»Oder sie überlässt uns unserem Schicksal und checkt ins Hotel ein?«, schlägt Meike vor.

»Du bist gemein. So ist sie doch gar nicht«, sage ich säuerlich und schaue beunruhigt nach draußen. Bald würde es wieder dämmern.

»Weißt du noch früher? Wenn wir unterwegs waren? Der Leitspruch: Einer für alle, alle für einen – der galt nur, solange Solja keine anderen Pläne hatte. Wie oft haben wir stundenlang in den Clubs oder auf irgendeiner Party nach ihr gesucht und Madame war schon längst zu Hause«, gräbt Meike aus.

»Oder bei einer Eroberung«, meint Esther und dreht dabei ihren geflochtenen Zopf um den Finger.

Meikes Mundwinkel zucken. »Meint ihr, sie sitzt im Flieger nach Hamburg?«

»Quatsch, Meike. Ich finde, es reicht«, schimpfe ich matt und denke ebenfalls an ein Ereignis aus unserer frühen Zeit.

Solja und ich waren gerade einmal sechzehn und wollten unbedingt zu einer Gruppe von elitären Chicks gehören, unter denen auch die Schwester einer bekannten Popsängerin weilte. Namen wollen wir hier nicht nennen. Jedenfalls war Solja total davon besessen, dazuzugehören. Eines schönen Tages, die Chicks mochten mich Mauerblümchen nicht besonders, machten sie sich einen Mordsspaß damit, mich mal so richtig bloßzustellen. Bei einem sogenannten Aufnahmeritual hatte ich mich dazu hinreißen lassen, mit blankem Busen und noch blankerem

Arsch auf einem Tisch zu tanzen. Ich hatte wirklich geglaubt, dass alle diese Show mitmachen mussten, um im Club aufgenommen zu werden. Leider zeigten sie ein heimlich gedrehtes Video meines Tanzes auf einer Party, die dadurch traurige Berühmtheit erlangte. Mein damaliger Schwarm sah es auch, so wie fast die ganze Schule. Und ich hatte plötzlich das dringende Bedürfnis, mich vor einen fahrenden Zug zu schmeißen. Solja wurde zunächst ganz ruhig neben mir, als das Video lief. Dann ließ sie mich einfach heulend in der grölenden Menge stehen. Glücklicherweise dauerte es keine fünf Minuten und sie holte mich auf dem Weg zu den Bahngleisen ein. Sie nahm mich fest in den Arm und sagte mir, es sei das beschissen geilste Video, das sie je gesehen hätte. Und dass sie nicht gewusst hatte, dass ich einen so süßen Hintern besaß. Als ich sie fragte, wo sie gewesen war, antwortete sie, dass sie Sarah, der Verantwortlichen dieser miesen Tat, eine Gabel in die Hand gegeben und sie zum Spielen vor eine Steckdose gesetzt habe. Später erfuhr ich, dass Solja ihr ein blaues Auge mit einem gezielten Schlag verpasste. Das nenne ich Loyalität und wahre Freundschaft!

»Hackt nicht auf Solja herum. Ich glaube, sie hat es zurzeit selbst nicht leicht«, vermute ich und hadere mit mir, wie viel ich von meinen zusammengereimten Erkenntnissen preisgeben soll.

Meike sieht mich verblüfft an, aber noch verblüffter sehe ich aus, als die Tür aufgeht und Sven, der Bärtige, mitsamt seinen Kumpels und ordentlich Schnee hereinweht. Im Schlepptau Solja, deren rosa Mütze und Jacke ganz weiß sind. Vergnügt und froh. Na dann? Kippis!

***

Der überdimensionale Saugnapf, der ganz nach Rohrreinigung aussieht, in den Händen des roten Svens lenkt nur kurz von seinem Pulli mit blutigen Motiven ab.

»Oh, Hilfe naht«, sagt Meike gedehnt und steht ungelenk vom Sofa auf. Sie wickelt sich fest in die Decke ein. Fehlt nur noch das Schleifchen, dann geht sie als Geschenk durch.

»Ja, ist das nicht großartig?«, jubiliert Solja und hakt sich bei dem Zweimetermann ein, der beim Lächeln seine Zunge leicht durch die Zahnlücke schiebt. Wenn Blicke töten könnten, würde Meike jetzt umfallen. So viel steht fest.

»Du siehst ganz schön durchgefroren aus«, bemerke ich. Solja zittert leicht, macht aber eine wegwerfende Handbewegung, als ich ihr eine Decke geben will.

»Halb so wild. Einer musste ja etwas tun und nicht auf dem Sofa hocken«, verteilt sie die Spitze.

Meine Augenbrauen schnellen in die Höhe.

»Jungs, ich zeig euch das Problem«, lässt sie anschließend verlauten und winkt die Horde Männer hinter sich her.

Sven nimmt ein Bild vom Regal und zeigt es dem Großen, der daraufhin etwas sagt, das sich gar nicht so nett anhört.

»Problem«, plappert der Dritte Solja nach und folgt ihr. Nicht ohne mit seinen Händen einen Schlag auf Soljas Allerwertesten anzudeuten. Hurra! Wir haben pubertierende Mittdreißiger in der Hütte.

Geistesgegenwärtig schnappe ich mir meinen sackartigen Rollkragenpullover vom Wandhaken und ziehe ihn über meine dünne Bluse.

»Kriegen alles heile«, erklärt Sven stolz neben mir und zwinkert nett. Ich muss an Soljas Worte denken. Wenn man sich den Bart wegdenkt, hat er hübsche Gesichtszüge und wirklich schöne Augen.

»Das wäre toll«, antworte ich schüchtern.

»Toll!«, wiederholt er und hält mir die Daumen entgegen.

»Macht mal Glühwein, Mädels«, kommandiert Solja aus der Küche und klatscht in die Hände. »Wir wollen doch gute Gastgeber sein.« Sie huscht zum Ofen und legt Holz nach.

Anschließend versucht sie, Esther und Meike vom Sofa aufzuscheuchen. »Du kannst dich auch ruhig freuen, dass sie uns helfen, ja?«, zischt Solja Meike zu, die wie paralysiert aussieht.

»Tu ich doch«, antwortet sie und streift sich eine Strickjacke über.

»Dann sag das mal deinem Gesicht! Das sieht nämlich nicht so aus«, flüstert Solja scharf, als sie an ihr vorbei zurück in die Küche geht.

»Können die das denn überhaupt?«, fragt Esther besorgt, während sie die Decke zusammenlegt und die Kissen ordnet.

»Schlimmer kann's ja wohl kaum werden«, murmle ich und folge jetzt Solja, die in Richtung Bad stolziert.

Die Männer untersuchen unseren Lokus. Nach Minuten befördern sie einen hässlichen Klumpen Irgendwas zu Tage. Gott, ist mir das unangenehm. Solja erzählt ihnen von unseren Versuchen, die Klokatastrophe abzuwenden, und die Männer lachen laut. Ich beginne, die Flasche Glühwein in einen Topf zu kippen, und stelle fest, dass der Strom vom Herd nicht geht, wenn im Bad das Licht brennt. Also stelle ich den Topf auf den Ofen im Wohnraum und der Wein fängt nach kurzer Zeit an zu blubbern.

Sven repariert derweil ziemlich geschickt die Haustür, und siehe da: Sie schließt jetzt auch richtig und lässt die kalte Luft draußen.

Plötzlich, ich weiß nicht, wie mir geschieht, sitzen wir zu siebt im Wohnzimmer und stoßen mit Glühwein an. Das Klo funktioniert wieder tadellos und ich mache drei Kreuze, weil ich meinen nackten Arsch nicht in die Kälte des Plumpsklos halten und eine Blasenentzündung riskieren muss.

Ich staune auch nicht schlecht, als Sven aus der riesigen Werkzeugkiste noch Bier hervorkramt und die Männer zu der Melodie von Bruder Jakob ein Trinklied singen.

»Lapin Kulta, Lapin Kulta …« So heißt das Bier. »Karjala, Karjala. Sininen ja Olvi, sininen ja Olvi. Koff, Koff, Koff. Koff, Koff, Koff.« Svens Stimme könnte man fast als sehr angenehm bezeichnen, bis er bei dem Koff-Teil in eine seltsam tiefe und grölende Stimmlage verfällt. Graus!

Meike schlürft ihren Kamillentee, Esther hat ihren Glühwein vernichtet und unterhält sich mit dem Großen, der, glaube ich, Onni heißt und eine Brille trägt, die ihm beinahe etwas Intellektuelles verleiht. Er rückt ihr langsam, aber sicher auf die Pelle und Esther kämpft kaum merklich um Abstand.

Solja sitzt plötzlich im Tanktop da und der mit den langen Haaren – Rasmus? – legt jetzt seinen Arm um ihre Mitte. Ein wenig hat es den Anschein, als würde bei Solja der Groschen fallen, dass vielleicht falsche Signale gesendet werden.

»Ein Dankeschön?«, fragt er Solja und drückt sie einmal herzhaft an sich.

Meike und Esther schauen sich alarmiert an. Rasmus legt seinen mächtigen Arm um Soljas schmale Taille und gibt ein Bellen von sich, wie ein Hund. Onni grölt vor Lachen.

Sven, der mir gegenübersitzt, zwinkert sein Zwinkern und beugt sich verschwörerisch zu mir herüber. »Mäenslasku Solja«, erklärt er und nickt zu seinem Kumpel. Ich lächle verlegen und weiche seinem Blick aus. Wovon zum Teufel redet er? »Mag Solja«, erklärt er weiter. Aha. Jeder Mann mit Spieltrieb mag Solja. »Ich mag Kippis«, sagt er jetzt sanft und prostet mir zu.

Ich lasse meine Tasse viel zu stark an sein Bier donnern und es schäumt über. Sven schießt in die Höhe und versucht, das Bier abzutrinken, was ihm misslingt.

»Oh, sorry!«, stöhne ich und beeile mich, mit einem Geschirrhandtuch sein besudeltes T-Shirt mit dem Totenkopf zu trocknen.

»Gut, gut«, erklärt er und nimmt einfach meine Hand. Jetzt schaut er mir eindringlich in die Augen. Oh nein, was kommt jetzt? Mein Mund klappt auf. Ich weiß nicht, was ich sagen soll. Los, Hirn! Spuck was Schlaues aus! »Reki«, sagt er. Jetzt macht er wieder diese seltsam rhythmischen Bewegungen, wie im Supermarkt.

Ich schaue mich hilfesuchend nach Esther und Meike um. Solja ist damit beschäftigt, den anderen Wikinger auf Abstand zu halten.

Ich runzle die Stirn und schiebe Sven ein wenig von mir. Dabei stelle ich fest, wie kräftig seine Bauchmuskeln sind.

»Reki, du und ich?«, fragt er. Mann, wie kann er dabei so unschuldig aussehen? Wie ein Kind, das nach einer Kugel Eis fragt. Obwohl: Ein Heiligenschein entsteht auch, wenn ganz viele schmutzige Gedanken sich rasend schnell im Kreis drehen.

Ich schüttle mit dem Kopf.

Sven sieht enttäuscht aus und sagt gedehnt: »Schade.« Wie ein Fels von einem Mann steht er vor mir, stemmt seine Arme in die Seiten und schaut abwartend auf mich herab. Mann, ist das Haus klein. Zu klein für mich und die Rocker.

Rasmus lacht laut los und kneift Solja tatsächlich einmal herzhaft in den Hintern. Sie quiekt los wie ein Meerschwein und hebt drohend den Zeigefinger. »Nein! Ei!«

Rasmus macht einen Kussmund und bedeutet, dass Solja ihm einen Kuss schuldet. Auweia! Sie verneint energisch.

Mir wird mulmig in der Magengegend. Meine Gedanken rasen. Plötzlich, mir entfährt tatsächlich ein Schrei, taucht Esther bewaffnet mit einem Skistock hinter dem Sofa auf. Ich hatte gar nicht mitbekommen, dass sie sich aus dem Staub gemacht hat. Mutig wie Wonderwoman hält sie die vermeintliche Waffe vor sich und sagt mit sanfter Stimme:

»So, ihr Lieben. Leider ist die Party vorbei. Und ihr müsst nun gehen.«

Sven sieht amüsiert aus, schnappt sich ein Kissen und schmeißt es Esther zu. Sie fängt es und lässt dabei den Skistock fallen.

»Party vorbei«, spricht Rasmus ihr nach und greift die beiden Hände der überrumpelten Esther, um mit ihr zu tanzen. Ihr Rock rauscht um ihre Beine, als er sie dreht.

Ich beiße mir auf die Unterlippe und schnappe mir den Stock vom Boden. Meike steht nur unschlüssig da und tritt von einem auf das andere Bein.

Jetzt fuchtle ich wie wild mit dem Stock hin und her. Das verschafft mir für einen Augenblick Respekt.

»Raus jetzt!«, kommandiere ich todesmutig.

Solja versucht derweil immer noch klarzustellen, dass es keine Küsse gibt. Auch nicht als Dankeschön.

***

Als die Rocker endlich gegangen sind, lasse ich zischend die angestaute Luft aus meinen Lungen entweichen. Esther sitzt mit dem Rücken an die Haustür gelehnt, als fürchte sie, jemand könnte sie sonst wieder öffnen.

»Na. Das war ein Spaß, nicht wahr?«, sagt Solja und dreht sich ihre langen Haare zu einem Knoten. Ihre Wangen glühen.

Meike stöhnt laut auf und geht, ohne etwas zu sagen, die Treppe hinauf.

»Was du nicht sagst«, antwortet Esther ein wenig verzweifelt und gießt sich den Rest Glühwein ein, den sie neben sich auf den Boden gestellt hat. »Das hätte auch echt ins Auge gehen können.«

Ich lasse mich aufgeputscht auf das Sofa fallen.

»Na ja. Wir können ja nicht alle das Gleiche lustig finden«, antwortet Solja spitz.

»Wir nehmen ja auch nicht alle die gleichen Medikamente«, füge ich an.

Soljas Lächeln zuckt unruhig auf ihren Lippen, bevor sie sich ihre Jacke schnappt. »Ich hole dann noch Holz, damit uns nicht kalt wird, Mädels«, erklärt sie und tritt die Flucht an.

Ich springe vom Sofa und gehe mit. Eisiger Wind nimmt mir den Atem und ich ziehe mir die Pudelmütze tief ins Gesicht. Solja ist schnell und ich beeile mich, sie einzuholen.

»Mal im Ernst, Solja. Alles in Ordnung?«, frage ich und bekomme als Antwort den Holzkorb in die Magengrube gestoßen.

Sie stapft wortlos um die Hausecke und geht neben dem Holzhaufen in die Knie, um an die trockenen Stücke zu gelangen.

»Ihr seid alle miteinander ganz schön undankbar, weißt du das?«, faucht sie plötzlich und ich neige dazu, Schutz hinter dem Korb zu suchen, der sich zwischen uns befindet. Solja holt tief Luft. »Ich meine, ich hole euch – nichts für ungut – aus eurem lahmen Trott heraus, um ein paar entspannte Tage zu genießen, und ihr seid nur am Motzen.«

Die Holzscheite fliegen nur so in den Korb und ich habe alle Mühe, nicht das Gleichgewicht zu verlieren.

»Und das ist wirklich alles, was dich aufregt?«, frage ich vorsichtig. Sie hält inne. Ihr Lächeln ist schief. »Ich meine, du musst schon zugeben. Es ist alles ein wenig …«, ich suche nach Worten, »… anders als erwartet. Wenn wir an einen Urlaub mit Solja denken, haben wir Wellness-Hotel, Champagner und Kanapees im Kopf.«

Jetzt schnappt sie erneut wie ein Fisch an Land nach Sauerstoff. Ich trete lieber einen Schritt rückwärts.

»Wir haben doch verabredet, dass wir einen idyllischen Urlaub machen wollen. Back to the roots, oder so.«

Ich zucke mit den Schultern. Ich war zur Planung ja nicht eingeladen.

»Mag ja sein, aber ist es nicht möglich, dass es andere Ursachen für die spartanische Version dieses Trips gibt?«, gebe ich ihr die Vorlage und warte.

Solja legt den Kopf schief, ihre Haare umschmeicheln ihr Gesicht dabei wie eine Federboa. Gerade, als ich denke, sie rückt mit der Sprache raus, klappt eine Tür weit hinter uns auf. Glockenklares Lachen wird vom Wind zu uns herangetragen. Esther wirft einen Schneeball in unsere Richtung und Solja muss ausweichen. Mir fällt der Korb zu Boden und ich sinne augenblicklich auf Rache. Der nächste Ball trifft mich am Rücken, Solja kreischt, wirft sich neben mich und wir verschanzen uns hinter dem Reisighaufen. Es dauert nicht lange, dann greifen auch wir an.

***

Am Abend, Henry hat gefühlte hundertmal angerufen und Mark versuchte, ihm Konkurrenz zu machen, sitzen wir in der Küche und kochen. Diesmal akribisch darauf bedacht, keine Lebensmittel zu verwenden, die irgendjemandem von uns gefährlich werden, geschweige denn töten könnten.

»Ich muss ja sagen, so langsam fühle ich mich ganz wohl hier«, gesteht Meike und stößt mit meiner Cola an. Ihre Augen glänzen in dem weichen Licht der Kerzen, die auf dem Tisch stehen, und lenken von dem Nest in ihrem Haar ab, das sie sich eingeflochten hat, als sie schlief.

»Ja, es ist so ruhig. Zumindest, wenn nicht gerade pubertierende Rocker hier einfallen«, stimme ich zu.

»Oder Handys klingeln«, wirft Solja ein.

»Hast recht«, sage ich knapp und verdrehe die Augen, als es diesmal Meikes Handy ist, das wie auf ein mystisches Zeichen hin losschrillt. »Vielleicht solltet ihr die Dinger einfach mal ausschalten?«, schlage ich vor.

»Wir haben Kinder. Wie stellst du dir das vor?«, fragt Esther zurück.

Meike nimmt ab. Ich kann Mark deutlich verstehen, so laut spricht er. »Hallo Schatz. Jesse ist außer sich. Er heult die ganze Zeit, seit wir aus dem Auto raus sind. Ich bin am Ende. Außerdem spricht er die ganze Zeit von einer Madame Susula. Weißt du, wovon er redet?« Meike steht auf. Der Stuhl schabt laut über die blauen Fliesen und stoppt abrupt an der Wand. Über ihr wackelt das Regal mit lauter kleinen Vasen und Violen mit einem Inhalt unbekannten Ursprungs.

»Susula ist seine unsichtbare Freundin. Hab ich dir doch erzählt«, erklärt Meike, dann lauscht sie wieder der ziemlich verzweifelten Stimme ihres Mannes. »Erzähl noch mal von vorne und langsamer«, fordert sie. »Aha. Ja, okay.« Sie geht in der Küche auf und ab und tippt sich dabei immer wieder nachdenklich an ihr Kinn. »Bist du sicher, dass du Susula nicht in der Autotür eingeklemmt hast?«, fragt sie schließlich.

Solja verschluckt sich an der Cola und Esther lässt den Reis in der Pfanne fast anbrennen.

»Nein … Ich weiß, dass die unsichtbar ist. Ich weiß auch, dass man sie dann nicht in der Autotür einklemmen kann. Ich bin ja nicht doof.« Stille.

Ich bin gespannt, was ihr Lösungsvorschlag ist.

»Pass auf. Du nimmst jetzt Jesse, gehst mit ihm zum Auto und öffnest die Tür, wo sich sein Kindersitz befindet. Da steigt auch Susula immer aus.«

Meine Augen werden groß.

Meike gibt ein ungeduldiges Murren von sich. »Mach einfach. Dann ruf mich wieder an.« Sie legt auf.

»Jesse hat einen imaginären Freund?«, frage ich grinsend und knabbere an einem Keks.

»Das ist völlig normal«, antwortet sie schnell. »Solange man nicht erwachsen ist, wenn man mit Leuten oder Wesen redet, die nicht da sind, glaub mir.«

»Okay, okay. Ich sag doch gar nichts.« Ich schmunzle. »Es kann sein, dass ich auch welche hatte. Ich kann mich nicht genau erinnern«, nuschle ich und denke an den Hasen mit Brille und Schlips, der mich immer besuchte, um dummes Zeug anzustellen, als ich noch klein war. Er war es, der vorschlug, aus meinem Zimmer ein Schwimmbad zu machen.

Solja tippt sich kaum merklich an die Stirn.

Nach einiger Zeit klingelt Meikes Telefon erneut.

Gute Nachrichten! Mark konnte Jesse tatsächlich wieder beruhigen, indem er die unsichtbare Susula aus der Autotür befreite. Er musste lediglich noch für die schöne Unsichtbare auf dem Abendbrottisch eindecken und endlich war Ruhe und Frieden im Haus. Woran es hier, im schon wieder dunklen Finnland, noch ein wenig hapert. Denn dieser Anruf ist bei Weitem nicht der letzte. Und Meike und Solja werfen sich immer noch säuerliche Blicke zu.

***

Nach dem Essen wird es entspannter. Meike und Solja toben sich bei einem Brettspiel aus und ich werde hellhörig, als Esther mit Henry telefoniert und das Thema auf mich zu kommen scheint. Verstohlen schaut Esther aus der Küche um die Ecke. »Es geht ihr gut. Der Ausflug tut ihr gut, denke ich«, sagt sie und ich spitze die Ohren. Ich beschließe, dem Badezimmer einen Besuch abzustatten, und schlendere auf leisen Sohlen los.

»Christian, also ich bitte dich. Ich kann nichts für dein Karma tun. Vivien ist meine Freundin und um dein Gewissen musst du dich selbst kümmern.«

Ich stoppe und halte die Luft an.

»Nein, du kannst nicht mit ihr sprechen, was soll das bringen? Halt dich an deine neue Madame und verschone uns einfach mit deinem schlechten Gewissen.« Sie räuspert sich. »Nicht das Schicksal hat es nicht gut mit ihr gemeint, mein Lieber. Du hast es nicht gut mit ihr gemeint«, stellt sie unmissverständlich klar.

Mein Herz schlägt mir bis zum Hals. Ich fühle mich plötzlich wie in Watte gepackt und meine auch, an derselbigen zu ersticken. Auf wackligen Beinen gehe ich zu Esther und schaue in ihr überraschtes Gesicht.

»Moment mal«, raunt sie in den Hörer, nimmt ihn vom Ohr und hält ihn zu. Sie lächelt unsicher.

Ich nehme ihr zielsicher das Telefon ab und lege stumpf auf.

»Besser so.« Meine Stimme ist kraftlos.

Esther schaut mich traurig an, und als der Kloß in meinem Hals dicker wird, nimmt sie mich in den Arm. Sie hält mich fest und mein Herz findet langsam, ganz langsam seinen Takt wieder.

»Du weißt, dass es vorübergeht«, flüstert sie in mein Haar.

»Ja, sicher«, schniefe ich und mache mich von ihr frei. Ich verschwinde im Bad und hoffe, dass ich für die nächsten Stunden nicht gestört werde. Besser noch für die nächsten Tage.

Ich ziehe die Beine unter meinen Hintern und verknote sie auf dem Klodeckel. Das Licht im Badezimmer braucht eine Ewigkeit, bis es beständig leuchtet.

Hagel trifft hart an die Fensterscheibe hinter mir und meine Gedanken rennen davon.

Silvester. Ich hatte in Christians Armen auf dem Sofa geschlafen. Solja im Bett von Meikes großem Bruder, der in Anbetracht der Tatsache, dass seine Kumpels unglaublich ernstes Interesse an den Freundinnen seiner kleinen Schwester zu haben schienen, meinte, den Verstand zu verlieren. Er war mehr als erstaunt, dass Henry und Mark eine Woche später für die jungen Hühner kochten und sie allesamt einluden. Zu absurd schien ihm der Gedanke, dass man mit uns etwas Ernsthaftes anfangen könnte. Aber wenn man es genau betrachtet, hatte er ja selbst was mit Solja angefangen. Nämlich im Bett. Nicht ernsthaft genug, wie mir scheint. Bei Christian und mir war es sofort eine Achterbahnfahrt. Ich bekam ein regelrechtes Schleudertrauma von seinen Stimmungsschwankungen. Ganz nach dem Motto: Er liebt mich, er liebt mich nicht.

Ich lasse meinen Kopf in den Nacken fallen und betrachte die Spinnenweben in der Ecke der Dusche. Ein kleines krabbelndes Etwas ist dabei, sein Kunstwerk zu erweitern, und seilt sich gerade an dem Duschkopf ab.

»Kannst du mir sagen, wieso?«, flüstere ich hoffnungsvoll.

Zehn Jahre. Und ich hatte Christian bis zuletzt gewollt, diesen Mistkerl. So sehr, dass alleine dieses Verlangen schmerzvoll war. Das nenn' ich mal ungesund.

Kapitel 10

Es ist erst sieben Uhr am Morgen und meine volle Blase treibt mich aus dem Bett. Im Ofen glimmt noch die Glut von unserem letzten Abend. Ich glaube, Solja und Meike waren erst gegen zwei Uhr nach oben gekommen. Allem Anschein nach hatten sie sich wieder versöhnt und Schwesternschaft getrunken.

Draußen schlagen Äste, gepeitscht vom Polarwind, an die Hauswand und geben gleichmäßige Klopfgeräusche von sich. Ich trete an das Fenster und schaue hinaus. Der Mond erhellt die weiße Landschaft und taucht sie in ein schimmerndes Silber, wie aus einer anderen Welt. Die Bäume und der Steg sehen aus wie Scherenschnitte aus grauem Papier und ragen düster hervor. Irgendwo schreit ein Kauz oder eine Eule. Meine Hand legt sich an die eiskalte Scheibe, dort, wo die Eisblumen wachsen, und zeichnet sie nach. Christian würde es hier gefallen. Ich seufze und schließe die Augen. Verdammt. Es ist Zeit, nach vorne zu sehen, Vivien.

Als ich die Augen öffne, stockt mir der Atem. Vor dem Fenster steht jemand. Eine dunkle Gestalt, die mir direkt ins Gesicht glotzt. Seine Züge haben etwas Dämonisches in dem fahlen Licht des Mondes. Er reißt plötzlich die Augen auf. Ich stolpere rückwärts und stürze fast über den kleinen Tisch. Die

Vase hat nicht so viel Glück wie ich und geht mit einem Klirren auf dem Boden zu Bruch. Meine Lungen füllen sich mit Luft, ich kreische los und erstarre für eine Sekunde. Auf der Veranda poltert etwas. Vielleicht einer der Gartenstühle? Ich besinne mich wieder. Jemand eilt die Treppe hinab. Esther.

»Da ist jemand!«, rufe ich ihr gehetzt zu und schaue todesmutig wieder aus dem kleinen Fenster. Jemand, ein Mann, der verdächtig nach Sven aussieht, rennt durch den Schnee in Richtung des östlichen Waldes. Beinahe fällt er, so hektisch stapft er davon. »Das gibt es doch wohl nicht«, hauche ich und Esther schiebt mich zur Seite, um zur Tür zu kommen.

Sie reißt sie auf und geht hinaus. Ich folge ihr. Es hat aufgehört zu schneien und ist nun fast windstill. Also waren es auch keine Äste, die ich am Haus klopfen gehört hatte.

»Das ist doch …?«, beginne ich und schaue zu Boden.

Oha. Was für ein Gemüse.

Esther grinst breit. »Ein Blumenstrauß?« Sie zieht die Augenbrauen zusammen und blinzelt. Es handelt sich genau genommen um eine einsame Rose und irgendwelches Kräutergewächs. Auch Unkraut genannt.

»Da-das war Sven, oder?«, stammelt Esther. »Was wollte der denn?«

»Dafür sorgen, dass ich an Herzversagen sterbe, vermutlich?«

Solja taucht verschlafen neben mir auf. Sie hat einen Kissenabdruck quer über dem ganzen Gesicht. »Was geht denn hier ab?«, fragt sie heiser und räuspert sich ausgiebig. Sie hält ein Messer in der Hand, was in Anbetracht ihrer Aufmachung und der Häschenpantoffeln an ihren Füßen zum Schreien aussieht.

»Was abgeht? Wir haben für unsere ganz eigenen persönlichen Stalker gesorgt«, knurre ich.

»Für *deinen* ganz persönlichen, meinst du«, sagt Solja trocken und lässt das Brotmesser sinken.

»Woher willst du das denn wissen?« Ich gähne.

»Na, der steht auf dich. Das merkt man doch«, antwortet Solja wie selbstverständlich.

»Quatsch. Auf dem Gemüse steht doch kein Name.« Ich hebe den Strauß auf und nehme ihn aus Mitleid mit hinein.

»Na, das kann ja lustig werden«, zwitschert Esther vergnügt und schließt die Tür hinter uns.

***

»Kommt mal hoch!«, ruft plötzlich Meike von oben zu uns herunter. »Ich habe etwas Geniales in Esthers Zimmer gefunden.«

»Na, was das wohl sein mag«, flüstert Solja abschätzig und schiebt mich und Esther die Treppe hinauf. Zu dritt nebeneinander ist es fast ein wenig eng.

»In meinem Zimmer?«, fragt Esther perplex. »Was macht sie in meinem Zimmer?«

»Ich wollte mir dein Ladekabel leihen«, ruft Meike, die Esther verstanden hat.

»Sollten wir nicht etwas dagegen tun?«, frage ich, noch in Gedanken bei Sven.

»Ich hab ihr gesagt, dass sie es ruhig haben kann«, antwortet Esther leichthin und schiebt mich vorwärts.

»Nein, gegen die ungebetenen Besucher, meine ich.« Oben angekommen halte ich Solja zurück, damit sie mich ansehen muss. »Was ist, wenn einer von denen hier auftaucht und eine von uns ist ihnen ganz alleine ausgeliefert?«, will ich von der Hausbesitzerin wissen. Solja weicht meinem Blick aus.

Esther klatscht in die Hände. »Wir lassen doch niemanden hier alleine«, mischt sie sich ein und geht kopfschüttelnd an uns vorbei.

»Genau«, bestätigt Solja, dankbar für die Vorlage, und beruhigt mich kein bisschen damit.

Ich tauche unter einem tiefen Balken hindurch und trete in Esthers kleines Zimmer, das vollgestopft ist mit alten Spieluhren. Staunend sehe ich mich um. Ein wahres Sammlerparadies. Meike sitzt auf dem zerwühlten Bett und hat eine zerbeulte Blechdose auf dem Schoß. Sie macht ein Gesicht wie ein Zauberer, bevor er sein Kaninchen aus dem Hut zaubert. »Ihr glaubt nicht, was da drin ist«, sagt sie und fordert uns auf, neben ihr Platz zu nehmen.

Solja lehnt sich lässig in den Türrahmen und verschränkt die Arme. Ihre Miene ist ernst.

Mit einer schnellen Bewegung – ich sitze noch gar nicht richtig – öffnet Meike die Schatulle und gibt den Blick auf einen Stapel angelaufener Briefe frei.

»Oha, was ist das denn?«, fragt Esther und angelt nach den Papieren.

»Das, meine Liebe, sind Liebesbriefe«, erklärt Meike begeistert und nimmt einige in die Hand. An den Rändern sind sie vergilbt und abgegriffen und einer ist sogar in der Mitte eingerissen.

»Wo hast du die denn her?«, fragt Solja abschätzig.

»Sie lagen unter Esthers Bett. Stell dir das vor. Eine Diele ist locker, ich habe es gemerkt, als ich nach der Reisetasche geangelt habe. Man kann sie einfach rausnehmen«, berichtet Meike.

»Und dort war die Blechkiste?« Solja runzelt die Stirn und versucht, Meike die Kiste abzunehmen.

Die schnalzt laut mit der Zunge und hält sie auf Abstand.

»Nichts da. Das ist mein Schatz«, stellt Meike zischend klar.

»Was? Sind wir hier bei ‚Der Herr der Ringe‘, oder was? Gib schon her«, fordert Solja strenger.

»Ich denk gar nicht daran«, antwortet Meike unnachgiebig.

»Hast du sie gelesen?«, will ich wissen.

»Ja, ein paar. Einige sind auf Finnisch. Die müsste Solja uns übersetzen.« Meike klimpert mit den Augen in Soljas Richtung.

»Einen Teufel werde ich tun. Schon etwas von Privatsphäre gehört? Der Verfasser dieser Briefe will bestimmt nicht, dass jeder sie liest«, belehrt uns Solja.

»Was hast du denn für ein Problem? Ist doch ganz harmlos. Wir tratschen auch nichts weiter«, feixt Meike und öffnet den Deckel wieder.

Esther ist die Erste, die sich einen der losen Briefe schnappt und ihn vor ihrer Nase dreht und wendet. »Wie alt der wohl ist? Es steht kein Datum darauf.« Dann wird es still.

Ich beginne, einen der Briefe zu lesen, und lehne mich an die Wand, an der Esthers Bett steht.

Mein Liebster,

ich hätte dich nie aus deinem Leben reißen sollen, das weiß ich jetzt. Ich ahne, was es mit dir gemacht hat, und es bricht mir das Herz. Du glaubst nicht, wie sehr ich mir wünsche, ich könnte die Zeit noch einmal zurückdrehen, dorthin, wo wir begannen. Seit du gegangen bist, ist mir, als würde ich erfrieren. Eingehüllt in Erinnerungen, gleich des reinen Schnees, die mich erkalten lassen.

Denkst du manchmal an dein kleines Mädchen? In Liebe und in Wärme? Ich bete zu Gott, dass du den Weg zu uns zurückfindest und nicht vergisst, dass deine Tochter dich ebenso braucht wie dein Sohn.

Vergiss uns nicht.

In ewiger Liebe, dein Herz.

Ich schlucke trocken.

»Die Arme«, sage ich tonlos. »Ihr Geliebter hat sie und ihr Kind verlassen?«, hauche ich nachdenklich.

»Warte, hier ist ein späterer Brief«, sagt Meike. »Ich les mal vor:

Mein Liebster,

ich erwarte dich mit der ersten Fähre. Wir werden dich fest in unsere Arme schließen und dich nie wieder loslassen. Ich bin so glücklich, dass du ein ganzes Jahr bei uns sein wirst. Ich hätte nie gedacht, dass es die wahre Liebe wirklich gibt und dass sie mich findet.

Ich liebe dich!«

»Die wahre Liebe also«, sage ich irgendwie gerührt.

»Ja, es gibt sie, meine liebe Vivi. Manchmal muss man allerdings lange nach ihr suchen«, erklärt Esther und legt ihre Arme um mich. Ich lasse mich in diese Umarmung sinken, ihr Duft nach Vanille kitzelt in meiner Nase.

»Na gut. Dann wünsche ich sie mir vielleicht nächstes Jahr zu Weihnachten«, sage ich spöttisch.

»Wünsch dir lieber ein Einhorn oder Weltfrieden. Das ist wahrscheinlicher«, mischt sich Solja scharfzüngig ein. Sie wedelt mit einem anderen Brief und lässt ihn auf das Bett vor meine Füße fallen. Meike bekommt ihn zuerst in die Finger.

»Ich kann es nicht lesen. Ist wohl finnisch«, vermutet sie.

»Stimmt genau. Und hierbei handelt es sich um den Brief einer anderen Frau, die Ähnliches schreibt wie Madame Unbekannt aus Deutschland. Da ist jemand zweigleisig gefahren. So viel zu der wahren Liebe.« Soljas Miene ist bitter.

»Wie kommst du denn darauf, dass die Verfasserin aus Deutschland kommt?«, frage ich und blättere weiter in den losen Zetteln.

»Weil sie auf Deutsch geschrieben sind«, antwortet sie knapp.

»Sie könnte doch auch eingewandert sein und lebte hier, in diesem Haus«, vermutet Esther.

»Möglich«, brummt Meike und an Solja gerichtet: »Hast du eine Ahnung, von wem die Briefe sind?«

»Nein, wieso sollte ich.« Solja verschränkt die Arme vor der üppigen Brust.

»Wem gehörte dieses Zimmer denn?«, will Esther wissen und schaut sie prüfend an.

Solja antwortet nicht gleich.

»Hier haben viele geschlafen. Onkel, Tanten, Cousinen, ich, entfernte Verwandte ...« Sie bricht ab, als halte sie im letzten Moment eine Information zurück.

»Und deine Eltern?«, frage ich. »Waren sie gemeinsam hier?«

»Die auch«, antwortet sie im Hinausgehen.

Mir fällt ein, dass Soljas Mutter die meiste Zeit mit ihrem Vater in Hamburg verbracht hatte, bevor er sie endgültig verließ, um sich seiner Karriere als Berufsreiter zu widmen.

»Mann, das ist doch wohl ein interessanter Fund, oder? Ein Stück Geschichte in unseren Händen«, ereifert sich Esther jetzt.

»Wir sollten recherchieren, von wem die Briefe sind«, schlägt Meike vor.

»Solja ist das, glaube ich, nicht ganz recht«, stelle ich die Vermutung an, als sie leicht fahrig aus meinem Blickfeld verschwindet.

»Die Spaßbremse. Ist doch nichts dabei«, erwidert Meike.

Aber ich bin mir da nicht so sicher.

***

Nach dem Frühstück am nächsten Morgen entscheide ich mich, Solja zum Gestüt ihrer Tante zu begleiten. Dazu habe ich mich in die unvorteilhaftesten, aber wärmsten Kleidungsstücke gezwängt, die unser gesamter Klamottenfundus zu bieten hat.

Meikes Skihose, Esthers Ethno-Jacke und dicke, klobige Boots. Ich fühle mich wahrhaftig wie das Michelin-Männchen selbst, aber für ein paar Gäule sollte das Outfit reichen.

Solja fährt den Fiat über die weißen Straßen, umrundet die Seen mit ihren Stegen und angrenzenden Wäldern und hört laute Musik dabei. Ich spähe durch einen Schleier von Haaren zu Solja hinüber. Sie ist in Gedanken versunken und ihre Hände umfassen das Lenkrad so fest, dass ihre Knöchel weiß hervortreten. Ein sicheres Zeichen dafür, dass sie ernste innere Dialoge führt. Ich erinnere mich an einen Tag im Herbst, an dem Solja ihrem Leben eine unerwartete Kehrtwende gab. Sie war verschlossen gewesen, als sie sich von mir verabschiedete. Erst als sie sich noch einmal nach mir umschaute, bevor sie in den Bus stieg, fiel mir auf, wie unglücklich sie war. Ihre Schultern hingen leicht nach vorne, hatten ihre gewohnte Spannung verloren. Ich wollte ihr nachlaufen, sie in den Arm nehmen und sie zwingen, mir zu sagen, was los sei. Doch zeitgleich dröhnte der Motor auf und der Bus fuhr an. Einen Tag später schmiss Solja ihr Studium, zog zu Hause aus und begann sich auf die Reiterei und ihren Vater zu konzentrieren. Einfach so. Sie erzählte mir nie, was genau sie dazu bewogen hatte. Die Stimmung, die Atmosphäre, die sie in diesem Moment umgibt, ist ähnlich.

»Was sagt eigentlich Viktor zu der Gestütsübernahme, die du planst?«, frage ich vorsichtig und setze meine Mütze ab. Meine Finger kneten den Stoff. Zuerst glaube ich, Solja hat mich nicht gehört, dann schaut sie mich endlich an.

»Es ist kompliziert.«

Dachte ich mir. »Was ist denn so kompliziert?«

Sie schluckt, ihre Lippen werden schmal.

»Es gibt zurzeit Differenzen.«

»Raus mit der Sprache, Solja. Ich habe dein Telefonat nach unserem Einkauf gehört.« Ich hebe eine Augenbraue und schaue sie abwartend an.

»Ich weiß nicht, was du meinst«, antwortet Solja im Plauderton und biegt auf eine andere Straße, ohne zu blinken. Jemand betätigt die Lichthupe.

»Das mit dem Geldhahn«, gebe ich preis.

Sie runzelt die Stirn und will sich zunächst doof stellen. Mein Blick redet es ihr wieder aus.

»Na gut. Er will nicht, dass ich das Gestüt übernehme. Er hätte mich gern an seiner Seite, wenn er in der Öffentlichkeit steht. Als Vorzeigepüppchen mit einem Händchen für karitative Zwecke.«

»Und du möchtest das nicht«, stelle ich fest.

»Um Gottes willen, nein«, antwortet sie wie aus der Pistole geschossen. »Nichts gegen Karitatives, Herzchen. Das ist toll und ich würde auch gern so etwas tun. Aber nicht nur. Ich bin Berufsreiterin. Mein Vater war eine Legende in dem Sport und ich will sein Erbe erhalten.«

»Und warum kann Viktor das nicht verstehen?« Männer. Man sollte die Spezies ausrotten.

»Weil er ein Holzkopf ist?«, schlägt Solja spitz vor.

»Und er versucht dir jetzt zu verbieten, selbstständig zu bleiben?«, frage ich fassungslos.

»So in etwa sieht es aus«, bestätigt Solja und kneift sich in die Nasenwurzel, als würde das Gespräch ihr Kopfschmerzen bereiten.

»Und das lässt du dir bieten?« Das wäre ungewöhnlich.

»Natürlich nicht«, feuert sie zurück.

Fast zucke ich zusammen, so scharf klingt ihre Stimme.

»Und was wirst du tun?«

»Weiß ich noch nicht ganz genau. Der Plan ist jedenfalls, dass wir beide ...«, sie legt ihre Hand auf mein Knie, »... wie der Phönix aus der Asche aufsteigen werden und ein Leben im Licht anstreben. Stimmt's?«

Ich nicke verhalten lächelnd. Wie der Phönix aus der Asche also? Ich fühle mich zurzeit eher wie Ikarus, der zu nahe an die

Sonne flog, sich die Flügel verbrutzelte und abstürzte. Genau genommen befinde ich mich immer noch im Trudelflug gen Erde und warte auf den endgültigen Aufprall.

»Wir sind dahaaa«, trällert Solja jetzt freudig und biegt auf eine prächtige Hofeinfahrt ab. Wir fahren inmitten einer Allee aus Bäumen, deren kahle Kronen sich zu einem Dach aus Geäst verflechten. Links und rechts davon erstrecken sich weitläufige Koppeln, auf denen Pferde in Decken eingehüllt laufen und versuchen, unter dem Schnee noch Grashalme zu finden.

»Wow, das ist ja riesig hier«, staune ich, als wir auf mehrere Hallen zufahren, die alle ineinander überzugehen scheinen. Ganz am Rande unter weiteren Bäumen steht ein Gutshaus mit Türmen, in denen nur noch Rapunzel fehlt, die ihr Haar aus einem der Fenster herauswirft.

»Ja, das ist es. Hier werden die besten Pferde gezüchtet, die eine Rennbahn je gesehen hat«, sagt Solja stolz.

Sie parkt und wir steigen aus.

»Würde es dir etwas ausmachen, wenn du hier wartest?«, fragt Solja mit plötzlich dünner Stimme. Kalter Wind bläst mir in die Jacke und ich schnüre sie zu.

»Wieso? Wo gehst du denn hin?«, frage ich zurück und schaue mich auf dem recht einsamen Hof um. Weit entfernt schiebt jemand eine Karre voll dampfender Pferdescheiße zum Misthaufen.

»Ich suche meine Tante. Du wartest am besten bei den Stallungen, ja?« Sie lächelt gewinnend und zeigt zu den kleineren Hallen. »Schau dich ruhig ein wenig um, ich bin schneller wieder bei dir, als dir lieb ist«, beruhigt sie mich und drückt mir einen Kuss auf die Wange.

Unschlüssig stehe ich da. So habe ich mir das eigentlich nicht vorgestellt.

***

Missmutig lasse ich einen Stein über den gefrorenen Boden hüpfen und biege in eines der riesigen Stallgebäude ein. Eines muss man dem Ponyhof ja lassen: Den Tieren geht es hier ziemlich gut. Sie stehen in gut belüfteten Boxen mit Sägespänen und fressen gelassen und entspannt ihr Heu. Sie sind geputzt und sogar hier und da rasiert. Erstaunlich. Fast schon erinnert einen dieses Gebäude mit seinen hohen Decken, in deren Gebälk tausende von Schwalben Platz hätten, an einen Palast.

Meine Finger spielen mit dem Feuerzeug in meiner Tasche und ziehen es heraus. Gegen eine Zigarette kann hier ja keiner etwas haben. Ich lasse meinen Hintern auf einen Bund Stroh fallen und stecke mir eine Lucky Strikes in den Mund. Na gut. Vielleicht doch keine gute Idee, stelle ich fest, als mir das ganze brennbare Material ins Auge sticht. Also schlendere ich weiter, bis ich an eine Tür komme, die sich, Neugier sei Dank, öffnet und der Raum dahinter sich als Sattel- und Futterkammer entpuppt. An den Wänden hängen unzählige bunte Schleifen und auf den Regalen reihen sich Pokale aus verschiedensten Edelmetallen. Meine Finger berühren den rosa Stoff eines Siegerbandes. Ich hatte als Achtzehnjährige auch mal eine so schöne Schärpe gewonnen. Auf Sylt bei der »Miss Disco 2000«-Wahl. Ich schaue mich weiter um.

Hier kann bestimmt niemand etwas gegen ein bisschen Rauch haben. Vorsichtshalber ziehe ich die Tür hinter mir zu. Vielleicht ein wenig zu schwungvoll, denn plötzlich habe ich den ganzen Griff in der Hand. Scheiße! Die Kippe fällt mir aus dem Mund, rollt unter den Schrank und ich versuche erschrocken, die Klinke wieder anzubasteln. Klappt nicht! Mist. Auf der anderen Seite fällt jetzt auch etwas klirrend zu Boden. Sicher der Griff.

»Nein«, maule ich und rüttle an der Tür. Nichts geschieht. Wütend trete ich dagegen.

Ich erinnere mich an die Kippe, angele sie unter dem Schrank hervor und trete sie schnell aus. Anschließend drehe ich mich eine Weile unschlüssig im Kreis, suche nach einer Lösung für mein Problem und finde keine. Obwohl? Vielleicht doch. Das kleine Fenster dort oben könnte Rettung versprechen. Aber wie soll ich da mit meinem Michelin-Anzug hochkommen? Meine Hände zittern. Hätte ich doch bloß heute Morgen meine Scheiß-egal-Tabletten genommen.

Dann vielleicht doch lieber Alarm schlagen? Ich stelle mich vor die Tür und klopfe dagegen.

»Hallo?!«

Keiner antwortet.

»Hallooooo!« Ich lausche erneut.

»Holt mich bitte einer hier raus!« Ich schlage hektisch auf die Tür ein und komme so langsam richtig in Fahrt. Solja würde doch nicht ohne mich fahren, oder?

»Verflixte Scheiße!«, kreische ich und lasse meine Stirn hart an das Holz donnern.

Etwa eine halbe Stunde sitze ich entweder blöd auf der Futterkiste herum oder schreie mir die Lunge aus dem Hals. Nur die Pferde antworten dann und wann mit einem Wiehern auf meine immer panischer werdenden Rufe.

»Na gut, Vivien. Es gibt für alles eine mögliche Lösung. Dein Hirn ist keine Seife, es nutzt sich nicht ab, wenn du es benutzt!«, ermuntere ich mich. Ich habe doch Hunderte Folgen MacGyver gesehen, da wäre es doch gelacht, wenn das nicht zu irgendwas gut sein sollte. Ich bastle mir also aus Stricken und Lederzügeln eine Art Lasso. An das eine Ende binde ich ein gefundenes Hufeisen und schaffe es erstaunlicherweise auch, das Ding so geschickt zu werfen, dass es an dem obersten stabil wirkenden Regal hängen bleibt. Bingo!

Ein Grinsen schleicht sich auf mein überhitztes Gesicht. Jetzt muss ich mich nur noch an dem Seil und mithilfe der Sattelhalter bis zum Fenster hangeln. Vielleicht kann man es öffnen?

Angespornt von so viel Zuversicht, beginne ich zu klettern. Doch das dämliche Fenster ist von außen vergittert. Ich hänge also an dem Tau, das tief in meine Hand schneidet, baumle gefühlte zehn Meter über dem Boden und grüble, was als Nächstes zu tun wäre. Weiter komme ich nicht. Denn in meinem Rücken geht die zugefallene Tür auf.

Für einen Sekundenbruchteil jubiliere ich innerlich und will mich umdrehen, um zu sehen, wer da zur Rettung kommt. Doch in dem Augenblick reißt die Verankerung des Sattelhalters aus der Wand und ich falle. Vor Schreck kann ich nicht mal schreien und lande in den starken Armen eines Mannes mit Reithosen. Der Blick aus seinen grauen, überrascht schauenden Augen bohrt sich in meinen. Sein Griff ist hart und sanft zugleich. Ich keuche, greife instinktiv in seinen Nacken und halte mich fest. Von meinem Gewicht wird er nach vorne gerissen und keilt mich zwischen sich und der Wand ein. Wir verharren in einer engen Umarmung, wie zwei Liebende.

»Na, so was«, raunt eine sanfte und mir nicht ganz unbekannte Stimme nahe an meinem Ohr.

Der Typ von der Fähre! Die Halluzination aus dem Auto! Seine dunkelblonden Haare kitzeln mich und ich sauge seinen Duft nach Shampoo, Pferden und Winter in mich auf.

»Wer hätte gedacht, dass du mir so schnell in den Armen liegen wirst«, scherzt er und ich mache mich steif in seinem Griff.

Langsam löst er sich ein wenig von mir, um mir ins Gesicht zu schauen. Mein Herz beginnt zu jagen. Und das nicht nur wegen des Sturzes.

»Das Universum hat uns schon wieder zusammengeführt«, sagt er leise. Ein neckisches, schiefes Lächeln umspielt seinen schönen Mund.

Hör mir auf mit dem Universum, möchte ich sagen, aber mir bleibt einfach die Spucke weg. Ich hänge immer noch in seinem Griff, gefangen von seinem Blick, und wage es nicht zu blinzeln.

Kapitel 11

Für eine aberwitzige Sekunde bleibt mein Blick an seinen Lippen hängen und ich spüre, wie er in unserer seltsamen Umarmung den Atem anhält. Endlich komme ich zu mir und befehle meinen kalten Fingern, diesen unverschämt hübschen Mann von mir wegzuschieben.

»Ich hoffe, dir geht es gut?«, fragt er sanft, lässt mich los und tritt etwas zurück. Zu unseren Füßen liegt der abgebrochene Sattelhalter mitsamt einem teuer aussehenden Sattel, zwei Trensen und offenbar auch meinem Sprachvermögen, denn es will mir immer noch nichts über die Lippen kommen. Also nicke ich bloß und zupfe an meiner dicken, plötzlich viel zu warmen Jacke herum.

»Na, dann ist ja gut.« Jetzt macht der Mann vor mir ein komisches Gesicht und geht in die Hocke, um aufzuräumen.

»Darf ich fragen, was du hier machst?«

Oh nein. Erde an Gehirn. Sag was!

»Ich wollte …« Nein. Ich erzähle besser nicht, dass ich innerhalb eines Stallgebäudes rauchen wollte. »Ähm …«

Und schon hat er die Asche mitsamt Zigarettenstummel entdeckt und schaut mit hochgezogenen Augenbrauen zu mir auf. Mit spitzen Fingern hebt er den Stummel auf und wirft ihn in einen Abfalleimer.

»Aha.« Wie kann ein Aha nur so vorwurfsvoll klingen? Ich ziehe den Reißverschluss meiner Jacke mit Schwung auf und lasse die angestaute Hitze entweichen, die mir zu Kopf steigt.

»Ich wollte nur einen Zug nehmen und sie dann sofort wieder ausmachen. Ehrlich. Nur dann ist sie mir unter den Schrank gerollt.«

»Soso.« Seine Lippen kräuseln sich und ich fühle mich wie ein dummes Schulmädchen, das von dem attraktivsten Lehrer beim Spicken erwischt wurde. Verdammt!

»Ziemlich schlechte Angewohnheit.« Er glaubt mir nicht? »Das Rauchen, meine ich«, gibt er hinterher.

»Also gut. Es tut mir leid. Ich hätte es vermutlich nicht tun sollen«, entschuldige ich mich.

Er hievt den Sattel auf einen Tisch, ohne den Blick von mir abzuwenden. »Vermutlich«, sagt er jetzt leichthin und lächelt wieder ein verschmitztes Lächeln, das meine Beine gravitativ beeinflusst. »Aber was ich eigentlich meinte, war, wie kommt es, dass du auf diesem Gestüt bist?« Jetzt verengt er die Augen, als würde eine Art Misstrauen in ihm aufkeimen, und mir wird mulmig. »Ich wusste, dass ich dich auf der Straße gesehen habe«, beginnt er. »Du warst in dem Auto, an der Ampel.«

»Ja, ich bin nur halb so verrückt, wie ich manchmal glaube«, sage ich und denke daran, dass ich ihn für eine Ausgeburt meiner Fantasie gehalten hatte. Er kann mir nicht ganz folgen.

»Verrückt ist, dass ich dich hier rette«, gibt er zu.

Meine Finger greifen in das kalte Holz eines Regals hinter mir und fühlen die Maserungen nach.

»Ich bin mit Solja, meiner Freundin, hier. Sie besucht ihre Tante und ich sollte draußen bleiben.« Wie ein Hund vor dem Einkaufszentrum, füge ich in Gedanken hinzu.

Sein Gesicht versteinert einen Moment und er kehrt mir den Rücken zu, während er die Trensen an einen Haken der gegenüberliegenden Wand unter bunten Gewinnerschärpen aufhängt. Als er sich wieder umdreht, ist die Stimmung anders. Kühler, und ich frage mich, ob ich die Jacke wieder enger um meine Schulter ziehen sollte.

»Ich bin Arwo«, erklärt er, als müsse es bei mir jetzt »Klick« machen, und ich reiche ihm meine eiskalte Hand entgegen.

»Vivien Hübsch.«

Er ergreift sie, streicht dabei sanft mit dem Daumen über meinen Handrücken und ich vergesse, dass ich ihn fragen müsste, ob mir sein Name etwas sagen sollte.

»Das sehe ich«, flüstert er. Das Funkeln in seinen Augen ist wieder zurück.

»Ich bin es gewohnt, dass man Witze über meinen Namen macht«, antworte ich unsicher und blinzle. Abrupt lässt er mich los.

»Kein Scherz, Vivien. Ich habe dir doch schon auf der Fähre gesagt, dass ich dich kenne.«

»Ja, erinnere mich nicht daran«, platzt es aus mir heraus und mir kommt zwangsläufig mein Versuch, ironisch zu sein, in den Sinn. Peinlich.

Er schüttelt den Kopf und lacht, was seine perfekten weißen Zähne zum Vorschein bringt.

»Du bist seltsam«, stellt er fest und legt behutsam seine Hand in meinen Rücken, um mich zur Tür zu schieben.

Ich reagiere nicht.

»Wenn ich bitten darf?«, fordert er mich mit einer energischeren Geste auf. »Dieser Raum ist nur für Personal, und solange du nicht vorhast, mir beim Beritt oder Ausmisten zu helfen, gehörst du hier nicht her.«

Ich lächle verlegen und bewege mich endlich. Die Tür bleibt angelehnt, der Griff ist nur lose angebracht.

»Wenn Solja mich nicht einfach ausgesetzt hätte, wäre ich hier nicht gelandet«, rechtfertige ich mich.

»Na, dann bin ich ihr ausnahmsweise einmal für ihre ...«, er macht eine Pause und schaut mich abschätzig an, während ich an ihm vorbeitrete, »... Art dankbar. Denn sonst hätte ich dich vielleicht hier nicht retten können.«

Er tritt auf den großen Gang der Stallung und sieht irgendwie belustigt aus, als ich wieder unschlüssig stehen bleibe und Mühe habe, meinen Blick von seinen muskulösen Beinen in der engen Reithose loszureißen. Ich schätze, die Bewunderung, die in ihm liegt, ist Arwo nicht entgangen.

»Hoffentlich braucht Solja nicht mehr lange«, spreche ich meinen Gedanken laut aus, während ich einem Pferdekopf ausweichen muss, der aus einer der Boxen unerwartet herausschnellt. Mein Gott. Was für eine große Nase.

»Komm mit mir«, befiehlt Arwo und ich wundere mich, warum ich so brav gehorche und ihm hinterhertrotte wie ein herrenloser Welpe. Esther würde behaupten, er hat eine königliche Aura, die andere für sich einnimmt. Aber an so etwas glaube ich ja nicht.

»Das auf der Fähre«, beginne ich. »Es war nicht meine Absicht, unfreundlich zu sein«, erkläre ich und versuche unauffällig, meine widerspenstigen Haare zu richten. Ein Vogelnest als Frisur passt mir gerade gar nicht.

»Wirklich?«, fragt Arwo, ohne sich umzuschauen, und ich beeile mich, aufzuholen. Klang seine Stimme jetzt spöttisch? Mein Magen zieht sich einmal kurz zusammen, und als ich sehe, auf was wir zukommen, beginnt es in ihm aufgeregt zu flattern. Was für ein Pferd! Ein Schimmel, wie aus einem Märchen.

»Ich hatte da keinen guten Tag, musst du wissen«, rede ich weiter und stoppe abrupt, als mir klar wird, dass Arwo auf das Tier, das ihn freudig begrüßt, zugeht.

»Mein Guter, jetzt geht es los«, höre ich den Mann mit dem Knackarsch sagen und zähle endlich eins und eins zusammen. Na klar. Er ist Bereiter, wie Soljas Vater, und hat einen Job zu erledigen. Dann wird es Zeit für mich zu gehen.

»Ich will dich nicht länger aufhalten. Ich sehe schon, du hast zu tun. Also werde ich jetzt mal Solja suchen gehen«, sage ich knapp. »Und vielen Dank fürs Retten«, gebe ich hinterher und will mich gerade dem Ausgang zuwenden, da hält er mich zurück.

»Wie gut, dass du noch einmal erwähnst, dass ich dich gerettet habe. Ich schätze, ich habe etwas gut bei dir«, wirft er ein und berührt mich am Arm.

Ich bleibe stehen, starre ihn an.

»Du wirst mir mit dem Pferd helfen und …« Er spricht nicht weiter. Es scheint, als würde seine angenehme Stimme noch eine ganze Weile in der Luft verweilen und mich aufrütteln. »Sag Ja«, bittet er.

Ich blinzle.

»Ich?«, antworte ich etwa eine Oktave höher. Ich mag Ponys. Aber vor so großen Pferden habe ich Respekt. Mein Gesichtsausdruck scheint Arwo zu amüsieren, denn er lacht heiser und verbirgt sein Gesicht für einen Moment vor mir. »Das geht nicht«, stammle ich.

»Du sollst nur Türen aufhalten. Vorerst. Schaffst du das?« Das ‚Vorerst' überhöre ich leider.

»Türen? Na, logo.«

Jetzt mustert er mich wieder nachdenklich, während seine Hände geübt die Zügel über den Kopf des Tieres schwingen und den Strick lösen.

Fluchtbereit trete ich hypnotisiert von Arwos grauen Augen langsam rückwärts. Er schnalzt missbilligend mit der Zunge, was nicht nur dem Pferd ein Kopfzucken entlockt.

»Komm schon, Fräulein Hübsch. Solja wird dich mit Sicherheit noch länger warten lassen, so wie ich sie kenne.«

Ich runzle die Stirn.

»Wie gut kennst du sie denn?«, frage ich jetzt misstrauisch.

»Nicht so gut, wie ich vielleicht sollte«, antwortet er und ein Schatten huscht über sein Gesicht.

Als er die Zügel nimmt und das Pferd den Gang entlangführt, viel zu nahe an mir vorbei, vergesse ich nachzuhaken. Die schweren Hufe des Tieres klappern auf dem sauberen Betonboden und ich beeile mich, als Erste am Tor anzukommen, um es zu öffnen. Sofort schlägt mir eisiger Wind in mein überhitztes Gesicht und lässt mich frösteln. Ich muss aufpassen, dass die große, hölzerne Tür nicht gegen die Wand schlägt, und schließe sie wieder, sobald Pferd und Bereiter auf dem Hof sind. Mein Blick bleibt an unserem verwaisten Fiat hängen, vor dem Soljas und meine Fußspuren noch immer auf dem verschneiten Boden zu sehen sind. Soljas führen einsam hinüber zum Herrenhaus, das auf einem kleinen Hügel neben der Halle thront, auf die wir jetzt zuhalten.

Arwo sagt mir genau, was ich machen muss, um die Tür zu öffnen, und wo ich den Strom einschalten soll, damit die Halle beleuchtet wird.

Nach einiger Zeit finde ich mich, mit den Boots im weichen Sand bohrend, inmitten des Reitpalastes wieder. Pferd und Arwo bei mir. Das Ohrenspiel des Tieres ist aufmerksam und gespannt. Staub tanzt im Licht der Spots und bildet Formen vor den graublauen Wänden. Es riecht nach Sägemehl und frischer Farbe.

Arwo winkt mich näher zu sich.

»Komm mal zu mir«, bittet er sanft und greift wie selbstverständlich meine Hand. Seine Berührung löst ein Kribbeln in mir aus. »Ich helfe dir rauf.«

Umgehend versuche ich, mich aus seinem Griff zu befreien.

»Was? Das kommt gar nicht infrage.«

Zwischen unseren Gesichtern bilden sich in der Kälte kleine Wölkchen unseres Atems.

»Kannst du mir vertrauen?«, fragt er ernst und zieht mir langsam Esthers viel zu große Jacke aus.

»Ich weiß nicht«, antworte ich wahrheitsgemäß. Das mit dem Vertrauen ist so eine Sache. Man läuft Gefahr, dass einem jemand das Herz herausreißt und in Stücke reißt oder man von einem Pferd zertrampelt wird. »Oder man bekommt eine Erkältung«, höre ich mich plötzlich zusammenhanglos flüstern.

»Nein, dir wird warm werden«, antwortet Arwo etwas irritiert. Seine Stimme ist so klar. So beruhigend. »Du hast noch nie auf einem Pferd gesessen, oder?«, fragt er.

»Das ist es nicht«, hauche ich und versinke erneut in seinen grauen Augen. Er legt seinen Kopf etwas schief, was eine seiner dunkelblonden Locken dazu veranlasst, sich auf seiner Stirn zu kräuseln. Beinahe verspüre ich das Verlangen, sie zu entwirren und zurückzustreichen.

»Nein?« Seine Finger fahren meinen Arm entlang abwärts. Sie sind rau und bleiben dann und wann an dem Wollstoff hängen, was ein leises Geräusch verursacht. Als er meine Hand erreicht, zeichnet sein Daumen Kreise auf meinem Handrücken und die Atmosphäre zwischen uns beginnt sich zu verdichten. Ich schlucke trocken. Ist er näher als zuvor? »Keine Angst, ich passe auf dich auf«, raunt er und führt mich zu dem Pferd. »Ich setze mich hinter dich. Du bist nicht alleine und es kann nichts passieren, versprochen.« Nein, nein, nein, pocht es in mir.

Das Tier ist viel zu groß.

»Ich kann doch nicht mit einem fremden Mann auf sein Pferd steigen«, höre ich mich witzeln.

»Du hast vollkommen recht«, antwortet er und nimmt auf einmal auch meine andere Hand in seine. »Wir sind keine

Fremden. Ich bin Arwo. Und du bist Vivien«, erklärt er mit einer Ernsthaftigkeit, die mich lächeln lässt.

»Na gut, du hast gewonnen«, gebe ich zu.

»Geht doch, Fräulein Hübsch«, antwortet er zufrieden. »Das Lächeln steht dir übrigens außerordentlich gut.« Jetzt führt er mich bestimmt, aber langsam zu seinem Gaul, der brav wie eine Zinnfigur dasteht und wartet. »Und da wir keine Fremden mehr sind, helfe ich dir beim Aufsteigen. In Ordnung?«

Er wartet keine Antwort ab. Meine Hände greifen zielsicher in die Mähne des Pferdes, als Arwo mein Bein nimmt, um mich auf den Rücken zu werfen, doch als das Pferd sich bewegt, zucke ich zurück.

»Warte!«, keuche ich und er hält inne. Fast erwarte ich, dass er jetzt ungeduldig reagiert, wie es Chris immer tat, wenn ich nicht funktionierte. Dass er mit den Augen rollen würde, eine schmerzliche Geste, die mich immer sehr traf. Ich atme tief ein und wieder aus.

»Wenn du einmal einen Reitunfall hattest, solltest du mir das erzählen«, höre ich Arwo hinter mir sagen.

»Nein, ich hatte noch keinen Reitunfall.« Nur als das Sofa einmal zu schmal war, aber so war das ja nicht gemeint.

»Na dann ist ja alles gut«, verkündet Arwo fröhlich und ich finde mich in einer enormen Höhe wieder. Selbst durch die unförmige Skihose kann ich spüren, wie seidig und rutschig das Fell des Pferdes ist. »Pirat ist ein sicheres Pferd, sehr zuverlässig«, beruhigt Arwo mich und ist mit einem Satz auch schon hinter mir.

Als er seinen Arm um meine Taille legt, weiß ich nicht, was mich mehr in Aufregung versetzt. Seine Nähe, die Wärme, die von seinem Körper ausgeht und durch meinen Pullover dringt, oder dass ich auf einem riesigen Ross sitze. Langsam setzt sich das Tier in Bewegung und ich beuge mich instinktiv nach vorne.

»Ohgottohgott!«, stöhne ich und spüre, wie Arwo meine Haltung korrigiert.

»Gerade sitzen, Vivien. Dann geht es besser.« Sein Atem kitzelt an meinem Hals, so nahe ist er mir. Die gleichmäßigen Bewegungen des Pferdes übertragen sich auf mein Becken und ich finde den Rhythmus des Tieres, als es gemächlich durch die leere Halle trottet. »Siehst du?«

Ich nicke und ignoriere das aufgeregte Poltern in meiner Brust.

Wir sagen eine ganze Weile gar nichts und ich genieße es, wie ich gehalten werde. Manchmal schließe ich sogar die Augen und spüre einfach nur, bis ich die Stille nicht mehr ertrage.

»Ihr habt Springpferde hier, oder?« Mein Blick bleibt an den Hindernissen in der Mitte der Halle hängen.

»Ja, unter anderem. Die meisten Tiere hier sind allerdings Rennpferde. Aber wir haben auch Springtalente, wie Pirat«, erzählt Arwo.

»Ich glaube, ich war fünf, als ich das letzte Mal auf einem Pony saß«, überlege ich und lasse es zu, dass Arwo seinen Griff um meinen Bauch verstärkt.

»Möchtest du schneller reiten?«, fragt Arwo linkisch und ich will gerade »Nein« rufen, da galoppiert Pirat beinahe aus dem Stand an. Ein kleiner Schrei entrinnt meiner Kehle, Arwos Arm umschließt mich fester und meine Hände krallen sich in die weiße Mähne. Es ist atemberaubend. Die kühle Hallenluft weht mein Haar zurück und die Bewegungen des Pferdes sind so weich und rund, dass ich meine, auf einem Schaukelpferd zu sitzen.

»Wahnsinn!«, jauchze ich.

»Bist du immer so laut, wenn es zur Sache geht?«, fragt Arwo nahe an meinem Ohr. Ich höre deutlich das Grinsen heraus.

»Du bist ein Schuft, weißt du das?« Ich spüre, wie mein Interesse an diesem Mann immer mehr geweckt wird.

»Ich wusste, dass es dir gefallen wird.« Arwo lenkt Pirat in eine Kurve und das große Tier galoppiert auf der Stelle.

Ich komme ins Rutschen auf dem seidigen Fell und Arwo zieht mich fester an seinen muskulösen Körper, während er mit einer Hand die Zügel lenkt. Dabei berührt sein Unterarm den Ansatz meiner Brüste. Die Kombination aus der Berührung, dem Rhythmus des Pferdes und Arwos Atem in meinem Nacken löst plötzlich ein gewisses Ziehen in meinem Unterleib aus. Ich unterdrücke ein Seufzen und lehne meinen Kopf an Arwos Brust, als das Pferd wieder im Schritt geht. Was zum Teufel tut dieser Mann mit mir?

»Ich weiß jetzt, wo ich dich das erste Mal gesehen habe, Vivien«, raunt er und ich brumme fragend. »Es kränkt mich beinahe ein bisschen, dass du dich so gar nicht an mich erinnern willst.« Seine Stimme ist vorwurfsvoll und ich versuche immer noch, die verwirrende Erregung in mir auszusperren. »Es war in Hamburg auf der Rennbahn. Vor drei Jahren.«

Ich halte die Luft an und höre Arwo zu. Zu dieser Zeit lebte Soljas Vater noch und hatte uns zu einem Fest eingeladen.

»Ich glaube, du hast mich für einen Kellner gehalten«, erzählt Arwo weiter. »Ich weiß es noch ganz genau. Ich habe mich gerade gefragt, wer diese abwesend wirkende Frau ist, die sich zu wünschen scheint, sie wäre woanders. Da hat sie mir mit einem müden Lächeln einfach ihr halbvolles Weinglas in die Hand gedrückt und ist abgerauscht.«

»Oh.« Jetzt beginnen meine Gedanken zu springen. Abwechselnd erscheinen Bilder vor meinem inneren Auge. Solja, die mit ihrem Vater diskutierte. Chris, der einer Kellnerin zu viel Aufmerksamkeit schenkte. Der Streit zwischen Chris und mir. Sein kalter Gesichtsausdruck, als er mir vorwarf, dass ich ihn einenge. Der Moment, als mir alles zu viel wurde, und Arwo, der in seinem Anzug und seiner unaufdringlichen Präsenz tatsächlich an die Kellner erinnerte.

»Ich hatte den Abend fast vergessen.« Verdrängt trifft es eher. Nachdem ich Arwo mein Glas in die Hand gedrückt und sein verdutztes Gesicht ignoriert hatte, suchte ich Chris. Leider fand ich ihn mit der Hand auf dem Arsch eines Mädels, deren möglichen Beruf man nicht gern nennt. Öffentliches Verkehrsmittel! Plötzlich sind die Bilder seines Seitensprungs wieder da und mein Magen beginnt sich zusammenzuziehen. Ich verspanne mich und Arwo scheint das nicht zu entgehen.

»Was ist los, Fräulein Hübsch? Habe ich dich in Verlegenheit gebracht?«, fragt er und beugt sich zu mir herunter. Ein Versuch, meine Miene zu ergründen.

»Keine Sorge, das schaffst du nicht«, antworte ich spitzer als beabsichtigt. Der Augenblick, indem ich mich wie eine Prinzessin in den Armen ihres Prinzen fühlte, ist vorbei. Schluss mit Kleinmädchenromantik! Hallo Bitterkeit! Und dann höre ich Solja.

***

»Nanu? Hier bist du also?« Es ist mehr eine Frage von Solja als eine Feststellung.

Arwo zügelt Pirat und springt von seinem Rücken.

Ich weiß nicht, ob es an der plötzlich fehlenden Umarmung liegt, dass ich mir verloren vorkomme. Meine Hände lösen sich nur zögerlich aus Pirats Mähne und ich schaue mich unsicher um.

Solja steht an der Bande, die Beine überkreuzt und winkt. Die ältere Dame, deren weiße Haare an aufgetürmte Zuckerwatte erinnert, ist unverkennbar mit ihr verwandt. Das verrät ihre Körperhaltung und die Art, wie sie mit der Gerte an ihrer Seite spielt. Sie trägt Reiterstiefel, ein Jackett, das viel zu dünn scheint, und beugt sich auf eine verschwörerische Art zu Solja, um ihr etwas zu sagen, das ihre Miene streng werden lässt.

»Ist das ein Problem, dass ich hier bin?«, frage ich argwöhnisch, weil mir Soljas säuerliche Miene missfällt.

Sie antwortet nicht, unterhält sich einfach weiter mit ihrer Täti.

»Wenn, dann ist es meine Schuld«, beginnt Arwo und hilft mir beim Absteigen. Meine Hände gleiten über seidiges Fell.

»Dachte ich mir«, höre ich Solja sarkastisch sagen, als meine Füße festen Boden finden. Solja winkt mich zu sich.

»Ich hatte mich aus Versehen in eine etwas missliche Lage gebracht und Arwo hat mich gefunden«, erkläre ich ihr und ordne meine Gesichtszüge.

Arwo kommt mir mit Pirat nach, während ich auf meine Freundin zuschlendere. Warum wird es in dieser Halle zunehmend kälter?

»Das ist Vivi, Täti«, stellt Solja mich endlich ihrer Tante vor, die mich und Arwo anschaut, als wären wir eine physische Anomalie oder so etwas.

»Das freut mich, liebe Vivi. Ich habe viel von Ihnen gehört. Ich bin Elsa«, schnurrt sie und hält mir ihre vielberingte Hand entgegen. Als ich sie nehme, zieht sie mich unerwartet in ihren Arm und drückt mich einmal herzlich.

»Oh, wirklich«, stammle ich. Was denn? Dass ich das Mädchen auf dem Hochhaus war und gerade wieder ein Tiefdruckgebiet meiner Seele überstehen muss, und das in Finnland?

»Kindchen, schön, Sie einmal persönlich zu sehen. Sie haben so viel Zeit mit meiner Nichte verbracht und waren ihr immer eine tolle Freundin.« Ihre feinen Augenbrauen heben sich kurz. Sie haben denselben Schwung wie Soljas. »Ganz eiskalte Finger«, stellt sie fest, als sie meine Hand drückt. »Wollen wir hineingehen und etwas Warmes trinken?«, fragt die Dame.

Solja fixiert Arwo mit kälterem Blick, als meine Hände je sein könnten.

Hätte ich mir ja denken können, dass da mal etwas zwischen den beiden lief. So seltsam, wie Arwo schon vorhin auf Soljas Namen reagiert hatte.

»Danke, das ist nicht nötig«, beeile ich mich und lächle tapfer. »Ich friere gar nicht.« Aber ich würde gern fahren.

»Ich habe ja auch aufgepasst, dass ihr nicht kalt wird«, erklärt Arwo und wirkt plötzlich sehr präsent neben mir. Solja legt den Kopf schief.

»Das denk ich mir, du Filou«, sagt Täti Elsa. »Du solltest dich lieber auf die Arbeit konzentrieren, als Mädchen mit gebrochenem Herzen nachzustellen«, tadelt sie ihren Angestellten.

Autsch! Ich spüre, wie Hitze in meine Wangen steigt. Soljas Lippen formen ein »Oh nein«.

»Wie dem auch sei. Täti Elsa, wir müssen jetzt auch los. Die anderen Mädels warten in der Villa«, flötet Solja nicht überzeugend vergnügt und klatscht auffordernd in die Hände. Mein Lächeln gerät schief und Tante Elsa interpretiert es falsch.

»Herzchen. Die Welt dreht sich weiter, nicht wahr? Männer kommen und Männer gehen.« Sie schiebt sich ihre eckige Brille höher auf die Nasenwurzel und ich wage es nicht, Arwo anzusehen, der immer noch neben mir steht und versucht, Pirat ruhigzuhalten, der jetzt heftig mit dem Kopf schlägt. Mann, ist das unangenehm.

»Alles halb so wild, Frau Elsa«, höre ich mich plötzlich sagen, was die ältere Dame zum Schmunzeln bringt.

»Nenn mich doch einfach Täti Elsa.«

»Gern.« Ich deute einen Hofmädchenknicks an, der mich weiter erröten lässt.

»Wir wollen dann«, erlöst mich Solja, hakt mich ein und führt mich davon.

Meine Boots versinken kaum merklich in dem staubigen Hallenboden und machen keinen Mucks. Nur kurz drehe ich mich noch mal zu dem Märchenprinzen um, der mich mit auf sein Pferd genommen hatte, und hebe zum Abschied die Hand. Wir gehen durch die Hallentür, meine Finger streichen über das Holz und mein Blick will sich von ihm lösen. Arwo öffnet den Mund, als wolle er noch etwas sagen, bleibt aber dann stumm.

Täti Elsa plaudert mit Solja auf dem Weg zum Auto. Über Pferde, Notare und Äpfel, die nicht weit vom Stamm fallen. Ich blende es aus. Nicke dann und wann und versuche freundlich auszusehen. Mit fahrigen Händen schließe ich den Reißverschluss von Esthers Jacke und entdecke ein kleines Loch im Saum, in das ich meinen Daumen stecke. Es beruhigt mich, daran herumzupulen, und ich höre das leise Geräusch, als es noch ein wenig nachgibt. Löcher, die nachgeben. Größer werden. Löcher im Magen. Löcher im Kopf.

Kapitel 12

»Und was hast du jetzt vor?«, frage ich, als Solja vom Hof des Gestüts rollt.

Ihre Augen leuchten aufgeregt. »Ich habe einen formidablen Plan. Ich werde das Gestüt meiner Täti übernehmen.«

Ich muss an Arwo denken. Vielleicht hätte ich mich doch anständig verabschieden sollen. Aber ich konnte einfach nicht. Ich war wie gelähmt gewesen, als Christian plötzlich wieder so präsent war.

Solja gibt Gas.

»Ich meinte eigentlich, wo es jetzt hingeht?« Ich würde mich gern in mein Bett legen und die Decke über meinen durchlöcherten Kopf ziehen. Kein Gedanke lässt sich festhalten.

»Oh. Zur Hütte natürlich«, antwortet Solja. Ob die Mädels schon etwas gekocht haben? Mein Magen knurrt. Dann stolpern meine Gedanken rückwärts.

»Wie, du willst das Gestüt übernehmen? Will deine Tante es denn loswerden?«, höre ich mich fragen und denke wieder an Arwo.

»Täti kann nicht mehr. Es ist eine zu große Belastung.« Solja setzt den Blinker und überholt einen anderen Kleinwagen.

Wir verlassen ein bewaldetetes Stück Land und weiches Licht verfängt sich in ihrem Haar, als es durch die Frontscheibe fällt.

»Oha. Das ist ja nicht schön. So ein Betrieb verschlingt bestimmt einiges an Geld«, überlege ich laut.

Solja betätigt die Scheibenwischanlage, um die Schlieren zu beseitigen, die ihre Sicht trüben. »Wenn ich übernehme, dann kann Täti ihren Lebensabend trotzdem dort verbringen.« Lebensabend. Gutes Stichwort. Christian und ich hatten uns immer vorgestellt, dass wir nach Mallorca ziehen würden, wenn wir alt sind.

»Nobel. Und sie kann es weiter leiten und Chefin bleiben.«

»Leiten?«, fragt Solja verwirrt und stellt die Lüftung höher. Die röhrt wie ein Hirsch und bläst mir Staub entgegen.

»Oder nicht?«, hake ich nach.

»Natürlich werde ich es dann selbst leiten«, stellt sie klar. Moment mal!

»Von Hamburg aus?« Ich runzle die Stirn.

»Mhh.« Ihr Handy klingelt und sie drückt das Gespräch weg.

Endlich biegen wir auf die Landstraße, die uns in vielen Kurven zur Hütte führen wird.

»Und weiß dein Mann das schon?«, frage ich. Das Handy klingelt erneut.

»Fuck! Vivien, du verbreitest echt kein gutes Karma!«, mault Solja und nimmt doch das Gespräch an.

»Was soll das denn heißen?«, will ich wissen. Meine Frage geht unter.

»Ja?«, sagt Solja angespannt ins Telefon. »Es ist gerade kein guter Zeitpunkt.« Ich erkenne die Stimme von Soljas Mann Viktor. Sie hört sich gepresst an, zornig. »Ich bitte dich.« Solja lacht glockenklar auf, dann wird sie ernst. »Liebe? Du weißt nicht, wovon du sprichst, mein Herz.«

Meine Hände krallen sich in den Sitz, als Solja erneut überholt. Etwas zu rasant, wie mir scheint, und das mit Telefon am Ohr. Der Wagen gerät leicht ins Schlingern.

»Ich möchte, dass du meine Konten freigibst. Dann können wir auch wieder ‚vernünftig' kommunizieren.« Sie presst ihren Mund zu einem schmalen Strich zusammen. Herrgottnocheins. Was geht zwischen den beiden bloß vor? »Kindisch?«, fragt sie jetzt bitter. »Ich bin eine selbstständige Frau, mein Schatz.« Jetzt wird seine Stimme lauter und Solja hält den Hörer weiter vom Ohr und schließt für meinen Geschmack ihre Augen ein paar Sekunden zu lange. Hoffentlich kommt so schnell keine weitere Kurve mehr. »Tut mir leid, ich muss jetzt auflegen. Die Schaukel wird gerade frei«, höre ich sie jetzt gespielt fröhlich sagen. Sie beendet das Gespräch, noch während ihr Mann irgendetwas flucht, von wegen Sarkasmus und Verpflichtungen.

Mein Mund steht offen und ich muss lachen. »Die Schaukel wird gerade frei?«

Solja schaut mich an. Einen Moment denke ich, sie fängt an zu weinen, dann prustet sie los.

»Er meint, ich bin kindisch«, berichtet sie und klopft auf das Lenkrad.

»Kann ich mir gar nicht erklären.«

»Es läuft gerade nicht so gut zwischen uns. Aber das renkt sich wieder ein«, redet sie weiter, als müsse sie es sich selbst erklären.

»Bestimmt«, antworte ich. Solja bekommt immer, was sie will. Und Solja bekommt auch die Männer immer wieder in die Bahn. So, dass sie machen, was sie möchte. Sie ist schließlich Solja!

Als wir in der Hütte ankommen, schlägt uns erdrückende Stille entgegen. Vorsichtig schüttele ich den Schnee von meinen Boots und versuche sie im Stehen auszuziehen, ohne hinzufallen. Solja schließt die Tür in meinem Rücken und sperrt die eisige Kälte aus. Fast schon gespenstig blähen sich die Gardinen an den kleinen Fenstern ein letztes Mal.

»Schlafen die beiden etwa?«, frage ich und lausche. Mir fehlt das Klappern von Geschirr und Töpfen. Komisch, dass Esther nicht in der Küche steht um diese Zeit. Solja schlüpft aus ihren Stiefeln und pfeffert sie laut in die Ecke.

»Sollten sie geschlafen haben, sind sie jetzt wach«, kritisiere ich meine gnadenlose Freundin.

»Hallooo?!«, trällert sie laut und hängt ihre Jacke an die Garderobe. »Ihr habt den Ofen vergessen!«, gibt sie etwas genervt hinterher. »Ist arschkalt hier drinnen.« Solja schaut mich verwundert an.

Nachdem ich mich aus der fluffigen Jacke gepellt und sie abgelegt habe, erklimme ich die knarrende Treppe.

Als ich meinen Kopf in Esthers Zimmer stecke, entdecke ich sie mit einem Glas Wein in der Hand auf ihrem Bett sitzend. Sie hat ihre Lesebrille auf der Nase und scheint mich nicht zu bemerken.

»Klopf, klopf«, flüstere ich.

Sie ist vollkommen vertieft in die gefundenen Briefe. Ihr Handy liegt neben ihr auf einem Kissen mit Lochstickereien und hat einen Sprung auf dem Display.

»Hi. Warum sagst du denn nichts?«, frage ich und versuche, nicht vorwurfsvoll zu klingen.

»Ich lese gerade und genieße die Ruhe in diesem Haus«, antwortet sie, ohne sich zu mir umzudrehen.

Der Geruch von Räucherstäbchen kitzelt mir in der Nase und ich unterdrücke ein Niesen. »Und deshalb kannst du nicht antworten, wenn wir rufen?« Meine Frage klingt misstrauisch. Nur kurz schaut sie mich durch ihre runden Brillengläser mit ihren Rehaugen an. »Was ist mit deinem Handy passiert?«, will ich als Nächstes wissen. Sie bedeutet mir, leise zu sein, indem sie einen Finger an ihre Lippen legt. »Hatte es einen mysteriösen

Wandunfall, weil es zu laut geklingelt hat?«, scherze ich und lächle.

»Vielleicht?«, antwortet sie knapp und nippt an dem Wein.

»Ich schwöre dir, diese Briefe sind mit einem Geheimnis behaftet. Es ist zum Greifen nah. Irgendetwas übersehe ich nur noch.«

Ich lasse mich mit Schwung auf das Bett fallen und ziehe die Beine unter meinen Po. »Und das ist dein Problem? Die Briefe?«

»Problem?«, fragt sie mit dünner Stimme.

»Ja, es sieht aus, als hättest du ein Problem«, stelle ich fest.

»Die Briefe? Indirekt, vielleicht«, erklärt sie und blättert weiter in den Papieren.

»Und direkt?«

»Männer?«

Okay. Irgendwie scheinen alle ein Problem mit Männern zu haben.

»Henry«, sage ich mitfühlend.

Sie seufzt leise. »Er nimmt mir manchmal die Luft zum Atmen«, antwortet sie und erst jetzt bemerke ich, dass ihre Zunge etwas schwer ist.

Solja steckt ihren Kopf ins Zimmer.

»Ach, hier seid ihr. Mensch, ich habe gerade angefangen, mir Sorgen zu machen. Das war ja gespenstisch ruhig hier.« Sie schaut sich um. »Gibt es kein Mittagessen?« Ich deute ein Kopfschütteln an, das Solja zum Schweigen bringen soll. »Also, ich hab Hunger«, erklärt sie und schürzt die Lippen.

»Dann koch doch was«, schlage ich nett vor.

Der Gedanke wäre ihr gar nicht in den Sinn gekommen. Esther tut so, als wäre sie nicht da. Oder taub. Nach weiteren Sekunden absoluter Stille fragt Solja:

»Wo ist denn Meike?«

Esthers Antwort kommt plötzlich sehr schnell. Und ihr seltsames Grinsen löst eine gewisse Unruhe in mir aus.

»Sie joggt.« Fast klingt es wie eine Frage. Als wäre sie nicht sicher. Oder sinniere über den Zweck einer solchen Aktion. »Hat mich einfach alleine gelassen. Obwohl wir doch gesagt hatten, dass wir nie jemanden alleine lassen.«

»Alleine im Wald? Es wird schon bald wieder dunkel.« Soljas Augen werden schmal. »Und es schneit wie bekloppt draußen.«

»Ja, ich weiß. Und jetzt schhhh. Leise«, fordert Esther und presst ihre Lippen fest zusammen.

Solja sieht mich wieder verwundert an. »Sag mal, Esther, hast du getrunken? Mitten am Tag?«, fragt sie erstaunt.

Esther dreht das Glas in ihrer Hand und hebt die Augenbrauen bis zum Haaransatz. »Nein, ich halte das Glas Wein nur, weil es traurig ist«, erklärt sie sarkastisch und kämpft mit einem Schluckauf.

»Oh, Mann. Auf euch ist ja Verlass«, murrt Solja.

Natürlich muss ich jetzt doch von dem Räucherstäbchen, das müde vor sich hin schwelt, niesen und halte mich an Esther fest. Der Wein schwappt über.

»Lass sie doch. Ich könnte auch ein Schlückchen vertragen«, sage ich und unterdrücke ein weiteres Niesen. Der Gedanke an Arwo scheint ein ähnliches machtvolles Kitzeln zu sein, gegen das man nicht viel ausrichten kann. »Nach deinem Telefonat magst du vielleicht auch ein Gläschen«, schlage ich vor und greife nach der Flasche. Doch die ist bereits leer. »Ups. Wir brauchen Nachschub.«

Esther klopft ein Kissen auf, legt es in ihren Rücken und angelt nach dem nächsten Brief.

»Hört mal. Das ist so schön:

Dein Abschied hat mich tief aufgewühlt. Es fühlte sich an wie ein sterbender Kuss im November, kurz bevor es schneit. Bitte, lass nicht zu, dass mein Herz bricht.«

»Oh, bitte!«, meckert Solja sichtlich genervt und schießt völlig unerwartet auf Esther zu, um ihr den Brief abzunehmen. Er reißt mit einem lauten Geräusch in der Ecke ein.

»Hey, was stimmt nicht mit dir?«, protestiert Esther und sammelt in Eile alle anderen Briefe vom Bett, um sie Solja zu entziehen. Es sieht fast witzig aus, wie sie die Papiere an ihre Brust drückt. Und ihre Brille sitzt schief auf ihrer Nase.

»Was mit mir nicht stimmt?«, faucht Solja.

»Om Shanti Shanti Shanti! Frieden in dir, Frieden mit uns, Friede der Welt«, antwortet Esther mit einem ihrer Mantras.

»Ich hab doch gesagt, ich finde es nicht richtig, in der Vergangenheit von Fremden herumzuwühlen«, meckert Solja weiter und versucht, ihr noch einen Brief wegzunehmen.

»Hör auf«, droht Esther. Ihre Augenbrauen zucken nervös. »Du wirst sie mir nicht nehmen, klar? Ich beginne nämlich gerade, sie zu verstehen.«

Für einen kurzen Moment frage ich mich, warum Solja blass wird.

»Spinnst du? Schon einmal etwas vom Briefgeheimnis gehört?«, zischt sie.

»Das gilt für die Post. Und wer sagt, dass es sich um Briefe von Fremden handelt?«, fragt Esther.

Solja verschränkt die Arme vor ihrer Brust, was die Knöpfe ihrer Bluse ganz schön unter Spannung setzt.

»Wie lange ist Meike eigentlich schon weg?«, wechselt sie gehetzt das Thema.

Esther ordnet ihren Rock mit den Ornamentmustern und überlegt. »Seit Mittag?«

Mein Blick fällt auf ein Medaillon mit einem geschwungenen eingravierten *M* inmitten von Rosenranken, das neben dem Kissen liegt, und ich nehme es an mich. Nachdenklich drehe ich es vor meinen Augen und versuche, es zu öffnen.

»Mensch, Vivien!« Soljas Hand stößt auf mich zu und entwindet mir grob das Schmuckstück.

»Hab dich doch nicht so«, wehre ich mich. Sie braucht mir ja nicht gleich den kleinen Finger zu brechen.

Solja stemmt die Arme in die Hüfte und schnappt nach Luft.

»Gleich schlägt es dreizehn«, droht sie und steckt das Medaillon in die Hosentasche.

Esther schaut von mir zu Solja und dreht nachdenklich ihr Weinglas in der Hand.

»Wie lange geht Madame Sportfanatikerin denn für gewöhnlich so joggen?«, weicht Solja mit einem prüfenden Blick auf die Uhr aus.

Ihre Frage verschwimmt in meinem Gehirn, wie Schaum auf den Wellen der kalten Nordsee. Ich kann nicht anders und muss an etwas ganz anderes denken. Arwo und Solja. Ob sie mit Arwo im Bett war? Oder waren sie gar ein Liebespaar gewesen? Oder war er nur eine Sommerliebe, als sie beide jung waren? Und wieso weiß ich dann von nichts? Etwas beginnt unruhig in meinem Magen zu summen. Eine Art Wut.

»Vivien, ich habe dich etwas gefragt«, zischt Solja ungehalten.

»Was denn?«, blaffe ich zurück.

»Ist es normal, dass Meike bereits zwei Stunden joggt?«

Ich komme schlagartig zu mir.

»Scheiße, nein!«, rufe ich aus und schaue aus dem Fenster, vor dem sich dicke Schneeflocken auftürmen und die Aussicht auf den See verschleiern.

Sofort bin ich auf den Beinen.

»Wir müssen sie suchen!« Ich reiße Esther das Glas aus der Hand, bevor sie sich den Rest auch noch einverleiben kann, und ziehe sie vom Bett hoch.

»Hopp, hopp. Ruf mal auf ihrem Handy an!«, befehle ich. Esther steckt sich in aller Ruhe erst mal ihr Haar hoch.

»Ich weiß nicht. Ruf du lieber an«, entgegnet sie.

»Wieso? Dein Handy hast du griffbereit.«

Sie verzieht ihr Gesicht und meint: »Nein, ich schätze, wenn ich anrufe, geht sie nicht ran.«

»Wieso sollte sie nicht rangehen?« Ich seufze und hole mein Handy aus meinem Zimmer. Es dauert nicht lange und ich höre Meikes Smartphone von unten klingeln. Toll. »Esther, zieh dir was über«, fordere ich und werfe ihr einen Pullover zu, der über einem Stuhl hing. »Ich schätze, wir müssen sie suchen gehen.«

»Ich glaube, ich komme besser nicht mit«, erklärt sie irgendwie matt und nimmt ihre Lesebrille ab.

»Was?«, fragen Solja und ich wie aus einem Mund.

»Wir hatten Streit. So, jetzt ist es raus«, lallt sie und rümpft ihre hübsche, gerade Nase.

Ich lege ihr meine Hand in den Rücken und schiebe Esther zur Tür.

»Das spielt keine Rolle«, sage ich streng.

»Tut es nicht?«

»Nein.«

»Okay. Gut, dass ich euch habe. Zusammen regeln wir das«, erklärt sie jetzt und kratzt sich im Nacken. »Ich hätte Meike nicht alleine gehen lassen sollen.« Dann schaut sie betreten zu Boden. »Aber sie war unausstehlich«, erzählt sie und versucht sich wieder zu sammeln, während sie ihr Zimmer verlässt.

»Sind wir das nicht alle irgendwie?«, frage ich und gehe voraus die Treppe hinunter. Esther folgt in einigen Metern Abstand und nuschelt etwas vor sich hin. »Über was habt ihr denn gestritten?«, will ich wissen. »Ihr seid doch sonst ein Herz und eine Seele?« Ich schaue mich über die Schulter zu Esther um. Wann hat sie denn ihr Weinglas wieder in die Finger bekommen? Mich überkommt die Sehnsucht nach meinen Scheiß-egal-Tabletten.

»Das ist schwer zu erklären«, antwortet Esther und wedelt mit ihrer freien Hand in der Luft herum. »Ich glaube, das Haus hat eine miese Aura.«

»Trotz der Räucherstäbchen?« Ich ziehe eine Grimasse.

Solja hängt schon am Telefon und organisiert bereits Hilfe. Als sie: »Finnland ist nicht der Hamburger Bürgerpark, verfickte Scheiße!«, brüllt, wird mir etwas flau im Magen.

»Alles wird gut«, säuselt Esther hinter mir und hält sich am Geländer fest, als sie weiter nach unten wankt.

»Sag mal. Möchtest du mir nicht vielleicht erzählen, was hier los war?«, frage ich vorsichtig.

»Nein«, antwortet sie knapp.

Ich hake sie vorsichtshalber die nächsten Stufen unter. Zu zweit fällt es sich besser.

»Manchmal ist es heilsam, wenn man drüber redet.« Ihre Worte.

Esther schürzt die Lippen. »Ich glaube, Alkohol macht mich dumm.« Sie holt tief Luft und ich denke, sie spuckt es endlich aus, also antworte ich nicht, nicke nur einmal. »Aber egal«, flüstert sie dann. Schwere Geburt.

»Das geht uns allen so, du erinnerst dich?«, beruhige ich sie.

Alkohol hat selten jemanden brillant dastehen lassen. Mich zumindest nicht. Und es gibt einige bildhafte Erinnerungen dafür. Zum Beispiel, als ich nach einem Streit in einem Club hoch erhobenen Hauptes aus der Damentoilette stolzierte, quer über die halbleere Tanzfläche und meine Gegnerin böse anfunkelte. Ich kam mir so überlegen vor, bis ich bemerkte, dass mein Rock hinten in der Strumpfhose steckte, während ich meinen imposanten Abgang hinlegte.

»Du siehst traurig aus«, stelle ich besorgt fest und drücke Esthers Hand.

»Mir geht es gut. Wirklich.«

»Dein Gesicht weiß aber nichts davon.«

»Es ist nur mein Gesicht. Es tut manchmal Dinge ohne mein Einverständnis«, versucht sie, witzig zu sein.

Ich schüttele meinen Kopf und gebe es auf.

Solja geht unruhig im Flur auf und ab.

»Warten? Täti, wie lange denn, bis Leif hier ist?«

»Es ist wichtig, dass wir unseren inneren Frieden bewahren. Sonst können wir Meike nicht erspüren, wenn wir sie suchen gehen«, wirft Esther ein, als wir unten angekommen sind. Ihre Finger reiben ihre Mondsteinkette. Sie will gerade etwas hinzufügen, da hält sie inne.

Soljas Miene ist ernst. »Esther, du kommst *nicht* mit«, legt sie fest. »Dich verlieren wir nachher als Nächstes, wenn wir nicht aufpassen.«

»Okay«, antwortet Esther gedehnt.

»Ist vielleicht besser so. Jemand muss ja hier sein, falls sie von alleine zurückkommt«, schlichte ich und frage mich, was noch so schiefgehen kann. Wir sind jetzt den dritten Tag hier und ein Schreckmoment folgt auf den nächsten.

Solja atmet geräuschvoll aus und kramt ihren Ski-Anzug heraus. Kurzerhand wirft sie mir auch einen entgegen.

»Zieh an!«, befiehlt sie.

Ich gehorche.

***

Nachdem Solja und ich die nähere Umgebung abgesucht und brüllenderweise den See abgeschritten haben, kommt ein Volvo mit Anhänger auf den kleinen Hof gefahren.

»Da kommen sie!«, jubiliert Solja und rennt voraus. Ich hinterher. »Ein Glück. Die Dämmerung wird nicht mehr lange auf sich warten lassen«, keucht sie und ich stimme ihr zu. Etwa um drei Uhr am Nachmittag würde der frühe Abend die Wälder mit sich in die Dunkelheit reißen. »Endlich. Mit Leif finden wir Meike im Handumdrehen, wirst schon sehen!«, ruft Solja über ihre Schulter.

Wind frischt auf und weht mir fast die Mütze vom Kopf, als ich durch den Schnee stapfe. Solja ist flink beim Fahrzeug und hüpft aufgeregt auf und ab. Auf dem Anhänger steht ein Schlitten mit einer Art Zaumzeug und ich höre Hundegebell.

»Wie geil! Ein Suchtrupp via Hundeschlitten?«, staune ich und beschleunige meinen Gang.

Die Fahrertür geht auf und mir bleibt die Spucke weg. Solja allem Anschein nach auch. Denn sie bremst ihren Lauf so unvermittelt, dass ich in sie hineinrenne.

»Hallo zusammen. Ihr habt das Rettungsteam gerufen?« Arwo sieht vergnügter aus, als er sollte, und tippt sich zum Gruß an den Rand seiner Fliegermütze.

»Aber nicht dich«, antwortet Solja und ich schwöre, sie wird rot vor Zorn.

Ich drehe mich um die eigene Achse und schaue hinüber zum See. Mein Blick bleibt kurz an dem eingeschneiten Boot am Steg hängen und wandert dann zum Horizont. Vielleicht steht mir der Sinn nach Flucht?

Arwo überhört Soljas Kommentar gepflegt.

»Wie lange ist eure Freundin denn schon vermisst?«, fragt er, statt darauf einzugehen, und ich schaue ihn wieder an.

»Sie ist jetzt bald drei Stunden in dieser arktischen Kälte«, berichte ich befangen. »Und sie hat bestimmt nicht einmal warme Kleidung an. Sie wollte joggen«, füge ich hinzu und mustere Soljas versteinerte Miene von der Seite.

Esther steht in einer Wolldecke gehüllt im Türrahmen und beobachtet das Geschehen.

»Und du hast deine Freundinnen nicht aufgeklärt, dass es nicht ratsam ist, alleine in die Wildnis zu laufen?«, fragt Arwo an Solja gerichtet.

Sie stemmt die Arme in die Hüften.

»Mir wurde nicht mitgeteilt, dass meine Mädels in meiner Abwesenheit Harakiri begehen wollen. Und Esther …« Solja verstummt und Arwos Blick folgt Soljas zu unserer Freundin auf der Veranda, die ihre Hand zögernd zum Gruß hebt.

»Esther findet joggen blöd, weil der Wein dann über den Rand des Glases schwappt«, scherze ich.

Der Mann, der mit Arwo gekommen ist, lacht und schüttelt den Kopf. Er sagt etwas auf Finnisch, das Solja einen Laut ähnlich eines Grunzens entlockt.

»Na, ihr seid mir ja ein paar Hühner«, stellt Arwo fest. »Immer müsst ihr gerettet werden.« Sein Blick wandert zu mir und ich grinse doof. Solja legt den Kopf schief und in ihren Augen liegt ein spezieller Glanz, der verrät, dass sie ihre böse Zunge nur mühsam zurückhält.

Ich finde meine Sprache wieder: »Fakt ist: Meike ist alleine. Und wir müssen sie finden«, fordere ich energisch und mahne damit auch meine Freundin, deren Mund wieder zuklappt, bevor eine Gemeinheit ihre Lippen verlassen konnte.

Arwo nickt zustimmend und meidet ab jetzt Soljas Blick. Sein Begleiter hebt mit ihm den Hundeschlitten vom Anhänger und befreit die drei Huskys aus dem Auto. Sie sehen aus wie Wölfe mit blauen Augen und ich weiche beeindruckt einige Schritte zurück, als sie laut bellen und heulen. Außer Rand und Band springen sie an Arwo hoch und versuchen sich Streicheleinheiten abzuholen. Geschäftig macht der sich daran, die Tiere anzuschirren und vor den Schlitten zu spannen.

»Und, warum nur ein Schlitten?«, murrt Solja.

»Weil der Teil am See zu Fuß abgegangen werden sollte«, erklärt Arwo gelassen.

»Aber da waren wir schon«, antwortet Solja spitz.

»Östlich auch?«

»Nein.«

»Na, da haben wir es.«

Solja geht zu dem anderen Mann und unterhält sich. Ich komme nicht umhin, eine gewisse Faszination zu bemerken, die in mir wächst. Alleine wie Arwo mit den Tieren umgeht. Liebevoll, streng und gleichzeitig mit der richtigen Priese Geduld.

»Das darf doch alles nicht wahr sein«, schnauft Solja, als sie wieder zu mir kommt.

»Was ist dein Problem?«, will ich endlich wissen. »Sie sind hier, um uns zu helfen. Oder etwa nicht?«

»Arwo ist …« Sie verstummt wieder.

»Kennst du Arwo näher?«, stelle ich die interessante Frage, die mir bereits auf der Zunge brennt.

»Ach. Nein, Gott bewahre«, antwortet sie gehetzt. »Aber ich kann ihn einfach nicht ausstehen.«

»Warum?«

»Ich hatte einige Male mit ihm zu tun. Und glaub mir, der geht gar nicht.«

»Wann war das?«, hake ich nach.

Solja knetet ihre Finger in den Handschuhen und schaut sich um.

»Nerv jetzt einmal nicht, Vivien. Wir müssen jetzt andere Dinge im Blick behalten. Das Wetter zum Beispiel.«

Autsch!

»Danke. Ich habe dir nur eine einfache Frage gestellt.« Ich schaue in den Himmel. Dicke Wolken werden mit dem Ostwind zu uns herübergetragen.

»Ich schlage vor, Solja und Leif gehen den See ab und dann nach Osten!«, ruft Arwo zu uns herüber, als er fast fertig ist.

»Super, mitten ins Unwetter«, murrt Solja.

Kapitel 13

»Vivien fährt mit mir«, legt Arwo fest, während er dem ersten Leithund, der sich aufgeregt an sein Bein drückt und mit einer gewissen Ehrfurcht zu seinem Herrn aufschaut, den Kopf tätschelt.

Ich hebe die Augenbrauen und deute fragend mit dem Finger auf mich.

»Ja, du«, bestätigt Arwo forsch.

Zögerlich trete ich näher. Die Hunde wittern in der Luft. Einer von ihnen heult auf und die anderen beiden stimmen mit ein. Und ich bin eingeschüchtert.

»Also. Wir bleiben über Funk in Kontakt?«, fragt Arwo an seinen Begleiter gerichtet.

Leif nickt. Er spricht anscheinend nicht viel. Oder tatsächlich nur Finnisch.

»Und in einer Stunde treffen wir uns erst einmal wieder hier«, bestimmt Solja und gesellt sich zu dem stillen Leif.

»Fräulein Hübsch, hierher bitte.« Arwo manövriert mich zwischen sich und den Schlitten. Ich stelle meine Füße auf die Kufen. »Gut festhalten. Die Anfahrt ist ziemlich ruckartig«, warnt er.

Es fühlt sich ein wenig an wie auf dem Pferd. Seine Nähe.

»Okay. Ich werde schon nicht runterfallen.«

Er gibt den Hunden einen Befehl. Sie springen hoch, werfen ihr Gewicht in die Leinen. Arwo beginnt zu schieben und läuft los, was den Schlitten viel schneller losfahren lässt, als ich vermutet hätte.

»Huch«, stoße ich aus.

Arwo drückt mich nach vorne. Während wir den eingeschneiten Pfad in den Wald einfahren, springt er hinter mir auf und gibt mir zusätzlichen Halt.

»Wow. Das ist ja großartig!«, rufe ich ihm zu und vergesse fast, warum wir unterwegs sind. Mein Kichern geht in Gelächter über, als wir über einen Hügel hüpfen.

»Das gefällt dir, Fräulein Hübsch«, raunt Arwo plötzlich nahe an meiner Wange und die Art, wie er das sagt, löst ein Kribbeln in meinem Magen aus. Seine Bartstoppeln kitzeln mich und ich versuche dieser Nähe, die meinen Herzschlag aus dem Takt bringt, zu entkommen, indem ich mich weiter nach vorne beuge.

»Ja, aber wir müssen uns auf die Umgebung konzentrieren«, fordere ich und versuche, mich zu Arwo umzudrehen, damit ich ihn sehen kann. Vielleicht seine Miene enträtseln kann.

»Natürlich«, antwortet er leichthin.

»Wir müssen Meike unbedingt finden«, erkläre ich.

»Deshalb bin ich hier.«

»Ich meine ja nur. Wir sollten uns nicht ablenken lassen.«

»Natürlich nicht.« Er grinst schief.

Eine dicke Baumwurzel bringt den Schlitten zum Schlingern und meine Mütze versperrt mir plötzlich die Sicht. Arwo lacht und hilft mir, den Stoff zu richten.

»Mach dir keine Sorgen, wir finden deine Freundin, bevor sie eine Erkältung bekommt.« Ein Pfiff, und die Hunde schwenken nach rechts.

Ich halte die nächsten Minuten meine Hände wie Trichter vor meinen Mund und brülle Meikes Namen. Nichts.

Der Wald ist gespenstisch ruhig. Es scheint, als würden die Laute der Natur vom Schnee einfach verschluckt werden.

»Es ist fast unheimlich hier draußen«, sage ich nach einer Weile.

»Findest du?«

»Ja, das ganze Weiß. Diese Stille. Das ist doch nicht normal.« Ich betrachte die Nadelbäume, deren vom Schnee schweren Äste beinahe den Boden berühren.

Arwo drückt meine Schulter tröstlich.

»Das nennt man auch Frieden«, schwärmt er und ich spüre, wie er den Anblick des eingedeckten Waldes in sich aufsaugt.

Sicher empfindet man es anders, wenn man in solch einem für mich fremden Traum geboren ist.

»So leicht geht hier keiner verloren. Wirst schon sehen«, versucht Arwo, mich zu beruhigen.

Irgendwann bremst er die Hunde, als wir durch ein dichteres Waldstück fahren. Der Pfad schlängelt sich wie eine Schlange um dicke Baumstämme herum. Meine Hand angelt nach einem tief hängenden Ast und zupft an den Nadeln der Fichte.

»Nein. Lass …«, weiter kommt Arwo nicht und der Baum schüttelt seine puderige Last ab.

Instinktiv reiße ich die Arme hoch und ducke mich. Als ich wieder aus Arwos Umarmung auftauche, ist er von oben bis unten weiß.

»Ups.«

»Ja, so kann man es auch sagen.«

Die Hunde halten ungerührt ihr Tempo, als wäre nichts geschehen.

»Das war nicht meine Absicht«, sage ich und presse die Hände auf meinen Mund. »Wirklich.« Ich muss grinsen unter meinen Fingern und für einen Moment starrt mich Arwo mit einem eigentümlichen Blick an. »Weißt du, weiß steht dir«, erkläre ich und versuche, ihn von der kalten Pracht zu befreien. Ich muss feststellen, dass meine Hände leicht zittern, während ich den Schnee von Arwos Schultern und dem Jackenkragen streiche. »Du solltest öfter helle Farben tragen oder Pastelltöne«, schlage ich vor und versuche cool zu wirken.

»Findest du?«, fragt er.

Ich wanke, als der Schlitten in eine Kurve geht, werde unvermittelt an seine Brust gedrückt. Etwas zu lange bleibt mein Blick an seinen grauen Augen hängen, die durch dichte Wimpern auf mich hinabblicken.

»Dreh dich wieder um«, kommandiert er plötzlich mit einem schiefen Grinsen.

Viel Abstand ist zwischen uns nicht möglich. Und ich will ihn plötzlich auch gar nicht.

»Und was, wenn nicht?«, höre ich mich provokant fragen. Holla, was ist los mit mir? Ich forsche in seinem Gesicht.

Seine leicht schrägstehenden Augen verengen sich kaum merklich. »Dann garantiere ich für nichts«, antwortet er.

Ich mache einen langen Augenaufschlag, schmiege mich ein wenig an seine Brust. Meine Finger spielen mit einem Knopf seiner dunkelgrünen Jacke.

Arwo gibt den Hunden Befehle und bemüht sich, den Weg nicht aus den Augen zu verlieren. »Du solltest dich wieder richtig hinstellen. Das Gleichgewicht des Schlittens stimmt sonst nicht und …« Er verstummt wieder, als mein Finger Nässe von seiner von den Bartstoppeln rauen Wange entfernt.

»Wir sind erwachsen, wir können also offen reden, nicht wahr?«, höre ich mich fragen. War das gerade meine Stimme, die so aufreizend klingt?

Arwo schaut mich genauso ehrfurchtsvoll an, wie ich mich selbst ansehen würde in diesem für mich bizarren Moment. Ehe ich Weiteres sagen, geschweige denn tun kann, gerät der

Schlitten tatsächlich außer Kontrolle. Ich hopse gefühlte zwei Meter in die Luft. Arwo pfeift nach seinem Leittier, versucht ihn zu bremsen und den Schlitten auf dem Pfad zwischen all den Bäumen zu halten. Ich verliere das Gleichgewicht, werde an Arwo gedrückt und klammere mich an seinen kräftigen Oberarm, der sich unter dem wetterfesten Stoff anspannt.

»Vorsicht!«, warnt er.

Ich quieke auf. Im letzten Moment ducke ich mich und entkomme dem Schlag eines Astes. Durch mein Manöver gerät der Schlitten in Schieflage und kippt, bevor die Hunde ihren Lauf stoppen können.

»Ahh!«, schreie ich.

Dann wirbele ich herum und lande mit dem Hintern voran im Schnee. Die Luft wird hart aus meiner Lunge gepresst, als Arwo auf mir landet. Erst langsam stellt sich mein Blick wieder scharf. Durch einen Nebel aus aufgewirbeltem Schnee sehe ich den Schlitten, der unweit von uns auf der Seite liegt, und die drei Hunde, die hechelnd zu uns herüberschauen. Erst jetzt wird mir die Nähe zu Arwo klar. Sein Arm ruht unter mir und umfängt meine Hüfte. Sein Gesicht schwebt dicht über mir, ernst und besorgt.

»Hast du dir wehgetan?«, fragt er und rührt sich leicht, was mir dazu noch bewusst macht, dass er wie ein Liebender zwischen meinen Beinen liegt. Mein Mund wird trocken.

»Ich glaube schon«, hauche ich.

Seine Miene wird milder und er entspannt sich. Unsere Lippen sind nur wenige Zentimeter voneinander entfernt. Ich spüre seinen warmen Atem, wie er über meinen halbgeöffneten Mund streicht. Mich liebkost.

»Das hätte übler enden können«, tadelt er und schaut mich intensiv an. Sein Blick saugt sich förmlich an mir fest und mein Herzschlag beginnt in einem unruhigen Rhythmus gegen meine Rippen zu schlagen.

»Da stimme ich dir zu«, flüstere ich und befeuchte unwillkürlich meine Lippen.

Arwos freie Hand streicht von meiner Hüfte hinauf und findet meinen Arm. Plötzlich umfasst er mein Handgelenk, drückt es neben meinen Kopf in den Schnee und nimmt mich gefangen. Ich spüre, wie die Kälte schmilzt und den Saum meines Ärmels tränkt. Unsere Körper passen perfekt aneinander. Meine Gedanken lösen sich auf, als sein Blick etwas Wildes bekommt. In seinen Augen beginnt ein Sturm aufzuziehen.

»Was soll ich jetzt mit dir machen?«, fragt er. Seine Stimme ist rau. Als er seine Hüften an meinen bewegt, zieht sich mein Unterleib köstlich zusammen.

»Ich weiß es nicht«, gebe ich zu und schlucke trocken. Würde er mich küssen? Wollte ich es? Die Wipfel der Bäume über mir beginnen sich zu drehen.

»Ich wüsste da was«, raunt Arwo.

Die Hunde beginnen zu bellen. Ich höre es wie durch Watte. Mein Herzschlag übertönt fast alles andere. In Arwos Mundwinkel zuckt ein Lächeln. Verräterisch und schön. Mein Magen kribbelt wie verrückt und beinahe recke ich mich ihm willig entgegen, um ihn zu schmecken, ihn zu spüren. Um mich zu spüren. Um zu leben.

Plötzlich werden die Hunde noch unruhiger und springen hin und her. Der Schlitten wird für einige Meter über den Boden bewegt.

Mein Kopf wird plötzlich klar. Vorsicht!, schreit alles in mir und ich stemme Arwo von mir.

Eilig lässt er mich los, als hätte er sich verbrannt. Beim nächsten Wimpernschlag steht er über mir und reicht mir die Hand. Ich ergreife sie, lasse mir aufhelfen.

»Danke. Es tut mir leid. Das mit dem Sturz«, entschuldige ich mich und weiß nicht, wohin mit meinen Händen, als Arwo mich wieder loslässt.

»Ach, es ist ja alles gut gegangen«, tut er den Unfall ab.

»Ist auch nichts kaputt?« Besorgt schaue ich zu dem Schlitten und Arwo tritt auf ihn zu, um ihn zu inspizieren.

»Nein, es ist alles in Ordnung.«

Die Hunde lauschen angespannt in das von der Dämmerung eingenommene Dickicht. Ein Knacken ertönt.

»Müssen wir eigentlich wilde Tiere fürchten?«, frage ich angespannt, als mir klar wird, dass wir, wie Solja schon so treffend formulierte, nicht im Hamburger Bürgerpark sind.

»Ich meine, es gibt doch bestimmt Wölfe oder Ähnliches?« Ich denke an Bären und verscheuche den Gedanken schnell wieder.

»Ich passe auf dich auf, Fräulein Hübsch.« Arwo macht den Schlitten wieder fit und fordert mich kurz danach auch schon auf, wieder mit ihm aufzusteigen. Sein Blick ist so lockend dabei, dass mein Puls erneut reagiert.

Ein Käuzchen sendet seinen Ruf aus. Schlagartig ist mir kalt. Und mir ist klarer als je zuvor, dass die gefährlichsten Tiere in freier Wildbahn die Schmetterlinge im Bauch sind.

***

Eine Weile schweigen wir. Fast haben wir das gesamte Areal abgesucht und Meike immer noch nicht gefunden. Auch das blöde Funkgerät bleibt still und sendet keine Entwarnung. Und das, was meine Gedanken beherrscht, sind meine Gefühle. Arwos Arm hält mich fest. Und manchmal spüre ich, wie die rauen Stoppeln seines Dreitagebartes an meinem Kragen kratzen.

»Worüber wolltest du offen reden?«, bricht er die Stille. Zuerst kann ich nicht folgen. »Du hast festgestellt, dass wir erwachsen sind und offen reden sollten, bevor du den Schlitten umgekippt hast.«

Ich höre Arwos Lächeln heraus und sammle mich.

»Was auch immer das zwischen uns ist, es wird zu nichts führen«, stelle ich ein für alle Mal klar. So, jetzt ist es raus! Ich drehe mich zögerlich zu Arwo um.

Seine Augenbrauen schnellen vor Überraschung in die Höhe.

»Was sollte deiner Meinung nach zwischen uns sein?«, fragt er kühl.

»Na ja. Ganz offensichtlich versuchst du, mit mir zu flirten.«

»Ich flirte oft«, gibt er gelassen zu bedenken.

»War mir klar.«

»Wieso klingt das aus deinem Mund so negativ?«

»Ganz einfach. Ich kann Männer, die sich auf ihr Äußeres etwas einbilden und Frauen nachstellen, nur um sie in ihr Bett zu bekommen, nicht leiden.«

Er unterdrückt ein Lachen. Die Hunde werden gefühlt schneller auf dem eisigen Weg und meine Hände fassen fester in das raue Leder des Griffs.

»Du findest mich attraktiv?«, hakt Arwo nach und in seinen Augen glitzert es amüsiert.

Ich wende mich wieder nach vorne und starre auf den Pfad.

Er beugt sich leicht zu mir.

»Du unterstellst mir jetzt was genau?«, will er wissen und sein schützender Griff um mich lockert sich.

Solja muss einen Grund haben, wenn sie Arwo nicht ausstehen kann.

»Dass du ein Womenizer bist.« Ich starre stur geradeaus.

»Ach so.« Er schnalzt mit der Zunge. Ob wegen mir oder der Hunde, weiß ich nicht.

»Aber so etwas zieht bei mir nicht«, gebe ich nachdrücklich hinterher.

Er lacht freudlos.

»Du lebst auch in deiner ganz eigenen Welt, Vivien Hübsch, oder?«

»Das macht nichts. Man kennt mich da«, schieße ich zurück.

»Also, wenn ich das richtig interpretiere, dann findest du mich attraktiv und hast Angst, dass ich dich verführen möchte«, schlussfolgert er.

Ich schnappe nach Luft. Verdammt! Das habe ich so nicht gesagt.

»Ich habe keine Angst vor dir. Ich möchte dir nur eine Enttäuschung ersparen, wenn du merkst, dass du dir bei mir die Zähne ausbeißt«, witzle ich und schenke ihm ein honigsüßes Lächeln.

Er schweigt.

Als wir einen Weg erreichen, der wieder zurück zum See führt, meint er linkisch: »Wir sollten einmal essen gehen. Ich kenne da ein hervorragendes Restaurant ganz in der Nähe.«

In meinem Magen kribbelt es. »Ein Restaurant mit Zimmervermietung?«, frage ich.

»Vielleicht?« Er schmunzelt.

»Kann es sein, dass manche Finnen spinnen?« Ich versuche, etwas Abstand zu seinem athletischen Körper und seinem unwiderstehlichen Geruch zu bekommen, und stütze mich weiter nach vorne.

»Kann es sein, dass deutsche Frauen überreizte, paranoide Supernovas sind?«, fragt er spöttisch.

»Jetzt wirst du wirklich unverschämt«, versuche ich ihn zurechtzuweisen. Als er nichts dazu sagt, gebe ich hinterher: »Manche Männer sind halt mit deutschen Frauen hoffnungslos überfordert.«

»Ich mag Herausforderungen«, gibt er ungerührt zu.

»Ich mag keine sein.« Oder doch?

»Du bist eine, Vivien Hübsch. Ganz sicher.«

Ist das jetzt ein Kompliment?

»Hör auf mit dem Unsinn«, sage ich ungeduldiger. »Wir müssen Meike finden. Vielleicht sollten wir lieber umkehren und richtige Hilfe holen.«

Arwo schnauft abfällig.

»Halt mal den Mund«, herrscht er mich plötzlich an.

»Weißt du was? Halt du einfach deinen und bring mich zurück zur Hütte. Ich werde die Feuerwehr, Polizei oder sonst wen rufen.« Vielleicht Interpol?

Er presst seine Lippen fest zusammen, sodass sie weiß werden, und hält die Hunde an. Was soll das jetzt bedeuten? Dass ich ab hier zu Fuß gehen soll? Alleine?

»Was wird das?«, frage ich. Meine Stimme klingt angriffslustig. »Fahr einfach zur Hütte, Mister Unwiderstehlich«, fordere ich und schaue mich mit Unbehagen um. Der Wald lichtet sich am Ende des Pfades und führt auf das Ufer des Sees zu. Wo man auch hinsieht: Alles ist grau und weiß. Und kalt.

»Hörst du das denn nicht?« Arwo hält mir den Mund zu, als ich wieder etwas sagen will.

Ich beiße ihn. Nicht doll, aber es zwiebelt bestimmt. Ruckartig gibt er mich frei.

»Bist du verrückt?«, fragt er ungläubig.

»Ist das eine Fangfrage?« Ich recke ihm kämpferisch mein Kinn entgegen und er muss gegen seinen Willen lachen.

»Du bist mir witzig«, sagt er. »Eigentlich sollte ich dir deinen reizenden Hintern versohlen. Aber da ich mir sicher bin, soeben deine verschollene Freundin um Hilfe rufen gehört zu haben, werde ich ein Nachsehen mit deinem bissigen Mundwerk haben.«

Seine Worte dringen zunächst nicht bis in mein Hirn und es dauert eine Weile, bis ich begreife. Nach einem zittrigen Atemzug höre ich sie selbst. Meike!

Kapitel 14

»Wir kommen!«, brülle ich, während Arwo und ich in schneller Fahrt den Rufen entgegeneilen. Es dauert gar nicht lange und ich kann etwas Rotes in einem der Bäume entdecken.

»What the fuck!«, stößt Arwo aus und drosselt die Geschwindigkeit.

»H-h-hier h-h-her«, höre ich Meike.

»Haben die bei deiner Freundin einen Kletteraffen mit eingekreuzt?«, fragt Arwo und springt vom Schlitten, als er endlich hält. Wenige Befehle und die Hunde legen sich auf den Boden.

Ich lege derweil den Kopf in den Nacken und schaue hinauf. »Das frag ich mich auch«, hauche ich und schaue beeindruckt den recht schlanken Stamm des Baumes hoch, in dessen Krone meine Freundin sitzt. Ihre geringelte Pudelmütze ist ihr halb über die Augen gerutscht und sie blinzelt angestrengt darunter hervor.

»H-hu-hu. W-w-o w-wart ihr so lange?« Ihr Zähneklappern ist bis hier unten zu hören. »Ich dachte schon, ihr kommt gar nicht auf die Idee, mich zu suchen.«

»Was machst du auf einem Baum?«, will ich wissen und stemme die Hände in meine von der Jacke pummeligen Hüften.

»B-b-bär«, antwortet sie einsilbig.

Arwo runzelt die Stirn. »Was hat sie gesagt?«

»B-b-bär«, wiederholt Meike lauter.

»Die machen doch Winterschlaf, oder etwa nicht?«, antworte ich skeptisch. In die Erleichterung, dass wir sie gefunden haben, mischt sich Sorge. Wenn hier ein Bär herumschleicht, möchte ich so schnell es geht hier wieder weg. »Komm gefälligst runter da«, fordere ich und blicke zu ihr rauf. Ihre behandschuhten Finger umklammern einen Ast, der mir von hier unten so dünn vorkommt wie ein Streichholz. Als sie sich bewegt, regnet es Eiszapfen. Ich springe zur Seite.

»G-g-geht nicht.«

Etwas hilflos schaue ich Arwo an.

»Gibt es denn Bären hier? Jetzt? Im Winter?« Wie viel kann man ertragen, frage ich mich.

»Wenn sie aus dem Winterschlaf geweckt werden, möglich. Aber ich kann es mir nicht vorstellen«, erklärt Arwo ruhig.

»Wie zum Teufel bist du da eigentlich raufgekommen?«, rufe ich den Stamm hinauf.

Langsam wird es dunkler in dem Waldstück und ich frage mich, wie es aussehen wird, wenn wir Meike nicht runtergeholt haben, bevor die letzten Sonnenstrahlen über Finnland geschickt wurden.

»Wenn ich das so genau wüsste«, antwortet Meike kläglich und schaut jetzt hinab.

Arwo nimmt das Walkie-Talkie.

»Arwo hier. Wir haben sie gefunden. Ende.« Es rauscht, aber keiner antwortet. »Wir haben sie. Nord-Ost. Nähe des Bjarke-Ufers.« Wieder nichts. Arwo zuckt mit den Schultern.

»Na, das klappt ja schick«, stelle ich sarkastisch fest und möchte gern auf etwas einschlagen. Irgendwas, egal.

»Bleib locker, Fräulein Hübsch«, maßregelt Arwo mich ernst und ich schlucke den nächsten schnippischen Satz herunter.

»Oh Gott! Ich werde sterben!«, heult Meike jetzt auf.

Ich renne bis an den Stamm und hebe beschwichtigend die Arme.

»Meike, ganz ruhig jetzt. Wir holen dich da runter«, sage ich gefasster, als ich mich fühle.

Meike kneift die Augen zusammen.

»Wer ist eigentlich wir?«, fragt sie mit dünner Stimme. Nur leicht verlagert sie ihr Gewicht und der Ast, auf dem sie sitzt, biegt sich gewaltig unter ihr.

»Halt!«, schreie ich. Sie reißt die Augen alarmiert auf. »Beweg dich nicht so stark!«

»Stark?! Ich habe nur geatmet«, ruft sie hinunter.

Ich stoße Arwo an, der immer noch mit dem Funken beschäftigt ist.

»Oh bitte, hilf mir doch!«, brüllt Meike. Ihre Mütze rutscht ihr weiter über die Augen und sie muss ihren Kopf fast in den Nacken legen, um mich zu sehen. Ich wühle in meinem Kopf nach einer rettenden Idee.

»Pass auf, Arwo holt dich jetzt da runter«, behaupte ich kühn und stupse Arwo an.

»Das ist dein Ernst, oder?«, fragt er und schaut mich komisch an.

»Ja, natürlich«, antworte ich und hoffe, dass ich seinen Blick falsch interpretiere. »Du hast doch keine Höhenangst, oder?« Er schüttelt den Kopf. Gott sei Dank!

Sein schöner Mund ist grimmig verzogen.

»Hast du dir den Baum schon mal genauer angesehen?«, zischt er und geht an mir vorbei.

Ich trete rückwärts hinter ihm her. »Ja, wieso?«

»Er ist nicht nur hoch, sondern auch dünn, wie ein Zündholz. Ich bin mir nicht sicher, ob er fällt, wenn ich auch noch dranhänge wie eine Weihnachtskugel.«

»Na, das werden wir wohl ausprobieren müssen«, trällere ich versucht gelassen und winke aufmunternd zu Meike hinauf, die hoffentlich kein Wort von dem verstanden hat, was wir hier gerade so reden.

»Er kommt gleich und holt dich«, rufe ich und lächle.

Arwo schnauft und zaubert ein Seil aus einer Tasche am Schlitten.

»Guten Tag, ich bin Arwo«, ruft er den Baum hinauf.

»Guten Tag«, antwortet Meike versucht freundlich und verzieht ihr Gesicht gequält. Fast ist es komisch, wie sehr sie einem Koala ähnelt.

»Halten Sie sich gut fest. Ich werde jetzt versuchen, zu Ihnen zu kommen. Okay?«, warnt er Meike vor und an mich gewandt sagt er: »Wenn ich mir was breche, schuldest du mir was.« Meine Augenbrauen zucken in die Höhe.

Arwo wendet sich ab, zieht seine Jacke aus und wirft sie lässig über den Schlitten. Sein Leithund schaut nur müde auf. Ich komme nicht umhin, seine muskulösen Arme wahrzunehmen, die sich unter dem engen schwarzen Wollpulli abzeichnen. Nicht zu viel, nicht zu wenig. Einfach perfekt.

»Ja, was immer du willst. Aber hol Meike da runter«, antworte ich Arwo und reiße meinen Blick von ihm los.

Er schultert das Seil und bleibt vor mir stehen.

»Ich nehme dich beim Wort, Fräulein Hübsch«, sagt er und nimmt mein Kinn zwischen Daumen und Zeigefinger, sodass ich ihn ansehen muss. Da ist es wieder, dieses Kribbeln tief in mir.

»Okay. Deal«, stammle ich. Sein Mund verzieht sich spöttisch. Oder belustigt. Oder beides.

»Na, dann wollen wir mal!«, gibt Arwo den Startschuss und beginnt seinen Aufstieg.

Der verdammte Baum hat wenige Äste, in unmöglicher Reihenfolge. Ich frage mich, ob Meike geflogen ist, um dort hinaufzugelangen.

»Scheiße«, flucht Arwo, während ein Ast unter seinem Fuß mit einem morschen Knacken bricht. Als er unten ankommt, schlage ich erschrocken die Hände vor den Mund und blinzle nach oben. Mir wird klar, dass Meike einige dünne Ärmchen des Baumes auch auf diese Weise vernichtet haben musste bei ihrer Kletteraktion. Arwo fängt sich schnell wieder, doch der Baum bebt beängstigend.

»Nein! Hör auf!«, schreit Meike und klammert sich fest.

Eine weitere Salve von Eiszapfen wird auf mich abgefeuert und ich unterdrücke einen Aufschrei.

»Halt durch, Meike!«, rufe ich besorgt und knete meine Arme vor Nervosität.

Arwo erklimmt den nächsten Ast. Er ist bestimmt in fünf Metern Höhe und immer noch etwa die Hälfte von Meike entfernt. Fuck!

»Ich kann mich gleich nicht mehr halten«, quiekt Meike, als der Baum erneut erschüttert wird.

»Ganz ruhig. Einfach festhalten, ich bin gleich bei Ihnen«, versucht Arwo, sie zu beruhigen. Seine Stimme klingt angespannt. »Sie machen das wirklich gut.«

»Okay«, antwortet Meike dünn.

Ich überlege, was ich tun kann. Hilfe holen? Auch raufklettern? Eher nicht. Unruhig gehe ich auf und ab.

»Ähm. Mach einfach die Augen zu und denk an etwas Schönes«, schlage ich irrwitzig vor.

»W-wie soll ich das denn machen, Vivien?«, fragt Meike und lacht freudlos auf. »Vermutlich sterbe ich jeden Moment. Mein Arsch ist schon abgestorben. Meine Hände spüre ich auch gleich nicht mehr. Was meinst du, tut der Aufprall noch weh?«

Vermutlich.

»Reiß dich jetzt mal zusammen. Heute stirbt niemand«, beschließe ich und unterdrücke ein aufgeregtes Beben.

Arwo erreicht ihre Höhe, schlingt das Seil über sich an einen stabilen Ast und versucht jetzt, Meike zu erreichen.

»Hallo Meike.«

»H-hallo.«

»Ich sage jetzt einfach Du, der Einfachheit halber, okay?«, schlägt er nett vor.

»K-klar. G-gern. Freut mich. Ich würde dir ja die Hand geben, aber …« Meike grinst entschuldigend.

Ich kann Arwos gewinnendes Lächeln von hier unten aus sehen.

»Deine Hand brauche ich aber gleich trotzdem, wenn ich dir hier runterhelfen soll«, bereitet er sie vor.

Ich sehe ihr Kopfschütteln. Plötzlich rutscht ihre Mütze vollends von ihrem Kopf und segelt nach unten.

»Oh – oh, verdammt«, flucht sie.

Ich hebe sie auf und stopfe sie in meine Jackentasche.

»Nein, das ist gut so. Dann kannst du besser sehen«, beruhigt Arwo sie und versucht, über den Stumpf eines abgebrochenen Astes so nahe an sie heranzukommen, dass er das Seil um ihre Mitte legen kann.

Meikes dunkle Haare stehen wirr von ihrem Kopf und ihr Gesicht ist so weiß wie der Schnee um uns herum.

»Also, aufgepasst, es geht los.«

Das Nächste, was er sagt, verstehe ich nicht, weil es zu leise ist und einer der Hunde kläfft. Ich zische das Rudel böse an, doch sie ignorieren mich. Lediglich das schwache Schwanzwedeln des Kleinsten verrät, dass sie mich überhaupt wahrnehmen.

»Uah!«, schreit Meike plötzlich und der Baum ächzt.

Ich traue meinen Augen nicht. Meike macht eine Schweinebaumel am Ast. Arwo hält das Seil mit beiden Händen und versucht, das Gleichgewicht nicht zu verlieren.

»Scheiße! Was macht ihr da bloß!«, stoße ich aus und kaue nervös auf meiner Lippe.

Die Schlaufe um Meikes Mitte zieht sich zu, als sie endlich ihren Klammergriff mit den Beinen löst und nach dem nächsten Ast angelt, um abzusteigen.

»Ja, weiter nach links«, kommandiere ich. Sie tastet blind voran und findet Halt. Setzt die Fußspitze sicher ab und verlagert ihr Gewicht darauf.

»Gut machst du das«, lobt Arwo angestrengt. Er hält ihr Gewicht und balanciert sich aus.

»Weiter«, kommandiere ich.

Meikes Hände lösen sich vom Gehölz und angeln nach dem nächsten Halt.

»Jetzt nach rechts. Schräg unter dir«, schlage ich vor.

»Du bist witzig«, keucht sie. »Da ist nichts.«

»Doch, du musst etwas tiefer«, dirigiere ich.

»Ich kann nicht. Meine Arme sind zu kurz. Dann kann ich mich nicht mehr festhalten«, ruft Meike ängstlich. Sie streckt sich, so gut es geht.

Arwos Miene ist undurchdringlich. »Weiter, Meike. Du schaffst das«, ermutigt er sie.

»Okay. Ich schaff das.« Sie schnauft.

Ihr Fuß findet einen Widerstand.

»Nein, nicht den!«, kreische ich.

Ein Knacken zerreißt die Stille, als der viel zu dünne Ast unter ihrem Gewicht bricht. Ein Schrecken durchfährt mich.

Meike fällt. Das Seil spannt sich. Durch Arwo geht ein Ruck, der ihn nach vorne reißt.

Ich stoße einen spitzen Schrei aus. Gerade noch rechtzeitig greift er nach dem gesicherten Teil des Seils und klammert sich daran fest.

»Hilfe!«, quiekt Meike und baumelt von rechts nach links und wieder zurück.

»Alles gut«, knurrt Arwo. »Ich lass dich jetzt runter.«

Stück für Stück kommt Meike dem Boden näher.

Ich beiße mir auf die Lippe.

»Gleich, du hast es gleich«, feuere ich sie an.

Mein Blick fliegt in dem Moment hinauf zu Arwo, als er das Seil loslässt. Meine Augen weiten sich.

»Ahh.« Ob es Meikes Schrei ist oder mein eigener, weiß ich nicht. Instinktiv breite ich die Arme aus. Die Wucht von Meikes Fall haut mich rücklings in den Schnee. Schon wieder. Nur dass diesmal etwas Hartes auf meinen Hinterkopf trifft. Mir bleibt die Luft weg. Meine Glieder gehorchen mir nicht mehr und alles um mich herum wird in dunklen Nebel getaucht. Für einen Moment hänge ich in einem Wirrwarr aus Erinnerungen.

***

Zunächst bin ich wieder sechzehn und stehe auf dem Dach des Hochhauses. Wind zerrt an meiner Jacke und bläht sie am Rücken zu einem Ballon. Unter mir fahren Autos, die ihre Lichtkegel an den Bäumen vorbeihuschen lassen. Viel zu schnell rasen sie davon. Mein Fuß tastet sich weiter nach vorne, heran an den Abgrund. Ein winziges Steinchen löst sich und macht sich auf den Weg nach unten. Das Gefühl in meiner Brust ist überwältigend. Der Kummer. Beinahe spüre ich, wie mein Herz blutet. Wie die Wunde in seinem Inneren sich zusammenzieht, wie ein schwarzes Loch, und droht, alles um sich herum zu verschlingen. Meine Arme breiten sich an meiner Seite aus und ich frage mich, wie lange ich brauche, um aufzuschlagen. Kurz darauf explodiert ein Feuerwerk am Silvester-Himmel in den prächtigsten Farben. Ich wirble herum, als eine Hand auf meine Schulter kriecht.

»Was wünschst du dir?«, fragt Chris leise und schaut mich intensiv an.

Esther liegt Henry im Arm. Er küsst sie und ich reiße meinen Blick von den beiden los.

»Ich weiß nicht«, antworte ich nervös und unterdrücke ein Zittern. Chris verengt seine blauen Augen und sieht mich prüfend an. Dieser Blick hat eine Intensität, der man sich nur schwer entziehen kann, und ich starre ihn länger an, als mir lieb ist.

»Du lügst doch«, antwortet er leichthin und tritt näher an mich heran. Seine Finger flirten mit dem Saum meiner viel zu dünnen Jacke und in meinem Inneren warnt mich eine Stimme: Pass auf, was du dir wünschst, Vivien. Es könnte wahr werden.

Nur langsam recke ich mich Chris entgegen. Ignoriere mein Bauchgefühl. Meine Lippen sind leicht geöffnet, die Hand, in der ich das Sektglas halte, zittert. Bevor er mich an sich zieht und küsst, sehe ich das überlegene Lächeln in seinem Gesicht. Dies war der Moment, ab dem ich hoffnungslos verloren war.

Solja zündet einen Böller. Er explodiert viel zu nahe an uns und ich schrecke so heftig zusammen, dass ich mich von Chris losreiße.

»Sorry, Süße«, zwitschert meine Freundin und kickt Chris mit der Hüfte zur Seite. »Mach mal Platz, Chris. Ich muss mit meiner Freundin einen Toast auf das neue Jahr ausbringen«, erklärt sie mit schwerer Zunge. Sie trägt ihre pinkfarbene Strähne im Haar und einen viel zu dicken Lidstrich, wie es in den Neunzigern hip war. Sie legt ihren Arm um mich und stößt ihr Sektglas viel zu hart an meines. »Was muss ich denn hier sehen, meine Liebe?«, fragt sie. Ich kann ihr Grinsen nicht deuten.

»Was denn?«

»Na das, was du und dieser Chris hier gerade veranstaltet habt.« Ich schaue sie an, als verstünde ich nicht. Sie verzieht ihren Mund zu einem Schmollen. »Na, so was sieht man sonst nur bei einer Amsel, die ihre Jungen füttert.«

»Solja«, stoße ich aus und lache. Sie knickt auf ihren High Heels um und stützt sich auf mich.

»Nein, Spaß beiseite.« Sie küsst mich auf die Wange. »Verbrenn' dir nur nicht die Finger«, mahnt sie.

Im gleichen Augenblick, als sie die Warnung ausspricht, erscheinen Esther und Meike hinter uns.

»Prost Neujahr! Und auf die vielen guten Vorsätze, die ja doch keine Sau einhält!«

»Kippis!«, trällert Solja. Gläser klirren. Viel zu laut. Sie klingeln wie ein Handy, das unter Wasser seine Laute aussendet.

***

»Vivien?!«, höre ich Meikes Stimme zu mir durchdringen.

Ich blinzle. Unendlich langsam. Das Licht, das durch meine Wimpern scheint, zeichnet unwirkliche Formen vor meinen Augen.

»Komm schon, Süße. Bleib wach«, höre ich Meike flehen. Panik liegt in ihrer Stimme.

Jemand hebt meinen Kopf. Wie in einem Traum nehme ich wahr, dass Meike sich nach jemandem umschaut und winkt. Sie ruft etwas. Arwo taucht in mein Sichtfeld. Seine schönen, grauen Augen. Ich lächle. Dann löst sich mein Magen auf und ich hole zischend Luft.

»Atme. So ist gut«, sagt Arwo.

Ich huste. Dann kommt Leben in meine Glieder und ich drehe mich auf die Seite, ziehe meine Beine an den Körper.

»Scheiße, echt«, keuche ich und spüre erst jetzt den Schmerz in meiner Brust, der die Luftnot verursacht hat.

Meike lässt sich ächzend auf den Boden fallen und schlägt ihre Arme um die Beine. Fast sieht es aus, als wolle sie sich wiegen wie ein traumatisiertes Kind. Ihr Bob ist als solcher gar nicht mehr zu erkennen, so in Unordnung ist ihre sonst so akkurate Frisur.

»Geht's wieder?«, fragt Arwo lieb und streichelt vorsichtig meinen Rücken. Sanft fährt seine Hand auf und ab.

Ich entspanne mich wieder.

»Ich bin mir nicht sicher, aber manchmal glaube ich, das Universum verfolgt einen perfiden Plan, um mich fertigzumachen«, flüstere ich.

In Arwos Mundwinkel zuckt ein Lächeln.

»Das kann ich mir nicht vorstellen. Ganz im Gegenteil, du scheinst einen wachsamen Schutzengel zu haben.«

Ich sollte ein ernstes Wort mit diesem Schutzengel reden über den Zeitpunkt seiner Einsätze. »Von Vorbeugung hat der wohl noch nicht viel gehört«, werfe ich ein und versuche mich aufzusetzen. Für einen Moment tanzen helle Sternchen vor meinen Augen und ich lasse den Kopf hängen.

»Kannst du aufstehen?«, fragt Arwo und stützt mich.

Meine Finger tasten an meinen Hinterkopf.

»Das gibt eine weitere Beule«, vermute ich.

»Lass mich einmal schauen«, fordert er. Als Arwos Hand zu meinem Haar wandert, sehe ich den Einschnitt in seiner Handfläche, die das Seil verursacht haben musste.

»Du blutest ja«, stelle ich lahm fest.

»Ist nicht schlimm. Und du hast Glück gehabt.« Er meint meine Verletzung. »Aber wir sollten zusehen, dass ihr euch ausruhen könnt.«

Meike angelt nach ihrer Mütze in meiner Jackentasche und setzt sie sich wieder auf.

»Na, Ladys, dann wollen wir mal«, kommandiert der Retter.

Meike steht auf. Mir fällt es nicht so leicht, mich in eine Senkrechte zu bringen, und Arwo schiebt seine Arme unter meine Beine. Ehe ich mich versehe, nimmt er mich auf.

»So, Fräulein Hübsch. Jetzt trage ich dich mal ein Stück.«

Ich rühre mich, versuche zu zappeln und protestiere halbherzig.

Meike folgt uns hölzern.

»Das ist doch kein Problem, du kannst mir später danken«, meint Arwo belustigt.

»Ich kann selbst laufen«, murre ich.

Sein Blick verdunkelt sich kurz.

»Komm schon, Vivien. Ich weiß, dass du es genießt.« Ich schnaube verächtlich auf. »Du musst es auch nicht zugeben«, fügt er hinzu.

»Du musst nicht von anderen Frauen auf mich schließen«, schlage ich vor.

»Ich weiß, du magst mich.« Ich verenge die Augen und weiß nicht, was ich sagen soll. »Du hattest eben Angst um mich.« Auffordernd schaut er auf mich hinab. Die Hälfte seines Gesichts liegt im Halbschatten und ich kann seine Miene nicht deuten.

»Vielleicht täuschst du dich. Ich kann kein Blut sehen und hatte nur Sorge, dass etwas das hübsche Weiß hier draußen besudeln könnte«, schnappe ich. Er lacht rau und hebt mich ruckartig höher. Fast denke ich, er lässt mich fallen.

»Ist das so?«, fragt er nach.

Ich blinzle verwirrt.

»Hey, ich bin auch noch da«, stellt Meike klar und tritt Schnee vor sich her. Ihre Wangen leuchten so rot wie das Purpur in ihrer Mütze.

»Aber natürlich. Wir werden jetzt zusehen, dass wir zur Hütte zurückkommen«, antwortet Arwo locker und hält dabei meinen Blick.

Ich halte die Luft die nächsten weitgreifenden Schritte an.

»Weißt du was?«, flüstert Arwo.

»Was denn?«

»Ich hatte gerade Angst um *dich*, Fräulein Hübsch«, haucht er. »Als du so reglos am Boden lagst.«

»Ach, das war doch nichts«, spiele ich meinen Zusammenstoß mit dem Stein herunter.

»Nein? Nicht? Machst du so was öfter?«

»Mein Kopf kann einiges ab«, beruhige ich ihn.

»Oh, ja«, zischt Meike hinter uns. »Sie hat einen ganz schönen Dickschädel.«

»Du warst weggetreten«, gibt Arwo noch zu bedenken.

»Das bin ich öfter mal.«

»Wie soll ich das verstehen?« Neugierde funkelt in seinen Augen.

»Vergiss es.«

»Ungern.« Er legt den Kopf leicht schief und bleibt stehen. Der Schlitten steht direkt vor ihm.

»Jetzt ist ja alles wieder gut. Also lass mich los«, fordere ich.

Sein Mundwinkel zuckt und er bleibt kurz stehen.

»Das muss anstrengend sein«, stellt er fest.

»Was muss anstrengend sein?«

»Dass du mich mit aller Gewalt versuchst, auf Abstand zu halten.«

»Das tue ich doch gar nicht.«

»Echt jetzt?«, fragt Meike und verzieht ihr Gesicht, als sie sich auf den vorderen Teil des Schlittens setzt. Ein Hund drückt sich sofort an ihr Bein und leckt über ihre Finger.

Arwo macht keine Anstalten, mich wieder abzusetzen.

»Willst du mich nicht runterlassen?«, frage ich.

Er fasst mich fester, was mich näher an sein Gesicht heranbringt.

»Noch nicht.« Die Sonne geht unter und taucht den Wald in ein dunkles Rot, was Arwos Augen beinahe schwarz wirken lässt. »Du musst ja nicht zugeben, dass du mich magst, Vivien«, raunt er viel zu nahe an meinen Lippen.

Ich kichere. Leise, unsicher.

»Ich merke es auch so.« Seine Stimme klingt leicht arrogant.
»W-was?«, frage ich und fühle mich schutzlos.

Jetzt grinst er breit und stellt mich auf meine zittrigen Beine. Mein Mund wird trocken und ich frage mich, wie man sich gegen Schmetterlinge im Bauch wehren kann.

Kapitel 15

Ich schreibe dir fieberhaft diese Zeilen, meine Liebste. Ich vermisse dich unendlich und möchte mich in deine wunderbare Umarmung flüchten. Doch wenn ich meine Zelte hier endgültig abbreche, könnte es das Schlimmste sein, das ich je tue. Für uns beide! Meine ganze Existenz ist hier in Finnland verankert. Die Pferde, der Hof, mein Erfolg, die Familie. Mein Herz zerreißt sich bei dem Gedanken, dass unsere Liebe vielleicht unmöglich ist. Ich weiß, du wartest auf ein Zeichen von mir. Und glaube mir, mein Herz hat längst entschieden.

Die Tage, die Nächte, jede Minute reißt der Gedanke an mir, dass du ohne mich unsere Tochter zur Welt bringen könntest. Und das Wissen, nicht deine Hand dabei zu halten, bringt mich fast um.

Ingrid macht mir das Leben schwer und ich habe einen schlimmen Fehler begangen. Sie willigt nicht in die Scheidung ein. Schlimmer. Sie droht mir, meine gesamte Existenz zu zerstören und mir meinen Sohn zu entziehen, sollte ich nicht einlenken. Sie hat die Macht, dieses zu tun und noch viel mehr. Du kannst dir nicht vorstellen, zu was sie imstande ist. Meine Familie hat sich klar auf Ingrids Seite gestellt. Ob aus Unverständnis mir gegenüber oder Furcht vor den

Konsequenzen, weiß ich nicht. Sie verbitten sich sogar die Möglichkeit, dich hierherzuholen. Ich weiß, dass du es dir sowieso nicht wünschst. Aber ich hatte gehofft, dass es andere Dinge, den Hof betreffend, leichter machen könnte.

Ingrid kann ihre Strippen weit über den Ozean ziehen. Gestern bat sie mich zu sich. Dieses Treffen bekam apokalyptische Ausmaße, als ich sie zurückwies. Ich weiß nicht, wie es geschehen konnte, aber ich habe die Hand gegen sie erhoben. Und seit diesem Ereignis sehe ich mich selbst mit ganz anderen Augen, mein Herz. Vielleicht bin ich nicht der Mann, den du in mir zu entdecken glaubst. Ich schaue in den Spiegel und erschrecke über die Karikatur meines Lächelns. Was, wenn du etwas Besseres verdienst als mich.

Hier bricht der Brief einfach ab. Eine unvollendete Nachricht, die die schwangere Liebende wahrscheinlich nie erreicht hat, überlege ich.

»Mein Gott.« Ich nehme einen tiefen Atemzug. »Das ist ja fürchterlich.«

»Nicht wahr?« Meike lehnt ihren Kopf an die Bretterwand hinter sich und schließt die Augen. Nebel liegt schwer in dem kleinen Raum und hüllt sich warm und nass um unsere Körper.

»Was wohl aus den beiden geworden ist?«, frage ich.

»Das würde mich auch interessieren. Und vor allem, aus welchem Jahr diese Briefe wohl sind. Sie könnten ganz schön alt sein«, meint Meike.

Ich schweige einen Moment und ordne das Handtuch unter meinem Hintern. Endlich wird mir wieder warm. Kurz bevor Arwo mit uns desolaten Mädels die Hütte erreichte, hatte ich das Gefühl, keine Füße mehr zu haben. So kalt war mir. Zum Glück hatten Solja und Leif bereits der alten, zugegeben, etwas klapprig wirkenden Sauna eingeheizt, damit wir überleben. Ich seufze und befühle meine Beule am Hinterkopf. Sie ist nicht so groß, wie ich befürchtet hatte, und tut fast nicht mehr weh.

»Die meisten Umschläge fehlen, und wenn doch einmal einer dabei ist, hat er keinen Poststempel. Als hätte die Person, die den Brief schrieb, ihn vielleicht hier für den Empfänger postiert«, stellt Meike die Vermutung an.

»In dieser Hütte?«, frage ich mehr mich selbst und denke darüber nach. »Wie ein geheimes Postfach also? Möglich wäre es.«

»Und auch der Inhalt. Sie sind ja schon etwas altmodisch geschrieben.« Meike sieht mich grüblerisch an.

»Immerhin habe ich nichts über Kutschen als Transportmittel gelesen und es gab Schiffsverbindungen«, sage ich und Meikes Blick spricht Bände. »Ja-ha. Natürlich gibt es Schiffe schon lange.«

Ich kaue auf meiner Unterlippe und meine Gedanken schweifen wieder zu dem schiefen Grinsen und den grauen Augen von Arwo.

»Wie lange das Gestüt von Soljas Täti wohl schon existiert?«, frage ich gerade, als die kleine Tür der Sauna mit einem Ächzen aufgestoßen wird.

»Hallo zusammen, noch ein Plätzchen frei?«, fragt Solja munter und schmeißt ihr rosa Handtuch in die freie Ecke neben mir. Mit ihr kommt kalte Luft hinein und lässt mir eine Gänsehaut auf den Armen entstehen. Ich reibe halbherzig darüber und versuche, meine nackte Freundin nicht allzu lange zu betrachten.

»Ihr glaubt nicht, wie schweinekalt es ist, halb nackt durch den Schnee zu rennen«, raunt Solja und nimmt Platz.

Meike faltet ihr Handtuch zu einem Dreieck.

»Wir haben unsere Kleider erst hier abgelegt. Dafür ist nämlich der kleine Vorraum dieser entzückenden Sauna gedacht, weißt du?«, belehrt sie Meike.

»Was du nicht sagst. So ist es aber lustiger«, erklärt Solja vergnügt und betrachtet ihre blutroten Fingernägel, die an den Daumen die Farbe verlieren.

»Sind die Jungs denn schon weg? Oder haben sie sich noch gefreut, als du im Handtuch hier rüber bist«, will ich jetzt wissen und so etwas wie Eifersucht nagt unangenehm an mir.

»Die hatten es plötzlich ziemlich eilig«, sagt Solja.

Eilig?

»Was hast du gemacht?«, fragt Meike misstrauisch.

»Gar nichts. Sie hatten bestimmt noch einen Termin. Und ihr Job ist ja erledigt. Alle Mädels in Sicherheit.«

Meine Mundwinkel sacken tiefer. Arwo hatte sich nicht einmal verabschiedet?

»Was guckst du denn so säuerlich«, spricht Solja mich an und rutscht viel zu nahe heran.

»Ich guck nicht säuerlich. Ich finde nur, es gehört sich nicht, zu gehen, ohne auf Wiedersehen zu sagen.«

»Was?«, fragt Solja spöttelnd. »Hättest du sie gern beide hier gehabt? Wenn ich das gewusst hätte …«

»Quatsch. Natürlich nicht«, wehre ich ab.

»Also, ich für meinen Teil brauche kein Wiedersehen«, sagt sie plötzlich und ihr Blick wird ernst.

»Ich würde mich schon gern bedanken wollen«, bezieht Meike Stellung. »Das ist das Mindeste.«

»Mh«, gibt Solja abwesend von sich und starrt an die Decke, an der die schwedenrote Farbe fast vollends verblasst ist.

»Vielleicht sollten wir die beiden Retter einmal zum Essen einladen?«, schlägt Meike vor.

Ich weiß nicht, was ich will, und drehe eine Locke meines feuchten Haares um den Finger. Meike schließt die Augen und lässt den Kopf an die Bretterwand fallen, bei so viel Begeisterung.

Der Nebel des Aufgusses verdichtet sich, während Solja Wasser auf die heißen Steine gießt.

»Ich liebe Saunagänge. Wirklich. Es gibt nichts Besseres, um wieder aufzutauen, nach so einem langen Spaziergang«, schwärmt Solja.

Meike reißt sofort die Augen wieder auf. Die dunklen Haare kleben an ihrer Stirn und Fassungslosigkeit spiegelt sich auf ihrer Miene.

»Spaziergang nennst du das?«, flüstert sie gefährlich.

Oh, oh. Solja setzt sich mit angewinkelten Beinen mir gegenüber, sodass ich ihre prallen Brüste bewundern kann, und schaut mich unbekümmert an.

»Na gut. Wanderausflug mit Klettereinlage. Besser?«

Meike verdreht die Augen.

»Nicht so empfindlich. Ich hab mich vielleicht nicht passend ausgedrückt«, rudert Solja zurück und verschränkt ihre Arme.

»Ganz recht. Das will ich wohl meinen«, raunt Meike.

Ich atme erleichtert aus.

»Erzähl du mir mal lieber, was du mit Esther gemacht hast«, wechselt Solja das Thema und Meikes Miene verdüstert sich erneut.

»Eigentlich nichts.«

»Und uneigentlich?«, bohrt Solja weiter.

»Als ich in ihr Zimmer kam, war sie schon seltsam drauf.« Meike macht eine Pause. »Wisst ihr noch, damals, als sie bei dieser Wahrsagerin war?«, erinnert sie uns.

»Oh, ja. Hör mir auf. Das war schlimm.« Bei mir klingelt es. Wenn auch leise.

»Ab dem Tag bis heute, hat Esther gemeint, weiß sie genau, wie ihr Leben verlaufen wird.« Meike macht eine Pause und Solja verengt die Augen.

»Und? Weiter?«, frage ich, als mir ihr Schweigen zu lang wird.

»Ich habe ihr immer gesagt, dass sie unbewusst selbst dafür sorgt, dass die Dinge so eintreffen, wie diese Hokus-Pokus-Tante es ihr weisgemacht hat. Aber sie wollte damals schon nicht auf mich hören.«

»Ja, ich erinnere mich vage«, sagt Solja.

»Ich mich auch. Das Schräge war ja, dass die gute Hexe uns Freundinnen in alles mit hineingezogen hat«, schimpfe ich. Nur zu gut weiß ich noch, dass diese Frau von einem Ungleichgewicht sprach. Einer jungen Frau, die ihren Weg nur über Hindernisse finden würde. Ganz nach dem Motto: Der Mensch plant und das Schicksal lacht sich tot. Esther meinte sofort zu wissen, dass es sich nur um mich handeln konnte.

»Na ja, für einige von uns traf es ja auch zu, wie die Faust aufs Auge, oder?«, stellt Solja die Frage.

Ich verdrehe die Augen, als ihr Blick tatsächlich an mir hängenbleibt.

»Bitte!«, zische ich.

Soljas Mundwinkel zuckt.

»Schönen Gruß aus dem Mittelalter. Zufälle gibt es«, erkläre ich versucht gelassen.

»Ich glaube ja nicht an Zufälle«, stellt Solja klar.

»Wie erklärst du dir, dass die Frau richtiglag mit Silvester. Wir vier – alle, wie wir hier in Finnland sitzen – hatten etwas mit vier Freunden. Hallo? Zwei von uns sind mit zwei von denen verheiratet.«

»Okay, aber …«, beginne ich und werde von Solja überfahren.

»Nichts aber. Sie hat auch gesagt, dass eine von ihren Freundinnen große Karriere machen würde.«

Ich verziehe mein Gesicht.

»Wen meinst du?« Ich ahne es, als ihre Augen vor Unglauben über meine Frage übergehen. Fast sage ich ihr, dass nicht sie, sondern ihr Mann Viktor die Karriere macht, halte aber gerade noch rechtzeitig die Klappe.

»Zurück zu Esther. Erzähl weiter«, fordert Solja Meike auf, die so aussieht, als würde sie gleich einschlafen. Ihre Gesichtszüge sind entspannt, ihr Mund halb geöffnet und es dauert, bis sie endlich weiterspricht.

»Also. Esther hat sich die Kassetten, auf denen das Gespräch mit Frau Wunderlich aufgezeichnet war, so oft angehört, bis sie es zum einen auswendig konnte und zum anderen für alles ihre eigenen Interpretationsmöglichkeiten gefunden hatte.« Sie atmet scharf ein. »Weißt du, was sie gesagt hat, als ich ihr erklärt habe, dass die unheimliche Frau nicht wusste, dass Esther vier Kinder bekommen würde? Nicht nur zwei? Sie ist ausgeflippt und hat behauptet, dass ihre Kinder schließlich eineiige Zwillinge sind. Dass die gute Hexe die Kinder lediglich nicht auseinanderhalten konnte, weil sie ja schließlich gleich aussehen.«

Solja wirft ihren Kopf in den Nacken und lacht.

»Typisch Esther.«

»Es wird noch schlimmer. Ich habe ihr gesagt, dass sie eine ungesunde Symbiose zu Henry aufgebaut hat. Und dass sie sich nicht wundern darf, warum es zwischen ihnen nicht mehr so heiß knistert wie früher.« Meike schnieft und wischt sich Schweiß aus dem Gesicht.

»Und das macht ihr zu schaffen?«, will ich wissen. »Ich meine, dass es nicht mehr knistert wie damals?«

»Ja. Diese Sache und die Weissagung, dass sie mehr als einmal heiraten wird.«

»Davon weiß ich ja gar nichts«, wundere ich mich.

»Tja, jetzt ist die Katze aus dem Sack.« Meike hebt müde die Augenbrauen.

»Also hat Esther uns diese unangenehme Zukunftsvision vorenthalten«, erkenne ich. Ausgerechnet Esther, die immer wollte, dass wir all unsere Ängste, Sünden und Geheimnisse mit ihr teilen.

»Und jetzt hat sie diese doofen Briefe gefunden ...« Meike unterbricht sich und deutet auf den Zettel in meiner Hand. »... und sinniert über die Liebe und ihre Leidenschaften.«

»Ich sag ja, lasst die Finger von den alten Fetzen«, murrt Solja, der es immer noch ein Dorn im Auge ist, dass wir sie haben.

»Ich finde die Briefe echt tragisch. Unerfüllte Liebe. Ein Stoff, aus dem Romane gemacht sind«, meint Meike und seufzt leise.

»Pah«, kommt es abfällig von Solja, während sie ihr langes Haar zu einem Knoten dreht.

»Jetzt mal was anderes, Meike. Um zu deinem Ausflug zurückzukommen. Du sagst, du wurdest verfolgt«, fragt Solja.

»Ja, definitiv.« Meike hat ihre Augen immer noch geschlossen. Ihr Mund ist zu einem Strich verzogen.

»Und aus Panik bist du vom Weg abgekommen?«

»Sag ich doch.« Meike runzelt die Stirn. »Ich schwöre, es war einer dieser Brüder. Er hielt sich im Unterholz verborgen und hat mich zuerst nur gestalkt.« Meike schluckt trocken. »Aber dann wurde es echt gruselig.«

Ich lausche gespannt. Vorhin in der Hütte hatte sie es nur kurz angeschnitten. Zwischen Bibbern und Fluchen, weil ihr so kalt war.

»Der Typ. Ich glaube, es war der gleiche, der heute Morgen hier war, hatte eine Waffe dabei. Ein Gewehr oder so.«

Der rote Sven? Ehrlich?

»Für einen Moment dachte ich, der legt auf mich an. Dann bin ich vom Weg runter, logisch. Ich hab ja versucht, mich zu verstecken.«

Das kann doch nicht sein? Oder doch?

»Das kann ich mir nicht vorstellen, dass der auf dich schießen würde. Warum denn auch?«, sagt Solja ungläubig.

»Hat er denn nichts gesagt?«, frage ich nachdenklich.

»Nein, eben nicht.« Meike macht eine Pause.

»Was soll er denn auch sagen. Hey, halt mal still, ich bin kein besonders guter Schütze, oder was?« Meike hört sich gereizt an.

Ich hebe beschwichtigend die Hände.

»Ich habe mir auch den Kopf darüber zerbrochen, warum er auf mich schießen würde, als ich auf dem Baum saß«, erklärt sie weiter.

»Und auf dem Baum saßt du wegen dem Bären, den du glaubst gesehen zu haben?«, will ich jetzt wissen.

»Sicher, dass es ein Bär war?«, fragt Solja abschätzig und Meike funkelt uns jetzt böse an. »Die machen nämlich Winterschlaf. Im Gegensatz zu Vielfraßen«, versucht Solja, uns zu belehren.

Meike stöhnt. »Sag mal, bist du blöde? Das Vieh war definitiv um einiges größer als dein dämlicher Untermieter.«

Es wird erdrückend still.

»Glaubt ihr mir etwa nicht?«

Solja grinst breit. »Doch, ich will nur sichergehen. Immerhin glaubst du ja auch, dass einer der netten Jungs von nebenan dich erschießen wollte.«

»Danke für den Spott, Solja. Aber wer den Schaden hat, braucht ja bekanntlich dafür nicht zu sorgen.«

Solja blitzt mich vergnügt an und gießt weiter Wasser auf die Steine. Oder Öl ins Feuer, wie man will.

»Ich habe nicht gesagt, dass er mich umbringen wollte. Aber vielleicht wollte er mir ins Bein schießen, um mich zu verschleppen«, stellt Meike die Hypothese auf.

Solja schüttelt den Kopf. »Du guckst zu viel Fernsehen. Du und Mark, ihr solltet mal mehr unter Leute gehen.«

Meike reagiert nicht auf die Stichelei und wendet sich an mich. »Hast du schon mal die nordischen Krimis gelesen?«, fragt sie.

»So was wie Stieg Larson?« Ich lese viel, aber diese Art Lesestoff ist mir zu grausig.

Soljas Miene verdüstert sich.

»Jetzt mach mal 'nen Punkt. In Schweden, Norwegen und Finnland sind die Menschen nicht abartiger als sonst wo!«, faucht sie.

»So war das nicht gemeint«, erklärt Meike plötzlich betroffen, als sie Soljas verletzten Gesichtsausdruck wahrnimmt. »Aber als ich da auf dem Baum saß, musste ich mir ausmalen, was diese eigenbrötlerischen Brüder wohl für einen Keller unter ihrer einsamen Hütte haben.«

Solja gibt ein unwilliges Zischen von sich. »Denselben, den wir haben, vermutlich. Gar keinen.«

»Ja, aber wenn …«

»Also, etwas gruselig ist das ja schon, dass der ihr nachgestellt hat, oder?« Meine Stimme hört sich plötzlich dünn an und mir drängen sich Bilder aus Horrorfilmen auf. »Heute Morgen der Besuch und jetzt das mit Meike?«

»Das war doch harmlos mit den Blumen«, erklärt Solja ein weiteres Mal, als wären wir im Vorschulalter.

»Aber was ist, wenn die kein ‚Nein' akzeptieren? Es gibt solche Menschen, die flippen dann aus. Und wir sind hier draußen leichte Beute«, gebe ich zu bedenken.

»Also, ich bestimmt nicht«, meint Solja.

Meike niest einmal laut und wischt sich die rote Nase.

»Ich habe Schnupfen«, stellt sie fest. »Oder wie Mark sagen würde: Es geht zu Ende mit mir.«

Solja kichert.

Vergessen ist die Bedrohung durch bärtige Männer, als wir den Saunagang beenden und uns in dicke Handtücher wickeln. Bevor wir ins Haus treten, entdecke ich den fiesen, kleinen Vielfraß, wie er hinter dem Stapel Feuerholz hervorspäht. Ich beeile mich, die Tür hinter mir zu schließen, ehe der zornig guckende Kerl auf die Idee kommt, die Haustür mitzubenutzen, um wieder in die Küche zu kommen.

Kapitel 16

Esther balanciert eine Suppenschüssel und zwei Teetassen die Treppe hinunter.

»Und, schläft sie?«, frage ich, als sie damit in die Küche biegt.

»Ja, Meike ist echt müde«, antwortet sie.

Das kann ich verstehen. Ich würde auch gern schlafen, wenn ich nicht so aufgewühlt wäre. Und wenn das Scharren des kleinen Vielfraßes nicht aus dem Kriechkeller zu uns in den Wohnraum dringen würde. Ich könnte schwören, dass er bereits an der Tür war und die Kiste davor sich bewegt hat. Solja meint, ich spinne.

Mein Blick bleibt an der alten Standuhr hängen und registriert die Zeit. Fast zehn Uhr. Ich erhebe mich, folge Esther und nehme ihr Geschirr ab.

»Gut so, soll Meike sich erholen«, beginne ich. »Hoffentlich schläft sie schön bis morgen durch, die Arme.« Ich muss daran denken, wie sie am Baum gehangen hat. »Du hättest sehen müssen, wie hoch sie geklettert war. Ich hatte Sorge, dass sie da nicht wieder ohne nennenswerte Knochenbrüche herunterkommt.«

Esther fasst an ihren Mondstein. »Ich habe die ganze Zeit, während ich hier warten musste, gute Wünsche in das Universum geschickt. Muss aber zugeben, dass ich irgendwann echt Angst hatte, als keiner mehr zurückkam«, erzählt sie.

Ja, es hatte echt gedauert, bis wir wieder da waren.

Ich trete an die Spüle, stelle die Tasse ab.

»Habt ihr euch denn wieder vertragen?«, fällt Solja jetzt mit der Tür ins Haus. Wie hypnotisiert starrt sie auf ihren Laptop und hackt auf die Tastatur ein.

»Wir haben uns gar nicht richtig gestritten«, erklärt Esther und lässt die Suppenschüssel etwas zu laut in die alte Keramikspüle poltern. Ich fange einen verirrten Teelöffel im Flug und übergebe ihn an Esther.

»Ein Mistempfang ist das hier«, murrt Solja abwesend. »Wie soll man denn so arbeiten?«

Ich stelle mich hinter ihren Stuhl und schaue auf ihren Monitor. »Sind das Pferdestammbäume?«

Solja nickt gedankenverloren und scrollt eine Tabelle hinab. Esther spült geräuschvoll unser angehäuftes Geschirr ab und pustet Schaum in unsere Richtung.

»Ich dachte, wir wollten hier nicht arbeiten?«, erinnert sie uns.

»Ja, das dachte ich auch?«, gebe ich zu. Meine Finger trommeln einen unregelmäßigen Takt auf der Stuhllehne.

»Ich muss nur eben etwas nachschauen«, meint Solja und streckt ihre Füße in den Häschen-Pantoffeln unter dem Tisch aus.

»Nur eben etwas nachschauen«, wiederholt Esther ruhig und setzt Teewasser auf. »Ich werde dich in einer Stunde daran erinnern.« Sie schaut uns ernst an. »Ich glaube, in den nächsten Tagen sollten wir an unserer Einstellung arbeiten. Was uns zurzeit noch fehlt, ist ein gesunder Teamgeist. Wir sollten darüber reden«, empfiehlt Esther.

Solja antwortet nicht darauf, stützt ihren Kopf auf eine Hand und eine unangenehme Stille entsteht.

»Esther, kannst du mir auch einen Tee machen?«, frage ich lieb und setze mich auf die Eckbank, Solja gegenüber. Meine Fußspitzen berühren ihre tierischen Hausschuhe. Für eine Sekunde überlege ich, Solja ihren Laptop vor der Nase einfach zuzuklappen. Aber ich trau mich nicht, weil sie so verkniffen aussieht.

»Klar, Süße. Holunder oder Minze?«, fragt Esther in meine Überlegungen hinein. Sie hält die Teebeutel in die Höhe. Als ihr Handy klingelt, friert ihr Lächeln ein, sie lässt die Teebeutel auf die Ablage fallen und verschwindet ins Wohnzimmer.

Solja schaut mich, ohne den Kopf zu heben, düster über den Bildschirm hinweg an. »Hier verstößt doch jeder gegen die Regeln, nicht nur ich.«

»Tja, wir haben alle unsere Zwänge, nicht wahr?«, gebe ich zu und knabbere wie auf ein stilles Kommando auf einem meiner Fingernägel herum, wie ich es als Jugendliche ständig tat.

»Verdammt! Was ist denn jetzt los?« Soljas Stimme klingt wie ein Knurren und ich sehe mich alarmiert um.

»Was ist denn?«

»Jetzt ist das Internet total abgekackt. Schon wieder!«

Ich lasse die angestaute Luft aus meinen Lungen wieder entweichen. »Ich dachte schon, es ist Gott weiß was los«, hauche ich.

Solja klappt den Laptop zu, steht auf und klemmt ihn sich unter den Arm.

»Wo willst du denn hin?«

»Ich muss mal telefonieren«, antwortet sie knapp. »Wenn das wenigstens klappt.« Ihr Mund zuckt unruhig dabei.

»Komm schon, was macht dich so kirre?«

Solja seufzt, als könne sie sich nicht entscheiden, ob sie sich mir mitteilen will, und zieht sich ihren Seidenbademantel fester um ihre Mitte. Er rutscht von ihrer Schulter und entblößt den Spitzenträger ihres Nachthemdes. Ein Lächeln zuckt in meinem Mundwinkel. Selbst hier in dieser alten Hütte sieht sie aus wie die Prinzessin, die ich kenne und liebe.

»Na gut«, sagt sie verschwörerisch und kommt näher zu mir. Der Duft von Eternity hüllt mich ein. »Ich muss einen bestimmten Deckhengst in den Besitz meiner Tante bringen. Es ist wichtig für ihre Zucht. Und das Gebot wird steigen, wenn andere davon erfahren, dass er zum Verkauf steht. Verstehst du?«

»Und das muss jetzt geschehen? Zum Jahreswechsel? Schließlich ist morgen Silvester«, frage ich ungläubig und Solja überlegt, als wüsste sie es selbst nicht genau.

»Das ist genau der richtige Zeitpunkt. Zu dieser Zeit erinnert man sich daran, wo man herkommt. Wo die Wurzeln liegen und dass Blut dicker ist als Wasser«, erklärt sie stattdessen.

»Na gut. Ist er mit euch verwandt, der Besitzer?« Ich sehe sie interessiert an.

»Nicht direkt ...« Sie schürzt die Lippen. »Aber ich hatte mal was mit seinem Sohn.«

Na, ob das gut ist, kommt auf den Ausgang an.

»Ach so«, antworte ich nachdenklich und Solja lässt mich allein, gerade als der Teekessel beginnt zu pfeifen.

Ich nehme ihn vom Gasherd und gieße das dampfende Wasser in die bereitgestellten Blümchentassen.

»Minze, bitte«, höre ich jetzt Esther hinter mir sagen, als sie wieder zurück von ihrem Telefonat ist.

»Und, wie geht es den Kindern?«, frage ich und angle nach den Beuteln.

»Alles im grünen Bereich. Thale hat Fee die Haare geschnitten. Aber sonst ist alles gut«, berichtet Esther und schaut wehmütig aus dem Fenster.

»Das ist doch nicht das erste Mal, oder?«

Esther nimmt mir die Tassen ab, um sie zum Tisch zu tragen. Ich folge ihr mit dem Zucker und setze mich zu ihr. Routiniert gebe ich einen Löffel der weißen Pracht in ihren Tee, bevor ich mir gleich das Vierfache gönne. Mary Poppins hatte es schon treffend besungen: »Ein Löffelchen voll Zucker bittere Medizin versüßt!«

»Irgendwann wird Zucker noch mal dein Tod sein, weißt du das?«, mahnt Esther mich, die für ihre Kinder nur mit Agavendicksaft süßt.

Ich zucke mit den Schultern.

»Das macht nichts, dann bin ich wenigstens süß, wenn ich sterbe.« Ich zwinkere. »Und du, willst du mir erzählen, was dich bedrückt?«

Sie schaut wieder zum Küchenfenster. Die Kerze davor flackert unruhig und erleuchtet den nassen Schnee vor dem Glas mit gelbem Licht.

»Ich bin glücklich als Mutter«, beginnt sie und hält inne.

Ich lege den Kopf schief und schaue sie fragend an. »Ja, das weiß ich.«

»Ich bin auch glücklich mit Henry. Wir verstehen uns ohne viele Worte.«

»Das weiß ich auch.«

»Aber etwas stimmt nicht mit unseren Schwingungen.« Esther macht eine Pause.

»Willst du wissen, was ich denke?«, frage ich vorsichtig.

»Natürlich will ich das wissen.« Ihre Rehaugen heften sich an meine.

»Ich weiß, ich bin nicht qualifiziert, ich habe ja noch keine Kinder. Aber könnte es sein, dass ihr euch zu sehr auf die elterlichen Pflichten und den Beruf konzentriert? Ich meine, es ist doch allgemein bekannt, dass bei Paaren in der frühen Elternzeit einfach die Beziehung auf der Strecke bleibt.« Als Esther immer noch nichts sagt, rechne ich fast damit, dass sie mich falsch verstanden hat. »Also, war nur so ein Gedanke«, gebe ich hinterher und weiche ihrem Blick aus.

»Ich habe immer gedacht, Henry und mir würde nie so etwas geschehen. Wir hatten so tollen Sex«, sinniert sie plötzlich und schaut dabei Löcher in die Luft.

Ich drehe die Tasse in meiner Hand. Beobachte, wie der Tee kleine Wellen um den Beutel schlägt.

»Nun ja. Man kann sicher wieder Schwung in die Sache bringen, oder?«, sage ich. »Wie war das noch mit der Dildofee? Die hat auch Spiel, Spaß und Überraschungen für Erwachsene?«, versuche ich, die Stimmung aufzuheitern.

»Ich glaube, so einfach ist das nicht«, gibt Esther zu und mir wird klar, dass sie ernsthaft beunruhigt ist.

»Nein?«, frage ich und starre auf die steile Falte, die sich zwischen Esthers feinen Augenbrauen bildet. »Er hat dich doch nicht betrogen, oder?«, kommt das Unaussprechliche über meine Lippen und sofort spüre ich ein heftiges Gefühl in meiner Brust. Sollte er ihr das angetan haben, dann gnade ihm Gott!

Esthers Augen werden groß. »Nein!«, protestiert sie.

»Natürlich nicht!«, höre ich mich ebenfalls empört sagen. Sie verzieht ihr Gesicht entsetzt darüber, dass ich so etwas auch nur denken kann. »Schon gut. Guck nicht so. Natürlich hat er das nicht getan.« Das passiert ja nur mir. Eine Weile höre ich ihr beim Atmen zu. »Aber dann ist doch eigentlich alles gut?«, versuche ich es.

»Eben nicht«, flüstert sie und beugt sich zu mir herüber. Ihre Finger angeln nach meinen. »Ich bin das Problem.«

Ich verstehe nicht ganz. Inwiefern sollte die gute Esther das Problem darstellen? »Ich träume von Sex mit anderen Männern«, flüstert sie.

Ich kann nicht anders. Ein Lachen steckt in meiner Kehle und will raus. Esther kneift mich in den Handrücken.

»Na und?«, frage ich und hüstle, um nicht loszukichern.

»Na und? Das fragst du nicht im Ernst.« Esther stößt hart die Luft aus.

»Doch. Wo ist das Problem?«

»Ich bin untreu«, bemüht sie sich, es mir zu verdeutlichen. Jetzt muss ich doch breit grinsen und Esther sieht beleidigt aus.

»Esther, ich hab dich so lieb. Aber du hast manchmal echt 'nen Vogel.« Ich tippe mir an die Stirn.

»Sprach der verrückte Hutmacher und schüttete sich den Tee über den Kopf«, gibt Esther zur Antwort.

»Hey«, protestiere ich milde. »Meinst du nicht, dass es anderen Frauen auch so geht?« Ich mache eine Pause. »Was wirklich zählt, sind doch die Taten.«

Jetzt sieht sie aus, als verstünde sie die Welt nicht mehr.

»Bist du sicher? Ich meine, immerhin hast du am eigenen Leib erfahren, wie sich Untreue anfühlt.« Sie räuspert sich verlegen.

»Danke, dass du meine Erinnerungen auffrischst.« Kurz sehe ich Chris mit der anderen nur allzu deutlich vor mir.

»Sorry.«

»Es ist trotzdem etwas anderes«, erkläre ich etwas zu bissig und kneife mir in die Nasenwurzel.

»Ich fühle mich echt mies dabei. Nach meinen Träumen. Aber kann es nicht abstellen. Wo fängt Untreue denn an, wenn nicht in den Gedanken?«, fragt Esther und sieht ganz schön belämmert aus.

»Ich habe auch mit anderen Männern im Traum Sex gehabt, als ich mit Chris zusammen war.« Mit Kit Harrington aus Game of Thrones übrigens. Das werde ich aber für mich behalten, da er um einiges jünger ist als ich. Nicht dass jemand denkt, ich sei eine Gefahr für Minderjährige.

»Das kannst du nicht vergleichen«, behauptet Esther.

»Wieso nicht?«, frage ich perplex.

»Ihr hattet nicht die gleiche Bindung wie ich und Henry.« Wie nett! Na, *das* ist natürlich was anderes. Ich unterdrücke ein Schnaufen.

»Wenn du meinst?« Ich streichle ihre Hand, die noch in meiner liegt, weil Esther jetzt wirklich traurig aussieht. »Nimm das nicht so ernst. Ihr braucht nur ein wenig Zeit für euch, ein paar romantische Stunden, dann ist alles wieder gut«, tröste ich sie. »Ihr seid das Traumpaar schlechthin.« Sie nickt schwach. »Und ganz ehrlich, Kinder können einem bestimmt die letzte Kraft aus dem Leib saugen.«

»Ja, das ist manchmal so«, bestätigt Esther und nimmt einen Schluck aus der dampfenden Tasse. »Das hat dieser Arwo, euer Retter vorhin, auch gemeint.«

Ich verschütte meinen Tee, als ich gerade trinken will, und zucke vor den heißen Spritzern zurück. »Fuck!« Meine Hand angelt nach der Küchenrolle, ohne dass ich Esther aus den Augen lasse.

»Er sagte, jedes Elternteil brauche regelmäßig Urlaub von seinen Sprösslingen, damit es nicht vergesse, dass es auch ein Mensch sei«, erzählt sie weiter.

»Ach ja?« Mein Kopf wird plötzlich ganz eng.

»Er hat gemeint, dass seine Fünfjährige mit den frühen Vögeln aufstehe und er keinen Wecker brauche, weil sie als erste Tat des Tages auf seinem Bett und ihm herumspringe, bis er aufstehe.« Esther lächelt und meine Tasse wird unendlich heiß in meiner Hand.

»Er ist verheiratet?« Die Frage hängt wie ein Damoklesschwert über mir.

»Ich glaube, ja.« Esther überlegt nur kurz. »Ja, klar doch. Würde ich jetzt von ausgehen.«

Mein Magen wird zu Eis. Ich schlucke den plötzlich bitteren Tee.

Esther strafft sich und redet weiter. »Jedenfalls hat er doch recht. Ich bin nicht nur Mutter. Ich bin eine Frau mit Leidenschaften und Bedürfnissen.«

Mein Blick hängt an ihren Lippen. Ihre Stimme beginnt sich dumpf in meinen Ohren anzuhören. Also ist Arwo einfach ein Mann, der sein eigenes Ding macht? Der Frau und Kind zu Hause hat und sich mal hier und mal dort vergnügt?

»Weißt du, was mir vorhin durch den Kopf gegangen ist, als ich Arwo so reden gehört habe?«, fragt sie jetzt.

Ich blinzle.

»Nein, was denn?«

»Er erzählte, dass er früher regelmäßig in diese Hütte gekommen sei, um den Kopf freizubekommen.«

»Aha.«

»Was ist, wenn die Briefe gar nicht so alt sind, wie wir vermuten? Sie können ja auch so alt aussehen, weil sie in einem alten, vielleicht manchmal feuchten Haus liegen?«, stellt sie die Überlegung an.

»Du meinst, die könnten von Arwo sein?«

»Ich glaube, herausgehört zu haben, dass seine Tochter gerade in Deutschland bei den Großeltern ist. Zufall?« Esther dreht ihre Tasse in der Hand.

»Du meinst, er hat vielleicht auch noch einen Sohn aus einer anderen Ehe?« Meine Stimme gerät etwas schrill und ich räuspere mich.

»Möglich wäre es. Wenn er jung geheiratet hat. Ich meine das erste Mal.« Sie zwirbelt eine Locke. »Wie alt ist er wohl? Fünfunddreißig?«

Ich antworte nicht. Meine Gedanken fahren Karussell in meinem plötzlich viel zu kleinen Hirn. Es fühlt sich an, als donnern sie mit Karacho von einer zur anderen Wand.

»Ist alles gut mit dir?«, fragt Esther mich und hebt beunruhigt eine Augenbraue. »Du siehst etwas blass aus.«

»Ja, geht schon«, antworte ich heiser. Ungelenk stehe ich von der Bank auf und schütte den Rest meines Tees in die Spüle. »Ich glaube, ich gehe mal kurz frische Luft schnappen«, sage ich und remple einen Stuhl an, als ich mich umdrehe.

»Ich kann mitkommen«, schlägt Esther vor und ich schüttle eilig den Kopf.

»Nein, ich bin gleich wieder da.« Bloß nicht. Ich muss mich daran erinnern, wer ich bin und wie ich heiße.

Esther kramt ihr Handy aus der Wolljacke und beginnt, eine SMS zu schreiben. »Ich werde dann mal Henry einen Gutenachtgruß schicken«, verkündet sie und lässt ihre Finger über die Tastatur huschen.

»Mach das. Gute Idee«, sage ich leise und verlasse die Küche. Meine Beine tragen mich über die knarrenden Dielen.

Solja sitzt auf dem Sofa neben dem Ofen und hat ihren Laptop auf dem Schoß. Sie ist so vertieft, dass sie gar nicht mitbekommt, wie ich in meine Boots schlüpfe und mir die Jacke überziehe.

Leise schließe ich die Tür und schlittere über eine kleine Eisfläche auf der Veranda. Es hat aufgehört zu schneien und der Himmel ist fast klar. Nur weit entfernt schiebt sich etwas Dunkles an den See mit seinem einsamen Ruderboot heran. Kleine Wölkchen bilden sich vor meinem Gesicht, während ich meinen Kopf in den Nacken lege und das Polarlicht über mir anstarre. Es wird unscharf. Verschwimmt vor meinen Augen, als sie sich mit Tränen füllen. Ich höre auf zu atmen und meine Brust zieht sich schmerzlich zusammen. Da ist er wieder. Der sterbende Stern in meinem Herzen, der dabei ist, alles um sich herum in sein schwarzes Loch zu reißen. Ein kläglicher Laut verlässt meine Kehle. Leise, abgehackt. Plötzlich entdecke ich das seltsame Glimmen am Himmel etwas weiter nördlich. Grün und blau zieht es seine Bahnen wie ein farbiger Kondensstreifen aus Licht. »Aurora borealis. Wie ein Silberstreif am Horizont, nicht wahr?«, hauche ich mir selbst zu und verschlucke ein trockenes Schluchzen. Zornig wische ich meine Tränen fort und gehe ein Stück die Veranda entlang. Ich weiß nicht, wie lange ich so da stehe. Wind frischt auf und treibt losen Schnee in kleinen Wirbeln vor sich her. Und das Licht am Himmel wird zusehends von Wolken aufgefressen. Langsam gehe ich umher.

Ich bin fast am hinteren Teil der Hütte, da höre ich ein Geräusch. Lauschend bleibe ich stehen. Ich will nicht, dass mich jemand weinen sieht, also verhalte ich mich still.

Mein Blick fällt durch die Gardinen des nahen Fensters und ich sehe Esther, wie sie sich zu Solja auf das Sofa setzt.

Da ist es wieder.

Ein Schaben und Tritte? Gedämpfte Schritte, als würde sich jemand anschleichen. Mein Herz macht einen Satz gegen meine Rippen. Es springt mir fast aus der Brust.

Die Rocker! Jetzt machen sie ernst! Meine Hand findet den alten Schneeschieber an der Hauswand. Meine Lippen formen Worte. Ein lautloses Mantra.

Nicht mit mir! Nicht mit mir!

Jemand nähert sich. In meiner Birne brennt die Sicherung durch und ich springe um die Ecke. Mit meiner ganzen Kraft schlage ich zu, als ich im Halbdunkeln der Nacht die große Gestalt vor mir ausmache. Ein dumpfer Knall und der Mann geht, ohne einen Laut von sich zu geben, zu Boden.

Aus dem nahen Wald flattert etwas aufgeschreckt in den nachtblauen Himmel. Ein Käuzchen ruft. Dann ist alles still. Gespenstisch still.

Mein Atem rennt, als ich mich über den vermeintlichen Angreifer beuge. Arwo! Es ist Arwo. Nein! Meine Lungen füllen sich mit Luft.

»Hilfe!«, brülle ich. Mit einem Scheppern werfe ich die Schaufel zur Seite. Sie reißt einen Blumentopf mit Heidekraut herunter, der zerbricht.

»Scheiße! Ich brauche Hilfe!«, kreische ich jetzt außer mir und falle auf die Knie. Vorsichtig klopfe ich an seine Wangen, doch er reagiert nicht. Seine Fliegermütze liegt deplatziert auf den Bodenbrettern.

Die Tür am anderen Ende der Veranda wird aufgerissen und Esther steckt ihren Kopf heraus. »Was ist los?«, fragt sie alarmiert. Ihre Augen sind geweitet und Wind zerrt an ihren offenen Haaren.

»Ich hab ihn umgebracht!«, heule ich auf und meine Finger streichen eine Strähne aus seiner Stirn. Ein feines Rinnsal helles Rot färbt seine Schläfe. Oh nein!

»Wen hast du umgebracht?«, will Solja wissen, die im Türrahmen erscheint. Ihr Dutt hängt schief auf ihrem Kopf und eine Locke hat sich gelöst. Sie versucht, ihren Seidenmantel fester um ihre Hüfte zu schnüren.

»Arwo«, erkläre ich zwischen zwei Schluchzern.

Solja gibt Esther einen rüden Schubs, damit sie vorbeikann. Sie stolpert mit ihren dämlichen Plüschhasen an den Füßen und schlittert auf den am Boden Liegenden zu, um unschlüssig vor ihm stehen zu bleiben.

»Tu doch was!«, knurre ich sie an. Sie blickt fassungslos auf mich und Arwo hinab. »Wir müssen doch was tun!« Meine Stimme bricht und ich beginne zu zittern wie Espenlaub im Wind. Meike taucht neben mir auf. Weiß der Himmel, wo sie auf einmal herkommt. Sie trägt ihren Pyjama und Boots, deren Schnürsenkel viel zu lang sind. Alles um mich herum verschwimmt. Mein Hirn saugt Details auf, beginnt sich nicht mehr auf das Wesentliche zu konzentrieren. Das muss der Schock sein.

»Ganz ruhig, Vivien. Was hast du getan?«, fragt Meike gefasst und schüttelt mich einmal, weil ich das Ausatmen vergesse. »Ruhig weiteratmen«, mahnt sie mich.

Ich schaue ihr ins Gesicht. Sie hat einen Abdruck auf der Wange. Eine Art Lochmuster, vielleicht von einer groben Wolldecke?

Es beginnt wieder zu schneien. Die dicken Flocken werden auf die überdachte Veranda getrieben.

»Vivien!«, schreit sie mich jetzt an.

»Ich dachte, es sei einer der Rocker. Ich dachte …« Ich verstumme und unterdrücke ein Schluchzen.

Solja steht wie angewurzelt neben uns. Meike beugt sich über Arwo.

»Ist er tot?«, frage ich. Meine schrille Stimme verweilt viel zu lange in der Nachtluft um uns herum.

Meike legt ihre Finger an Arwos Hals.

»Hat er noch Puls?«, will ich wissen und grabe meine Fingernägel fest in mein Fleisch, damit ich nicht endgültig aus der Haut fahre und anfange zu toben.

»Nein«, antwortet Meike leise.

»Oh, nein!«, krächze ich und schlage mir meine Hände vors Gesicht.

Alles beginnt sich zu drehen.

»Er wollte nicht aufhören, mit mir zu flirten und ich habe ihn getötet. Um Himmels willen, was soll ich denn jetzt tun?« Ich schaue hilflos zu Solja auf, deren Mund sich gerade öffnet.

»Er hat was?«, fragt sie.

Ich verstehe ihre Frage nicht und schaue Esther an. »Was tun wir denn jetzt?«, krächze ich.

Sie faselt irgendein Gebet vor sich hin. Der Wind bläht ihre weiten Röcke, während sie in einen Singsang verfällt.

»Wir öffnen das Eis und schmeißen ihn in den See«, antwortet Solja an ihrer Stelle trocken.

»Was?« Meine Stimme ist eine Oktave höher.

Meike untersucht Arwo weiter. »Mann, hört auf mit der Scheiße. Mit ‚nein' meinte ich, er ist *nicht* tot.« Sie wirft Solja einen bösen Blick zu und in deren Mundwinkel zuckt ein Soljalächeln.

»Komm schon, aufwachen«, flüstert Meike und hebt Arwos Kopf leicht an. »Seine Mütze hat, glaube ich, die Härte des Schlages abgefangen«, diagnostiziert sie vollkommen gelassen. »Gib mir mal deine Jacke, Vivi«, fordert sie mich auf.

Ich gehorche sofort und sie schiebt den Stoff unter seinen Kopf. Jetzt rührt er sich leicht. Seine Finger zucken und ich greife danach.

»Arwo, es tut mir so leid«, hauche ich und streichle seine Hand. Sie ist kühl mit leichten Schwielen an den Innenseiten, wo er die Zügel der Pferde hält. »Ich werde alles wiedergutmachen, das verspreche ich.«

Seine Lider öffnen sich flatternd und ich schluchze leise auf, als ich in seine schönen Augen blicken kann.

»Wir sollten einen Arzt holen, wer weiß, wie hart Vivien zugeschlagen hat«, schlägt Solja vor. »Auch wenn ich glaube, dass der nicht so leicht totzukriegen ist.«

Das hört sich an, als hätte sie es schon mal versucht.

»Das wird das Beste sein«, mischt sich jetzt Esther ein und geht neben mir in die Hocke.

Meike reibt sich fröstelnd die Arme. »Wie wäre es, wenn wir ihn erst einmal reinbringen?«, schlägt sie vor. »Ist scheiße kalt hier draußen.«

Arwo seufzt leise und runzelt die Stirn. So ganz ist er noch nicht wieder da.

»Kannst du aufstehen?«, frage ich besorgt.

Er verzieht sein Gesicht, als der Schmerz ihn einholt, und ich richte ihn auf. »Was ist denn passiert?«, fragt er benommen. Mein Blick huscht ängstlich zu Meike.

»Du bist gefallen, glaube ich, und Vivien …«, beginnt sie.

»Sie hat dich umgehauen«, berichtigt Solja und verschränkt die Arme vor der Brust. Meike wirft ihr einen fassungslosen Blick zu. »Was denn? Stimmt doch«, zischt Solja.

»Äh, ja. Sorry«, bestätige ich unglücklich.

Arwo grinst daraufhin schief und lässt sich von Meike und mir aufhelfen. Seine Beine sind etwas wackelig und ich versuche, ihn zu stützen. »Das kann sein. Diese Frau hat tatsächlich eine umwerfende Wirkung an sich«, versucht er zu scherzen.

Dann bleibt er stehen und wankt leicht.

Der Wind geht über in einen Sturm und reißt Esther fast die Tür aus der Hand. Solja eilt mit undurchdringlichem Blick an uns vorbei und vor uns in die Villa Kunterbunt.

»Jetzt schauen wir uns erst mal deine Wunde an«, bestimmt Meike, fast schon vergnügt. Sie mag es, Schulden zeitnah zu begleichen, und sieht ihre Chance, sich für ihre Rettung zu revanchieren. Irre!

»Ist nicht so schlimm, glaube ich«, versucht Arwo, uns zu beruhigen.

Ich halte immer noch seine Hand und er erwidert den leichten Druck meiner Finger, als wir über die Türschwelle treten. Mann, fühlt sich das gut an. Hinter uns knallt die Tür ins Schloss. Langsam lässt Arwo sich auf das Sofa sinken und zieht mich neben sich. Ich sitze nah an ihm. Unsere Beine berühren sich. Esther erscheint prompt mit einem Verbandskasten und ich helfe Arwo, die nasse Jacke auszuziehen.

»Das wird schon wieder. Und einen schönen Mann entstellt ja bekanntlich nichts«, versucht Meike, ihm ein Lächeln zu entlocken, und macht sich geschäftig an ihr Werk.

»Ist dir denn schlecht, oder so?«, frage ich fast tonlos. Nur zu gut kann ich mich an meine Gehirnerschütterung erinnern. Arwos Hand macht sich zögerlich auf den Weg zu seiner Platzwunde an der Stirn.

»Na, na, na. Nicht doch. Wir wollen doch nicht, dass sie verunreinigt wird«, tadelt Esther.

Von weiter weg höre ich ein hartes Auflachen.

»Wenn du meinst, dass die alte Schneeschaufel porentief rein war?«, sagt Solja, grinst dämlich und tippt irgendeine Nummer in ihr Handy.

Ich hasse es, dass sie fast nichts anhat.

»Was ist los mit dir? Man könnte meinen, du bist schadenfroh«, zische ich ihr über meine Schulter zu.

Sie stellt sich gelassen hinter uns und stützt sich auf der Lehne des Sofas ab. Ein Freizeichen ertönt so laut, dass ich es hören kann.

»Ich bin nicht schadenfroh. Ich bin lediglich zur falschen Zeit am falschen Ort glücklich.« Sie fixiert Arwo mit kühlem Blick.

Meike runzelt die Stirn und schaut mich fragend an. Als ob ich wüsste, was mit ihr los ist. Da fällt mir plötzlich ein, dass Arwo vermutlich verheiratet ist und eine Tochter hat. Dass er mit mir flirtet, obwohl er vergeben ist.

»Hei Täti«, begrüßt Solja ihre Tante am anderen Ende und steckt sich einen Zeigefinger in das andere Ohr, um sie besser zu verstehen. »Hallo? Ja, dein Stalljunge ist hier angekommen.« Sie hält inne. »Ach so. Wirklich.« Sie guckt finster zu Arwo. »Ja, das ist nett. Sehr nett.« Dann guckt sie skeptisch auf ihr Display, bevor sie ihr Handy wieder ans Ohr presst. »Warte, Täti, ich kann …, der Empfang ist scheiße …« Sie runzelt die Stirn. »Ja, schlecht. Meine ich ja. Täti?«

Arwo zieht scharf die Luft ein, als Esther ihm Jod auf die Wunde streicht.

»Vivien hat wirklich gut zugehauen«, unterstreicht sie nochmals meine Untat.

Als er erneut sein Gesicht verzieht, kommt anstatt von seinen ein Schmerzenslaut über meine Lippen.

»Wirklich, das tut mir so leid«, flüstere ich.

Arwo tut vergnügt. »Ich mag temperamentvolle Frauen«, sagt er charmant wie immer.

Ich lache freudlos auf und mir entgeht Soljas Augenrollen nicht.

»So, fertig«, triumphiert Esther, als das große Pflaster sitzt.

Plötzlich ertönt ein Knall, der fast das ganze Haus beben lässt.

»Was war das denn jetzt?«, fragt Meike erschrocken und schaut sich um.

»Also, der Vielfraß war das nicht«, betone ich. Der hat schon eine Weile nichts mehr von sich hören lassen.

Soljas Gesicht wird ernst. »Die Fensterläden. Wir müssen sie schließen und sichern. Täti sagt, es kommt ein Unwetter. Deshalb auch der miese Handyempfang.«

»Wie schlimm wird denn der Sturm noch?«, fragt Meike jetzt an Arwo gerichtet.

»Tja, das ist eine nicht so gute Nachricht.« Er schaut uns bedauernd an.

»Was soll das heißen?«, will Solja jetzt wissen.

»Das ist der Grund, warum ich hier bin«, antwortet Arwo. »Ich war in der Nähe und Elsa hat mich gebeten, euch zu warnen.«

»Shit«, stöhne ich. Ich hasse Unwetter jeglicher Art.

»Ja, ich wollte auch schon längst wieder am Stall sein. Nach den Tieren sehen.« Er setzt sich aufrechter und schließt einen Moment die Augen.

»Also, du kannst so nicht fahren«, lege ich fest.

Esther verstaut ihr Erste-Hilfe-Kit und schaut Arwo ernst an. »Eigentlich sollte sich das ein Arzt ansehen«, meint sie.

Ich will ihr gerade beipflichten, da wendet sich Meike an Solja.

»Solja, ruf doch bitte mal bei einem an, ja?«

»Täti, ich muss jetzt auflegen. Ja, mach ich«, höre ich Solja ins Telefon flöten und beobachte den angeschlagenen Arwo.

Er lehnt seinen Kopf an das Sofapolster und schaut mich unergründlich an.

»Arwo, ich soll dir sagen, du sollst lieber die Nacht hierbleiben, falls wir dich brauchen«, gibt Solja weiter.

»Falls *wir* ihn brauchen?«, hake ich nach. »Wie meint deine Tante das?«

»Na, wegen des Unwetters. Sie ist besorgt.« Sie sollte sich lieber um ihren Stallburschen sorgen. Der ist nicht sicher in meiner Nähe.

Meike geht in die Küche.

»Will außer Arwos Beule noch jemand Eis?«, ruft sie, als sie sich noch einmal zu uns umdreht.

»Ich, in den Wein, den du gleich mitbringen kannst«, antworte ich. Meinen Nerven kann das nur guttun.

»Arwo, ich finde, du kannst uns Mädels wunderbar bei den Fensterläden draußen helfen«, schlägt Solja dreist vor und ich schnappe empört nach Luft.

»Wohl kaum«, protestiere ich. »Du wolltest einen Arzt anrufen.«

Sie grinst.

»Na gut, du Spielverderber.« Auf der Suche nach Netz geht sie im Zimmer auf und ab. Irgendwann kann ich sie aus der Küche telefonieren hören.

Arwo will aufstehen. Blitzschnell schnappe ich seinen Arm und halte ihn auf. »Du hast vielleicht eine Gehirnerschütterung. Du solltest vorsichtig sein.«

Meike kommt mit einem Küchenhandtuch zurück, in das sie Eiswürfel gefüllt hat, und reicht es Arwo.

»Vielleicht sollten wir ihn ins Bett stecken«, überlegt sie laut, während sie eine Flasche Rosé öffnet.

Esther stellt Gläser auf den kleinen Tisch.

»Ladys, jetzt macht mal einen Punkt. Es geht mir gut. Nur ein wenig Kopfschmerzen«, verkündet der Patient.

Meike schenkt allen ein, nimmt ihr Glas und schwenkt den Inhalt prüfend hin und her. Sie weiß viel über Wein und sieht zufrieden aus. »Sag ich doch, ab ins Bett«, erklärt sie beiläufig an Arwo gerichtet, bevor sie kostet.

Ob sie Jesse auch so ins Bett schickt?

»Wir haben keins über«, höre ich Solja sagen, als sie aus der Küche kommt. Ihre Augen wirken glasig.

»Dann eben in Viviens Bett«, schlägt Meike vor.

Moment mal?

»Dein Ernst?«, frage ich unsicher.

Arwos Blick weicht jetzt meinem aus. Die Sache wird ihm sichtlich unangenehm.

»Natürlich, du hast ihn doch schachmatt gesetzt. Also wirst du dich auch um ihn kümmern. Und zwar die ganze Nacht«, sagt sie und ihr hintergründiges Lächeln gefällt mir nicht.

Hab ich noch meine Beruhigungspillen?

»Was sagt denn eigentlich der Arzt?«, will ich erst mal wissen.

Ein Schulterzucken von Solja. »Er komme jedenfalls bei dem Unwetter nicht raus, wenn keine akute Lebensgefahr bestehe«, berichtet sie ungerührt.

»Sagt mal, Mädels, hört ihr euren Männern zu Hause genauso wenig zu wie mir? Dann könnte es irgendwann zu erheblichen Eheproblemen führen, müsst ihr wissen«, mischt sich der Patient ein und verschränkt die Arme vor der Brust.

»Hast du da Erfahrung?«, rutscht mir die Frage heraus.

Solja ergreift das Wort, bevor Arwo reagieren kann.

»Es ist wichtig, dass du alle zwei Stunden seine Pupillenreaktion mit einer Taschenlampe testest«, mahnt sie mich und nimmt sich ein Glas Wein vom Tisch.

Ich lächle schief und Arwo steht auf.

»Es wird wirklich das Beste sein, ich lege mich kurz hin«, sagt er, greift in seine Hosentasche und holt eine Packung Tabletten hervor. »Die sind eigentlich für dich, Meike. Gegen Schmerzen und Fieber. Ich dachte, nachdem du so unterkühlt warst, könntest du sie vielleicht gebrauchen?« Sein Lächeln und die Art, wie er meine Freundin unter seinen dichten Wimpern anschaut, sind wirklich süß.

Meike wird rot. »Oh. Das ist aber lieb. Danke schön«, sagt sie und nimmt ihm die Packung ab.

Arwo kratzt sich im Nacken, eine Verlegenheitsgeste. »In Anbetracht der Umstände würde ich dich aber bitten, mit mir zu teilen.«

Meikes Finger werden nervös. »Klar. Natürlich.« Sie zieht eine Lage heraus und gibt sie Arwo zurück.

Wohlerzogen zieht Arwo seine Stiefel an der Haustür aus, die ganz schön unter dem Sturm ächzt, und platziert sie an der Wand. Sein Blick findet mich.

»Na, dann zeig mir mal dein Zimmer, Fräulein Hübsch«, fordert er mich auf.

Nur peripher dringt die Tatsache zu mir durch, dass meine Freundinnen bereits beginnen zu tuscheln, bevor ich den Traum von einem Mann die Treppe hinauf begleitet habe. Wäre er doch nur nicht so gefährlich. Dieser Mann mit den grauen Augen, die die nordische Kraft von Schnee und Eis in sich verborgen zu halten scheinen.

Kapitel 17

»Wer hätte gedacht, dass du dir ausgerechnet mein altes Zimmer für deine Ferien aussuchst«, wundert sich Arwo, als er vor mir in den Raum geht.

»Esther erzählte, du seist öfter hier am See gewesen?«, frage ich.

Er lässt sich auf mein unordentliches Bett nieder. »Dann und wann, ja. Im Sommer kann man hier sehr gut ausspannen.« Heimlich lasse ich meinen blinden Teddy unter dem Bett verschwinden und verstecke eine Unterhose mit Herzprint und einen BH unter einer Jeans, die auf dem Boden liegt.

»Ich hätte ja gedacht, das Zimmer gegenüber wäre deins«, denke ich laut. Esthers, um genau zu sein. In dem die Briefe versteckt waren.

»Nein, wieso?«, fragt er und verengt die Augen leicht.

»Nur so. Vielleicht wegen der Aussicht«, gebe ich zurück. Die Aussicht auf die alte Scheune, an der die alte Farbe bereits Blasen schlägt? Großartig, Vivien.

»Wusstest du, dass in dem Zimmer einmal jemand gestorben ist?«, fragt er ungerührt. Der Schreck scheint mir ins Gesicht geschrieben. »Keine Sorge, es war ein natürlicher Tod und es ist schon lange her.« Arwo zwinkert lustig.

Als wenn es das besser macht. Seltsam, dass Esther mit ihren feinen, übernatürlichen Antennen das noch nicht erspürt hat.

Ich schaue zum Wecker. Es ist nach zwölf und ich unterdrücke ein Gähnen.

»Ich denke, ich werde dann mal gehen, damit du dich ins Bett legen kannst«, sage ich lahm und versuche, mich lässig an die offene Schranktür zu lehnen, während ich meine Kulturtasche und Nachtzeug herauskrame. Leider gibt sie unerwartet nach und ich gerate ins Straucheln und verliere mein übergroßes Hemd mit Rosenmuster. Haltung, Vivien!

»Brauchst du noch was?«, frage ich und mir entgeht sein breites Grinsen nicht. Erst jetzt, während er seinen Pullover über den Kopf zieht und nur noch in Jeans und eng anliegendem weißen T-Shirt vor mir sitzt, wird mir schlagartig bewusst, dass ich einen abgewetzten Rolli und meine graue Schlabberhose trage. Mein absoluter Schlampen-, aber auch Wohlfühllook.

»Ich hätte gern etwas zu trinken, damit ich die Tablette gegen die Kopfschmerzen schlucken kann«, bittet er.

Ich nicke und trete rückwärts zur Tür. Mein Blick saugt sich wieder an seinem Anblick fest und er hebt fragend die Augenbrauen.

»Fall nicht«, ruft er gerade noch rechtzeitig, bevor ich über den Stuhl hinter mir stürzen kann.

»Dann werde ich's dir mal besorgen«, erkläre ich. Meine Fresse! Was rede ich da? »Zu trinken, meine ich.«

Er legt den Kopf schief. »Natürlich.« Er schmunzelt.

»Ja, was sonst.« Konnte der Abend noch peinlicher werden?

***

Die Mädels haben fast alle Fenster von außen verriegelt. An einem machen sie sich noch zu schaffen und streiten sich laut dabei. Ein Knall und Solja faucht etwas, das ich nicht verstehe.

In null Komma nichts bin ich mit einem Glas und einer Flasche Wasser wieder oben. Ich klopfe an die Tür, um mich anzukündigen.

»Herein«, höre ich Arwos angenehme Stimme.

»Hier habe ich …«, beginne ich und verschlucke mich an meinen eigenen Worten, während mein Blick an seinem Hintern in Boxershorts hängenbleibt. Er legt seine Klamotten auf dem Tisch am Fenster fein säuberlich zusammen und schaut nur kurz zu mir herüber. Ungeschickt stelle ich die Flasche mitsamt Glas auf den Nachttisch. Dabei lasse ich unauffällig meine Lieblingspillen in der Schublade verschwinden.

»Danke, du bist ein Schatz«, sagt Arwo, geht an mir vorbei und legt sich unter meine Bettdecke. In mein Bett. Tatsächlich rutscht er so weit an die Wand heran, sodass ohne Weiteres eine zweite Person Platz hätte. Ich schüttle den Kopf und lächle über meine eigenen Gedanken.

»Was ist so komisch?«, will Arwo wissen und angelt nach dem Glas und einer Tablette.

»Nichts. Zufälle sind manchmal komisch«, sinniere ich und würde ihn gern fragen, warum er verschweigt, dass er Familie hat. Wenn ich ihn so betrachte, hat er etwas so Aufrichtiges und Warmes an sich, dass es mir schwerfällt, ihn als skrupelloses Raubtier zu sehen, das auf Beutefang ist.

»Was für Zufälle meinst du?« Er klopft auf die leere Bettseite und ich setze mich endlich zu ihm. Sein Haar steht ihm unordentlich von seinem Kopf ab und verdeckt die Beule mitsamt dem Pflaster.

»Die zufälligen Begegnungen im Leben. Was für Menschen wir treffen«, versuche ich zu erklären und beiße mir auf die Lippen aufgrund der Zweideutigkeit.

Er lächelt und errät meine Gedanken. »Manche trifft man mit der Schaufel, stimmt's?«

Ich verberge mein Lächeln. »So in etwa«, gebe ich zu.

»Weißt du was, Fräulein Hübsch? Ich glaube nicht an zufällige Zusammentreffen von Menschen.« Er stützt sich auf seinen Ellenbogen und mustert mich.

»Du erwähntest so etwas in der Art schon einmal.« Im Stall, um genau zu sein. Meine Finger entfernen einen imaginären Fussel auf seinem T-Shirt-Kragen.

»Ich denke, dass die Menschen, mit denen wir im Leben zu tun haben, entweder ein Test, eine Strafe oder ein Geschenk sind.«

Mein Lächeln verrutscht.

»Und was bin ich dann deiner Meinung nach?«, frage ich.

Er hebt spöttisch eine Augenbraue. »Da bin ich mir noch nicht so sicher.«

Ich schlucke trocken, als er sich aufrichtet und sich an mir vorbeibeugt, um das Glas zurückzustellen. So nahe. Ich spüre seinen Atem auf meiner Wange und sein Arm streift mich. Mein Herzschlag beschleunigt sich. Fast scheint es, als würde das kleine Zucken in Arwos Mundwinkel verraten, dass er meinen schnellen Puls wahrnimmt. Als er wieder liegt, greife ich meine Decke und ziehe sie ihm bis zu seinem Hals.

»Ich werde mich jetzt auch bettfertig machen«, sage ich und schaue ihm fest ins Gesicht.

»Fein«, antwortet er und schaut genauso intensiv zurück.

»Ich werde mir einen Wecker stellen und die nächsten zwei Stunden nach dir sehen und dann machen wir den Test mit der Taschenlampe, okay?« Er antwortet nicht, starrt mich nur an. »Also, ich denke, wir können das so machen«, versuche ich, ihm eine Zustimmung zu entlocken. »Da ich dich nicht sonderlich gut kenne, kann ich nicht sagen, ob du dich gerade irgendwie abnormal verhältst, oder so. Das wäre nämlich auch ein Zeichen einer Gehirnerschütterung«, belehre ich ihn. Er sagt immer noch nichts. »Oder kann ich sonst noch etwas für dich tun?«, frage ich und denke gerade darüber nach, ob sein

Gehirn doch etwas abbekommen hat, weil er nicht antwortet. Ich stehe auf und schnappe mir meine Klamotten.

»Ja, ich habe total Hunger. Das ist vermutlich ein gutes Zeichen. Und da ich noch nicht zu Abend gegessen habe …«, kommt es leise von meinem Bett.

Für einen Moment sehe ich Schmerz in seinen grauen Augen. Sorge macht sich in mir breit. Was, wenn es ihm schlechter geht, als er zugibt? Wie sollten wir ihn von hier wegkriegen, wenn sein Zustand kritisch werden sollte?

Der Sturm heult ums Haus und türmt Schnee vor den Autos auf. Es hört sich gruselig an.

»Könntest du mir ein Brot machen?«, bittet er und meine Gedanken zerstreuen sich.

»Natürlich. Bin gleich wieder zurück«, sage ich sanft und verschwinde wieder nach unten.

Das vertraute Knarren der Treppe holt mich ein wenig runter, und als mich kalter Wind streift, bin ich wieder ganz bei mir.

Meike schließt gerade die Haustür und schaut zu mir. Sie hat eine Sturmfrisur und Schnee in den Haaren.

»Erledigt. Alles zu«, erklärt sie zufrieden und befreit sich von ihren Boots.

Meine Finger drücken ungeduldig auf dem Lichtschalter der Küche herum. Esther kommt aus dem Bad, um ins Bett zu gehen. Sie hat ihr wallendes Nachthemd an, das ich auch gern als Indianerzelt bezeichne, und ihre Haare zu zwei langen Zöpfen geflochten.

»Gute Nacht, Pocahontas«, wünsche ich ihr.

»Vivi, wenn etwas ist, dann kommst du zu mir, ja?«, bittet sie eindringlich und schaltet das Licht im Bad aus.

Einige Millisekunden stehen wir im Dunkeln, bis der Strom in der Küche wieder funktioniert. Ich nicke und gehe an den Kühlschrank.

»Was soll denn sein?«, fragt Meike scharfzüngig aus dem Wohnzimmer und schaut um die Ecke zur Küche herein. »Sie hat einen süßen Kerl in ihrem Bett. Katastrophen sehen anders aus.«

»Ich meine ja nur«, sagt Esther langsam.

Fast liegt mir die Neuigkeit mit dem Todesfall in ihrem Zimmer auf den Lippen und ich schlucke sie gerade noch rechtzeitig runter, wobei ein seltsamer Laut wie ein Schluckauf entsteht.

Esther bleibt stehen. Misstrauisch sieht sie mich an.

Ich frage mich oft, was mein Gesicht anderen so den lieben langen Tag erzählt, denn ich scheine ständig wie ein offenes Buch zu sein.

»Nur ein Schluckauf«, lüge ich.

Esther lächelt und gibt mir einen Kuss. Sie glaubt mir nicht.

***

Draußen heult der Wind um die Hausecke, und während ich das Brot schmiere, muss ich über Arwos Worte nachdenken, was Begegnungen angeht. Ich bin mir sicher. Arwo ist ein Test. Aber auf was werde ich getestet? Auf meinen Herzklappenfehler? Denn den habe ich nämlich eindeutig. Herz zu weich, Klappe zu groß. Und unter diesem Phänomen leide ich, seitdem ich mich für das andere Geschlecht interessiere.

Das Brot ist fertig. Ich garniere es noch liebevoll mit Kräutern und eile dann ins Bad, um mich wie der Blitz zu waschen und die Zähne zu putzen. Solja hat ihren halben Koffer vor der Dusche aufgetürmt und mein Blick bleibt an einem Nachthemd aus Seide hängen. Meine Finger befühlen den Stoff und zeichnen die Spitze am Rand nach.

»Warum eigentlich nicht«, ermuntere ich mich selbst und setze den kleinen, frechen Gedanken in die Tat um und klaue

Solja ein Nachthemd. Anschließend trage ich mir Wimperntusche auf. Nur ganz dezent. Ich sehe in den Spiegel. Meine blauen Augen starren fragend zurück und ich hebe trotzig mein Kinn an. Bedacht streiche ich meine Locken über die schmalen Schultern zurück und verlasse das winzige Bad. Meine nackten Füße machen leise Geräusche auf dem verdammt kalten Boden und ich beeile mich, damit ich mir nicht den Tod hole. Auf dem Flur höre ich Esther und Solja noch reden und ich schlüpfe durch die Tür in mein Zimmer.

»So, der Zimmerservice ist da«, kündige ich mich erneut an. Die kleine Keramiklampe auf dem Nachttisch erhellt den Raum und zeichnet Schatten auf Arwos Gesicht. Zuerst denke ich, er ist eingeschlafen, dann rührt er sich.

»Da bist du ja.« Er streckt sich und nimmt den Teller mit dem Brot entgegen, den ich ihm hinhalte. Mit großen Augen lässt er seinen Blick über meinen Körper wandern und nagt dabei an seiner Unterlippe. Seine Wangen röten sich.

Ich komme mir plötzlich so richtig unartig vor. Konnte es tatsächlich sein, dass er auf mich gerade so reagiert?

»Willst du jetzt mit unter die Decke, oder nicht?«, fragt er leise. Als ich den Kopf schüttle, stößt er hart die Luft aus und klopft auf die Matratze. »Stell dich nicht so an, Fräulein Hübsch. Ich sehe doch, dass dir kalt ist.«

Eigentlich sollte ich nach unten auf das kleine Sofa gehen, aber ich mache mir selbst einen Strich durch die Rechnung.

»Na gut, dann mach mal Platz. Aber nur solange du isst. Dann ist Schlafenszeit«, erkläre ich mütterlich.

»Ich bin der Meinung, du bleibst besser die ganze Nacht bei mir. Falls meine Gehirnerschütterung zuschlägt.« Seine Stimme ist rauer als sonst, als ich mich ihm gegenüber unter die Decke schiebe. Er hält das Brot einen Moment unschlüssig in der Hand.

Eine ganze Weile beobachte ich ihn einfach. Er sieht selbst beim Essen gut aus.

»Vivien, erzähl mir etwas von dir«, fordert er mich dann auf. Ich streiche mit meinen Händen über meine Arme.

»Was soll ich denn erzählen?«, frage ich.

»Alles.«

»Du spinnst doch. Du musst mich schon etwas fragen, sonst sitzen wir morgen noch hier.«

»Ich wusste, dass es viel über dich zu berichten gibt«, triumphiert er.

Während er isst, erzähle ich ihm, wie ich aufgewachsen bin, dass meine Eltern sich trennten, als ich im Teenageralter war. Ähnlich wie Soljas. Nur dass es bei ihren Eltern viel komplizierter gelaufen sein musste. Soweit ich weiß, lebten sie immer in einer Fernbeziehung, was zu vielen Streitereien führte.

»Also, warum bist du damals nicht meiner Einladung gefolgt?«, fragt Arwo unvermittelt und ich runzle die Stirn.

»Was für eine Einladung?«

Er hebt seine dichten Augenbrauen. »Solja hat sie dir nicht gegeben?« Ich deute ein Kopfschütteln an. »Nachdem du auf der Rennbahn einfach abgerauscht bist, hatte ich Solja gebeten, dich an dem darauf folgenden Wochenende mitzubringen«, erzählt er.

»Aha, davon weiß ich nichts.« Ich schätze, da hatte ich auch andere Sorgen. Chris und ich hatten unsere dritte, fiese Krise zu der Zeit und ich saß heulend in unserer Wohnung, wohingegen mein Freund sich einen Kurzurlaub gönnte. Mit Gott weiß wem.

»Solja hatte mir erzählt, dass du in festen Händen seist. Aber ich hatte trotzdem gehofft, dass du kommst.« Arwo legt den Kopf schief.

So was! Es scheint ihn nicht abzuschrecken, zwischen eine Beziehung zu funken. In einem plötzlichen Anfall von Mut beuge ich mich zu ihm herüber. Er stellt den Teller klappernd auf den Tisch. Mit meinen Händen stütze ich mich an seiner Seite ab und schwebe halb über ihm.

»Langsam wird mir einiges klar«, säusele ich.

»Was denn?«, fragt er leise.

»Gegenfrage. Warum hast du mir nicht erzählt, dass du eine Familie hast?« Er verengt die Augen und mein Blick nagelt ihn geradezu fest. »Warum hast du mir nicht erzählt, dass du Kinder hast?«, werde ich deutlicher. Er holt Luft und ich lasse ihn nicht zu Wort kommen. »Warum willst du mich ins Bett bekommen? Nur um eine weitere Kerbe in deine Bettpfosten zu ritzen?«

Seine Hände wandern zu meinen Armen, streichen zart darüber und greifen dann zu, um ein wenig Abstand zwischen uns zu bringen.

»Siehst du Kerben in diesen Bettpfosten?«, fragt er gefährlich leise. »Und fällt dir etwas auf? Du bist bereits in meinem Bett.« Eins zu null für ihn. Seine Miene ist unergründlich. »Wie wäre es, wenn du dich jetzt neben mich legst und dich anständig zudeckst? Deine Arme sind eiskalt. Und ich beantworte dir eine deiner aufdringlichen Fragen?«, schlägt er vor. Ich weiche etwas zurück und er fängt meine Handgelenke ein. »Außerdem kann ich die Gedanken an Sex vielleicht auch wieder aus meinem Kopf kriegen, wenn du mir nicht halbnackt in diesem …«, er unterbricht sich und hebt die Decke an, »… Hauch von Nichts gegenübersitzt.«

Etwas in seinem Blick lockt mich und ich folge seiner Aufforderung. Er legt sich auf die Seite und bettet seinen Kopf auf seinem Arm. Ich tue es ihm gleich. Mein Knie berührt seines, als ich es leicht anwinkele.

»Und? Beantwortest du jetzt endlich meine Fragen?« Ich hebe eine meiner Augenbrauen und versuche cool zu wirken.

»Sag mal, hast du dich eben geschminkt?«, fragt er plötzlich. Mein überlegener Gesichtsausdruck entgleitet mir.

»Nein«, antworte ich eilig und sehe ihn entgeistert an. »Natürlich nicht. Wer trägt denn Make-up auf, bevor er ins Bett geht?« Ich ziehe eine ungläubige Grimasse und hoffe, dass er mich nicht durchschaut. »Also, bitte. Das macht doch keiner.«

»Ich hab mich schon gewundert«, antwortet er und ein spöttischer Zug legt sich auf seine Lippen.

Super!

»Jedenfalls hat dein Mascara abgefärbt.« Er hebt seine Hand und streicht mit dem Daumen an meinem Augenwinkel entlang. »So, nun ist es sauber.«

»Die Fragen?«, bohre ich nach.

»Stell mir eine. Aber nur eine«, mahnt er mich.

»Warum hast du nicht erzählt, dass du Kinder hast?«, frage ich und versuche, das aufgeregte Beben in mir zu unterdrücken, das sich einen Weg an die Oberfläche bahnt.

»Hast du etwa ein Problem mit Kindern?«, stellt er die Gegenfrage und schaut mich mit einer Mischung aus Unverständnis und Neugierde an.

»Nein, natürlich nicht.« Ich deute ein Kopfschütteln an, was eine Locke dazu veranlasst, mir vor die Augen zu fallen.

Er schiebt sie mir hinters Ohr und löst damit die elektrische Spannung zwischen uns erneut aus.

»Und warum beantwortest du meine Frage mit einer Gegenfrage? Das gehört sich nicht«, tadle ich.

»Du willst mir jetzt also Benimm beibringen?« Er lacht und sieht dabei so wunderbar aus, wie er seinen Kopf in den Nacken legt, dass ich das Bild förmlich aufsauge.

»Ich habe Patenkinder«, gebe ich hinterher.

»Da bin ich ja beruhigt, dass du keine Phobie hast. Ich habe eine Tochter, Mari. Sie wird sechs.« Er wartet ab.

Also keinen Sohn?

»Und was ist mit deiner Frau?«, frage ich und versuche, meine Stimme fest klingen zu lassen.

Sein Blick wird ernst. »Eine Frage, habe ich gesagt.«

»Komm schon«, maule ich.

»Ich bin nicht verheiratet.«

Ist er nicht? Aber Esther hat doch erzählt, dass seine Tochter bei ihm lebt.

»Also bist du alleinerziehender Vater?«, frage ich.

Er legt den Kopf schief und verengt misstrauisch die Augen. »Auf was willst du hinaus, Fräulein Hübsch?«

»Deine Tochter wohnt doch bei dir, oder? Esther meinte …« Etwas in seiner plötzlich angespannten Haltung lässt mich innehalten.

»Es ist kompliziert, Vivien«, sagt er mit Unbehagen.

»Also lag ich ganz richtig. Du hast Frau und Kind zu Hause und suchst dein Vergnügen woanders?« Ich hasse es gerade, dass ich recht habe und versuche, aufgeschlossen zu tun. Ihm nicht zu zeigen, was das mit mir macht.

»Willst du mich deshalb auf Abstand halten? Weil du denkst, dass ich nur auf ein kurzes Vergnügen aus bin?«, vermutet er.

»Bist du?«, stelle ich diesmal die Gegenfrage.

»Ich bin für alles offen«, gibt er frech zurück und es ist definitiv nicht das, was ich hören will.

»Weißt du …«, beginne ich schnurrend wie eine Katze, »… wer für alles offen ist, kann nicht ganz dicht sein.«

Er grinst.

»Du bist so witzig«, antwortet er sarkastisch. Sein Lächeln erreicht seine Augen nicht. »Sag mal, bist du immer so verspannt?«, fragt er mit einer leisen Arroganz, die mich herausfordert.

»Ich bin nicht verspannt«, spucke ich ihm entgegen. »Und du, leidest du immer schon unter dieser Art von Größenwahn, dass du glaubst, du könntest jede Frau haben, die dich gerade einmal interessiert?«

»Ich weiß auch nicht«, antwortet er mit aufreizender Gelassenheit und berührt mit seiner Hand ganz leicht meinen Arm, auf den ich mich stütze. »Und du? Ist deine Beziehung zerbrochen, weil du eine Dramaqueen bist? Und alles schwieriger machst, als es sein müsste?«

Mein Magen zieht sich zusammen.

»Was bildest du dir nur ein?«, fauche ich getroffen. Ich kann nicht fassen, was er da sagt.

»Ich habe gehört, du seist hier, um eine Beziehung hinter dir zu lassen«, fügt er vorsichtiger hinzu.

»Um genau zu sein, versuche ich, ganze zehn Jahre hinter mir zu lassen«, sage ich mehr zu mir selbst und frage mich, was ich eigentlich hier gerade tue.

Was für ein Mistkerl.

Wieso lasse ich mich so aus der Ruhe bringen? Etwas verändert sich zwischen uns.

»Warum tust du das?«, frage ich und ärgere mich darüber, dass meine Stimme wegbricht.

»Ich weiß auch nicht«, gibt er betroffen zu.

Ich würde gern etwas sagen, das diese Stimmung zwischen uns wieder entschärft, irgendwas, aber mir fällt nichts ein. Ein Schmerz in meiner Brust behindert mein Denken.

»Vivien, ich will dir nichts Böses. Ich hab es nicht so gemeint. Manchmal sage ich das Falsche.«

»Offensichtlich.«

»Können wir nicht einfach …«, er sucht nach Worten, »… eine gute Zeit haben?«

Ich bin mir nicht sicher, ob ich jetzt lachen oder weinen will. Meine Gedanken verheddern sich in meinem übervollen Kopf und rasen dann mit wehenden Fahnen davon.

»Ich werde dich jetzt schlafen lassen«, erkläre ich überzeugt und stehe auf.

Seine Augen weiten sich.

»Aber du kannst auch hier schlafen, wenn du willst«, schlägt er vor.

Ich lächle süß.

»Ich komme in etwa zwei Stunden wieder und leuchte dir in die Augen«, sage ich und lasse die Taschenlampe probehalber aufleuchten.

Er verzieht seinen Mund zu einem Strich.

»Na, dann. Verschlafe nicht. Sonst bist du nachher schuld, wenn ich an einer Blutung im Hirn heimlich vor mich hin sterbe.«

»Das ist nicht witzig«, gebe ich zurück.

»Oh, das sollte es auch nicht sein, glaub mir. Wegen dir habe ich einen ganz schönen Brummschädel.«

Ich erwidere nichts darauf und verlasse das plötzlich zu kleine Zimmer.

Unten verkrieche ich mich auf das Sofa und lausche dem Sturm vor den Fenstern. Das Klopfen und Pfeifen lässt mich nicht zur Ruhe kommen und ich wälze mich von einer zur anderen Seite. Meinen Teddy habe ich auch vergessen.

Warum wollte er mir nicht erzählen, was mit seiner Frau ist? Ob sie in einer offenen Beziehung leben, der Tochter zuliebe? Oder ist er einfach ein Fremdgänger und nicht besser als Chris? Und wie kann es sein, dass ich mich schon wieder zu so jemandem hingezogen fühle?

Ich ziehe mir eines der Kissen über meinen Kopf und versuche einzuschlafen. Der blöde kleine Wecker neben mir tickt laut genug, um mich wahnsinnig zu machen. Also stehe ich wieder auf. Fröstelnd laufe ich die Treppe hinauf und bleibe vor Soljas Zimmer stehen. Antworten. Sie würde welche für mich haben. Unter dem Türschlitz dringt Licht hervor und ich drücke sacht die Klinke herunter. Fast lautlos schwingt sie auf und ich spähe um die Ecke. Solja liegt nicht im Bett. Sie steht am Fenster und wirft sich gerade irgendwelche Tabletten ein.

»Huhu«, flüstere ich.

Sie zuckt zusammen und verbirgt ein Pillendöschen vor mir.

»Hey, Süße. Du schläfst ja noch gar nicht«, stellt sie überrascht fest. »Ach ja. Arwo liegt ja bei dir. Du Arme. Willst du hier schlafen? Das Sofa ist ja nicht das Beste, stimmt's?«, sagt sie mitleidig.

»Nein, ich bin noch hellwach. Ich fürchte, ich kann gar nicht schlafen.« Ich lehne mich mit meiner Hüfte an die Tür und schließe sie mit einem leisen Knacken.

Soljas Augen sind leicht gerötet und noch glasiger als vorhin im Wohnzimmer.

»Ich kann auch nicht schlafen. Der Sturm macht mich kirre«, höre ich ihr zu, während ich meinen Blick prüfend durch ihr Zimmer gleiten lasse.

Meine Finger berühren eines der weißen Porzellanpferde auf einem Regal.

»Ja, geht mir ähnlich«, antworte ich und denke über mein ganz persönliches Unwetter nach, das in mir wütet.

Solja schlendert zu ihrem Bett und klopft sich die Kissen auf.

»Komm, wir quatschen«, schlägt sie vor und wirft mir ihre Wolldecke vom Fußende zu.

Ich setze mich neben sie.

»Weißt du noch, früher? Wir waren die Königinnen der Welt«, sagt sie und ich ordne die Decken über uns. »Wir haben in dem Moment gelebt, ohne Rücksicht auf die Konsequenzen.« Ich nicke und versuche, mich daran zu erinnern. »Mann, haben wir viel Mist gebaut«, flüstert sie gedankenverloren und lächelt.

»Es war alles so leicht«, erinnere ich mich. »Heute muss man sich genau überlegen, mit welchen Konsequenzen man leben möchte, nicht wahr?«

Sie gähnt herzhaft und rutscht tiefer unter die Decke.

»Weißt du noch, als wir ins Freibad eingestiegen sind?«, fragt sie plötzlich und schneidet ein Thema an, das ich bis jetzt erfolgreich verdrängt hatte.

»Ja, die Nacht vergesse ich bestimmt nicht.«

Solja prustet ganz zu meinem Leidwesen los und erstickt das Kichern in einem der unzähligen Kissen auf diesem großen Futonbett.

Sie lugt hinter einem Zipfel hervor.

»Ach, war das herrlich«, sagt sie und schmunzelt.

»Ich weiß nicht, als so herrlich habe ich diese Nacht gar nicht in Erinnerung.« Ich betrachte Solja, die sich jetzt zurücklehnt. Ihre langen Haare fallen wie ein Wasserfall über ihre zierlichen Schultern und ihre Augen sind halb geschlossen.

»Ich werde das Bild einfach nicht mehr los, als wir flüchten mussten …«, sie unterbricht sich, weil sie sich verschluckt, »… und du ohne deine Klamotten über den Zaun geklettert bist. Splitterfasernackt.«

»Sehr witzig.« Ich lache auf und lasse in meinem Geist die Bilder vor mir ablaufen.

***

Solja faltete ihr T-Shirt sorgfältig. Ich ließ mein Sommerkleid unachtsam am Beckenrand zurück. Lange schwammen wir und tranken jeder einen Bacardi-Breezer – ein Modegetränk der Sorte Alkopop zu dieser Zeit –, bis zwei Taschenlampen plötzlich aufflammten und sich schwere Schritte näherten.

Solja und ich entkamen den beiden Wächtern des Freibads. Fast stürzte ich, als wir über den Zaun flüchteten. Wir lachten uns halb tot und fühlten uns mächtig überlegen. Ich donnerte mit achtzig Sachen durch die kleine Ortschaft, was zwei Polizisten in Zivil nicht wirklich gefiel. Sie folgten, überholten uns und forderten uns mit einer Handbewegung auf, an den Straßenrand zu fahren und zu halten. Ich weiß bis heute nicht, warum ich den Blinker setzte und die Rechtsvertreter einfach selbst überholte, um weiterzufahren. Solja schrie neben mir nur entsetzt auf: »Mann, das sind die Bullen, du musst anhalten!«

Aber sie saß ja schließlich nicht nackt im Auto. Meine nassen Haare hinterließen Rinnsale auf meiner Haut und ich hatte Alkohol getrunken. Wenn auch nicht viel. Ich konnte nicht anhalten! Unmöglich!

Kurz darauf überholte der Zivilstreifenwagen uns erneut. Das Heranwinken fiel um einiges energischer aus als zuvor und wie betäubt folgte ich diesmal der Aufforderung, anzuhalten. Solja begann so heftig zu lachen, dass ich dachte, sie macht mir mit ihrer schwachen Blase gleich auch noch ins Auto. Am liebsten hätte ich sie in diesem Moment geohrfeigt. Das Gesicht der beiden jungen Beamten sollte sich für alle Zeiten in meinen Geist brennen.

»Guten Morgen«, sagte ich lahm, als ich die Seitenscheibe meines Opel Corsas herunterkurbelte. Solja hatte wenigstens ein T-Shirt in dieser lauen Sommernacht am Körper. Ich hatte nur meine Würde an mir, die ich krampfhaft versuchte zu wahren.

»Sie wissen, warum wir Sie angehalten haben?«, fragte einer der Polizisten nett. Der andere war noch zu sehr damit beschäftigt, seinen Lachflash unter Kontrolle zu bringen.

»Nein. Vielleicht, weil ich nicht angeschnallt bin?«, fragte ich mit hochrotem Kopf und zog den Gurt über meine Brust.

»Führerschein und Fahrzeugpapiere bitte«, forderte man mich auf.

Solja wühlte in ihrer Handtasche – wir teilten uns an den Wochenenden immer eine – und hielt meine Papiere den Polizisten honigsüß lächelnd entgegen.

»Können wir nicht bitte weiterfahren?«, fragte sie, als die Beamten wieder ans Fahrzeug traten und sich das breite Grinsen weiterhin nicht verkneifen konnten. »Uns wird nämlich kalt.«

»Wir sollen Sie einfach so fahren lassen?«, fragte der Polizist zurück und sah seinen Kollegen komisch an.

»Ja, das wäre nett«, antwortete Solja gelassen. Niemand konnte Solja bei diesem Lächeln etwas abschlagen. Und so war es auch diesmal.

»Nur eine Frage noch«, setzte der Polizist an. Die Pause, die darauf folgte, ließ meinen Magen krampfen. »Sie haben sicher eine Wette verloren und fahren deshalb nackt um drei Uhr früh durch die Ortschaft. Und Sie sind es nicht gewesen, die ins hiesige Freibad eingebrochen sind, oder?«

»Wette«, bestätigte ich wie aus der Pistole geschossen.

»Natürlich.« Der Beamte beugte sich weiter zu uns vor, was mir einen Schauer über den Rücken jagte.

»Ja, so war es. Wahrheit oder Pflicht. Sie kennen dieses verteufelte Spiel sicher?«, sagte Solja und zwirbelte manisch an einer ihrer nassen Strähnen.

Der Polizist wandte sich ab, stieß den anderen an und prustete jetzt ungeniert los.

»Das ist doch nicht zu fassen«, stieß er aus und ging zurück zu seinem Fahrzeug, auf dem das hübsche Blaulicht gleichmäßig sein Licht zu uns herüberschickte.

Ich wünschte mir in diesem Moment ganz dringend, dass sich die verflixte Erde endlich auftun möge, um mich zu verschlucken. Und Solja am besten gleich mit.

»Das nächste Mal nicht so schnell innerhalb der Ortschaft, klar so weit?«, rief der Polizist uns noch zu.

Mein Lächeln war wie festgefroren und ich brachte keinen Ton über meine Lippen. Er tippte sich zum Abschied leicht an seine Stirn. Es dauerte eine ganze Weile, bis meine Gliedmaßen mir wieder gehorchten und ich losfahren konnte. Keine

Konsequenzen! Warum Esther oder Meike nie dabei waren, wenn wir uns in solche Probleme manövrierten? Keine Ahnung. Sie waren schon immer der geerdete Pol im Gegensatz zu uns beiden gewesen. Und so schien es noch heute.

***

»Das waren noch Zeiten, nicht wahr?«, zwitschert Solja und legt ihren Kopf auf meine Schulter. »Wir haben immer im Hier und Jetzt gelebt, Vivien.«

»Das stimmt.« Wann war ich so ängstlich geworden?

»Sag mal, warst du als Kind oft in Finnland?«, schnitt ich ein anderes Thema an.

»Mhh«, stimmt sie zu. »Weißt du doch.«

»Kennst du Arwo aus der Kindheit?«, frage ich vorsichtig.

»Nicht direkt. Und irgendwie schon«, nuschelt sie.

»Und warum kannst du ihn nicht leiden?«, will ich endlich wissen. Sie schweigt. »Du hast mir nie vom ihm erzählt, Solja.«

Sie öffnet ihre babyblauen Augen. »Manche Menschen haben Nebenwirkungen, meine Süße.«

»Was meinst du?«, will ich wissen.

»Na, du weißt schon.« Ihre Lider sind schwer.

»Was meinst du mit Nebenwirkungen?«, bohre ich nach und schüttle sie leicht.

Sie murrt. »Na, Brechreiz zum Beispiel.« Ihre Augen schließen sich.

»Arwo verursacht bei dir Brechreiz? Und warum, wenn ich fragen darf?« Jetzt bin ich aber mehr als neugierig.

»Das ist so ein Vergangenheitsding, Vivi.« Sie rollt sich wie eine Katze zusammen und zieht sich gleich beide Decken bis zum Hals.

Meine Füße werden kalt. Also hatte sie doch mal was mit ihm und es endete nicht gut.

»Solja?« Ich streiche ihr über die Wange. Sie atmet gleichmäßig und ruhig. »Solja, schläfst du?«

Mit Schwung dreht sie sich auf die Seite. Als ich aufstehe, fällt mein Blick auf eine mit Lilien bestickte Tasche, aus der das Pillendöschen herausguckt, das sie vor mir versteckt hat. Ein Schlafmittel und daneben Stimmungsaufheller.

»Was ist los mit dir, Solja?«, frage ich in die Stille des Zimmers hinein und schaue mich zu ihr um. Ihr Arm liegt über ihrem Gesicht und ihre Finger zucken einmal nervös.

Ich stehe eine Weile unschlüssig vor ihrem Bett, bevor ich ihr einen Kuss auf ihren Haaransatz hauche und das Licht lösche.

Die restliche Zeit, bevor mein Reisewecker losschrillt, verbringe ich damit, den alten Ofen wieder auf Touren zu bringen, damit ich nicht erfriere.

»Na, dann wollen wir sehen, ob Arwo noch lebt«, sage ich zu mir selbst, während ich das Piepen ausstelle.

Kapitel 18

Lange betrachte ich Arwos schlafentspanntes Gesicht im gedämmten Licht der Nachttischlampe. Er hatte sie nicht gelöscht, als ich gegangen war. Seine Brust hebt und senkt sich unter gleichmäßigen Atemzügen und an seinen Schläfen kräuseln sich seine Haare zu Locken. Vorsichtig setze ich mich auf den Rand des Bettes und kann mich nicht dazu durchringen, ihn zu wecken. Er sieht so friedlich aus. Ein Lächeln schleicht sich auf meine Lippen und ich beuge mich etwas über ihn. Wie von selbst entwirren meine Finger eine Locke seines Haares und streichen sie aus der Stirn. Unterhalb seines Pflasters färbt sich die Haut blau. Ich beiße mir auf die Lippe. Ich muss zugeben, ich bin sehr froh, dass ich ihn nicht umgebracht habe. Und das nicht nur, weil ich dann einen Mord hätte vertuschen müssen.

Er öffnet die Augen. Es dauert einen Moment, bis er seinen Blick scharf gestellt hat.

»Da bist du ja wieder«, stellt er leise fest und lächelt. Meine Hand liegt an seiner Wange. Streicht über die rauen Stoppeln und löst sich nur langsam von ihm.

»Ja, es wird Zeit für unseren Test«, erkläre ich leise und zücke die Taschenlampe. Ich muss mich selbst mahnen, dass es nur um seine Pupillenreaktion geht. Um keine andere Form von Prüfung.

Er richtet sich leicht auf und ich schiebe mich näher an ihn heran.

»Na, dann tu, was du tun musst«, fordert er mich auf. Etwas Linkisches liegt in seinem Blick.

Ich knipse die Lampe an und leuchte ihm ungerührt in die Augen, während ich mich zu ihm beuge. Er versucht, nicht zu blinzeln. Seine Pupillen ziehen sich zusammen und mir fallen erst jetzt die kleinen goldenen Sprenkel seiner Iris auf. Alles scheint normal.

»Oh«, sage ich und runzle angestrengt die Stirn. »Hast du noch Schmerzen?«, frage ich besorgt.

»Geht eigentlich.« Er blinzelt einmal.

»Das habe ich befürchtet«, erkläre ich und leuchte ihm gleich noch mal in die Augen.

»Wieso? Das ist doch gut?« Sein Grinsen erlischt.

»Halt still. Ich will den Test wiederholen«, sage ich streng. Er gehorcht und lässt mich näher zu sich kommen.

»Sag schon, was stimmt denn nicht?«, will er wissen. Seine Stimme klingt beunruhigt.

»Das ist gar nicht gut«, flüstere ich und kann spüren, wie er sich anspannt. Ich untersuche ihn weiter. Stumm und angestrengt lasse ich das Licht der Lampe immer wieder über seine Pupillen huschen. Meine Finger legen sich unter sein Kinn und heben es an. Drücken es energisch von links nach rechts. Ich räuspere mich und schaue ihm fest in seine sturmgrauen Augen.

»Es scheint alles in bester Ordnung zu sein und das bedeutet, ich brauche dich nicht zu pflegen und zu bemuttern. Was fast ein bisschen schade ist, da ich mich gerade daran gewöhne«, erlöse ich ihn.

Ein Schatten huscht über sein Gesicht. Blitzschnell umschließen seine Hände meine Hüfte und ich schnappe nach Luft, als er mich neben sich auf die Matratze wirft.

»Du bist ein ganz schönes Miststück, weißt du das?«, brummt er und beugt sich über mich. Sein starker Griff findet meine Handgelenke und fängt sie ein, als ich ihn von mir schieben will.

»Das würde ich so nicht sagen«, stoße ich aus. Sein Gesicht schwebt über meinem und seine Augen verengen sich.

»Das wirst du mir büßen, Fräulein Hübsch«, brummt er und seine Lippen kräuseln sich leicht.

Ärgerlich? Belustigt?

Ich begehre auf, zapple wie ein Fisch unter ihm und er drückt mich noch ein wenig tiefer.

»Ach wirklich?«, fordere ich ihn heraus und gebe meine Gegenwehr für den Moment auf. Ich kann nicht glauben, wie aufreizend ich klinge.

»Ich habe wirklich sehr viel Geduld, Vivien. Aber alles hat ein Ende«, erklärt er. Seine Stimme klingt rau, fast wie ein Knurren, und sie verschlägt mir den Atem. Als er sich über mich schiebt, löst er eine Hitze tief in mir aus, die ich schon lange nicht mehr gespürt habe.

»Verbrenne dich nicht, Romeo«, warne ich ihn und ein Lächeln zuckt in seinem Mundwinkel. Spöttisch und überlegen.

»Werde ich nicht«, verspricht er mir und seine Lippen treffen unvermittelt hart auf meine.

Die Schmetterlinge in meinem Bauch schwirren auf und ich ergebe mich, als er meine Lippen mit seiner Zunge auseinanderzwingt. Er schmeckt leicht nach Pfefferminze, und als er meine Handgelenke freigibt, grabe ich haltsuchend meine Finger in das weiche Haar in seinem Nacken. Ich habe keine Ahnung, was ich hier tue. Aber ich bin nicht bereit, damit aufzuhören.

Er schnappt nach Luft, als ich mein Bein um seine Hüfte lege und mich an ihn presse.

»Vivien«, flüstert er und küsst mich zärtlicher.

Mein Kopf ist absolut leer. Ich fühle nur noch. Seine Hand umschließt meine Wange, streichelt sie und seine Lippen bewegen sich fordernd und zugleich zart auf meinen. Seine Zunge berührt meine und neckt sie, spielt mit ihr. Dann löst er seine Finger und lässt sie zu meiner Hüfte wandern. Mit einer schnellen Bewegung klettere ich auf seinen Schoß, ohne seine Küsse zu unterbrechen. Als er sich zurückzieht, um mir ins Gesicht zu schauen, entrinnt mir ein kläglicher Laut. Der plötzliche Verlust schmerzt. Sein Brustkorb hebt und senkt sich schnell und ich befreie mich von meinem Wollpulli, den ich über Soljas Seidennachthemd trage. Sein Blick bekommt etwas Wildes. Seine Hände fahren meinen Rücken hinauf und wieder hinab. Ein wohliger Schauer läuft über meine Haut. Arwo richtet sich auf und drückt mich an sich. Ich spüre deutlich die Bewegungen seiner Zunge an meinem Hals, wie sie hinauffährt, und stöhne auf, während er seine Hände in meinem offenen Haar vergräbt und meinen Kopf hält. Seine Lippen lösen sich von mir und er schaut mich atemlos an.

»Ich will dich, Vivien«, haucht er.

Ich kann nicht antworten. Der Wortlaut. Plötzlich höre ich Chris' Stimme in meinem Kopf: *Ich will dich, Vivien. In guten wie in schlechten Zeiten.* Chris. Ich schlucke trocken.

Der wohlige Schauer auf meiner Haut verändert sich. Er ist unangenehm und kühl.

»Arwo, hör auf«, hauche ich, als er mich wieder küssen will, und er hält inne.

Unter dichten Wimpern schaut er mich fragend an. Sein Daumen streicht über meine Lippen. Sanft und neckend. Dann versucht er, den Abstand zwischen uns zu überwinden.

»Hör auf, habe ich gesagt«, zische ich. Etwas in seinem Blick bricht und mein Herz zieht sich schmerzlich zusammen. »Wir können das nicht tun«, erkläre ich. Mir wird allzu bewusst, dass ich nichts über diesen Mann vor mir weiß und er nicht gerade mitteilungsbedürftig ist. Und ich würde mich nicht ein weiteres Mal an einen Mann verschenken, der es womöglich nicht wert ist.

»Was können wir nicht tun?«, fragt er und küsst die Innenseite meines Handgelenks, was mir ein leises Seufzen entlockt.

»Das hier«, flüstere ich.

»Wir müssen ja nicht bis zum Äußersten gehen, Fräulein Hübsch«, versucht er, mich zu beruhigen, und legt seine Hand in meinen Nacken, um mich wieder an sich zu ziehen.

»Nein, versteh doch endlich«, flüstere ich ungehalten und das flüssige Gold in seiner Iris friert ein. Die Sanftheit in seinem Blick vergeht und er wirft mich fast von sich runter. Ich quieke überrascht auf und muss aufpassen, dass ich nicht vom Bett herunterfalle.

»Ihr Frauen habt vielleicht Nerven«, sagt er kalt. »Ihr glaubt auch, ihr könnt mit einem Mann machen, was ihr wollt, oder?«

Ich verstehe nicht ganz.

»Du hast *mich* geküsst«, helfe ich seiner Erinnerung auf die Sprünge.

Er presst die Lippen fest zusammen, während er die Decke um sich ordnet. Seine Boxershorts sind definitiv ziemlich eng geworden und mir schießt plötzlich Schamesröte in die Wangen. Arwo schweigt und sieht für einen Moment so jungenhaft und verletzlich aus, dass ich ihn am liebsten in den Arm nehmen möchte. Ich überlege fieberhaft, wie ich diese Situation entschärfen kann. Was kann ich sagen? War hier ein Scherz angebracht? Eher nicht.

»Es tut mir leid. Es wird sicher nicht mehr vorkommen. Ich schätze, ich habe da etwas missverstanden«, verkündet Arwo nach einer Weile gelassener, als mir lieb ist.

Mein Herz fühlt sich an, als müsste es implodieren.

»Das ist bestimmt besser«, beginne ich. »Find ich gut, dass du nicht sauer bist.« Ist er doch nicht, oder?

Männer sind mir manchmal echt zu hoch. Meine Intuition lässt mich regelmäßig im Stich, wenn es darum geht, passend auf eine jeweilige Situation zu reagieren, in der es um die Eitelkeit dieser Spezies geht. Manchmal wünschte ich, Männer würden mitsamt einer detaillierten Betriebsanleitung in unsere Welt treten. Einfach beschrieben, für Doofe. Und der Möglichkeit, zu reklamieren, versteht sich.

»Wir können doch Freunde sein«, schlage ich vor.

»Oh, ja«, lacht er heiser. »Ich habe mal gehört, das ist genau das, was ein Mann hören möchte, nachdem er abgeblitzt ist.«

Ich lächle unsicher. Also doch sauer. Ich versinke für einen weiteren Moment in seinen grauen Augen, in denen sich das Licht der Lampe widerspiegelt.

»Tut mir echt leid.«

»Schon gut, Fräulein Hübsch. Du hast mich gewarnt, nicht wahr?« Um seinen Mund legt sich wieder der leise Spott.

***

Ein paar Vögel beginnen, sich zaghaft vor dem Fenster zu unterhalten. Ich blinzle. Der Nachttisch und das Bett nehmen langsam Form an und lösen sich aus dem Grau der Nacht. Es ist kalt und ich möchte gern in die Wärme des Schlafes zurücksinken, in der ich mich eben noch befunden habe. So friedlich, so angenehm. Als ich mich rühre, bemerke ich den Arm, der um meine Mitte geschlungen ist. Hoppla! Hinter mir höre ich ein unwilliges Brummen, als ich mich noch ein wenig mehr bewege, um mich umzudrehen. Plötzlich bin ich hellwach und mir wird zu warm. Ich hatte doch aufs Sofa gehen wollen, nachdem wir über Belanglosigkeiten geredet hatten? Unverfängliche Themen wie finnischen Schnee, das Leuchten der Polarlichter und Sternenkonstellation. Wir hatten viel gelacht und nach ein paar Minuten fühlte es sich so an, als würden wir uns schon lange kennen.

»Guten Morgen«, murmelt Arwo plötzlich hinter mir und holt mich aus meinem Entsetzen. »Und, hast du von mir geträumt?«, will er tatsächlich wissen und grinst mich an. Seine Haare stehen ihm in einer charmanten Weise vom Kopf.

»Nicht, dass ich wüsste«, antworte ich und lasse mich wieder in die Kissen sinken.

Fast ist es wundervoll, mit ihm aufzuwachen. Wäre da nicht die Unruhe in mir, die von der wachsenden Faszination für diesen Mann ausgelöst wird. Die meisten Menschen bieten am frühen Morgen ja nicht den besten Anblick. Ich hatte bei so einigen Männern die Erfahrung gemacht, dass es besser ist, die Augen geschlossen zu halten, bis sie einmal kurz zum Frischmachen weg waren. Bei mir selbst verhält sich das übrigens ganz ähnlich. Ich habe am Morgen grundsätzlich ein Vogelnest als Frisur und kleine geschwollene Augen. Ganz im Gegensatz zu diesem Exemplar Mensch, der mich gerade an sich zieht. Seine Hand liegt über der Decke auf meiner Hüfte.

»Na, dann muss ich daran wohl noch arbeiten«, sagt er beiläufig und gibt mich wieder frei, um sich ausgiebig zu strecken.

»Dieses Bett ist nach all den Jahren immer noch das beste«, schwört er und ich beginne, mich aus der Decke zu schälen.

Plötzlich klopft es an der Tür. Ich springe förmlich von der Matratze, lande auf allen vieren, rapple mich auf und wirble zur Tür, gerade in dem Moment, als sie aufschwingt.

Meike steckt ihren Kopf herein und ich gucke so unschuldig, wie es geht.

»Huhu, lebt ihr beide noch?«, fragt sie und ihre Augen weiten sich, als sie meine Aufmachung sieht.

Ich zupfe an dem wenigen Stoff, der Soljas Negligee ist, um es über meinen Busen zu halten.

Meikes Mund formt ein »Oh« und sie will sich gerade wieder zurückziehen, als ich meinen Finger mahnend hebe und sie damit zurückhalte.

»Es ist nicht so, wie du denkst«, erkläre ich mit Nachdruck.

»Was denk ich denn?«, fragt sie zurück, wartet meine Antwort aber nicht ab. »Ich wollte nur sagen, wir frühstücken unten.«

»Wir kommen sofort nach«, mischt sich Arwo belustigt ein. »Vivien und ich werden uns beeilen«, gibt er hinterher und mustert mich, wie ich von einem Bein auf das andere trete. »Nicht wahr, Schatz?«

Stumm wühle ich eine Strickjacke aus meinem Schrank und werfe sie mir über.

Arwo schiebt seine muskulösen Beine über die Bettkante und sagt: »Liebe Meike, du musst entschuldigen. Was Vivien an großer Klappe zu viel hat, hat sie heute, wie es aussieht, an Humor zu wenig.«

Meike lacht und verschwindet nach unten. Wenige Minuten später komme ich frisch gekleidet aus dem Bad. Esther sitzt im Schneidersitz auf dem Boden des Wohnzimmers und meditiert. Sie ist nicht ansprechbar und summt vor sich hin wie ein Brummkreisel auf Ecstasy. Ich schlurfe zur Haustür. Zwischen den Schlitzen der Fensterläden dringt Tageslicht hervor und verlangt danach, endlich ins Haus gelassen zu werden. Es ist ruhig draußen. Der Sturm hat sich gelegt und außer dem sichtlich wütenden Geschrei eines Vogels, der Stakkato-Flüche in der Dämmerung ausstößt, ist es ruhig. Ich öffne die Tür und bleibe abrupt stehen. Fast wäre ich in eine weiße Wand gelaufen, die sich auf der Veranda aufgetürmt hat.

»What the fuck«, stoße ich aus und strecke meine Finger nach der kalten Pracht aus.

Solja taucht in einem hübschen Tweedkleid neben mir auf. Sie sieht so taufrisch aus, wie ich gern aussehen würde.

»Wir sind eingeschneit«, bemerke ich lahm.

Solja lässt ihre Zigarettenschachtel wieder in einer der aufgenähten Taschen verschwinden und seufzt.

»Oh, das hätte ich jetzt nicht erwartet«, murrt sie und tritt den Rückzug an.

»Na ja. Die Schneewand ist etwa hüfthoch. Wäre doch gelacht, wenn man die nicht kleinkriegt, oder?« Ich suche nach Soljas Zustimmung, aber die lässt ihr Feuerzeug probehalber immer wieder aufflammen, während sie an mir vorbeistarrt.

»Vivien, die Schaufel dürfte nicht weit weg sein. Ich habe sie gestern rechts neben die Tür gestellt«, verkündet Solja. Ich schaue sie verwundert an.

»Ich soll jetzt ...« Die Worte bleiben mir im Hals stecken, als sie mich einfach stehen lässt.

Ich verkneife mir einen Fluch und beginne, die lockere weiße Pracht zurückzudrängen. Bald habe ich auch den Schneeschieber gefunden und arbeite mich damit voran. Die Sonne geht über dem Wald auf und lässt ihre Strahlen auf dem Schnee glitzern. Ich halte inne und schaue mich um, lasse meinen Blick über den Hof und hinüber zum See schweifen. Mir fällt ein weiteres Mal auf, wie sehr mich diese Landschaft an einen Bildband oder Reiseführer erinnert. So perfekt. So idyllisch.

»Ist dir aufgefallen, dass der Mann in deinem Bett einen echt entzückenden Arsch hat?«, höre ich plötzlich Meike hinter mir sagen. Sie hält ihre erste, ungemein wichtige Tasse Kaffee mit Sojamilch in den Händen und stützt sich lässig in den Türrahmen.

Ich nehme meine Arbeit wieder auf, in der Hoffnung, darauf nicht reagieren zu müssen.

»Es gibt ja wirklich einige Männer – arme Wesen –, die sehen aus, als wären sie beim Verteilen vom Arsch leer ausgegangen. Als ginge der Rücken nahtlos in die Beine und Kniekehlen über. Nicht schön«, sinniert sie.

In meinem Mundwinkel zuckt ein Lächeln.

»Ich finde, ein Mann muss ordentlich Arsch haben, in den man seine Fingernägel schlagen kann«, mischt sich Solja ein, die sich die Ehre gibt und einen tiefen Zug ihrer Zigarette nimmt. Den missbilligenden Blick von Meike ignoriert sie gepflegt.

»Über welchen Arsch reden wir eigentlich?«, will sie jetzt wissen und bläst den Rauch durch ihre Nase.

»Über meinen natürlich«, ruft Arwo selbstbewusst, als er am Fuße der Treppe ankommt.

»Ach, du meine Güte«, flüstert Meike und sieht dabei herrlich ertappt aus. »Jetzt weiß ich, warum du Vivien draußen so erschreckt hast, dass sie dich erschlagen wollte. Du schleichst dich ja regelrecht an.«

Arwo zuckt ungerührt die Schultern.

»Man sollte dir ein Glöckchen umhängen, ganz ehrlich«, schlage ich vor und mühe mich weiter mit dem Schnee ab.

Solja pustet Kringel in die Luft, die Meike fortwedelt.

»Hei Solja«, grüßt Arwo knapp. »Du hast ja immer noch diese schlechte Angewohnheit.« Er deutet auf die Zigarette.

»Und du mischt dich ja noch immer in alles ein«, antwortet sie zuckersüß, während er sie zur Seite schiebt, um auf die Veranda vorzudringen.

Er hält mir auffordernd die Hand entgegen. »Lass mich das machen, Vivien.«

Solja sieht Arwo an wie Prinzessin Frost höchstpersönlich. Schön und kalt.

»Nein, lieber nicht. Ich möchte nicht, dass du wieder Kopfweh bekommst«, zögere ich und entziehe ihm den Stiel der Schaufel. »Ich hatte eine Gehirnerschütterung vor nicht allzu langer Zeit, musst du wissen. Und ich weiß, sobald man sich anstrengt, platzt einem der Schädel. Und ich möchte nicht für noch mehr Missempfindungen in deinem Leben verantwortlich sein«, erkläre ich mich.

»Denkst du wirklich, es strengt mich an, wenn ich ein wenig Schnee schiebe?«, fragt er gelassen und übernimmt doch meinen Job.

Ich beobachte ihn dabei, wie er geübt die Fensterläden öffnet, sobald er sich den Weg freigeschoben hat. Der wütende Vogel in der Hecke läuft zu Höchstformen auf und trifft so langsam einen Nerv bei mir.

Ich finde meckern ja gut. Ich meckere auch gern. Aber jetzt und hier stört es ungemein, also forme ich einen Schneeball und schmeiße ihn unauffällig nach dem Gezeter.

Dann ist alles ruhig. Arwo hält in seinem Tun inne und schaut zu mir.

»Das nenn' ich mal finnischen Schnee«, sagt er glücklich.

Ich nicke und lasse meinen Blick über den Hof wandern.

»Ja, eine Menge Schnee ist das«, antworte ich, versuche meine Hände in die nicht vorhandenen Hosentaschen zu stecken. Die Autos sind eingeschneit und teilweise scheint die eisige Puderpracht so hoch zu liegen, dass man nur mit langem Schnorchel hindurchkommt, ohne zu ersticken.

»Und weißt du was?«, raunt Arwo und schirmt mit einer Hand seine Augen vor der tiefstehenden Sonne ab. »Es wird noch mehr kommen.« Ein Schatten huscht über sein Gesicht.

»Wie willst du hier dann wegkommen?«, frage ich vorsichtig und reibe mir fröstelnd über die Arme. Der Nickistoff meines nachtblauen Pullis ist doch zu dünn für die Kälte hier draußen.

»Wenn noch mehr Schnee kommt, gar nicht«, antwortet er.

Ich kann seine Miene nicht deuten und will ihm nicht zeigen, dass es mich ziemlich freuen würde, wenn er noch bleibt.

»Aber hattest du denn für heute Abend noch gar nichts geplant?« Womöglich bedauert er, dass er nicht fortkann.

Er geht auf die andere Seite der Veranda und befreit die Fensterläden von Schnee und Eis, um sie auch zu öffnen.

»Natürlich hatte ich etwas geplant. Es ist Silvester.« Er sieht mich an, als wäre ich nicht ganz bei Trost, ihn so etwas zu fragen.

Ach ja. Es ist Silvester. Morgen fängt ein neues Leben an, oder so ähnlich.

»Es gibt auch Leute, die gern alleine sind. Auch an solchen Tagen«, gebe ich zu bedenken. Ich zum Beispiel. Wenn man mich nicht in die arktische Kälte verschleppt hätte.

»Kann ich mir kaum vorstellen. So ganz alleine?«, hakt er nach.

Diesmal zucke ich mit den Schultern.

»Immerhin bist du ja nicht ganz alleine, wenn du bleiben solltest«, versuche ich, ihn zu trösten.

Meine Gedanken bleiben an einer Erinnerung hängen. Es war der letzte Jahreswechsel, den mir Chris beschert hatte.

Ich wusste ja, dass Männer – insbesondere Chris – überschwängliche Gefühlsduseleien nicht mochten, und trat trotzdem in einen Fettnapf, als ich vor seinen Arbeitskollegen aus einer Weinlaune heraus rief: »Haseeee, ich liebe dich, bis zum Mond und wieder zurück.« Das war bereits ein Problem. Dann fügte ich laut hinzu: »Und ich will ganz viele Häschen von dir.« Für seine Kollegen war der Moment, in dem sie mir beim Emotionenhaben zusahen, sicher interessant. Denn als Chris so gar nicht auf mich und meine Gefühle reagierte, wurde ich ernstlich sauer. Alkohol vertrug sich noch nie mit meinen Gehirnzellen und meiner Würde. »Ich dachte, du freust dich darüber«, fragte ich gereizt und ignorierte die interessierten Blicke der Geier um uns herum. »Ich hab dir schon oft gesagt, Hübsche, lass das Denken sein«, scherzte Chris auf meine Kosten. Ein leises Lachen ging durch die Reihen whiskeytrinkender Männer.

Chris' mildes, um Verzeihung bittendes Lächeln konnte an seiner Gemeinheit auch nichts mehr ändern und ich explodierte. Anschließend verließ ich die Party und ruinierte unser Mobiliar.

»Und mit wem wärst du heute verabredet?«, höre ich mich Arwo fragen und möchte mir auf die Zunge beißen.

Er schaut auf. Sein Blick ist ernst.

»Mit meiner Familie.«

Puh. Ein Glück. Oder, halt mal?

»Ich dachte, deine Tochter ist bei den Großeltern?«, frage ich.

»Ja, in Deutschland mit ihrer Mutter.« Er stellt die Schaufel an die Wand und seine Finger berühren sacht meinen Arm. Unschlüssig stehen wir da und ich hadere mit mir, ob ich seine Hand ergreifen soll.

»Wir sollten reingehen, oder?«, schlägt er lieb vor und der Moment verstreicht, als er vor mir zur Tür geht.

***

Nachdem wir ausgiebig gefrühstückt haben, lasse ich mich von Esther zu einer Yoga-Übung verleiten, bei der man eine Kerze macht.

»Immer ruhig und gleichmäßig atmen, Vivi. Deine Energie muss fließen«, mahnt mich Esther zum wiederholten Mal.

»Jap«, knurre ich. Esther schafft es tatsächlich, sehr anmutig dabei auszusehen. Ich muss gestehen, die Yoga-Katze, das Yoga-Kamel oder der einfache Lotussitz hatten mir besser gefallen als dieser Akt hier.

»Ich finde ja, dir tut unser Ausflug richtig gut bis jetzt, Vivi.«

Ich bekomme nur ein fragendes Murren zustande, als ich drohe, in das Regal neben mir zu kippen.

»Trotz der ganzen Zwischenfälle hast du wieder Farbe im Gesicht und isst endlich wieder wie ein Mensch und nicht wie ein Spatz.«

Stimmt, war mir gar nicht aufgefallen.

»Wer weiß, wozu der Horrortrip, den ihr mir geschenkt habt, noch gut sein wird.« Ich wanke bedenklich. »Aber ich habe immer noch keinen Schimmer, wie es zu Hause weitergehen wird.« Und finde mein Gleichgewicht.

»Alle deine Bewegungen immer fließend ausführen, nicht ruckartig«, erinnert Esther mich, als wir uns wieder in eine aufrechte Position begeben.

Sie wischt sich Haarsträhnen aus dem Gesicht und ich schüttle meine Glieder aus. Ich schätze, das gibt Muskelkater.

»Hat Solja noch nicht mit dir geredet?«, fragt Esther, mich überraschend, und ich schaue sie irritiert an.

»Nein, wieso?«

»Frag sie selbst. Ich glaube, sie hat da eine Idee, die sie dir gern erzählen möchte«, meint Esther.

Oh, oh.

»Werde ich machen.« Wenn ich die Möglichkeit bekomme. Solja hängt den halben Tag am Handy. Ihr Laptop ist abgestürzt und ihre gute Laune mit ihm. »Ist sie immer noch in ihrem Zimmer?«, frage ich und erstarre in einer Bewegung, weil mein Becken gerade bedenklich gekracht hat.

»Ich glaube schon. Vielleicht solltest du sie oben gleich mal besuchen?«, schlägt die liebe Esther vorsichtig vor.

»Zu früh, das wäre Harakiri.« Natürlich kenne ich Solja lange genug, um zu wissen, dass sie, nach ihrem Gesichtsausdruck von vorhin zu urteilen, unter einer Stunde nicht angesprochen werden darf.

»Stimmt. Gib ihr noch ein paar Minuten. Wir sind sowieso noch nicht fertig«, sagt Esther angestrengt und fordert mich auf, im Stehen meine Fußspitzen zu berühren. Ich hab genug, als das nächste Gelenk knackt.

***

Es wird bereits wieder dämmrig. Arwo schläft selig in meinem Bett. Der Ärmste hat doch ganz schöne Kopfschmerzen, vermute ich. Oder er versucht, Soljas bösem Blick eine Weile zu entgehen.

Ich linse zu ihr herüber, wie sie ihren schweren Kopf auf ihre Hand stützt und ihren Laptop malträtiert. Ich bin immer noch nicht dazu gekommen, sie zu fragen, was sie für ein Problem mit Arwo hat. Ich schleiche wie eine Katze um Solja und Meike, die gerade Gemüse schneidet, herum und versuche, mir ein Herz zu fassen. Da hören wir Esther im Wohnzimmer plötzlich loskeifen. Meike erschrickt so heftig, dass ihr das Messer aus der Hand in die Keramikspüle fällt.

»Nein, Schatz. Ich habe es wohl vergessen zu waschen«, schimpft sie.

Solja hebt überrascht die Augenbrauen und schaut von dem Bildschirm auf.

»Henry, ich bin nicht deine Mutter, verdammt. Du wirst ja wohl selbst eine Waschmaschine bedienen können?«

Meike hält die Luft an, ich kann ihr ansehen, dass sie überlegt, zu ihrer Freundin ins Wohnzimmer zu laufen, um sie zu beruhigen. Ich halte sie am Arm zurück und deute ein Kopfschütteln an.

»Ja, dann zieh doch ein anderes an! Als Nächstes fragst du mich, ob ich dir die Schnürsenkel zubinden kann, oder wie? Du bist ein Mann, Henry. Benimm dich doch mal so?!«, brüllt Esther jetzt außer sich.

Solja schlägt sich die Hand vor den Mund und unterdrückt ein Lachen. Meike steht mit tellergroßen Augen neben mir und formt ein *Verdammt* mit den Lippen. Esther schreit nie. Es widerspricht nicht nur ihrem Naturell, sondern auch ihrer Lebensweise. Sie schreit die Kinder auch nicht an. Es gibt sicherlich mal einen schärferen Ton, aber kein Gebrüll. Und dass sie das zweite Mal während unseres Trips so aus der Haut fährt, ist für mich fast ein bisschen wie das siebte Weltwunder.

»Nein, ich bin jetzt nicht still, mein Schatz. Nein, bin ich … argh.« Esther verstummt, lässt Henry etwas sagen und stampft als Nächstes mit dem Fuß auf.

Solja, Meike und ich spähen um die Ecke. Esther hat einen hochroten Kopf, für einen Moment habe ich Angst, sie könnte einen Schlaganfall bekommen.

»Spinnst du? Ich habe gar nichts genommen.« Sie stößt hart die Luft aus und rauft sich das Haar. »Das ist ja mal wieder typisch. Wenn die anderen nicht so wollen wie du, dann stimmt mit denen gleich etwas nicht.«

Solja stößt Meike in die Seite. »Hat sich das angekündigt bei euch zu Hause?«, will sie wissen.

»Hat sie einen Nervenzusammenbruch?«, frage ich besorgt. Meike zieht nur eine hilflose Grimasse. »Ich glaube nicht. Und woher soll ich das denn wissen?«, zischt sie.

»Na, ihr wohnt doch fast nebeneinander? Und du bist ihre beste Freundin?«, erinnere ich sie.

Meike sieht ziemlich hilflos aus.

»Ich habe sie vor unserem Ausflug lange nicht mehr gesehen«, erklärt sie überraschend.

Das ist ja ein Ding.

»Du machst mich wahnsinnig, Henry. Du rufst mich jeden Tag mindestens dreimal an«, höre ich Esther zischen.

»Wenn das mal hinkommt«, flüstert Solja neben mir und stellt sich auf die Zehenspitzen, um besser sehen zu können.

»Nein, das hat damit …, ja, ich bin Mutter. Aber nicht alleinerziehend«, knurrt Esther.

»Mann, sie kann einem ja schon irgendwie leidtun, oder?«, flüstert Meike und ich sehe ihr fassungslos ins Gesicht.

»Bei dir ist es doch nicht viel anders?«, sage ich.

Sie schnalzt mit der Zunge und protestiert. »Das stimmt doch gar nicht.«

»Ihr seid genauso eine seltsame Verschmelzung zweier Wesen, du und Mark«, erkläre ich verächtlicher, als ich will.

»Sie hat recht«, wirft Solja ein und seufzt theatralisch.

»Ja, wünsche ich dir auch, Henry. Werd' erwachsen«, hören wir Esthers Schlusswort. Sie geht hinter dem Sofa auf und ab, legt auf und vergräbt für einen Moment das Gesicht in den Händen.

Ich gehe alarmiert auf Esther zu – bereit, sie aufzufangen –, dicht gefolgt von den anderen, die sich noch darüber streiten, ob Meike in einer ähnlich ungesunden Symbiose mit ihrem Mann existiert. Dann verstummen sie abrupt hinter mir, als Esther sich ruckartig zu uns umdreht. Eigentlich sieht sie ganz gefasst aus. Ihre Pfefferkuchenaugen funkeln.

»Na, da hat sich mal jemand ordentlich Luft gemacht«, trällert Solja und lässt sich über die Lehne aufs Sofa plumpsen.

Esther atmet tief ein und wieder aus. Langsam bekommt sie ihre gewohnte Gesichtsfarbe wieder.

»Da hab ich wohl ordentlich miese Punkte für mein Karma gesammelt«, befürchtet sie.

Ich lege ihr meinen Arm um die Mitte.

»Das siehst du ganz falsch. Du hilfst ihm doch nur, sich im Leben angemessen zurechtzufinden, oder?«, versuche ich, mir von Meike Bestätigung zu holen.

»Ja, Männer haben es manchmal nicht so leicht«, pflichtet sie mir bei.

Eine Weile sitzen wir vier auf dem Sofa und reden.

Meine Gedanken schweifen immer einmal wieder zu Arwo, der oben in meinem Bett liegt. Vielleicht sollte ich nach ihm sehen?

Kapitel 19

Diesmal ist es Meike, die für einen Stromausfall sorgt, als sie ihr Epiliergerät an ihrer Zimmersteckdose aufladen will. Ich stehe gerade vor dem Spiegel im Bad und ziehe meinen Lidstrich nach, als es stockdunkel wird.

»Das darf doch wohl nicht wahr sein«, murmele ich in die Finsternis und taste nach dem Türgriff. Vielleicht hätte ich mich nach dem Duschen doch erst in mein Kleid zwängen und nicht das Schminken vorziehen sollen. Aber Solja sagt immer: »Zuerst Haare und Gesicht. Sonst kann das schönste Kleid an einem scheiße aussehen.«

Plötzlich höre ich ein Poltern, gefolgt von beängstigender Stille.

Oh nein. Wer ist jetzt die Treppe hinuntergestürzt?

»Hallo? Alles heile?«, rufe ich und öffne die Tür einen Spalt.

Würde doch wenigstens von draußen etwas Licht durch das Fenster scheinen. Aber nein, seit dem frühen Mittag türmen sich die finnischen, schneeträchtigen Wolken am Himmel auf, die jedes Licht zu schlucken scheinen, als gelte es, einen Wettbewerb für die Finsternis des Jahrhunderts zu gewinnen.

So gegen siebzehn Uhr, nachdem Esther und Arwo das Essen vorbereitet hatten, begannen wir Mädels, uns auf unsere Silvester-Party einzustimmen und aufzuhübschen.

Ja, wir haben vor, es so richtig krachen zu lassen. Ich fange schon mal damit an, indem ich in der finsteren Küche gegen einen Stuhl laufe, der sich empfindlich in meine Hüfte rammt und daraufhin laut zu Boden geht.

»Scheiße. Echt!«, fluche ich zwischen zusammengebissenen Zähnen und verliere prompt mein Handtuch, als ich mich vor Schmerz krümme. Mit der einen Hand versuche ich, es noch aufzuhalten, bevor es sich davonmacht, und erwische es gerade noch an einem Zipfel. Mit der anderen Hand mühe ich mich mit dem Stuhl ab, um ihn aufzuheben.

»Vivien, bist du das?«, höre ich Arwos Stimme unerwartet und viel zu nah bei mir.

Das darf doch nicht wahr sein!

»Argh. Mach die Augen zu«, zische ich.

»Was?!« Er lacht.

»Du sollst nicht hingucken«, befehle ich.

»Vivien, es ist stockdunkel. Ich sehe gar nichts.«

Ich schlinge das Handtuch wieder um meinen Körper, aber es scheint auf mysteriöse Weise geschrumpft zu sein, denn es will einfach nicht passen.

»Ich bin auf der Suche nach Streichhölzern. Sie müssten in der Schublade hier sein«, erklärt Arwo und ich höre, wie er sich an den Schränken zu schaffen macht. Besteck klappert.

»Nein, warte«, stoße ich aus. Langsam gewöhne ich mich an die Dunkelheit und kann Arwos Umrisse ausmachen. Er steht etwa zwei Armlängen von mir entfernt.

»Oh, super. Hier ist die alte Taschenlampe«, höre ich ihn sagen.

Die Schublade wird geschlossen.

»Warte, bitte«, hauche ich entsetzt, als ich das dämliche Handtuch erneut verliere.

»Worauf denn?«, will er wissen und ich sehe, wie sein Umriss auf mich zukommt.

Verdammt!

»Darauf, dass ich den Weg zurück ins Bad geschafft habe?«, sage ich und kollidiere erneut mit dem Stuhl.

»Soll ich dir vielleicht helfen?«, fragt Arwo ernsthaft besorgt und stützt meinen Arm.

»Huhu. Ich glaube, ich habe den Fehler gefunden«, höre ich Meike von oben her rufen. »Kann jemand die Sicherung wieder reindrehen?«

»Nein«, stoße ich aus.

»Wieso nicht?«, ruft Solja nach unten.

Gelächter und ein Klappern ertönt. Vielleicht sind sie zusammengestoßen.

»Ich kümmere mich darum«, antwortet Arwo an meiner statt.

Fast kann ich sein Grinsen heraushören.

»Aber erst kümmere ich mich um dich, Fräulein Hübsch«, raunt er, während seine Hand meinen Arm hinaufstreicht.

Ich ziehe scharf die Luft ein. Seine Berührung ist zart und setzt mich innerlich unter Strom. Ich kann nicht fassen, dass ich hier nackt vor ihm stehe. Meine Finger finden ihn, ertasten den Stoff seines Hemdes und die Schnalle seines Gürtels. Mein Puls beschleunigt sich. Mein Gott. Ich werde noch verrückt.

»Darf ich?«, fragt er und nimmt mir das Handtuch ab, das bereits lose in meinen Fingern hängt.

Ich kann nicht genau sagen, was er damit macht – verdammte Nachtblindheit –, aber anschließend stellt er sich ganz nah vor mich und legt es von hinten um mich herum. Er verstärkt den Druck damit in meinem Rücken und ich falle ein klein wenig nach vorne und stütze mich mit den Händen an seiner Brust ab. Ich spüre seinen Atem an meinem Hals.

»Heb die Arme«, befiehlt er mit schmeichelnder Stimme.

Ich gehorche und er zieht das Tuch höher. Das Gefühl, als es rau über meinen Po reibt und sich unter meine Achseln legt, ist aufregend.

»Das hätten wir«, höre ich ihn sagen, als unsere Körper sich federleicht berühren.

Haltsuchend klammere ich mich an meinem Handtuch fest.

»Danke.«

»Kann ich die Taschenlampe anknipsen?«, fragt er leise.

So leise, dass ich es fast nicht verstehe. Meine freie Hand legt sich auf seine Brust. Ich fühle unter dem Stoff des Hemdes seinen Herzschlag, schnell und gleichmäßig.

»Okay«, antworte ich und stoße mich leicht von ihm ab.

»Ey, was macht die Sicherung?«, ruft Solja von oben.

»Ist in Arbeit«, antwortet Arwo und lässt seine Taschenlampe aufflammen.

Ich blinzle und schaue ihn atemlos an. Ich kann sein Gesicht nur schemenhaft erkennen. Und wie seine Haare ihm in die Stirn fallen, während er auf mich herunterschaut. So nah.

»Zuerst muss ich daran arbeiten, dass bei mir keine durchbrennt«, scherzt er und seine Augen saugen sich an meinen fest.

Mein Mund wird trocken und ich recke mich ihm ganz leicht entgegen. In seinem Mundwinkel zuckt ein Lächeln.

»Was hast du vor, Fräulein Hübsch?«, fragt er plötzlich. Eine Mischung aus Argwohn und Spott liegt auf seinen Zügen.

»Gar nichts«, antworte ich. Plötzlich fühle ich mich, als hätte man mich mit kaltem Wasser überschüttet.

»Ich habe dir gesagt, ich küsse dich nicht mehr«, erinnert er mich ungerührt.

»Danke für die Auffrischung.« Warum fällt mir jetzt kein lockerer Spruch ein?

Er legt den Kopf schief, sein Blick bekommt etwas Lauerndes, während ich zurück zur Badezimmertür weiche.

»Vielleicht, wenn du mich bittest, Vivien«, schnurrt er.

Mein Magen beginnt zu kribbeln.

»Ich fürchte, darauf kannst du lange warten«, antworte ich mit belegter Stimme. Ich spüre, wie sich die kleine Falte zwischen meinen Augenbrauen bildet, wie sie es immer tut, wenn ich verunsichert oder sauer bin.

»Bist du sicher? Ich weiß, dass dein Körper auf mich reagiert, Vivien. Er verrät dich«, wispert er und lächelt. Lange verweilen die Worte in der Luft, bevor sie verklingen.

»Ist das so?«, sage ich dünn und kenne die Antwort.

»Du willst es doch nicht abstreiten …«, er geht einen Schritt auf mich zu, »… dass dein Herz schneller schlägt, wenn ich dich berühre. Dass du dieses Gefühl bekommst …« Er streckt seine Hand nach mir aus. Sein Finger berührt meinen Bauch und fährt tiefer, während seine Augen einen gewissen Sog entwickeln, der mich gefangen hält. Ein seltsamer Laut verlässt meine Kehle. Eine Mischung aus einem freudlosen Lachen und einem missbilligenden Zischen.

Seine Miene bekommt etwas Arrogantes, das mich unwillkürlich weiter zurückweichen lässt.

»Bilde dir nicht zu viel ein«, wehre ich mich.

Sein Grinsen wird breiter.

»Kümmere dich lieber um die Sicherung«, schlage ich endlich vor und gehe auf weichen Beinen zurück in die Dunkelheit des Bades.

***

Es dauert nicht lange und es wird wieder hell. Und zwar so richtig. Beinahe tut es schon in den Augen weh. Aber was mehr schmerzt, ist der völlig misslungene Lidstrich, der quer bis zur Braue verläuft. Und der verwirrende Zustand, in dem Arwo mich zurückgelassen hat.

Als ich ins Wohnzimmer komme, dröhnt mir laute Musik entgegen. Esther tanzt mit Arwo. Er wirbelt sie gekonnt auf den Dielen zwischen Sofa und Treppe umher und macht eine ziemlich gute Figur dabei. Ich meine, eine richtig gute Figur, was ja bei Männern nicht selbstverständlich ist, ohne schwul zu wirken. Chris hat nie getanzt. Aus Prinzip nicht. Und ich habe diese Tatsache als sehr männlich erachtet, gemeinsam mit zwei homosexuellen Bekannten aus unserem Freundeskreis, die ihn dafür liebten, wie er so lässig und dekorativ am Rand der Tanzfläche herumstand.

Nachdem ich die Megapussi-Chips und Nüsse gleichmäßig in die Glasbehälter gefüllt habe, setze ich mich in meinem schwarzen Cocktailkleid zu Meike und schlage die Beine graziös übereinander. Meike hält ihr Handy auf dem Schoß und wirkt abwesend. Haare aus ihrem Bob, den sie im Marlene-Dietrich-Stil zurechtgemacht hat, fallen ihr ins Gesicht und verdecken beinahe die steile Falte auf ihrer Stirn.

»Wem schreibst du?«, frage ich und bewundere ihr dramatisches Augen-Make-up, während sie kurz zu mir aufschaut, bevor sie über WhatsApp eine Message sendet.

»Die Männer feiern heute *doch* ohne die Kids. Kannst du dir das vorstellen?«, nuschelt sie.

»Oha. Wie haben sie das denn geschafft?« Mir war so, als hätten die Großeltern abgelehnt, die Kinder zu hüten, da sie selbst schon etwas vorhatten.

»Ein Kindermädchen macht es möglich«, erklärt sie säuerlich.

»Ist nicht wahr!«

»Doch, und plötzlich geht so was«, schnauft sie. »Der Babysitter ist bei Esther im Haus. Und bei uns feiert die Horde.«

Mein Blick wandert zu einem Handyfoto, auf dem die Männer mit Chris in der Mitte zu sehen sind. Er steckt in einem neuen, teuren Anzug, den ich diesmal nicht ausgesucht habe.

»Komm, das können wir auch«, sagt Meike. »Wir machen auch ein Selfie und posten es. Die sind ja nicht die Einzigen, die Spaß haben, oder?«

Sie wartet meine Antwort nicht ab und ich bemühe mich, so unbefangen zu lächeln, wie es nur geht, als sie ihr iPhone vor unsere Nasen hält.

Esther juchzt laut hinter uns und wirbelt durchs Bild, als Arwo sie erneut drehen lässt, während das schnelle, basslastige Lied seinen Höhepunkt erreicht.

»Und getan. Wer sagt es denn.« Meike ist zufrieden, legt ihren Arm um mich und zeigt mir das Foto. »Wir sehen klasse aus«, stellt sie fest. »Das können wir getrost hochladen.«

Und tatsächlich. Meine blonden Locken habe ich zu einem Knoten auf dem Kopf zusammengebunden, der lässig wirkt. Meine Augen strahlen und meine hohen Wangenknochen werden durch ein wenig Rouge gekonnt betont.

»Hey, Ladies. Die Bowle ist fertig.« Solja trägt ein uraltes Gefäß, das mich unweigerlich an einen Nachttopf erinnert, zu uns und stellt es ungeschickt auf den Tisch. Sein Inhalt schwappt ein wenig über den Rand.

Mit gerümpfter Nase schaue ich in die seltsame Bowlenschüssel und entdecke Pfirsiche und Kirschen, die in einer weinhaltigen Flüssigkeit schwimmen.

»Oh, lecker. Möchtest du etwas trinken, Vivi?«, fragt mich Meike und befüllt sich das erste Glas.

»Klar«, antworte ich zögerlich und komme nicht umhin, zu bemerken, wie eng Esther jetzt mit Arwo tanzt. »Kannst vollmachen«, sage ich abwesend.

Solja quetscht sich zwischen mich und Meike und nimmt den meisten Platz auf dem Sofa ein. Esther bettet ihren Kopf an Arwos Schulter und er legt seinen Arm um ihre Taille.

»Das war gar nicht so leicht, diese Bowle zu machen«, erklärt Solja. »Ich musste die Kirschen alle noch entsteinen. Eine Sauarbeit. Ich fürchte, meine Hände bleiben für die nächsten Tage rot.« Ihr Lippenstift hinterlässt Spuren auf ihrem Kristallglas, als sie dran nippt.

Ich habe das Gefühl, in meinem Magen ballt sich eine Faust, als Esther glockenklar auflacht und ihren Kopf dabei kokett in den Nacken wirft. Ihre offenen Haare fließen über ihre Schultern und harmonieren dabei perfekt mit dem Olivgrün ihres Kleides aus Samt. Sie sieht süß aus, wie sie zu Arwo aufschaut. Der Gedanke, dass Esther seit Kurzem von anderen Männern in ihren Nächten träumt, versetzt mich in eine unangenehme Alarmbereitschaft.

»Hey, ihr beiden«, rufe ich ihnen zu. Das Lächeln auf meinen Lippen fühlt sich fremd an. »Es gibt Bowle. Außerdem muss jemand nach den Baguettes im Ofen sehen«, fordere ich insgeheim Esther auf, in die Küche zu verschwinden. Es funktioniert. Arwo kommt mit lässigen Schritten zu uns.

»Ist das aus Uroma Airi's Truhe?«, fragt Arwo, als er sich auf den Sessel uns gegenüber fallen lässt. Er deutet mit einer Geste auf das Porzellangefäß, in dem der Alkohol mit den Früchten schwimmt.

»Ja, wieso?«, fragt Solja und zieht ihre Augenbrauen zusammen.

Arwo beugt sich mit einem seltsam mutigen Ausdruck im Gesicht nach vorne und nimmt sich ein Glas.

»Na, denn. Gib mir bitte auch etwas.« Ich fürchte, er weiß etwas, das ich nicht weiß. Aber es beruhigt mich, dass er die Bowle nicht ablehnt.

Die Zeit vergeht wie im Flug und wir beginnen mit dem ersten Act des Abends: dem Bleigießen. Ich bin als Erste an der Reihe und erschaffe ein seltsames Objekt, das entfernt an einen Phallus erinnert.

»Ach nö. Was soll mir das denn jetzt sagen?«, frage ich in die Runde und kichere albern. Arwo vergräbt sein Gesicht in den Händen und linst vorsichtig zu mir.

»Hey, hol mal deine Gedanken aus der Gosse«, schimpft Solja, als sie seine Mimik deutet, und nimmt mir das Objekt aus den Fingern. Grüblerisch dreht sie es vor ihren Augen.

»Es sieht aus wie eine Karotte. Vielleicht ernährst du dich gesünder im nächsten Jahr?«, schlägt sie vor.

»Eine Karotte mit Eiern? Also, ich bitte dich, Solja«, mischt sich Meike ein, die bereits einen ganz schönen Schwips hat.

»Das ist kein Gemüse«, erklärt Esther bei genauerer Betrachtung. »Das ist ein Hammer.«

»Oh, jetzt wird es böse«, meint Solja und lacht glockenklar.

»Nein, das ist ganz klar eine missratene Zucchini. Vivien wird Veganer«, behauptet Meike.

Gut. Ich esse tatsächlich nicht viel Fleisch. Aber auf Käse auf Pizza würde ich nie verzichten, so viel steht fest.

»Da fällt mir ein saublöder Witz ein, den ich letztens gehört habe.« Solja räuspert sich, um die Spannung zu erhöhen. Alle Augenpaare sind auf sie gerichtet. »Also, Frage: Wie nennt man die Vagina einer Vegetarierin?« Esther grübelt angestrengt und tippt sich dabei an ihre Nase, wie sie es oft macht, wenn sie nachdenkt. Solja hält es wie immer nicht lange aus. »Gemöse«, platzt es aus ihr heraus. Ich verdrehe die Augen und sie lässt sich vor Lachen in die Kissen sinken.

Arwo hat den Witz allem Anschein nach nicht verstanden. Sein Blick ruht auf Solja, ernst und analysierend.

»Jetzt zu dir, Fräulein Wunderlich«, sage ich an Solja gerichtet, die sich nur schwer wieder einkriegt, und übergebe den Löffel mit einem Klumpen Blei an sie.

»Oh, wie schön, ein Stern. Das ist eindeutig ein Stern«, jubelt Esther, als das Ergebnis sichtbar ist. »Das ist sooo toll.« Sie klatscht laut in die Hände. Wie begeisterungsfähig man sein kann, wenn man genug trinkt.

Mein Lächeln über Esthers Ausgelassenheit gerät schief, als mir Soljas Miene auffällt.

»Was könnte das bedeuten?«, überlegt Arwo laut. In seiner Stimme liegt etwas Abwartendes. Etwas, das ich nicht benennen kann, mich aber aufhorchen lässt. Solja beachtet ihn gar nicht.

»Viktor hat mir zu meinem letzten Geburtstag einen Stern geschenkt«, erzählt sie nachdenklich und dreht das hübsche Gebilde in ihren feingliedrigen Fingern.

Für einen Moment denke ich, ihre Augen werden feucht.

»Das ist ja romantisch«, sage ich und streichle ihr übers Knie, um sie wieder ins Hier und Jetzt zu holen. »Das hätte ich ihm gar nicht zugetraut«, gebe ich zu.

Ihr perfektes Gesicht bekommt einen melancholischen Ausdruck, bevor sie sich schnell wieder fängt. Es ist wie ein Schalter, der umgelegt wird und jede Regung, die mich beunruhigen könnte, auslöscht und vergessen macht.

»Ich auch nicht«, erklärt sie jetzt leichthin.

»Ich hab es ja schon immer gesagt: Solja hat sich den richtigen Mann geangelt. Erfolgreich, charmant, charismatisch. Und er sieht aus wie George Clooney«, höre ich Esther zu.

»Vielleicht hat der Stern aber auch etwas anderes zu bedeuten«, wirft Meike ein. »Solja wird endlich der Star, der sie mit sechzehn sein wollte. Erinnerst du dich noch, Solja?«, fragt Meike etwas zu süffisant und wirft mich in Gedanken Jahre zurück.

Solja und ich hatten immer Angst vor Mittelmäßigkeit. Es gab keinen Tag, an dem sie uns nicht antrieb, an unseren Talenten und Vorzügen zu arbeiten. Sie wollte hoch hinaus. Ich zog mit. Wir verbrannten die Bibel, auf dass uns keine Moral, keine kleinen Lügen oder hässlichen Wahrheiten aufhalten sollten. Ich blieb schnell auf der Strecke, während ich fröhlich vorgab, wie super, super, super es mir dabei ging, während wir um den Titel »Bienenkönigin« einer Kleinstadt kämpften. Solja hatte ihn schnell inne und stieg weiter auf. Ich stolperte und blieb zurück.

In diesem Moment – jetzt gerade – sieht sie aus, als hole sie eine Erkenntnis ein, die sie tief erschüttert.

»Hey, alles okay?«, frage ich vorsichtig.

»Viktor sagte mir mal, sein Leben sei dunkel ohne mein Licht. Und er gab diesem Stern, den er mir schenkte, meinen Namen, weil ich sein Licht sein soll«, erzählt sie. Die scharfen Kanten des Bleigebildes schneiden sich in die weiche Haut ihrer Handfläche und zeichnen helle Linien auf ihr.

»Oh, ich bekomme richtig Gänsehaut«, meint Esther beeindruckt. »Das ist so süß.«

»Ja, das ist *wow*!«, gibt Meike zu.

Es wird still. Die Stereoanlage spielt leise Katie Perrys *Firework* und Solja scheint weit weg zu sein.

»Ja, es ist so romantisch«, meint Arwo plötzlich ironisch und zerreißt die Stimmung in seine gespaltenen Einzelteile.

In diesem Moment wird mir klar, was Solja denkt, und ich erinnere mich an ihre Worte, als wir achtzehn waren: »Keiner besitzt sein Paradies, dafür aber jeder von uns seine ganz eigene kleine Hölle.« Ich schlucke trocken.

»Er darf gern weiter Sterne für mich kaufen. Es ändert nichts daran, wer wir sind«, sagt Solja bitter. »Jeder leuchtet für sich selbst.«

»Wie meinst du das?«, hakt Esther nach und runzelt die Stirn.

»Man leuchtet für sich, nicht um die Dunkelheit eines anderen zu erhellen. Das soll es heißen«, antwortet Solja.

»Wie wahr«, stimmt Esther zu und denkt vielleicht an ihren Mann Henry. »Aber man kann doch mit seinem eigenen Strahlen dem anderen in dunklen Zeiten Trost spenden, oder?«

Solja lächelt.

»Natürlich«, antwortet Meike an ihrer statt.

Esther nippt an ihrem Glas. »Aber trotzdem. Ich beneide dich um dein Leben, Solja. Viktor und du, ihr seid so unabhängig voneinander und euch doch so verbunden«, schwärmt sie.

Solja strahlt Esther an. »Ja, das ist so.«

»Und die ganzen Events und Bälle, die ihr besucht. Ein Leben im Glamour. Manchmal würde ich gern für eine Nacht mit dir tauschen«, gibt Esther zu.

»Nur für eine Nacht?«, fragt Solja spitz und zieht die Augenbrauen auffordernd in die Höhe.

»Ja, für mich wäre es nicht das richtige Leben«, erklärt Esther. »Es ist doch so, dass das Schicksal uns zu den richtigen Stationen unseres Lebens führt, die für uns geschaffen sind. Und ich weiß natürlich, was für mich das wahrhaftige Leben ist.«

»Du willst mir jetzt aber nicht sagen, dass mein Leben nicht echt ist, oder?« In Soljas Augen funkelt eine gewisse Angriffslust.

Oh, oh.

Esther plaudert ungerührt weiter.

»Du musst schon zugeben. Dein Leben ist ein Märchen, aber nicht greifbar. Ich meine, du sitzt da in deinem Palast, du musst ja nicht einmal deine eigene Wäsche waschen.«

Soljas Lippen kräuseln sich leicht.

»Viktor und ich kümmern uns um wichtige Dinge politischer Natur. Es reicht halt nicht aus, fröhlich viele Kinder in die Welt zu setzen, aber nichts für eben diese Welt zu tun.« Ein kleiner Seitenhieb.

Esther nimmt es gelassen, hebt nur müde ihre Augenbrauen und gießt sich neue Bowle ein.

***

Nachdem Meike eine Kanonenkugel, Esther ein Herz und Arwo einen undefinierbaren Klumpen gegossen hatten, drehen wir die Musik voll auf.

Ich bewege mich langsam zum Takt und lausche den Klängen von *Prayer in C* und bin mir Arwos taxierenden Blicken nur allzu bewusst. Ich schließe die Augen und bewege meine Hüften. Esther und Solja tanzen neben mir Disco Fox oder was auch immer. Als sie mich anstoßen, öffne ich meine Augen wieder und schrecke zusammen, als Arwo plötzlich meine Hände einfängt und sie um seine Hüfte führt.

»Amüsierst du dich?«, fragt er leise, zieht mich näher zu sich heran und tanzt mit mir im Gleichklang der Musik.

»Ja, tue ich«, gebe ich zu. »Und du? Wie geht es deinem Kopf?«

»Es geht. Ich werde es überleben.« Er schürzt die Lippen.

»Aber du wirst mich noch dafür zahlen lassen, oder?« Es ist eher eine Feststellung meinerseits als eine Frage. Meine Finger flirten mit dem Saum seines Hemdes.

»Natürlich. Aber ich muss mir noch etwas einfallen lassen, was deine Schuld aufwiegt.« Er lässt seine Lippen ganz leicht, wie der Flügelschlag eines Schmetterlings, an meinem Hals entlanglaufen, bevor er mich wieder freigibt und mich um meine eigene Achse dreht. Als sein Blick mich wieder in seinen Bann zieht, komme ich aus dem Takt. Er verzieht keine Miene, als ich seinen Fuß erwische. Langsam schiebt sich seine Hand auf meinen Rücken und holt mich wieder näher an seinen warmen Körper. Nur vage bekomme ich den missbilligenden Blick von Solja mit und diese merkwürdige Andeutung eines Kopfschüttelns. Mein Gehirn reagiert, fordert Abstand. Doch mein Körper denkt nicht daran, sich von Arwo zu lösen.

»Arwo …«, hauche ich.

»Ja?« Es ist ein Flüstern direkt an meinem Ohr. Als die Musik urplötzlich abgestellt wird, schaffe ich es, mich von ihm zu lösen.

Solja schlägt mit einem Löffel an ihr Sektglas.

»So, Mädels …«, sie macht eine Pause, »… und Jungs.« Ihre Stimme gerät streng. »In etwa zehn Minuten ist Jahreswechsel. Ich bin dafür, dass wir uns warm anziehen und ein bisschen nach draußen gehen.«

»Super, es geht los«, juchzt Meike.

»Okay. Wo sind die Wunderkerzen?«, ruft Esther und verschwindet in die Küche.

Ich versuche, wieder etwas klarer zu denken, und löse meine Hand etwas zu schnell aus Arwos. Ein verwunderter Ausdruck tritt auf sein Gesicht.

»Hab ich etwas falsch gemacht, Vivien?«, fragt er sanft, aber mit einer gewissen Überlegenheit in der Stimme.

»Nein, noch nicht. Aber das kann ja noch kommen«, antworte ich. Meine Stimme hört sich belegt an.

»Du bist echt eine harte Nuss«, stellt er fest und wendet sich von mir ab.

Draußen ist es klar und kalt. Ich fülle meine Lungen tief mit der Luft und schaue in den Himmel über uns. Der Zauber der Polarlichter nimmt mich gefangen und eine ganze Weile nehme ich die Gespräche der anderen gar nicht wahr.

»Und, was hast du für gute Vorsätze für das neue Jahr?«, fragt mich Meike. Ihre Mütze hängt tief in ihrer Stirn, was sie wirklich lustig aussehen lässt und mich an die Kletteraktion im Baum erinnert.

»Ich weiß nicht. Ich glaube, ich nehme mir vor, böse zu werden. Du weißt schon. Rücksichtslos, härter. Sich nehmen, was man will, und dabei über Leichen gehen, so in der Art«, antworte ich im Plauderton.

»Na, das sind ja mal Ideen.« Sie schürzt die Lippen.

»Im Ernst, was hat mir das Gutsein denn gebracht?« Ich nehme einen Schluck Sekt und kämpfe mit der Kohlensäure, bevor ich weiterspreche. »Wie sagt man? Gute Mädchen kommen in den Himmel, böse überall hin.«

»So wie Solja?«, fragt Meike belustigt. Ich lächle in mich hinein.

»Solja ist auf ihre Weise mein persönlicher Engel«, gebe ich zurück. »Sie ist immer für mich da und ich glaube, sie hat es zurzeit auch nicht gerade leicht.«

»Du machst Witze. Wer durch den Personaleingang in die Hölle kommt, hat es nicht schwer«, witzelt Meike.

Mir klappt die Kinnlade runter und Meike prustet los.

»Nur ein Scherz«, beruhigt sie mich und ich zwicke sie in die Seite, in ihre Daunenjacke.

»Und du? Vorsätze fürs neue Jahr?«, will ich jetzt von ihr wissen.

»Ja, meine Ziele erfüllen, die ich für 2015 geplant hatte und eigentlich schon 2014 erledigen wollte, weil ich sie mir 2013 vorgenommen habe und es seit 2012 plane.«

»Du Scherzkeks«, sage ich und stoße mit ihr an.

»Ich bin der Meinung, man braucht keine großen Ziele. Es reicht ja schon, ein paar seiner schlechten Eigenschaften abzulegen«, höre ich Esther hinter mir sagen, als sie mit Arwo und Solja zu uns kommt.

»Solja könnte mit dem Rauchen aufhören«, schlägt Meike vor.

»Mhh?« Solja ist in Gedanken und bläst Rauchkringel in die Luft, die Meike angewidert fortwedelt.

»Wir sind beim Ablegen von schlechten Angewohnheiten, Solja«, erkläre ich.

»Ach so.« Sie macht ein nachdenkliches Gesicht.

»Vielleicht lege ich meinen Mann ab«, sagt Esther plötzlich aus heiterem Himmel.

Meike fällt alles aus dem Gesicht. »Das meinst du nicht so«, flüstert sie entsetzt.

Esther fängt an zu gackern. »Nein, natürlich nicht. Ich liebe Henry. Sehr sogar. Auch wenn er mich in letzter Zeit auf die Palme bringt.«

»Es ist doch so. Nur Menschen, an denen unser Herz hängt, haben die Macht, uns aus der Reserve zu locken«, gibt Arwo zu bedenken. Sein Blick saugt sich an mir fest. »Und du, Vivien, welche Eigenschaften willst du für das neue Jahr ablegen?«, fragt er mich.

»Ich behalte meine schlechten Angewohnheiten erst mal, bis ich weiß, wozu sie gut sind«, gebe ich einstudiert zur Antwort.

»Das sagst du jedes Jahr«, mault Solja.

»Das macht doch nichts«, maule ich zurück.

»Ja, aber dann ändert sich auch nichts«, meint sie.

Ich werde das Gefühl nicht los, dass sie es ist, die eine Änderung in ihrem Programm will.

»Ich werde mich aber ändern. Ganz sicher«, nehme ich mir vor.

Arwo legt seinen Arm um Esthers Schultern.

»Okay, Mädels. Es geht lohos«, trällert Solja und schaut auf ihre Swatch.

Wir zünden die Wunderkerzen an. Jeder von uns hat mindestens fünf in der einen und ein Sektglas in der anderen Hand.

»Zehn, neun, acht … zwei, eins. Frohes neues Jahr! Kippis!«, rufen wir wie aus einem Mund und stoßen an.

Die Gläser klirren laut. Wünsche werden still gen Himmel geschickt und ein Feuerwerk wird auf der anderen Seite des Sees in die Luft gejagt. Womöglich die Rocker.

Eine nach der anderen fallen wir uns um den Hals.

Als Arwo mich umarmt, raunt er leise an meinem Ohr: »Und, Fräulein Hübsch, was hast du dir gewünscht?«

Ich atme seinen Duft ein und verharre etwas zu lange in seinem Arm. Mein Blick bleibt wie so oft an seinen Lippen hängen. Hatte ich mir gewünscht, dass er mich küsst?

Im letzten Moment kann ich meine Zunge bändigen, bevor ich etwas ausplappere, was nicht laut gesagt werden darf. Ich sinniere noch stumm darüber, ob finnische Kälte dämlich macht, da löst er sich von mir.

Ich wanke leicht.

Solja fällt ihm überschwänglich um den Hals. Arwos heitere Miene friert ein und ich muss mich fragen, was sie ihm wohl gerade ins Ohr geflüstert hat.

Kapitel 20

Arwo verabschiedet sich bald darauf und geht ins Bett. In mein Bett, um genau zu sein. Ich schaue ihm nach, wie er seinen knackigen Hintern die Treppe hinaufbewegt, als wir übrigen vier es uns wieder auf dem Sofa bequem machen.

»Vivien, hör auf, Arwo wie ein herrenloser Welpe nachzuschauen«, höre ich Solja sagen. Ihr Tonfall ist beinahe schneidend und mein Magen zieht sich vor Überraschung einmal kurz zusammen.

Meike sieht alarmiert zu mir und verschluckt sich fast an den finnischen Megapussy-Knabbereien.

»Was soll das denn?«, will ich von Solja wissen und verschränke die Arme schützend vor der Brust. »Ich gucke nicht wie ein Welpe.«

»Tust du doch. Das tust du immer, wenn du einen Typen scharf findest«, sagt sie kühl.

Meike deutet ein Nicken an, wagt es aber nicht, sich einzumischen.

»Wir sind uns doch einig, dass du erst einmal dein Leben in Ordnung bringen musst, oder?«, mahnt Solja.

»Ja, Mama.« Ich glaub's nicht.

»Ich habe dir nämlich einen Job besorgt«, berichtet sie eine Spur freundlicher.

Ich schweige äußerlich gelassen und warte, was sie mir als Nächstes zu meinem Leben sagen möchte.

»Ich habe einen Freund in Berlin kontaktiert. Du kannst die Illustrationen zu einem neuen Kinderbuchprojekt machen bei seinem Verlag. Es ist eine wirklich große Sache, sogar eine große Kinderkosmetikfirma hängt mit drinnen. Also, versau' es nicht«, erklärt sie.

Ich halte die Luft an. Mir ist nicht ganz klar, ob Freude jetzt angebracht ist.

»Das ist wirklich toll«, antworte ich also vorsichtig. »Aber ich bin mir nicht sicher, ob ich diese Art Bevormundung gerade schätze. Hörst du dir eigentlich gerade selbst zu?« Ich ziehe meine Augenbrauen kraus.

»Ach ... «, sagt Solja spitz und rümpft ihre Stupsnase, als hätte sie in etwas Verdorbenes gebissen.

»Solja meint doch nur, dass du dich erst einmal auf die wichtigen Dinge konzentrieren solltest«, versucht Esther zu schlichten, die das Ganze aufmerksam verfolgt hat.

Ich öffne eine neue Flasche Rotwein und lasse meine Angespanntheit an dem Verschluss aus.

»Ich weiß nicht, was ich sagen soll«, antworte ich wahrheitsgemäß.

»Danke, reicht.« Solja lächelt und beugt sich über den Tisch zu mir herüber, um mir einen Kuss zu geben. Ihre Lippen berühren mich kaum. Ich lächle zurück, aber es tut weh.

»Das hört sich wirklich toll an. Vielleicht ist es ja das Richtige für mich. Sich in einen neuen Job stürzen, die Gefühle mal ausblenden. Einsamkeit vergessen«, höre ich mir zu.

Meike kaut auf einem Fingernagel und beobachtet uns dabei genau.

»Aber was mich jetzt einmal brennend interessiert …«, rede ich weiter, »… was genau hast du gegen Arwo?«

So. Jetzt ist die Frage raus.

»Das würde mich aber auch interessieren. Er ist so nett«, setzt Esther nach.

»Ich kenne ihn halt. Er ist nicht gut für dich, Vivi«, sagt Solja ganz ruhig.

»Woher weißt du das?« Da muss sie schon genauer werden.

»Er war viel mit meinem Vater in Deutschland und hat eigentlich immer Ärger gemacht.«

»Was für eine Art Ärger denn?«, hake ich nach. »Du kannst mich nicht eindringlich warnen und dann mit solchen nichtssagenden Häppchen kommen.«

»Vertrau mir doch einfach. Lass die Finger von ihm«, sagt sie genervt.

»Das musst du letztendlich mir überlassen, wenn du nicht mit der Sprache rausrückst, was das Problem ist«, stelle ich klar.

»Ich warne dich, Vivien. Du hast noch nie ein gutes Händchen für Männer bewiesen«, zischt sie und in mir brennt eine Sicherung durch.

»Willst du mir jetzt in Zukunft die Männer aussuchen?«

»Wenn es sein muss?«

»Weißt du, was ich denke? Du hattest etwas mit Arwo und es ist einmal nicht zu deiner Zufriedenheit ausgegangen. Stimmt's?«

Sie schnappt nach Luft.

»Wie hört sich das denn an? So nötig hatte ich es noch nie, dass ich mit einem Stallburschen ins Bett gehe«, spuckt sie mir entgegen.

»Hör doch auf. Du hast doch alles geknackt, was nicht bei drei auf den Bäumen war.«

»Ich bumse wenigstens nicht den Mann meiner Freundin«, kontert sie kühl.

»Harikrischna«, stößt Esther aus und wird blass.

»Jetzt ist es halt raus«, sagt Solja und zuckt ungerührt die Schultern.

Es wird beängstigend still in der Hütte. Nur das Holz im Ofen ächzt und knackt.

»Sag, dass das nicht wahr ist«, flüstert Meike.

»Das ist doch alles Schnee von gestern«, winke ich ab und spüre, wie ich beginne zu schwitzen.

»Wir sollten zurück zu unserer Mitte finden und noch mal von vorne beginnen«, versucht es Esther.

Doch die Atmosphäre holt lediglich Atem, um zu explodieren.

»Du hast es gewusst«, stellt Meike schockiert fest und schaut Esther an. In ihren Augen glitzern Tränen. »Oh, mein Gott. Du bist meine beste Freundin und du hast mir nicht gesagt, dass Vivien mit meinem Freund im Bett war.« Sie lacht bitter und kneift sich in die Nasenwurzel.

Esther greift nach ihrer Hand und Meike entzieht sich ihrer Nähe.

»Weil es nicht wichtig war. Es war doch nur ein Ausrutscher. Und es hat euch doch gar nicht geschadet«, versucht Esther, sich zu erklären.

»Bist du bescheuert, Esther? Nachdem Mark mir gebeichtet hatte, dass er nichts Besseres nach unserem ersten Streit zu tun hatte, als fremdzugehen, stand alles auf der Kippe. Wir hätten uns beinahe getrennt. Alles wäre aus gewesen. Wir hätten nie geheiratet!« Meike ist blass.

»Du hast ihm verziehen und jetzt seid ihr glücklich. Also, what's the matter?«, werfe ich ein und beiße mir auf die Zunge. Meine Wangen glühen vor Scham.

»What's the matter?« Meikes Halsschlagader tritt hervor.

»Mann, Vivien. Das Gehirn ist keine Seife. Es braucht sich nicht auf, wenn man es benutzt!«, schreit sie mir unvermittelt ins Gesicht.

Ein Kloß sitzt in meinem Hals fest und ich schlucke angestrengt dagegen an. »Es war nur einmal. Niemand hat mehr darüber geredet, Meike. Ich liebe dich und ich weiß nicht, wie mir das damals passieren konnte. Fakt ist, ich war am Boden und nicht ganz ich selbst.«

»Ich fasse es nicht«, faucht sie. »Manchmal frage ich mich, ob es Leute gibt, die von Natur aus so blöd sind oder ob sie Unterricht nehmen. Nimmst du Unterricht, Vivien?« Ihre Augen blitzen mich so wütend an, dass der Schmerz, den sie in mir verursachen, kaum zu ertragen ist.

»Es tut mir leid, okay? Ich hatte den ersten Stress mit Chris. Und du mit Mark. Ich hatte ein paar Gläser zu viel, er auch, dann ist es halt passiert.« Ich zucke mit den Schultern.

Solja wird immer kleiner in ihrem Sessel und kaut schuldbewusst auf ihrer Unterlippe.

»Toll gemacht, Freundin!«, brülle ich sie an. »Vielleicht solltest du erst einmal vor deiner eigenen Tür kehren.« Meine Unterlippe bebt verdächtig und meine Sicht beginnt zu verschwimmen. »Unsere perfekte Solja schmeißt sich nämlich den ganzen Tag Stimmungsaufheller ein, um ihre heile Welt nicht zu gefährden. Da fällt es natürlich leicht, einer anderen in die Suppe zu spucken und sich mal auf deren Kosten so richtig aufzuwerten. Anstatt seine eigenen Probleme anzugehen, nicht wahr? Es ist ja auch so viel amüsanter, den anderen zuzuschauen, wenn sie ihre Scherben einsammeln«, speie ich ihr die Worte entgegen und stehe auf. Dabei stoße ich mit dem Knie an den Tisch und es kippen zwei Gläser um. Die rote Bowle zeichnet ein eigenwilliges Muster auf die Spitzendecke.

»Das stimmt nicht«, sagt Solja entsetzt und greift sich an die Brust.

Esther versucht sofort, die Rotweinsintflut aufzuhalten.

»Wie kannst du so etwas behaupten. Ich hasse es, wenn es dir nicht gut geht!«, verteidigt Solja sich weiter.

»Deswegen hast du es dir auch gerade zur Aufgabe gemacht, mich fertigzumachen?« Meine Stimme überschlägt sich.

»Du hast mich in die Enge getrieben«, erklärt sie und lässt sich tiefer in den Sessel sinken. Ihre rosa Pantoffeln zu dem Kleid, die sie mit den High-Heels getauscht hat, wippen unruhig auf und ab.

»Oh, und noch was!« Ich zeige mit dem Finger auf jede Einzelne von ihnen. »Ihr habt alle Fehler und scheiß Probleme mit nach Finnland gebracht. Ihr wollt es nur nicht zugeben!«

Meike ballt ihre Hände zu Fäusten. Esthers Gesichtsfarbe wechselt von Rot zu Weiß.

»Ja, da fällt euch nichts mehr ein«, triumphiere ich und trinke mein Glas auf ex leer. »Aber ich bin die Böse, was?« Ich recke mein Kinn vor, stelle zittrig mein Glas ab, das ich fest umklammert hatte, und streiche mein Kleid glatt.

Keiner sagt etwas. Alle drei Augenpaare ruhen auf mir.

»Gut, wenn ihr mich so seht.« Ich wirble herum und gehe zur Treppe.

»Vivien, bleib doch. Wir müssen das ausdiskutieren. Das darf doch nicht so in der Luft hängen bleiben, diese negative Energie.«

Als ich mich über die Schulter umdrehe, trifft mich Meikes kalter Blick und ich verfehle beinahe die erste Stufe. Gerade noch fange ich mich am Geländer ab und vollführe eine peinliche Drehung.

»Lasst uns doch nicht streiten«, sagt Esther hilflos und legt Meike ihre Hand versöhnlich aufs Bein. Sie schüttelt sie ab wie eine lästige Fliege.

»Streiten? Wir streiten nicht. Wir diskutieren doch nur, warum ihr alle recht habt und ich im Unrecht bin«, blaffe ich sie an und stelle mich gerade hin. »Und damit ist jetzt Ende, aus, vorbei!«

»Das stimmt doch gar nicht«, verteidigt Esther sich.

Solja steht auf, schnappt sich ihre Zigaretten und verschwindet nach draußen. Die Tür schlägt hart ins Schloss. Ich gehe mit erhobenem Haupt die Treppe hinauf. Schluss mit lustig. Jetzt werde ich wirklich böse. So richtig böse.

Kapitel 21

Eine Weile stehe ich vor meiner Zimmertür und versuche mich zu beruhigen. Sekunden ticken laut in mir vorüber und endlich drücke ich mit Schwung die Tür auf. Arwo steht am Fenster und sein Blick weitet sich vor Überraschung, als er mich entdeckt.

»Vivien«, begrüßt er mich zögerlich.

»Arwo, noch wach?« Mir ist nach Trost zumute.

»Was ist denn da unten los?«, fragt er und erstarrt in seiner Bewegung, als ich schnurstracks auf ihn zuhalte. Er trägt eine Boxershorts und sein T-Shirt und stützt sich an der Fensterbank in seinem Rücken ab. Als ich mich mutig vor ihm aufbaue, gerät mein Herzschlag aus dem Takt und klopft daraufhin schneller in meiner Brust.

»Nichts, nur eine Meinungsverschiedenheit«, lüge ich und blinzle angespannt.

»Bist du sicher? Das hat sich nämlich heftig angehört«, gibt er zu bedenken und runzelt leicht die Stirn.

»Halb so wild. Ich werde Solja morgen töten müssen. Aber heute habe ich etwas anderes vor«, schnurre ich.

In seinem Mundwinkel zuckt es. Meine Hand streicht über seinen Oberarm und legt sich auf die Schulter.

»Ich hoffe, es ging nicht um mich da unten«, sagt er etwas zerknirscht. Ich überlege, kaue auf meiner Unterlippe und schaue unschuldig zu ihm auf. »Willst du mir nicht antworten?«, hakt er nach und zieht mich etwas näher zu sich heran.

»Ich schätze, auch wenn es dir nicht gefällt, dreht sich nicht alles um dich«, antworte ich.

Eine Weile schweigen wir. Arwo fädelt seine Finger in meine und betrachtet mich. Sein Gesicht liegt im Halbschatten des Raumes.

»Willst du mir keinen Gute-Nacht-Kuss geben?«, höre ich mich fragen. Meine Vernunft mahnt mich ein letztes Mal, behutsam bei diesem Mann vorzugehen und Soljas Warnungen nicht in den Wind zu schlagen.

Arwo führt meinen Arm um seine Taille und ich halte mich an ihm fest.

»Also?«, frage ich nach und schaue zu ihm auf.

Unter seinen dichten Wimpern fixiert er meinen Blick und ich vergesse zu atmen. Ich gehe rückwärts, führe ihn mit mir. Der Schein der Nachttischlampe trifft auf sein Gesicht, auf das sich die gewohnte Überlegenheit schleicht.

»Du bittest mich um einen Kuss?« Seine Hände wandern an meine Hüften, umschließen sie besitzergreifend.

»Lass die Spielchen, Arwo«, hauche ich und stelle mich auf die Zehenspitzen, um mehr auf Augenhöhe mit ihm zu kommen.

Er beugt sich ein wenig zu mir herunter. Viel zu langsam. Meine Finger graben sich in das weiche Haar in seinem Nacken und lassen ihn die wenigen Millimeter überwinden. Ich fühle, wie unsere Lippen aufeinandertreffen. Sanft und heiß. Mir entrinnt ein Seufzen, als er seine Arme um mich schlingt und mich fest an sich presst. Seine Zunge berührt meine, umkreist sie herausfordernd. Er schmeckt nach einem Hauch von Minze und den Kirschen der Bowle.

»Arwo«, flüstere ich an seinem Mund.

Plötzlich bringt er etwas Abstand zwischen uns. Er wirkt aufgewühlt, als müsse er eine Entscheidung treffen, deren Tragweite er nicht abschätzen kann.

»Du willst jetzt doch mein Herz erobern?«, fragt er mit einer Mischung aus Misstrauen und Erheiterung.

Meine Lippen kräuseln sich leicht.

Eigentlich liegt mein Ziel momentan etwas tiefer, aber so könnte man es auch ausdrücken. Also nicke ich, während sein Daumen über meine Unterlippe streicht und sein Blick mich zu durchleuchten versucht.

»Was hat sich verändert?«, fragt er leise.

»Die Jahreszahl«, erkläre ich und denke an meine guten Vorsätze. Meine Finger fahren über seinen muskulösen Rücken und wandern tiefer. »Du hast gesagt, ich sollte mehr den Augenblick genießen. Weißt du noch?«, erinnere ich ihn.

Er spielt mit einer gelösten Locke meines Haares, die sich aus dem Knoten gelöst hat.

»Ja, aber nur …«

Ich ersticke seinen Einwand und presse meinen Mund wieder auf seinen. Meine Zunge neckt die seine, erkundet ihn, schmeckt ihn. Das Feuer in meinem Inneren nimmt rasant zu und fließt mit jedem kräftigen Herzschlag schneller durch meine Adern. Er knurrt leise, als er zart in meine Unterlippe beißt.

»Ich … hab … so … gehofft, dass du … zu mir … kommst«, raunt er und bedeckt dabei mein Gesicht mit vielen kleinen Küssen.

Die Art, wie er meine Wangen dabei in seinen Händen hält, so sanft, als wäre ich zerbrechlich, fühlt sich unbeschreiblich an.

Das war es dann. Mein Denken setzt aus.

»Ich bin hier«, antworte ich atemlos.

Er löst gekonnt meinen Dutt und ordnet mein Haar über meine Schultern. Ein Schauer läuft mir über die Haut. Meine Finger zeichnen die Muskulatur seiner Arme nach, während er den Reißverschluss in meinem Rücken öffnet. Sein Blick begegnet dabei fragend meinem, als bitte er um Erlaubnis.

»Vivien, du bist so schön«, raunt er und meine Knie werden weich.

Ich schließe die Augen.

»Sag mir, was du willst«, fordert er zärtlich.

»Zieh dich aus.« Meine Stimme hört sich rau an, hungrig.

Er gehorcht und zerrt sich das T-Shirt über den Kopf. Meine Finger teilen die wenigen feinen Härchen auf seiner Brust, während er mir die Träger von den Schultern streift. Das Kleid fällt zu Boden. Arwo nimmt Abstand, um mich zu betrachten. Sein Blick jagt mir einen Schauer über die Haut.

»Ich will dich«, hauche ich und dieser Satz wirkt wie ein Startsignal.

Er packt mich und manövriert mich zum Bett. Sein Stöhnen, der Atem, der stoßweise kommt, fließt über mein Schlüsselbein. Plötzlich ist Arwo über mir, drückt mich sanft in die Kissen. Seine Hand streicht über meinen nackten Bauch, wandert dann an meiner Hüfte entlang. Ich seufze, als er sich zwischen meine Beine schiebt und ich ihn an meiner Scham spüre. Wir atmen schnell, im Einklang, und ich kann nicht fassen, mit was für einer Wucht mich die Leidenschaft in Besitz nimmt. Seine Finger wandern an der Unterseite meines BHs entlang, schieben sich sacht darunter und streicheln meine Brust. Er befeuchtet seine Lippen, als er mich dabei betrachtet, wie ich vor Wonne vergehe. Unwillkürlich lege ich mein Bein um seine Mitte und drücke ihn näher an meinen Körper.

»Und du wolltest nicht, dass ich versuche, dich ins Bett zu bekommen«, flüstert er mit einem liebevollen Grinsen. Ich schnappe überrascht nach Luft.

»Ich hasse dich«, stoße ich aus.

Er fängt meine Handgelenke ein und hält mich unten. Gleichzeitig presst er seine Lenden an meine und ein Kribbeln jagt durch meinen Unterleib.

Oh, mein Gott. Ich liege wirklich mit ihm im Bett und es ist so gut!

»Ich dich auch«, haucht er an meinem Hals und küsst die empfindliche Stelle unterhalb meines Ohrs, während er sich schmeichelnd und lockend über mir bewegt. Ich ahme seinen Rhythmus nach. Seine Finger wandern an meinen Rippen hinab zu meiner Hüfte und schieben meinen Slip etwas hinunter.

Als seine Lippen sich von meinen lösen, entfährt mir ein leises Wimmern. Sein Blick ist dunkel und intensiv, als er meinen BH öffnet. Er beugt sich über mich, küsst den Ansatz meiner Brust und wandert zu der Knospe. Als seine Küsse weiter hinabwandern hin zu meinem Bauch, macht es mich fast verrückt und ich vergrabe meine Finger haltsuchend in seinem dichten Haar. Langsam wandert seine Hand tiefer, in mein Höschen.

»Ich mag es, wie du auf mich reagierst«, knurrt er an meinem Hals und küsst meine Wange.

Als er von mir ablässt, schaue ich ihn aufgewühlt an. Sein Mundwinkel zuckt leicht, als er seine Finger in meinen Slip einhakt und ihn herunterzieht.

»Du musst mir sagen, wenn ich aufhören soll.« Seine Stimme ist brüchig und mein Blick saugt sich an seiner Shorts fest, wo sich eine eindeutige Schwellung abzeichnet.

»Hör nicht auf«, flüstere ich.

»Alles an dir ist so verlockend. Du kannst dir nicht ansatzweise vorstellen, wie lange ich dich schon will«, flüstert er zurück.

»Kann ich nicht?«, höre ich mich fragen. Alles in mir dreht sich und ich lasse meine Fingernägel über seinen Rücken gleiten, was ihm ein heiseres Geräusch entlockt.

»Nein, ich glaube nicht.« Er lächelt verschmitzt. »In meiner Fantasie habe ich dich schon überall gevögelt.« Er küsst mich und presst seine Lenden fester an meinen Schoß. Ein Stöhnen dringt über meine Lippen und lässt Arwo beben. »Im Pferdestall, auf der Fähre, am See, im Wald.« Mit jeder Kulisse bewegt er sich lockend über mir.

»Mach es«, sage ich und bin mir sicher, dass ich keine Sekunde mehr warten kann.

Arwo schmunzelt, bevor er sich seine Shorts auszieht und sich über mich schiebt. Seine Hand wandert zum Nachttisch und angelt ein Kondom aus der Schublade.

Ich kann nicht darüber nachdenken, wie es dorthin kam.

Das Gefühl unserer nackten Körper aneinander ist unbeschreiblich. Sein Atem fühlt sich heiß auf meiner vom Schweiß feuchten Haut an, und als er in mich eindringt, explodieren meine Gefühle. Wir passen exakt zusammen. Alles ist so perfekt. Seine Küsse, seine Berührungen, sein Anblick. Die Erregung in seinen Augen.

Haltsuchend klammere ich mich an ihm fest, während er mich in Besitz nimmt. Immer wieder küssen wir uns spielerisch. Es entsteht ein hypnotischer Rhythmus und ich beginne am ganzen Körper zu zittern, als er seine Bewegungen langsamer werden lässt.

Ich küsse ihn hungrig. Ein salziger Geschmack von Schweiß liegt auf seinen Lippen und seine Hand legt sich zärtlich an meine Wange.

Ich versuche, das Tempo seiner Hüften zu erhöhen, doch er wehrt sich dagegen.

»Nicht so eilig«, protestiert er leise.

»Doch«, bitte ich und wimmere, als er den Rhythmus ganz einstellt.

»Was machst du bloß mit mir«, knurrt er. Sein Blick ist ficbrig.

Ich beginne, meine Hüften ihm entgegenzutreiben, und er stimmt mit ein.

Seine Bewegungen werden heftiger.

Die Woge packt mich so unvermittelt und stark, dass ich beginne zu fallen. Tiefer und tiefer tauche ich in den Strudel ein und komme. Arwos Augen saugen sich an mir fest, während er sich versteift und langsam auf mich niedersinkt. Ich spüre das Hämmern seines Herzens auf meiner Brust, bevor er sich zur Seite rollt und mich an sich drückt. Sein Kinn ruht auf meinem Kopf und seine Hände streicheln meinen Rücken.

»Bei dir alles gut?«, fragt er nach einer Weile leise und küsst mich auf den Haaransatz.

Ich seufze. Mein Herz schlägt noch immer hart in meiner Brust.

»Und wie.« Das nenn ich mal gesunde Stressbewältigung.

Eine Zeit lang liegen wir nur da und versuchen, wieder zu Atem zu kommen. Irgendwo klopfen Zweige, getrieben vom Wind, an die Fenster und schicken ihre Morsezeichen durch das stille Zimmer.

»Vivien, ich möchte, dass du weißt, dass ich …« Er verstummt und überlegt.

Ich spüre, wie er die Luft anhält.

»Jetzt hast du ja bekommen, was du wolltest«, sage ich zärtlich, aber wappne mich gegen seine Worte.

Er schiebt mich etwas von sich, um mir ins Gesicht zu sehen.

»Moment mal, das hast du jetzt nicht gerade gesagt?«, fragt er irritiert und ich wünschte, ich hätte die Klappe gehalten.

Meine Hände suchen die Bettdecke und ziehen sie schützend um meinen vom Schweiß klammen Körper.

»Du brauchst dir keinen Kopf zu machen, Arwo. Wir hatten ein wenig Spaß. Ich habe nicht vor, einen Termin beim Standesamt zu machen«, nehme ich ihm den Wind aus den Segeln.

»Oh, das beruhigt mich jetzt aber«, antwortet er sarkastisch und ich horche auf. »Trotzdem hoffe ich, dass du mich jetzt nicht nur flachgelegt hast, weil du Druck abbauen musstest«, sagt er leicht pikiert.

Ich versteife mich innerlich. Männern kann man es aber auch gar nicht recht machen. Jetzt gebe ich ihm die Steilvorlage, dieses – wahrlich unglaubliche – Ereignis ohne weitere Verpflichtungen hinzunehmen, und dann reagiert er angegriffen?

»Nein, natürlich nicht«, antworte ich hastig. »So bin ich nicht gestrickt.«

Seine Miene entspannt sich wieder.

»Dann habe ich dich ja doch nicht vollkommen falsch eingeschätzt«, meint er milder.

Ich stütze mich auf meinen Ellbogen und mustere ihn. Sein kleines Grübchen am Kinn, seine schön geschwungenen Lippen und den Schwung seiner dichten Brauen, wenn er so fragend guckt.

»Wie hast du mich denn eingeschätzt?«, will ich wissen und entwirre eine Locke auf seiner Stirn.

»Ich glaube, du bist auf der Suche nach Geborgenheit und Sicherheit.« Sein Blick ist milde, aber ernst.

Und ich fürchte, er wird mir gleich erklären, dass er mir das nicht bieten kann. Also lege ich meinen Finger an seinen Mund und bringe ihn zum Schweigen.

»Du weißt, ich bin gerade erst aus einer schwierigen Beziehung raus. Ich brauche selbst noch Zeit, um mich zu sammeln. Also mach dir darüber keine Sorgen.«

Er runzelt die Stirn noch ein wenig mehr. »Sorgen?«, fragt er.

Eilig beuge ich mich zu ihm und küsse ihn. Innig und lang.

Ich möchte mir diesen Moment nicht zerstören lassen. Nicht durch Gerede, das diesen Zauber vernichten würde. Für die Wahrheit ist später noch genug Zeit.

Wir küssen uns so lange, bis meine Lippen sich geschwollen und wund anfühlen, und kriechen dann zusammen unter die Decken. Sein Geruch hüllt mich ein und ich genieße es, wie er mit seinen Fingerkuppen über meine Haut fährt und sie liebkost.

»Was ist das mit Solja und dir?«, frage ich ihn irgendwann.

Er streichelt mich gleichmäßig weiter. »Was soll da sein?«

»Woher kennt ihr euch?« Ich versuche, in seinem Gesicht zu lesen, als er viel zu lang überlegt.

»Das erste Mal begegnet sind wir uns in Finnland«, antwortet er endlich.

»Wann war das?«

»Das sollte Solja dir lieber erzählen, Vivien. Es ist nicht immer leicht zwischen uns gewesen.«

»Aber sie rückt nicht mit der Sprache heraus. Also solltest du mir erzählen, was ihr für ein Problem miteinander habt«, beharre ich.

»Nein, wirklich. Frag deine Freundin.«

Ich höre leise Schritte vor der Tür und schaue auf die Uhr. Zehn vor zwei.

»Wart ihr zusammen, du und Solja?«, frage ich so beiläufig wie möglich. Als wäre es für mich kein Problem, wenn ich das zweite Mal einen Mann, der durch die Hände einer Freundin gegangen war, im Bett hätte.

»Was?« Arwo rückt von mir ab.

»Na, wart ihr mal ein Paar?«, hake ich nach.

»Gott bewahre, nein!«

Huch, da bin ich aber erleichtert!

»Und Schluss jetzt, wenn du nicht den Mund hältst, vernasche ich dich noch mal«, raunt er nahe an meinem Ohr und küsst meinen Hals.

Augenblicklich bin ich wieder ganz wach.

»Tu es doch. Und danach werde ich dich weiter verhören.«

»Oh, du Biest. Dann werden wir wohl die ganze Nacht Sex haben.«

Die Vorstellung versetzt mich in Aufruhr und ich überwinde die fehlenden Zentimeter zu seinen Lippen erneut.

***

Ich erwache, höre Arwos leises Schnarchen an meinem Ohr und kuschele mich tiefer in seine Umarmung. Mein Rücken liegt an seine Brust geschmiegt und sein Bein ist um meines geschlungen. Es ist so warm und angenehm. Draußen vor dem Fenster schimpft wieder der Vogel und ich blinzle verschlafen. Der Sonnenaufgang schickt sein sanftes Licht durch die Vorhänge und die letzte Nacht zaubert mir ein Lächeln auf die Lippen.

»Guten Morgen, Fräulein Hübsch«, flüstert Arwo hinter mir und ich halte seinen Arm fest, als er sich von meiner Hüfte lösen will.

»Selber guten Morgen«, antworte ich und blinzle auf den Wecker. Neun Uhr dreißig. Ob die anderen schon wach sind? Es ist so ruhig im Haus.

»Hast du gut geschlafen?« Arwo küsst meine nackte Schulter.

»Ja, sehr«, schnurre ich.

»Dann wollen wir mal aufstehen«, schlägt er vor und versucht, seinen Arm unter Kontrolle zu bringen, an dem ich mich immer noch festhalte.

»Ich weiß nicht, lieber nicht«, stoppe ich ihn. Ich denke an den Streit und mir wird geradezu mulmig.

»Willst du mir immer noch nicht sagen, was gestern los war?«, fragt Arwo leise.

»Ich weiß nicht.«

»Kannst du auch etwas anderes sagen als: ‚Ich weiß nicht'?«

»Ich weiß nicht?« Ich drehe mich zu ihm um und grinse schief. Er streicht mir eine Haarsträhne aus dem Gesicht. »Also gut«, beginne ich zögerlich. »Es ging zuerst um dich. Solja hat gesagt, ich solle die Finger von dir lassen.«

Sein Gesicht verdunkelt sich.

»Natürlich hat sie das.« Er stößt hart die Luft aus und starrt über uns an die Decke.

»Hätte ich auf sie hören sollen?«, will ich wissen und sein Blick wird kühl.

»Was soll das werden, Vivien?«

Ich bemühe mich, locker zu bleiben.

»Gut, dass du selber entscheiden kannst«, gibt er zu bedenken und macht eine lange Pause. »Moment mal, du hast jetzt aber nicht aus Trotz mit mir geschlafen.«

»Nein, wo denkst du hin«, schieße ich zurück. War da was dran? »Also, du kommst auf Ideen.« Ich schüttle den Kopf. »So ein Irrsinn«, gebe ich betont empört hinterher.

»Bei dir weiß man ja nie.« Er zieht mich an sich und gibt mir einen federleichten Kuss auf die Wange.

»Du kennst mich auch schon so lange«, antworte ich angriffslustig.

»Ich kenne Frauen wie dich«, verrät er.

Na, das wird ja immer schöner.

»Hunderte, nehme ich an?« Ich hebe spöttisch eine Augenbraue und er grinst. Warum schafft er es wieder, mich so aus der Reserve zu locken? Es ist mir doch klar, dass er ein Weiberheld mit vielen Erfahrungen ist. Nicht, dass ich ein Kind von Traurigkeit gewesen wäre oder bin, was das angeht.

»Nicht hunderte«, antwortet er selbstgefällig und ich schweige, starre ins Nichts. »Vivien, worüber reden wir hier eigentlich?« Eine gewisse Strenge liegt in seiner Stimme, die mich noch mehr reizt.

»Darüber, dass du Übung hast?«, antworte ich.

Der Gedanke, dass ich nur eine von vielen bin, gefällt mir nicht. Obwohl ich auch nicht sicher bin, ob ich aus dieser Nacht mehr als ein unglaubliches Abenteuer machen möchte.

»Ich habe diese Übung sehr genossen«, erklärt er mir mit aufreizender Gelassenheit und greift mir unters Kinn, damit ich ihm in die Augen sehen muss. »Aber nur fürs Protokoll: Du bist gestern Nacht über mich hergefallen. Nicht umgekehrt.« Er zieht die Decke über uns fort und kalte Luft lässt mich frösteln.

»Können wir nicht noch ein wenig liegenbleiben?«, murre ich und breite die Decke wieder über uns aus.

»Ich glaube nicht, ich muss telefonieren und mich abholen lassen.«

»Von wem?«

»Ich will Leif hierher bestellen. Er soll mit dem Räumungsfahrzeug die Zuwegung freimachen, damit ich zum Gestüt fahren kann und ihr nicht mehr hier festsitzt. Der Schneesturm ist vorerst vorbei, aber bis es taut, dauert es noch ein Weilchen.« Er kitzelt mich.

»Gott sei Dank. Man weiß ja nicht, wann einem die Lebensmittel zur Neige gehen. Toll, dass du dich so um unsere Freiheit kümmerst«, plaudere ich und versuche, die Unruhe in den Griff zu bekommen, die sich in Anbetracht der Umstände, dass wir uns jetzt vielleicht für immer trennen, in mir breitmacht.

Arwo rührt sich.

»Und ich muss mal dringend nach unten«, fügt er etwas nachdrücklicher hinzu.

»Oh, natürlich.«

Menschliche Bedürfnisse. Ich angle nach meiner Unterwäsche und übergebe auch Arwo seine Shorts.

***

Unten angekommen treffe ich auf Solja, die ziemlich umnachtet aussieht. Sie beachtet Arwo gar nicht, als er an ihr vorbei in Richtung Bad geht, und kommt schnurstracks auf mich zu. Ich starre auf ihre Plüschhasen an den Füßen, die direkt vor mir haltmachen.

»Vivi, können wir reden?«, fragt sie zerknirscht.

Ich atme schwer durch. Mir gehen so allerlei Möglichkeiten durch den Kopf, wie ich jetzt reagieren könnte: Was soll das bringen, Solja? Geh mir aus dem Weg, sonst mach ich dir ein neues Gesicht! Du kannst mich mal! Mindestens bis zur nächsten Eiszeit!

Ich sage: »Na gut. Wenn es hilft?«

Sie nimmt mich an die Hand und führt mich zum festlich gedeckten Küchentisch. »Ich habe Rührei gemacht, das magst du doch so gern«, eröffnet sie lächelnd. Dann wirbelt sie herum, gießt Kaffee in zwei Tassen und schiebt mich auf die Bank. »Setz dich doch erst mal.«

Fehlt nur noch, dass sie mir das Kissen in meinem Rücken aufschüttelt.

Ich greife mir ein Aufbackbrötchen und beiße hinein.

»Ich bin so froh, dass du nicht mehr sauer bist«, meint Solja erleichtert und greift sich an ihr Herz.

Bin ich nicht? Ich lege meine Stirn in Falten und sie plaudert weiter.

»Wie wäre das auch? Ein neuer Jahresbeginn und wir beide sind im Streit. Oh Gott. Das geht doch nicht«, sagt sie. Mein Blick heftet sich an ihren geschwätzigen Mund. »Süße, wir werden das mit Meike schon wieder hinbekommen. Ganz sicher. Ich hatte vorhin das Gefühl, sie ist schon gar nicht mehr so sauer auf dich.«

»Mh«, brumme ich und frage mich, wo Meike und Esther wohl gerade stecken.

»Na gut, mit Esther redet sie noch nicht wieder, aber das wird schon.«

Na großartig!

»Ich finde ja, man sollte das Ganze positiv sehen. So steht nichts mehr zwischen euch. Und uns«, erklärt sie und schaufelt mir Rührei mit einem gewinnenden Lächeln auf meinen Teller.

»Wir hatten beschlossen, es Meike nicht zu sagen. Niemals«, erinnere ich sie.

»Ja, aber siegt die Wahrheit nicht immer, irgendwie?« Sie macht ein unschuldiges Gesicht und ich rolle mit den Augen. »Natürlich, wir hätten es damals nicht erzählen sollen. Und ich habe mich deiner und Esthers Meinung, dass Mark und Meike füreinander bestimmt sind und diese brisante Information über euer – ähm, wie nennen wir das Kind beim Namen – ‚Tächtelmächtel' nicht gerade hilfreich für ihre Märchenbeziehung gewesen wäre, angeschlossen. Aber jetzt kann es doch eigentlich nicht mehr schaden, oder?«, meint sie.

»Na gut, nehmen wir einmal an, ich bringe dich noch nicht um, für das, was du mir gestern angetan hast …«

Sie unterbricht mich und hebt mahnend ihren Zeigefinger.

»Du hast mich zuerst tief verletzt, Vivien. Du hast gesagt, ich wäre ein leichtes Mädchen, dabei hast du gestern mit einem Mann gepoppt, den du gar nicht kennst und vor dem – mit Verlaub gesagt – deine beste Freundin, also ich, dich gewarnt hat«, sagt sie.

Ich erstarre und lasse die Gabel, mit der ich mir gerade Rührei nehmen wollte, geräuschvoll auf den Teller fallen.

»Das ist ja mal wieder typisch«, zische ich.

Soljas feine Augenbrauen schnellen nach oben. »Was denn? Habe ich doch. Dich gewarnt, meine ich.«

»Das ist doch gar nicht der Punkt«, schimpfe ich gedämpft.

»Ja, ich weiß«, antwortet sie kleinlauter. »Ich habe gestern unsere Gruppe entzweit und es tut mir so leid.« Mit jedem Wort redet sie schneller und leiser.

Die Badezimmertür geht auf und Arwo kommt zu uns.

»Möchtest du auch einen Kaffee und etwas essen?«, frage ich gespielt fröhlich in seine Richtung und füge hinzu: »Solja hat etwas wiedergutzumachen und wird dafür sorgen, dass wir ordentlich satt werden.«

Soljas Lächeln friert ein. »Natürlich werde ich das. Alles hat seinen Preis, nicht wahr?« Sie dreht sich um, geht zum Herd und schlägt weitere Eier in die Pfanne.

»Haben Meike und Esther schon gegessen?«, will Arwo wissen, während er sich neben mich setzt.

Ich frage mich, ob er etwas von dem verstanden hat, was Solja und ich geredet haben.

»Die sind noch in den Zimmern. Esther hat mit 'nem Kissen nach mir geworfen, als ich ‚hallo' sagen wollte«, gibt Solja zu. »Aber sie werden bestimmt auch noch hungrig werden«, spricht sie sich selbst Zuversicht zu.

»Ganz bestimmt«, antworte ich und frage mich, wann das sein wird. Wenn Esther sogar mit Gegenständen wirft, ist sie wirklich sauer.

»Und, habt ihr noch lange gefeiert?«, fragt Arwo Solja, während er sich eines der duftenden Brötchen aufschneidet.

»Nicht so lange wie ihr«, kommt es pfeilschnell zurück. Solja kratzt geräuschvoll mit dem Kochlöffel in der Pfanne herum.

»Wir könnten versuchen, erwachsen miteinander umzugehen?«, schlage ich vor.

»Natürlich kann ich erwachsen sein, aber es macht weniger Spaß«, antwortet Solja spitz. Ihre Stimme ist süß, ihr Lächeln, das sie Arwo zuwirft, lauernd.

»Und du, Arwo? Musst heute gar niemanden fragen, wie dein Wochenende so war, stimmt's?«, stichelt sie gekonnt, denn ich bemerke, wie Arwos Haltung sich versteift.

»Du bist einfach sagenhaft«, höre ich ihn halb belustigt, halb bitter sagen, während ich Solja mit Blicken strafe. »Du kannst alte Geschichten nicht ruhen lassen, oder?«, fragt er.

»Was genau sind denn die alten Geschichten?«, melde ich mich. Es interessiert mich brennend, was Solja genau damit sagen will.

»Na gut. Lassen wir sie ruhen. Ein wenig Frieden wird dem Tag guttun«, zwitschert Solja plötzlich und kommt mit dem Rührei zum Tisch herüber.

Fast rechne ich damit, dass sie Arwo Angebranntes serviert. Aber tatsächlich tut sie das nicht.

»Wusstest du, dass Arwo schon einmal von der Polizei verhaftet wurde?«

Ich schlucke, ohne wirklich gekaut zu haben.

»Solja, was soll das?« Arwo spannt die Hand an, mit der er sein Messer hält, sodass seine Knöchel weiß hervortreten. »Das war keine Verhaftung!«

»Was hast du denn gemacht?«, will ich wissen.

Er lacht freudlos und schüttelt den Kopf. »Ich hab nur ein paar Aufkleber mit der Aufschrift: ‚Wir machen jeden Spaß mit' auf ein paar Einsatzfahrzeuge der Polizei geklebt. Ein harmloser Jugendstreich. Ich war elf.«

Ich schnappe mir den Kaffee und versuche, den Kloß im Hals fortzuspülen.

»So wie der harmlose Streich, als du Mehl in meinen Föhn gefüllt hast?«, fragt Solja und fixiert Arwo mit bösem Blick. Heiß! Mist! Der Kaffee ist viel zu heiß! Meine Augen tränen.

»Du weißt, dass ich nicht damit gerechnet habe, dass er explodiert.«

Oha.

»Meine Haare haben gebrannt«, sagt Solja.

Ich huste.

»Tut mir leid«, knurrt Arwo.

»Ist ja krass. Du bist ein richtig böser Junge«, scherze ich krächzend. »Also kennt ihr euch aus der Kindheit?« Meine

Frage geht unter. Oder sie wird stur nicht beantwortet. Ob Arwo schon damals auf dem Gestüt lebte?

»Wie gesagt. Dieses Vergehen tut mir sehr leid«, beeilt Arwo sich zu sagen, fixiert Solja mit ernstem Blick und faltet seine Hände wie zum Gebet.

Gerade als ich meine Frage erneut formulieren will, donnert ein Vogel gegen das Fenster.

»Scheiße«, stoße ich aus. Ein böses Omen, oder was? Dann erkenne ich das wütende Zwitschern wieder und sehe den kleinen Raufbold in den nächsten Busch fliegen, wo er sein Gezeter fortsetzt.

»Ein Kuukkeli«, erklärt Arwo und ergreift über den Tisch meine Hand, um sie einmal beruhigend zu drücken. »Diese Vögel sind echt aufdringlich«, sagt er, lässt mich los und taucht sein Messer tief in Soljas Lakritzcreme.

»Das ist ja ein süßer Name für ein so aufgewecktes Kerlchen«, überlege ich und beobachte den kleinen Störenfried, wie er jetzt auf dem Verandageländer landet und seinen Kopf schieflegt, um durchs Fenster zu gucken. Fast sieht es aus, als würde er mich mustern.

»Ein Unglückshäher. Er heißt Unglückshäher«, berichtigt Solja Arwo und stemmt ihre Hände dabei in die Hüften. »Er bringt nämlich Unglück«, untermalt sie noch einmal ernst. Mein Mund bleibt offen stehen.

»Und manche behaupten das Gegenteil«, gibt Arwo gelassen zurück, ignoriert Solja und beißt ins Brötchen.

Arwos Knie berührt meines unter dem Tisch und ich stupse ihn mit meinem Fuß an. Manchmal liegen Glück und Unglück ja bekanntlich ganz dicht beieinander.

Kapitel 22

Mit vollem Körpereinsatz versuche ich, eine Schneise in den Schnee zu graben. Jeder von uns ist bewaffnet mit Schneeschaufel, Besen oder ähnlichen Werkzeugen und rackert wie von Sinnen.

Esther beginnt, einen Pfad zur Sauna und den Holzlagern freizulegen, damit wir weiterhin an brennbares Material für den Ofen kommen. Ich schaufle zum See hinunter, denn Solja hat einen Plan, um unsere Lebensgeister wieder zu besänftigen, wie sie sagt. Ich für meinen Teil habe vorsichtshalber noch nicht weiter nachgefragt, um was genau es sich dabei handelt. Denn ich habe richtig Angst, dass es mir nicht gefallen wird.

Im Augenblick höre ich Solja zu, die hinter mir auf der Veranda telefoniert. Sie hockt eine gefühlte Ewigkeit auf der klapprigen Hollywoodschaukel, kreuzt ihre in Schneeboots steckenden Füße und versucht, ihren Mann zu erreichen. Stattdessen hat sie seine persönliche Assistentin am Telefon, die Solja tatsächlich versucht abzuwimmeln.

»Ich bestehe aber darauf. Ich will ihn jetzt sprechen, Frau Sandmann. Es ist ein Feiertag, was kann heute so wichtig sein, dass eine Sitzung einberufen wird?«, höre ich sie in den Hörer zischen. Sie ist kurz vorm Platzen. »Notfall? Dann möchte ich erst recht mit meinem Mann sprechen und Sie …« Solja verstummt und ich sehe mich fragend zu ihr um. Dafür, dass ihr Göttergatte sie unbedingt sprechen wollte und das ‚Pronto', wie er in der letzten Textnachricht zum Jahreswechsel schrieb, war es anscheinend ganz schön schwer, an ihn heranzukommen. »Hören Sie mir mal zu, Liebchen«, sagt Solja jetzt gefährlich leise. »Es dauert nicht lange und ich bin wieder in Hamburg. Haben Sie eine Vorstellung davon, wie unser erstes Treffen dann aussehen wird?« Ich unterbreche mein Schaufeln und stütze mich auf den Stiehl. Solja schluckt schwer. »Ihre Anweisungen interessieren mich gar nicht, ich verlange …« Solja verstummt und sieht aus, als wäre ihr gerade der Zug vor der Nase weggefahren. »Hallo?«, fragt sie ungläubig und schaut verdutzt auf ihr Handy. »Was ist denn jetzt los? Spontan-Entleerung, oder was?« Sie prüft ihren Akku. »Nee, die hat einfach aufgelegt!«, stellt sie erschüttert fest.

Ich setze meine Arbeit fort und werfe eine Schaufel voll Schnee über meine Schulter.

»Meine erste Amtshandlung nach dem Urlaub wird ihre Entlassung sein«, schimpft sie.

Ich kichere. Die Arme.

»Wenn du mitmachst, werden wir heute noch fertig, Solja«, ermuntere ich sie mit einem Nicken zum verwaisten Besen zu ihren Füßen.

Sie starrt immer noch auf ihr Handy.

»Solja?«, rufe ich noch mal.

»Ist ja gut. Ich bin dabei«, antwortet sie und steckt das Mobiltelefon endlich in die Jackentasche.

Ich schaue hinüber zu Arwo und seinem Freund Leif, der uns zu Hilfe geeilt war. Sie haben gemeinsam den Vorhof bereits fast schneefrei bekommen. Eine enorme Leistung, in Anbetracht der Menge an pudrigem Weiß.

Die Landschaft sieht so verträumt und leise aus, wie in einem Märchen. Meike und ich arbeiten aufeinander zu, während wir den Weg räumen. Sie ist nur noch wenige Meter entfernt. Und das ist das Einzige, was mich davon abhält, mich von dieser Ruhe der Natur anstecken zu lassen.

»Hey, Vivi«, zischt Solja mir plötzlich zu und winkt mich heran.

Ich gehe meinen kleinen Pfad zurück bis zum Fuße der Veranda.

»Was ist los?«, frage ich.

»Sag Meike doch mal was Nettes«, raunt Solja verschwörerisch.

»Wem? Meike? Was denn?« Ich sehe mich verstohlen nach ihr um.

»Wenn sie bei dir ankommt, sag ihr, wie gut sie heute aussieht. Ich habe sie beobachtet, wie sie vorhin lange vorm Spiegel stand«, flüstert Solja.

Meine Hände packen den Stiel meiner Schaufel fester.

»Tolle Idee, Solja. Und dann ist alles wieder gut, oder was?«, flüstere ich zurück.

Wenn das so einfach wäre, dann hätten wir auf der Erde Weltfrieden. Als Chris mich betrogen hatte, stand ich auch ewig vor dem Spiegel und habe mich gefragt, was mit mir nicht stimmt. Was die andere hat, was ich nicht habe.

Eine Weile arbeiten Solja und ich schweigend weiter. Ich schaufle, sie fegt. Aber ich registriere Soljas ständiges Seufzen und Murren sehr wohl.

»Raus mit der Sprache«, fordere ich sie irgendwann auf.

»Vivi, Süße, ich muss dir da noch etwas sagen«, beginnt sie bedrückt und starrt auf den Boden vor ihren Füßen.

»Schieß los.« Ich sehe sie abwartend an.

»Chris hat sich vorhin bei mir gemeldet.« Sie presst ihre Lippen fest aufeinander und schrubbt wie verrückt auf dem Holz der Veranda herum.

Mir entgeht Meikes Aufschnauben nicht, als sie das hört.

»Du bist rangegangen?«, frage ich überrascht. Ich hätte etwas mehr Solidarität von ihr erwartet. Was wollte er? Wieso rief er ausgerechnet meine stärkste Verbündete an, die ihm immer schon zu verstehen gab, dass sie ihn für einen Primaten hält?

»Ja, eher aus Versehen. Aber das tut jetzt nichts zur Sache«, erklärt sie.

»Und? Hat er sich verwählt?«, scherze ich.

Sie schaut kurz zu mir auf, bevor sie verbissen weiterfegt. Offensichtlich behagt ihr das Thema genauso wenig wie mir.

»Er wollte wissen, wie es dir geht«, sagt sie angespannt.

Ich schiebe meine plötzlich zu warme Mütze von meinem Kopf und kratze mich abwesend an der Stirn. »Und?«

»Ich habe ihm gesagt, es gehe dir gut. Und wenn er nicht möchte, dass ich mit ihm und einem Sack Zement an die Nordsee fahre, soll er sich nie wieder bei dir blicken lassen.« Solja lächelt zögerlich.

Klare Ansage. Meine Freundin!

»Gut«, antworte ich. Mein Blick sucht unwillkürlich den Mann, mit dem ich gestern tollen Sex hatte und bei dem ich mir nicht sicher bin, ob er die Scherben meines Herzens noch weiter zertreten würde.

»Willst du wissen, was er noch so gesagt hat, oder lieber nicht?«, fragt Solja beiläufig und ihre Miene rät mir, abzulehnen.

»Will sie nicht«, erklärt plötzlich Meike viel zu laut, als sie neben mir auftaucht. Ihre letzte Ladung Schnee, die sie fortwirft, landet auf meinem Weg. »Echt, Solja. Was soll das denn jetzt werden?«, fragt sie mit einer Mischung aus Ärger und echter Besorgnis.

»Ich denke, Vivien sollte wissen, woran sie ist«, sagt Solja abschätzig und verliert den Besen aus der Hand. Er macht eine lustige Drehung.

»Sie braucht noch Zeit«, erklärt Meike ruhig und weicht dabei meinem Blick aus.

»Sie ist schon groß«, meint Solja und hebt den Besen mit einer ganz eigenen Anmut wieder auf.

»Hallo? Ich bin anwesend«, mache ich auf mich aufmerksam.

»Sorry«, sagt Meike lahm und mustert mich unangenehm lange.

»Ich dachte, wir wollten keine Geheimnisse mehr haben?«, frage ich vorsichtshalber nach.

Ich fühle mich, als schiebe man mich an einen Abgrund heran.

»Chris ist wieder solo, das solltest du auch wissen«, ergreift Solja wieder das Wort. »Ich befürchte, er denkt, dass er nicht von dir loskommt, also wird er wieder wie eine Heuschreckenplage in deinem Leben auftauchen, um auch noch das letzte bisschen von dir zu verschlingen, um es daraufhin bei der nächsten Gelegenheit wieder auszuspeien«, presst sie jetzt eilig hervor, als befürchte sie, Meike könnte ihr die Stimme rauben. »So. Jetzt ist es gesagt«, flötet sie anschließend in Meikes Richtung.

»Du bist wirklich nicht ganz echt«, stellt Meike fest.

»Wieso? Es ist besser, sie weiß, was auf sie wartet«, meint Solja.

»Aber ich habe dir gesagt, dass ich Mark gebeten habe, Chris diesen Scheiß auszureden. Also gäbe es womöglich gar keine Konfrontation.«

»Du hast was?«, flüstere ich und wanke fast in die von der Sonne glitzernden Schneemassen neben mir. Enorm, wie sie alle versuchen, mein Leben zu managen.

»Aber wenn Chris dann doch mit seinen Blumen und Schwüren wieder vor ihr steht, ist sie zu überrascht. Besser, sie ist vorbereitet«, beharrt Solja.

Ich lache freudlos auf und Solja redet weiter.

»Du weißt genau, wie oft er sie schon eingewickelt hat. Und diesmal ist er sogar davon überzeugt, dass Vivien die Mutter seiner Kinder sein wird.«

Das wird ja immer schöner.

»Ups, das wollte ich gar nicht sagen«, flüstert Solja von sich selbst überrascht und zieht eine Grimasse.

»Ach, das also nicht«, lacht Meike bitter.

Ich muss an letztes Jahr denken, als ich dachte, dass ich schwanger sei. Während ich mich wie Bolle gefreut hatte, ging für ihn quasi die Welt unter. Er hatte sogar beinahe geweint, als ich ihn fragte, ob er sein Cabrio gegen einen Kombi tauschen würde. Als sich herausstellte, dass ich mich lediglich bei der Farbe im Test geirrt hatte, war er sichtlich erleichtert. Er versprach mir, dass wir zum richtigen Zeitpunkt unsere kleinen »Hübschen« haben würden. Aber eben noch nicht jetzt.

»Es ist Neujahr! Wer weiß, wie viel Restalkohol er noch im Blut hat?«, regt Meike den Gedanken an.

Ich habe ganz klar das Gefühl, unter meinen Füßen beginnt der Boden zu bröckeln. Es würde nicht mehr lange dauern, bis ich beginne zu fallen. Mein Herz pumpt das Blut viel zu schnell durch meine Adern. Chris liebt mich also. Auf eine kranke und verdrehte Weise, die ich nur allzu gut kenne. Eine brennende Abhängigkeit, die zwei Menschen aneinanderfesselt und dem Verderben weiht.

»Vivien?«, höre ich Solja wie durch Watte rufen. Ich versteife mich, hebe die Schaufel, die mir entglitten war, ungelenk auf und beginne, weiter den Schnee zu schippen. Mit zitternden Händen und zitternden Beinen.

»Vivien! Hörst du mir zu?«

»Lass sie doch. Ich hab dir ja gesagt, sag es ihr nicht«, motzt Meike in Soljas Richtung und stapft jetzt sauer die Treppenstufen zur Veranda hinauf.

»Aber du kannst die wichtigen Dinge ja nicht für dich behalten, stimmt's?«, gibt sie hinterher.

»Wie meinst du das denn jetzt?«, fragt Solja empört.

Als Nächstes zerschneidet ein spitzer Schrei die Stille der Winterwelt. Esther rennt hinter dem Haus hervor und wirbelt mit einem Müllsack herum. Etwas Pelziges, fies Knurrendes läuft hinter ihr her.

Solja stolpert die Stufe hinab und rennt mit dem Besen auf Esther zu. Der Vielfraß ist zurück und versucht, den grünen Sack zu erwischen, mit dem Esther nach ihm schlägt.

»Du Mistvieh, hau ab!«, brüllt Esther außer sich und klettert auf einen Schneehügel.

Das Tier beeindruckt die Tütenattacke herzlich wenig. Ganz im Gegenteil, es fixiert sich jetzt auf Esthers Schuhe und versucht, seine spitzen Zähne dort hineinzuschlagen. Solja gibt dem Vieh einen Stoß in den Hintern, was ihn angriffslustig herumwirbeln lässt. Ich weiß gar nicht, was ich machen soll. Ich stehe wie versteinert da und schaue mir die Vorführung an, bis Arwo dem Theater ein Ende bereitet, indem er dem unverschämten Tier die Schaufel direkt vor die Nase rammt. Als ahne es, dass er es hier mit einem testosterongesteuerten Männchen zu tun hat, das womöglich sein Revier verteidigen wird, macht es sich eilig davon und taucht in das nahe Dickicht ein. Meine Gedanken verheddern sich in meinem Kopf und drehen sich um das Paarungsverhalten gefährlicher Raubtiere in freier Wildbahn. In Städten wie Bremen und Hamburg zum Beispiel. Oder auch kleineren Orten, irgendwo in Finnland.

***

Nachdem ich wie eine Wilde Schnee geschippt habe, um Chris' Lächeln und sein Gesicht vor meinem inneren Auge loszuwerden, lasse ich mich ächzend auf dem Steg vor dem eingefrorenen

Boot nieder. Mit meiner Stiefelsohle fahre ich über den Bug und lege eine verblasste Schrift frei. Lemmikki. Liebling zu Deutsch. Hinter mir steigt feiner Rauch aus dem Schornstein der Sauna in den Himmel auf. Arwo, den Solja tatsächlich dazu bekommen hat, mit Leif noch einige Arbeiten zu erledigen, bevor sie fahren, steht vor der alten Scheune und redet wild gestikulierend mit Solja. Ich blinzle. Über was sie wohl streiten? Er wendet sich ab und Solja greift ihn an seinem Arm. Überraschung darüber, dass sie ihn zurückhält, zeigt sich auf seinem Gesicht. Ich weiß nicht, wieso, aber plötzlich kommen mir die gefundenen Briefe wieder in den Sinn. Eine Liebe. Zwei Kinder, Halbgeschwister, die ihren Vater teilen mussten. Mein Mund wird trocken und ich atme stockend aus. Das kann nicht möglich sein! Ich kenne Solja mein ganzes Leben. Seitdem wir sechzehn sind. Wie könnte ich nicht wissen, wenn sie einen Halbbruder in Finnland hätte? Wie in Trance stehe ich auf, den Blick immer noch auf die beiden Zankenden gerichtet. Arwo streicht sich durch sein dichtes Haar und legt seinen Kopf in den Nacken, während er heiser über etwas lacht, das Solja sagt. Sein Blick streift meinen. Seine Augenbrauen sind leicht zusammengezogen, in der gleichen Art wie Soljas. Das Kinn unbeugsam vorgestreckt, wie das meiner besten Freundin. Meine Stiefel rutschen auf dem eisigen Untergrund.

»Hey, wir sind doch noch gar nicht fertig?«, ruft Meike, als ich an ihr vorbeieile.

Meine Beine tragen mich schnell, fast fliege ich um die nächste Ecke.

»Ich komm gleich wieder«, beruhige ich Esther, die sich mir in den Weg stellen will, und tauche unter ihren nach mir greifenden Armen hindurch.

»Wir machen alle weiter, bis zum Schluss. Keiner geht vorher!«, befiehlt sie.

Der Schneeball, den sie mir nachschmeißt, als ich sie ignoriere, trifft mich im Nacken. Die nasse Kälte auf der Haut treibt mich noch schneller ins Haus. Halb hüpfend, halb torkelnd komme ich im Flur an und versuche, die Boots loszuwerden. Die nasse Spur vom Schnee verteile ich bis zur Treppe. Dann sprinte ich immer zwei Stufen auf einmal nehmend hinauf. Wo hat Esther die Briefe hingelegt? Ein Schmerz wird durch mein Knie geschickt, als ich mich zu schnell auf den Boden vor Esthers Bett fallen lasse, um nach der Büchse der Pandora zu suchen. Verdammt! Ich sehe mich suchend um. Meine Finger heben die lose Diele an und ich stoße ein ungeduldiges Knurren aus, als ich sie auch dort nicht entdecke. Bevor ich wieder aus dem Zimmer gehen will, bleibt mein Blick am Kleiderschrank hängen. Zögerlich trete ich näher und öffne die schweren Türen. Bingo! Ich jubiliere innerlich, als ich die Blechbüchse mit den Briefen im untersten Fach auf der Bettwäsche finde. Meine Finger halten sich an der Tür fest und fahren über eine Unebenheit, als ich sie weiter aufdrücke. Jemand hat etwas in das weiche Holz unterhalb einer Querverstrebung eingeritzt. Während ich die Büchse unter den Arm klemme, schaue ich mir die Buchstaben genauer an. Ein großes *A* eingebettet in einem Apfelbaum oder Ähnlichem. Und ein *S* neben einem Pferd oder Hund, so genau lässt sich das nicht sagen, und dazwischen ein Herz. Das *S* ist beschädigt, als hätte jemand versucht, es nachträglich unkenntlich zu machen. Vorsichtig krieche ich näher und versteckt in einer Nische finde ich eine alte zerbeulte Mundharmonika, ein Jojo und eine weitere Schatulle. Ich lasse mich im Schneidersitz nieder und öffne sie. Sie ist mit blauem Samt ausgeschlagen und es befinden sich verschiedene kleine Gegenstände dort drinnen. Eine blonde Locke mit einer rosa Schleife umbunden und ein Seidenbeutel mit Milchzähnen. Ein passendes Gegenstück findet sich auch. Eine dunklere, kürzere Locke ist mit einem blauen Band umwickelt. In meinem Magen ballt sich ein harter, heißer Knoten, so aufgeregt bin ich, als meine Finger auf ein vergilbtes Babyfoto stoßen. Ich bin mir nicht sicher, aber es könnte Solja sein, die mit ihren etwa anderthalb Jahren in die Kamera grinst. Dann öffne ich die andere Schatulle mit den Briefen und schütte sie auf den Boden. Es sind nicht mehr als fünfzehn, die ich fahrig vor mir ausbreite.

»Na, dann wollen wir mal«, flüstere ich mir aufmunternd zu und falte sie auseinander. Die in deutscher Sprache sind alle von demselben Verfasser, einer Frau, die einen Mann über alles liebt. Ich beginne zu lesen.

Mein Liebster,

ich spüre immer noch deinen Herzschlag an meiner Brust …

Ich lese die ganzen romantischen Liebesschwüre, die Esther so in Verzückung versetzt hatten, und seufze. Die Worte gehen einem wirklich unter die Haut und langsam verändert sich der Ton der Briefe. Zuerst kaum merklich. Sie bekam ihr Kind ohne den Vater. Einen Brief, den er an sie schrieb und der davon berichtete, wie sehr seine einflussreiche Ehefrau ihn in die Ecke drängte und nicht gehen ließ, bekam sie anscheinend gar nicht.

Mein Liebster,

ich kann es nicht erwarten, dich wiederzusehen. Deine Tochter hat deine Augen und das gleiche hungrige Herz nach Leben.

Die Ärmste sollte von ihrem Geliebten ganze sechs Monate nichts mehr hören. Welch Folter.

Mein Liebster,

lass niemals zu, dass sie uns unsere Zuflucht nehmen. Sie darf nie von dem Haus am See erfahren.

Von wem sprach sie? Der Ehefrau des Geliebten, die Blitze und Feuerzungen speien konnte? Die Frau, die mit Drohungen diese Liebe unmöglich machte? Wie hieß sie noch gleich, Ingrid?

Mein Liebster,

ich bitte dich nicht, deinen Sohn zu verlassen. Nie könnte ich solch ein Opfer verlangen. Aber ich habe nicht die Kraft, unsere Tochter in einer Kälte wie der euren großzuziehen. Bitte mich nicht, im Schatten deiner Schneekönigin zu leben, denn das wäre mein Untergang. Das zwischen uns sollte ein Märchen sein. Ich hatte es fest geglaubt, doch nun …

Ein neuer Brief:

Mein Liebster,

es ist lange her. Ich war im Sanatorium und bin endlich wieder genesen. Es war ein langer und beschwerlicher Weg, die Splitter aus meinem Herzen zu bekommen. Verzeih, dass ich dich so lange aus meinem und dem Leben deiner Tochter verstoßen habe. Es war mir nicht anders möglich zu überleben, nachdem du uns verlassen hast.

Sanatorium? Soljas Mutter war in einem Sanatorium, weil sie Depressionen hatte. Und das nicht nur einmal. Und wenn etwas an ihr besonders war, dann ihre Art zu sprechen. Sie zitierte ständig aus Jane Austens Büchern und redete lyrisch daher.

»Mein Gott«, hauche ich und nehme mir den nächsten Brief vor.

Die Handschrift ist unstet und von Wasserflecken unleserlich.

Mein Liebster,

sei frei. Entscheidungen fallen und man muss sie hinnehmen. Wenn ein Traum stirbt, erwacht ein neuer. Treibe deine Karriere voran und gewinne. Ich werde im Stillen immer an deiner Seite sein. Und wer weiß: Vielleicht sehen wir uns wieder.

Mir kommt das Medaillon in den Sinn, das Solja mir so unwirsch abgenommen hat. *M* wie Marie. Soljas Mutter.

KAPITEL 23

Ich kann nicht anders, aber seitdem wir in der Sauna sitzen, muss ich Solja anstarren und nach Gemeinsamkeiten mit Arwo suchen. In meiner rechten Hand halte ich das alte Jojo, das ich im Schrank gefunden habe, und fühle die Rundungen nach. Ich frage mich, wie Solja auf das Spielzeug reagiert, während ich es vermeide, in Meikes Richtung zu sehen. Mit Esther hat sie sich wieder vertragen. Wenigstens etwas. Aber zwischen uns herrscht weiterhin Eiszeit.

Die Wärme tut so gut hier drinnen und ich schließe eine Weile die Augen und höre Esther zu, wie sie von veganen Backrezepten erzählt.

»Morgen sind wir zu einem Schlittenrennen eingeladen«, quatscht Solja jetzt dazwischen und sieht uns auffordernd an.

»Von wem denn?«, fragt Meike alarmiert und denkt vermutlich sofort an die Rocker, die sich nicht noch mal blicken ließen.

»Arwo und Leif haben mir Bescheid gegeben, bevor sie weg sind. Wir können alle kommen und auch starten. Wenn wir Lust haben. Das wäre ein schöner Abschluss.« Solja sieht erfreut aus.

Und ich kann nicht fassen, dass Arwo, der Schuft, sich wieder nicht von mir verabschiedet hat und einfach gefahren ist. Mein Magen sackt eine Etage tiefer und bereitet mir Unbehagen.

»Das ist ja mal ’ne Neuigkeit«, brumme ich und lasse das Jojo vorschnellen. Es surrt leise und die aufgemalten roten Wirbel sehen dabei aus wie Feuerzungen.

»Ja, das wird doch bestimmt lustig«, meint Esther und dreht sich ihr Haar zu einem Zopf. »Ich kann kaum glauben, dass unser Abenteuertrip schon übermorgen vorbei ist.«

Richtig. Am 3. Januar geht es ab nach Hause.

Solja ist auf einmal wie hypnotisiert von dem Jojo und verfolgt es, wie es sich ein- und ausrollt und dabei schnalzende Geräusche macht.

»Hübsches Spielzeug übrigens«, stellt Esther fest. »Wo hast du das her?«

Mein Stichwort! Solja reißt ihren Blick davon los.

»Ja, dazu muss ich etwas erzählen. Es ist aus einer Schatulle«, werfe ich in die Runde. »Ihr wisst doch noch die Briefe, die wir gefunden haben, oder?«, frage ich.

Soljas Kiefermuskel zuckt.

»Ja, klar. Wie könnten wir die vergessen?« Esthers Augen beginnen zu leuchten.

»In der Schatulle lagen weitere Kindheitserinnerungen und die Briefe gehören dazu. Solja weiß, von wem sie sind«, verrate ich und lasse das Jojo diesmal in ihre Richtung schnellen.

Solja schlägt danach und bringt es zum Trudeln.

»Was redest du denn da?«, fragt sie.

An der Art, wie Soljas Mundwinkel sich kräuselt, erkenne ich ihre heftige Anspannung.

»Solja, du hast doch das Thema unseres Ausfluges eingeführt. Keine Geheimnisse! Das gilt auch für dich.« Ich hebe auffordernd meine Augenbrauen.

»Ja, Gleichberechtigung für alle«, meint Meike, lehnt sich entspannt zurück und beobachtet uns. Esther dagegen rutscht unruhig auf den Brettern herum.

»Es waren Briefe deiner Mutter. Und Arwo ist dein Halbbruder«, spreche ich meine Vermutung aus.

»Nicht wahr!«, presst Esther hervor.

Solja sagt nichts. Ich kann beinahe sehen, wie ihre Zahnräder im Hirn ineinandergreifen und versuchen zu klären, wie sie darauf reagieren soll.

»Nein, ich hab es geahnt«, stößt Esther aus.

Meike kichert nur und vergräbt das Gesicht in den Händen. »Wie schräg ist das denn? Warum ist das denn ein Geheimnis?«, will sie wissen.

»Das ist kompliziert«, antwortet Solja unwillig und fixiert mich mit wütendem Blick.

Die Hitze in der Sauna nimmt zu und mir wird leicht schummerig, als mir bewusst wird, dass ich ins Schwarze getroffen habe.

»Ich fasse es nicht! Du hast mir die ganzen Jahre nie etwas davon gesagt, dass du einen Bruder hast«, beschwere ich mich und fächere mir Luft zu. Das Jojo baumelt an meiner Seite.

»Warum sollte es jemanden interessieren«, blafft Solja mich an. »Und mal ganz ehrlich, Vivien. Warum willst du dich auf diese Weise an mir rächen? Das ist geschmacklos.«

Rache? Geht's noch? Ich sage so etwas wie: »Wa-blfff«, so überrascht bin ich. Normalerweise würde ich mich jetzt sofort entschuldigen. Ich muss echt aufpassen, dass mein Sorry-Gendefekt nicht durchkommt.

»Wie kannst du mir verschweigen, dass ich gerade mit deinem Bruder im Bett war? Wie paradox ist das denn?«, schieße ich zurück.

»Du wolltest ja nicht hören.« Solja verschränkt die Arme.

»Was hat das eine mit dem anderen zu tun? Und wie könnt ihr ein solches Geheimnis daraus machen? Nicht einmal Arwo hat mir die Wahrheit gesagt«, beschwere ich mich.

»Hat er nicht?«, fragt Solja jetzt verdattert und schaut mich daraufhin noch verärgerter an.

»Ja, das hast du richtig verstanden. Du hast ihn gut im Griff, deinen Bruder, was das angeht. Ich bin selbst draufgekommen.«

Ich sehe, wie Solja ihren hübschen Kopf nach einem Ausweg aus dieser unangenehmen Situation durchsucht.

»Vivien, wie kannst du mir eigentlich vorwerfen, dass ich nicht alle meine Geheimnisse mit dir teile, wo doch jeder weiß, dass du nicht nachdenkst, bevor du redest«, greift sie mich an.

»Das sagt die Richtige. Ich habe ein sehr schmerzhaftes Geheimnis neun Jahre lang mit mir herumgeschleppt, bis gestern!«, erinnere ich sie.

»Da muss ich ihr recht geben«, mischt sich Meike ein und schürzt die Lippen.

»Himmelherrgottnocheins! Es tut mir leid, dass ich die Bombe habe platzen lassen, wie oft denn noch?«, faucht Solja.

»Schon gut, es war überfällig. Geheimnisse nehmen sich schlecht mit ins Grab«, meint Esther mit Unbehagen in der Stimme. »Und jetzt wollen wir alle zu unserer …«

»Oh, Esther, hör mir grad mal auf mit deiner Mitte, ja?« Ich versuche, meine Stimme fest klingen zu lassen, bin aber zu aufgeregt.

»Om Mani, Padme Hum. Alle negativen Einflüsse prallen von mir ab«, sagt sie, macht eine merkwürdige Bewegung mit den Armen und atmet tief ein.

»Mein Gott, was für eine Schmierenkomödie«, flüstert Solja und rauft sich die Haare.

»Willkommen in meinem Leben«, antworte ich bitter. Fast suche ich die Schuld für diese bizarre Situation bei mir.

Und mir wird bewusst, dass ich viel zu leicht alles auf mich beziehe. Versteht jemand meine Ironie nicht, war sie unangebracht. Mag jemand meinen Stil nicht, muss ich ihn überdenken. Kann mich jemand nicht leiden, denke ich, ich bin doof oder potthässlich. Jetzt, in diesem Moment, fühlt es sich anders an. Ich spüre, wie eine warme Kraft aus mir herausströmt. Ich habe das Recht, Antworten von Solja zu bekommen.

»Ich dachte, wir sind Freundinnen? Ich dachte, wir können uns alles erzählen. Du ermunterst mich stets, dir alles anzuvertrauen, die dunkelsten, dämlichsten Gedanken. Und das gilt umgekehrt nicht?«, frage ich sie, auf alles gefasst. Soljas Auge zuckt unruhig.

»Das meint sie doch gar nicht so«, versucht Esther wie gewohnt zu schlichten. »Ihr müsst aufhören, euch anzugreifen. Denkt an euren inneren Ton. Denn was im Ton übereinstimmt, schwingt miteinander. Und was friedvoll schwingt, bringt innere Ruhe. Und innere Ruhe bringt …« Esther wird von Meike unterbrochen.

»Wir sind nur baff, dass wir das nicht über dich wissen, Solja. Aber weißt du was? Wenn du nicht darüber reden willst, musst du es natürlich nicht.« Meike hebt resigniert die Schultern.

Ich hole tief Luft und will ihr gerade zustimmen, weil mich Soljas gehetzter Blick kirre macht, da beginnt sie zu reden:

»Also gut. Du liegst goldrichtig, Miss Marple«, sagt sie in meine Richtung. »Das Ganze war vor unserer Zeit. Vielleicht habe ich deshalb nichts gesagt und es nicht für wichtig gehalten.«

Mein Mund klappt endlich wieder zu.

»Ja, aber Arwo spielte doch sicher auch später irgendwie eine Rolle in deinem Leben?«, frage ich versöhnlich.

»Nur, wenn es sich nicht vermeiden ließ. Du weißt, dass mein Vater in Finnland lebte und er nur wenig Zeit mit mir verbrachte.«

Ich nicke zögerlich. »Ja, so was kommt ja vor. Ihr hattet aber dennoch ein inniges Verhältnis zueinander«, erinnere ich sie. Solja schluckt schwer.

»Ich hätte nicht gedacht, dass jemand die Briefe findet«, sagt sie mehr zu sich selbst, ihr Blick wird leer.

»Und dann buddle ich sie aus«, bedauert Esther.

»Wäre Arwo nicht gewesen, hätte sich mein Vater für mich und meine Mutter entschieden. Dann wäre sie vielleicht nicht durchgeknallt«, sagt Solja.

Ich merke, wie sich mein Gesicht verzieht. Marie war wirklich speziell und Solja hatte es nicht leicht mit ihr gehabt. Es gab zu viele Tage, an denen die Frau vor lauter Melancholie nicht aus dem Bett gekommen war. Solja musste früh selbstständig werden.

»Du kannst doch nicht deinem Bruder für seine bloße Existenz die Schuld geben«, sagt Esther milde.

»Halbbruder«, berichtigt Solja und verschränkt die Arme noch ein wenig schützender vor ihren nackten Brüsten, bevor sie weiterspricht. »Das tue ich auch nicht. Es gab da einen Tag, der alles zwischen Arwo und mir veränderte.« Solja schweigt eine Zeit lang und fordert das Jojo aus meinen Händen. »Wir waren noch Kinder, Mama ging es wieder besser. Wir trafen uns alle paar Monate hier in diesem Haus. Mama arbeitete auf selbstständiger Basis und somit war es möglich, dass Paps uns in jeden Ferien nach Finnland holte. Heimlich natürlich. Es war der Rückzugsort für meine Eltern, müsst ihr wissen. Mein Dad hatte Marie, meine Mutter, nach einem Turnier in Bremen kennengelernt und sie kurzerhand mit nach Finnland genommen. Sie war erst neunzehn Jahre alt und hatte sich sofort bis über beide Ohren in den erfolgreichen Reiter verliebt. Leider war mein Paps schon mit Königin Frost verheiratet und die erwartete ihr erstes Kind. Prinz Arwo.«

»Und dann?«, fragt Meike. Solja knetet das Jojo in ihren Händen.

»Ihr kennt die Briefe. Sie hatten eine heimliche Liebesbeziehung und Mama wurde schwanger. Mein Vater wollte seine Frau verlassen, aber sie drohte ihm, dass er seinen Sohn nie wiedersehen würde. Und sie hätte meinen Vater ruiniert. Sie hatte die Mittel dazu.«

»Das ist so mies«, schimpft Esther.

»Meine Mutter konnte nicht loslassen. Also gab sie sich weiterhin mit einer heimlichen Beziehung ohne Aussicht auf ein Happy End zufrieden. Eines Sommers reisten wir wieder nach Finnland und ich lernte meinen Bruder kennen. Wir verbrachten vier Wochen miteinander, während seine Mutter, eine erfolgreiche Anwältin, beruflich in Amerika war. Ich mochte ihn. Arwo, meine ich.« Solja macht eine lange Pause und ich spüre ihr Unbehagen. »Meine Mutter und Paps waren so glücklich und Arwo und ich verstanden uns auf Anhieb. Er sagte, ich sei eine Prinzessin und er der Ritter hoch zu Pferd. Ich brachte ihm die ersten Worte Deutsch bei und wir bauten uns ein Versteck im Schrank, in dem wir sogar oft zusammen einschliefen.« Ein Lächeln schleicht sich auf Soljas Gesicht.

»Die Schnitzereien im Schrank, das wart ihr«, vermute ich.

»Ja, Arwo hat sie gemacht. Und er hat jeden Tag aufs Neue versprochen, dass uns ab jetzt nichts mehr auseinanderbringt.« Sie seufzt langgezogen. »Dann kam der Tag, an dem sie auftauchte.«

»Wer?«, fragt Meike.

»Die Schneekönigin.«

Wir hängen wie gebannt an Soljas Lippen.

»Sie hatte durch irgendjemanden von der Hütte erfahren und kam, um ihren Mann und ihren Sohn zu holen. Ich hatte zuvor noch nie eine so böse Person gesehen. Heute kann ich sagen, sie war manipulativ und kalt. Meine Mutter konnte sich verbal überhaupt nicht gegen sie wehren. Ich hielt meinen Vater an der Hand, ich flehte, er dürfe Mama und mich jetzt nicht alleine lassen.« Eine kurze Pause, dann erzählt sie weiter. »In dem Augenblick, als ich mich zwischen meinen Vater und Arwos Mutter stellte, gab mir Arwo einen heftigen Schubs. Ich fiel und brach mir den Arm.«

»Aua«, höre ich Meike empört sagen.

»Das gibt's ja nicht«, haucht Esther.

»Und was ist dann passiert?«, frage ich angespannt.

»Meine Mutter fuhr mit mir ins Krankenhaus. Mein Vater kam nur kurz vorbei. Ich sah ihn danach zwei Jahre nicht mehr. Mein Bruder war für mich gestorben.«

»Ihr wart Kinder, kannst du ihn nicht auch ein wenig verstehen? Es muss für ihn auch schlimm gewesen sein, so zwischen den Stühlen zu sitzen«, vermutet Esther.

Solja lacht freudlos.

»Natürlich kann ich das. Wir haben uns später bei Täti Didi und Elsa noch oft gesehen, aber ich konnte nicht vergessen, dass er mich so schnell fallen gelassen hatte.«

»Du bist aber gnadenlos«, bemerkt Meike.

»Ich verstehe dich«, gebe ich zu, obwohl ich denke, dass Solja mehr auf ihren Vater wütend war als auf Arwo.

»Als wir Jugendliche waren, hat er keine Gelegenheit ausgelassen, mich zu ärgern. Er hat mir Streiche gespielt bis zum Erbrechen«, schildert Solja die darauffolgenden Jahre.

»Wie das mit dem Föhn?«, hake ich nach.

»Ja. Und eines Tages hat er etwas getan, das ich ihm nie verzeihen werde.« Sie spricht die Worte ganz langsam und deutlich aus.

»Was hat er denn Schlimmes gemacht?«, will Meike wissen.

»Er hat meinen Hund ermordet.«

Ich schnappe nach Luft. Mord? An einem Tier? Ich stelle mir Bilder vor von einem Menschen mit einer Machete, der auf einen Pudel einhackt. Als Nächstes sehe ich einen vergifteten Mops mit Schaum vor dem Mund. Ich schüttle unwillkürlich den Kopf. Das könnte Arwo nicht tun. Ich habe gesehen, wie er mit seinen Huskys umgegangen ist.

»Was?«, flüstert Esther schockiert. »Das kann ich mir nicht vorstellen.«

Solja schaut zu Boden.

»Täti hat mir einen Welpen namens Bente geschenkt, da war ich vierzehn. Ein kleines, schwächliches Wesen, dessen Hundemama gestorben war. Ich musste ihr sogar noch das Fläschchen geben, so klein war die schwarze Labradorhündin mit einer rosa Nase«, erzählt Solja und ihre Augen leuchten, während sie an ihren Hund denkt.

»Was ist geschehen?«, fragt Esther ängstlich.

»Wir waren hier am See. Mit Paps und Täti. Arwo wollte eine Aussprache mit mir erzwingen, weil ich nur einsilbig seit Jahren mit ihm sprach, aber ich wollte nicht. Dann hat er Bente in das alte Boot mitgenommen und ist auf den See hinaus. Mir würde schon kein Zacken aus der Krone fallen, wenn ich mich mit ihm aussöhne, hat er gemeint. Ich sollte zum Anleger kommen und mitfahren und im Austausch wollte er Bente an Land setzen. Aber so weit kam es gar nicht, weil das scheiß Boot vorher kenterte.« Solja schweigt und beißt sich auf die Unterlippe. Die Bilder scheinen sich in ihrem Geist zu manifestieren. Es fällt ihr sichtlich schwer, darüber zu reden, und ein schlechtes Gewissen überrollt mich prompt.

»Das ist ja schrecklich.« Meine Stimme ist dünn.

»Aber Hunde können doch schwimmen?«, sagt Meike ungläubig.

»Nicht, wenn sie so klein sind wie Bente«, antwortet Solja gereizt.

Stille entsteht. Schwer. Fast bleiern.

»Ich bin sofort in den See gesprungen und habe nach Bente getaucht. Als Arwo sie endlich fand, war sie bereits tot.« Alle schweigen. Esther kaut an einem Fingernagel. Meike sieht betreten zu Boden.

»Was hat Arwo danach getan?«, frage ich tonlos.

»Es tat ihm leid, natürlich«, erklärt sie. »Aber was geschehen war, war geschehen, und seitdem akzeptiert Arwo meinen Wunsch.«

»Der da wäre?«, fragt Meike.

»Ich bin ein Einzelkind. Ich habe keinen Bruder und ich vermeide es, mit Arwo zu reden. Und er respektiert das«, antwortet sie fest.

Ich weiß nicht, was ich dazu sagen soll. Einerseits finde ich es bemerkenswert, wie konsequent sie einen für sie unangenehmen Menschen aus ihrem Leben streicht. Andererseits finde ich es grausam und beängstigend.

»Was meint ihr, können wir jetzt wieder über etwas Erfreulicheres reden? Und das alles Schnee von gestern sein lassen?«, schlägt Solja, wieder ganz die Alte, vor.

»Gute Idee. Saunagänge sind doch dafür da, den Körper und Geist zu reinigen und zu entspannen«, verkündet Esther unsicher und wir stimmen alle etwas betreten zu.

***

Nachdem wir ausgiebig geschwitzt, schweigsam zu Mittag gegessen und uns viel zu lange aus dem Weg gegangen waren, trommelt Solja uns unten im Wohnzimmer zusammen. Ihr Frotteebademantel rutscht von ihren Schultern und gibt den Blick auf ein pinkes Bikinioberteil frei.

»Mädels, jetzt wird Neujahrseisbaden gemacht!«, zwitschert sie vergnügt.

Ich strecke alle viere von mir und hebe müde meinen Kopf von der Sofalehne.

»Ich will nicht«, murre ich.

Von oben höre ich Türenklappen.

»Toll! Ich bin auf jeden Fall dabei«, ruft Esther gutgelaunt. »Aber ich habe nichts zum Schwimmen eingepackt. Gehen wir dann nackt?« Sie kichert.

»Unterhose tut es auch. Handtücher und Bademäntel sind in den Schränken«, ruft Solja zurück und baut sich dann vor mir auf. »Komm schon, du wirst dich danach wie ein neuer Mensch fühlen, das verspreche ich dir.«

Ich lächle zaghaft. Als ich das letzte Mal versucht habe, ein neuer Mensch zu sein, habe ich ihren Bruder gevögelt und sie danach genötigt, uns ihr Jugendtrauma zu erzählen.

»Bist du sicher?«, maule ich und zupfe an der Wolldecke, die über meinen Beinen liegt.

Schwungvoll wird sie mir entrissen und Solja angelt nach meinen Händen.

»Ich hab etwas gut bei dir«, meint sie und zieht mich auf die Beine. »Und ganz ehrlich, mein Negligee hat dir besser gestanden als dieser abgewetzte Lappen, den du schon wieder trägst.« Sie rümpft die Nase und zieht mir den Pulli über den Kopf.

Ich fröstle leicht. Ihre rot lackierten Fingernägel streifen meinen Nacken, bevor sie beginnt, meine Haare einzudrehen. Ich liebe es, wenn jemand mit meinen Haaren spielt und sie frisiert, und Solja weiß das. Also halte ich brav still, während sie mir einen Knoten auf dem Kopf bindet.

Ehe ich mich versehe, hat sie mich nach oben gescheucht, um mich zu entkleiden und mir ein Handtuch zu suchen. Nur in einer alten blassrosa Unterhose komme ich hinunter und versuche, mich möglichst fest in das Handtuch zu drehen.

»Kann es losgehen?«, will Solja wissen, die eine Hand schon an dem Türgriff hat.

Ich bin noch dabei, meine nackten Füße in die Boots zu pressen.

»Ich weiß ja nicht«, maule ich erneut. »Wenn ich ehrlich bin, habe ich beinahe Angst vor dem eisig kalten Wasser. Was, wenn es einen Schock oder Schlaganfall auslöst?«

Esther stützt mich, damit ich nicht das Gleichgewicht beim Schuheanziehen verliere.

»Sprich mir nach«, beginnt sie. »Ich bin in meiner Kraft und voller Vertrauen, hier und jetzt«, singt sie.

Nach der dritten Wiederholung stimme ich mit ein und wir treten eingehüllt in die Frotteemäntel und Badetücher auf die Veranda. Mein erster Impuls ist, sofort schreiend zurück in die Hütte zu laufen, aber Esther hält meinen Arm ganz fest.

»Uah! Ist das kühl hier, Mädels«, spricht mir Meike aus der Seele und Solja beginnt, schneller zu laufen.

»Kommt schon, wer als Erste da ist«, jauchzt sie und rennt den freigeschaufelten Weg entlang. Neben ihr türmt sich der Schnee fast hüfthoch auf und sie lässt ihre Hände seitlich über den Pulverschnee gleiten. Ihre Boots wirbeln frisch gefallene Flocken auf.

»Herrlich, diese klare Luft!«, ruft Meike, als sie sich lachend zu uns umdreht. Etwas steif laufe ich neben Esther her, die gar nicht daran denkt, mich entkommen zu lassen.

»Om, die Kraft liegt in mir«, ermutigt sie mich nickend ein weiteres Mal. Als wir am Steg ankommen, ist Solja schon dabei, die Treppe hinab ins Wasser zu steigen.

»Wer hat denn das Eis aufgeschlagen?«, fragt Meike.

»Ich hatte Leif gebeten, bevor er weg ist«, sagt Solja. Sie atmet stoßweise, ihre Brust hebt und senkt sich schnell. Irgendwie sieht sie sehr gequält aus und tut die ersten Schwimmzüge.

Meike folgt ihr mutig nach.

»Ich spü-spü-spüre meine B-b-beine nicht«, höre ich Meike bibbern.

Oh, nein. Das ist nichts für mich, ganz sicher nicht!

»Los, du als Nächste, Vivi«, fordert Solja abgehakt.

Esther nimmt mir mein Handtuch ab.

»Ihr seid doch alle völlig verrückt«, flöte ich versucht vergnügt und tauche meinen großen Zeh ins Wasser. Meine Hände klammern sich krampfartig an dem mit Raureif überzogenen Geländer fest.

»Ja, genau«, ruft Solja.

Ich gebe einen spitzen Schrei von mir, als Esther mich lieb lächelnd tiefer ins Wasser nötigt.

»Das ist ungesund, das spüre ich«, quietsche ich, während ich mich endlich überwinde, ganz einzutauchen. Die Kälte nimmt mir den Atem. Es ist, als würde sie mich zusammenpressen.

»Om, deine Kraft ist tief in dir«, wiederholt Esther und ich möchte sie gern schlagen.

»M-m-mein Fuß ist gleich tief in d-d-dir, wenn ich d-d-ir in den Hintern trete, Esther«, stammle ich.

Solja lacht glucksend. »Bereit, neu geboren zu werden?«, fragt sie eine Spur zu lauernd.

Ich werde hektisch, weil ich plötzlich Angst habe, dass sie mich hier untertauchen könnte. Aus Rache. Wie früher im Freibad. Das würde mir definitiv das Bewusstsein rauben.

»Was ist los mit dir, Vivi, du machst ein wirklich komisches Gesicht«, sagt sie stattdessen und spritzt mit dem eisigen Wasser.

»Du blöde Kuh«, knurre ich und spritze zurück, dabei treffe ich Meike, die nicht sehr amüsiert aussieht.

»Ungebildete Weidedame, bitte«, verbessert mich Solja und ich reiße meinen Blick von Meike los. »Und jetzt entspannt euch mal für einen Moment«, fordert sie und hilft Esther ins eiskalte Nass.

»Spürt ihr das?«, fragt Solja nach einer Weile, in der ich hektisch atmend umhergeschwommen bin.

»Ich spüre nichts, ich habe das Gefühl, meine Gliedmaßen sterben ab«, höre ich Meike.

»Ja, genau das meine ich ja«, erwidert Solja glücklich.

Das ist nicht ihr Ernst, oder?

»Ihr müsst gleichmäßig atmen und schwimmen, so in etwa«, erklärt sie und schwimmt wie eine Entenmama vor uns her, während wir folgen. »Und jetzt reicht es auch. Alle sofort raus aus dem Wasser«, fordert sie als Nächstes.

Ich bin verwirrt und zapple hektisch rum.

»Im Ernst?«, fragt Meike. »Es hat gerade erst aufgehört wehzutun.«

»Das Geile kommt ja erst noch. Also raus, husch, husch!«, ruft Solja mit mehr Nachdruck.

Wir gehorchen. Ich steige vor Solja die glitschige, von Eis bedeckte Treppe hinauf. Meine Unterhose tropft und lässt das Wasser an meinen Schenkeln, die wie unter tausend Nadeln pieken, hinablaufen.

»Vivien, wusstest du, dass dein Po ganz süße Grübchen bekommen hat?«, neckt sie mich und gibt mir einen Klaps.

Ich drehe mich über die Schulter um und strecke ihr die Zunge heraus.

Meine Haut steht in Flammen, als würde sie von innen heraus glühen. Aber nicht auf die gemeine Weise, sondern belebend. Mein Herz schlägt schnell, aber gleichmäßig. Mein ganzes Sein ist hellwach und mein Körper fühlt sich an, wie – ja wie? Es ist kaum zu beschreiben, aber Solja lag richtig. Irgendwie kommt es einer Geburt nahe. Ich fühle mich wund, lebendig und gereinigt vom Übel der Welt.

»Wer als Letzte im Haus ist, muss die anderen bedienen«, trällert Solja und sprintet an uns vorbei.

Ich kann gar nicht so schnell in die Boots kommen.

»Das könnte dir so passen, Fräulein Von-und-Zu«, ruft Meike, hakt sich überraschend bei mir unter, zieht mich mit sich und flüstert verschwörerisch: »Komm, Esther wird die Letzte, die macht den besten Tee.«

Ich fädele meine Finger zwischen ihre und schaue sie atemlos an. Ihr Lächeln ist milde, aber auch etwas traurig, bevor sie den Blickkontakt unterbricht und mit mir lossprintet.

***

Ich liege auf meinem Bett und starre den Wandteppich an. Mein Handy liegt lose in meiner Hand und ich kann mich nicht entscheiden, ob ich es anstellen möchte. Was, wenn mich niemand angerufen hat, um mir alles Gute für das neue Jahr zu wünschen? Oder, viel wichtiger: Was, wenn Chris angerufen hat, um mich tatsächlich zurückzugewinnen? Ich versuche, mich zu entspannen. Meine Glieder sind schwer und sinken tief in die Kissen und Decken unter mir. Arwos Duft liegt noch in der Luft und erinnert mich an die letzte Nacht. Da ist es wieder. Das Poltern in meiner Brust, wenn ich an ihn denke. Meine Finger schließen sich fester um mein Samsung S5 mini und schalten es ein. Es begrüßt mich mit seinem vertrauten Ton und zeigt mir dreiundzwanzig ungelesene Nachrichten an.

Happy new year, mein Baby. Ich freu mich darauf, dich bald wieder in die Arme schließen zu können, deine Mama.

Frohes Neues, altes Haus. Was machen deine Hochzeitsvorbereitungen? Dein Cousinchen.

Ich halte die Luft an.

Meine Hübsche, du fehlst mir. Ich habe einen Fehler gemacht. Bitte verzeih mir ein letztes Mal, du bist mein Ein und Alles.

Vivien, ich liebe dich, nur dich. Ich hatte Torschlusspanik, kannst du mich nicht verstehen?

Bitte, ruf mich an!

Du kannst doch nicht unsere ganze gemeinsame Zeit einfach wegwerfen!

Versteh doch, ich kann nicht ohne dich leben!

Dann eine Nachricht von Meikes Mann. Das hat mir gerade noch gefehlt. Wenn der wüsste, dass unser Ausrutscher ans Tageslicht gekommen ist.

Hallo Vivien. Frohes Neues. Kannst du Meike sagen, sie soll mich anrufen?

Echt jetzt?

Noch einmal Mark:

Vivien, ich noch mal. Ich will mich eigentlich nicht einmischen. Aber du solltest mit Chris reden und für Klarheit sorgen.

Nicht sein Ernst, oder doch? Hatte Meike nicht die Hoffnung, dass er Chris von mir fernhält? Hat wohl nicht geklappt.

Oh, eine Sprachnachricht von Chris. Ich zögere und halte es doch nicht aus:

»Vivien, bitte lass uns reden. Ich werde alles tun, was du willst. Nur, gib uns eine Chance, lass mich erklären. Ich verstehe mich ja selbst nicht, wie ich das Beste in meinem Leben so behandeln konnte.« Eine Pause und ein erstickter Laut. »Ich meine es todernst, meine Hübsche. Ich kann nicht ohne dich!«

Etwas in meiner Brust zieht sich schmerzlich zusammen. Weint er etwa? Ich hatte Chris noch nie wirklich weinen sehen. Nicht einmal bei den traurigsten Filmen oder

Nachrichten. Es sei denn, es ging um einen Kratzer im Lack seines Autos oder um eine verlorene Weltmeisterschaft. Dann war er nahe dran. Ich rolle mich auf die Seite und ziehe meine Beine an den Bauch. Ein wenig Zeit in Embryonalstellung und sachtes Vor-und-Zurückwiegen könnte beruhigen. Was denkt der Kerl sich eigentlich? Dass ich vergessen könnte, wie er dieses Mädchen mir vorgezogen hat? Dass er stets an anderen Frauen interessiert ist und dies mit seiner enormen Männlichkeit entschuldigt? Dass er es gern hätte, dass ich brav seine Nummer eins spiele, während er aus dem Bett von Nummer drei steigt und über den Umweg von Nummer zwei zu mir eilt?

Ich sehe seinen bittenden Blick vor mir, seine blauen Augen und sein einnehmendes Lächeln und schüttle den Kopf, als könnte ich das Bild so aus meinem Gehirn bekommen. Ist es möglich, ein Leben an der Seite eines solchen Mannes zu führen? Anders formuliert: Wäre es für mich möglich?

Chris war immer der Mensch an meiner Seite, mit dem mein Leben etwas mehr Farbe bekam. Mit dem mich fremde Menschen wahrnahmen und ich nicht in der Masse unterging. Ein Mann, auf den ich mich konzentrierte, damit ich mich selbst nicht so genau betrachten musste. Ich war gut darin, ihn in seiner Männlichkeit zu bestätigen. Ihm das Gefühl zu geben, dass er als männlicher Homosapiens immer noch einen Säbelzahntiger erlegen konnte, wenn es darauf ankäme. Ich himmelte ihn an und er genoss es. Und trotzdem hatte mein Bemühen offensichtlich nicht ausgereicht.

Jetzt liege ich hier und frage mich, ob es etwas zu retten gibt. Warum zum Teufel kann ich mir diese Frage nicht mit einem klaren und energischen *Nein* beantworten?

***

Meike sitzt eingekuschelt in Decken auf dem Sofa und hält sich ein Buch vor die Nase. Es scheint ungemein interessant zu sein, denn egal wie penetrant ich um sie herumstreune, sie ignoriert mich. Vor dem Fenster wird es bereits wieder dunkel. Die Sonne schickt ihr rotes Licht über den weißen Schnee und lässt den Horizont glühen. Ich will meinen Kummer vergessen. Meine innere Uhr sagt mir, es ist endlich Zeit für die drei Ws: Wein, Weiber und Witze. Ich wünsche mir so sehr, dass Meike mir verzeiht. Meine gutmütige, besserwisserische Meike. Leise setze ich mich zu ihr und schaue sie an. Lange. Sehr lange. Irgendwann muss sich doch reagieren, wenn meine Blicke ein Loch in die Seiten des Schmökers gebrannt haben.

»Was?«, fragt sie plötzlich, ohne den Blick von den Seiten abzuwenden.

Mein Mund wird trocken.

»Ich habe gehofft, wir können reden«, bitte ich.

Sie runzelt die Stirn und atmet tief ein. Unendlich langsam lässt sie das Buch sinken.

»Und, spannend?«, frage ich und ernte einen seltsamen Blick.

»Du willst über das Buch reden?«

Ich versuche zu lächeln, aber es misslingt.

»Nee, natürlich nicht.«

»Na, dann schieß mal los«, ermuntert sie mich halbherzig. Sie zuckt die Schultern und ordnet ihren Wollschal.

»Meike, es tut mir leid.« Meine Stimme gerät schief. »Was soll ich sagen?«

»Du wolltest reden, also sag's halt geradeheraus«, antwortet sie gelassen.

Mann, sie kann aber auch gnadenlos sein.

»Es gibt keine ausreichende Erklärung oder Entschuldigung für das, was ich damals getan habe«, beginne ich.

»Richtig.«

Autsch!

»Ich kann dir nur sagen, wie sehr ich mir wünsche, dass du mir auch verzeihst, wie du Mark verziehen hast«, rede ich weiter und bemerke, wie ungeschickt ich mich ausdrücke.

Meike verzieht ihren Mund.

Da kommt mir ein Gedanke. Damals wusste Meike ja nicht, dass ihr Mann sie ausgerechnet mit einer Freundin von ihr betrogen hat. Ob sich das neue Wissen jetzt negativ auf ihre Ehe auswirkt? Panik ergreift mich.

»Und irgendwie hatten wir ja auch gar keinen Sex, ich und Mark«, platzt es aus mir heraus.

»Du spinnst doch«, spuckt Meike aus.

Nein, eigentlich nicht. Das ist nicht gelogen.

»Wir waren so betrunken«, fange ich an. »Er ist damals nur mit zu mir, weil er nicht mehr fahren konnte.« Eigentlich war Mark schuld, weil er mich in meiner Lieblingsbar bei meiner Depression gestört hatte. »Wir hatten nie den Vorsatz, dass wir – du weißt schon«, nuschle ich.

Ich suche nach den richtigen Worten, während ich mich erinnere: Mark kam zu mir an den Tisch, er lallte schon verdächtig und sah mich mit diesen trauerumwölbten Augen an, die an meine eigenen erinnerten. Wir schütteten uns unsere Herzen aus, schimpften böse über unsere Liebsten, die wir im Begriff waren zu verlassen, und gingen zusammen zu mir.

»Vivien, ich schwöre dir, wir beide haben nur das Beste verdient«, raunte er an meinem Ohr, als wir in meinen Flur torkelten.

Ich hatte lange gebraucht, bis ich mit dem Schlüssel das Schloss fand.

»Du hast recht. Du hast ja sooo recht«, flötete ich und stützte ihn, als er seine Schuhe auszog.

Im Wohnzimmer öffneten wir meine letzte Flasche Pinot Grigio und unterhielten uns über unsere Ziele im Leben. Er war ein erstaunlich guter Zuhörer und sein Stolz über sein Gastsemester in London war entzückend. Meike war allem Anschein nach nicht so erfreut darüber gewesen, weil sie gerade einen Mietvertrag für eine gemeinsame Wohnung unterschrieben hatten. Das war ihr Streitpunkt gewesen.

»Ich verstehe dich nicht. Glaubst du, das macht es besser?«, fragt Meike.

Ich weiß nicht, was ich darauf antworten soll. Natürlich macht es das nicht besser. Aber schlechter auch nicht. Ich denke wieder an Mark, wie geknickt er war und wie fertig ich mich fühlte. Unsere Egos waren beide schwer beschädigt worden und suchten nach jemandem, der es wieder zusammensetzte.

»Du verstehst mich, Hübsche«, hatte er erklärt. »Frauen mit Verständnis für die Karriere eines Mannes sind rar gesät. Chris hat doch so ein Glück, dass er dich haben kann. Der Idiot weiß es nur nicht«, plapperte er weiter und ich hing an seinen Lippen, weil es genau das war, was ich hören wollte. »Du bist hübsch ...« Er grinste breit. »Entschuldigung. Schön, klug, kreativ und …« Er machte eine Pause und sah mir tief in die Augen. Dabei fiel mir auf, dass das Zimmer sich begann zu drehen. »… echt sexy.«

Nachdem mich mein geliebter Chris nach einer Meinungsverschiedenheit mit den Worten »Du bist mir echt zu Schulmädchen« vor die Tür gesetzt hatte, tat Mark einfach nur gut. Ich gab ihm einen Kuss auf den Mund. Zuerst war er mehr als überrascht und dann küsste er mich zurück. Und zwar so richtig.

»Wie wäre es, wenn wir ins Schlafzimmer umziehen«, fragte er und ich hatte kaum Zeit zum Überlegen, weil er mich unerwartet packte und auf seinen Arm lud. Er stieß meine Tischlampe mit meinen Füßen um, als er mich zu übermütig drehte, und ich bekam einen Schluckauf.

»Wie meinst du das, ihr hattet eigentlich gar keinen Sex?«, hakt Meike jetzt doch interessierter nach und holt mich aus den lebhaften Erinnerungen.

Ich räuspere mich.

»Er war zu betrunken«, sage ich. »Es gab da, glaube ich, ein Problem, wenn du verstehst, was ich meine.«

Meikes Gesicht verdunkelte sich zusehends.

Oh, nein. Jetzt habe ich doch womöglich die Potenz ihres Göttergatten angezweifelt?

Sie reckt streng ihr Kinn vor.

Wird sie jetzt wieder sauer?

»Du meinst, er hat keinen bei dir hochgekriegt?«, fragt sie und mein Mund klappt auf und wieder zu.

So würde ich es allerdings nicht ausdrücken. Da war schon etwas da, das von offensichtlichem Interesse zeugte, aber …

»So in etwa«, höre ich mich dann doch antworten und denke zurück.

Während wir ungelenk an unseren Klamotten gezerrt hatten, ahnte ich schon, dass wir nicht wirklich kompatibel sein würden. Doch wie das so ist, wenn der andere so richtig in Fahrt kam und sich ins Zeug legte, möchte man ihn nicht mehr enttäuschen. Zumindest geht mir das so. Er knutschte mich quer durch mein Gesicht. Eine nasse Angelegenheit. Ich musste lachen. Mark verstand das als Bestätigung und steckte mir als Nächstes seine Zunge ins Ohr. Pfui, bah! Es half nichts. Ab jetzt hieß es Augen zu und durch. Ich glaube, er war nicht mal richtig drin, da war er plötzlich eingepennt.

»Ich kann mich nicht wirklich an viel erinnern. Ich lag plattgedrückt und nass gesabbert da und Mark hat geschnarcht«, berichte ich zerknirscht. »Da war also gar nichts. Ich hatte sogar meine Klamotten noch an.« Zumindest einiges davon. Die Socken, zum Beispiel.

Ich weiche Meikes Blicken aus.

»Eingeschlafen? Das ist enorm«, höre ich sie sagen.

Mann, wie peinlich, wenn ich mich so zurückerinnere. Wer weiß, entweder hatte ich Mark gelangweilt oder ihn mit meinem Alkoholatem ins Koma gepustet. Als ich ihn von mir runterrollte, gurrte er ein letztes Mal: »Meike«, und ich sammelte meinen Stolz und mein Gewissen vom Boden auf, um es mit ins Badezimmer zu nehmen, wo ich es vorzog, in der Badewanne zu schlafen. Diese Marotte hatte ich schon als Kind. Wenn ich ein unlösbares Problem hatte, schlief ich in der Badewanne. Es half mir irrsinnigerweise, mich zu beruhigen.

Endlich traue ich mich, Meike anzusehen, und auf ihrem Mundwinkel deutet sich ein leises Lächeln an.

»Wirst du Mark jetzt verlassen, nur weil ich dämlich bin und Solja eine Petze?«, frage ich weinerlich. Ich spüre, wie sich ein Kloß in meinem Hals breitmacht.

»Nein, werde ich nicht.«

»Oh, gut. Das würde mich umbringen, wenn ich eure Ehe im Nachhinein zerstört hätte.«

Sie rollt mit den Augen. »Sei nicht gleich wieder so theatralisch, Vivien.«

Einen Moment lang schauen wir uns nur an. Ich betrachte ihre zusammengezogenen Brauen, die leicht zucken, und versuche, ihre Miene zu deuten. Immer noch sauer und ein klein wenig mordlüstern vielleicht?

»Was kann ich tun?«, frage ich.

»Vivien Hübsch, ich hab dich lieb, wirklich sehr. Aber …« Sie macht eine Pause.

Oh, nö. Aber sie wird mir nie wieder vertrauen können, mich nie wieder mit denselben Augen sehen, mich nie wieder ehrlich ihre Freundin nennen können? Ich schlucke trocken, es schmerzt, als hätte ich Stacheldraht verschluckt. Aber schlimmer ist das Gefühl in meiner Brust.

Dann, ganz plötzlich, lässt Meike ihr Buch sinken und stürzt auf mich zu.

Ich erstarre.

»Lass mir ein wenig Zeit, Viv«, murmelt sie. Ihre Arme schließen sich fest um mich.

Ich rieche den Duft vom Pfefferminzshampoo, während ich mein Gesicht in ihren Haaren vergrabe. Meine Augen brennen, und egal, wie fest ich sie zusammenpresse, ich kann die Tränen nicht mehr aufhalten.

Kapitel 24

Ich kann die Finger einfach nicht von diesem süßen pelzigen Baby mit blauen Augen lassen. Ich gehe in die Knie und rufe den Huskywelpen wieder zu mir. Er wühlt den lockeren Schnee mit seiner braunen Nase vor sich her und niest.

»Oh, ich liebe dich«, stoße ich aus und klatsche in die Hände. Als er schwanzwedelnd auf mich zuläuft, fängt Arwo ihn ab und übergibt ihn in meine Obhut.

»Pass gut auf ihn auf, während ich unser Gespann fertig mache, Fräulein Hübsch«, sagt er zwinkernd.

Ich schaue mich um. Es kommen immer mehr Wagen mit Anhängern auf dem Plateau an und bringen ihre Zugtiere ins Freie. Die meisten sind Hunde, aber es gibt auch Rentiere, zwei Pferde und einen Elch. Meine Augen weiten sich und ich stoße Meike an.

»Siehst du, was ich sehe?«, frage ich.

Meike späht zu einem blauen Anhänger hinüber, aus dem gerade das beeindruckende Tier geführt wird. »Das ist ein Elch. Ist es doch, oder?« Sie schirmt ihre Augen vor der Sonne ab.

Mir bleibt die Spucke weg. Ja, so einen hatten wir fast überfahren, als wir in Finnland ankamen. Allerdings hatte er eine andere Farbe.

»Er ist rosa!«, wundert sich Meike.

»Das ist ja mal originell«, sagt Esther.

Rosa Elche! Mit Anlauf kracht eine Erinnerung in mein Hirn. Auf der Fahrt mit der Fähre hatte ich Folgendes zu Arwo gesagt, als er meinte, dass er mich von irgendwoher kenne: »Wir wissen beide, dass dieser Satz so viel Wahrheitsgehalt hat wie: ‚In Finnland gibt es rosa Elche'.«. Gut, diese Elchkuh ist nicht komplett rosa. Sie ist sehr hell, fast beige und auf dem Kopf und dem Rücken ist ihr Fell rosa eingefärbt. Außerdem hat sie pinkfarbenes Zuggeschirr, das ihr soeben angelegt wird.

»Das ist doch nicht zu fassen«, stoße ich aus und suche mit den Augen nach Arwo. Ob das auf seinem Mist gewachsen ist?

»Hei, ihr drei«, sagt plötzlich jemand neben mir. Tante Elsa gesellt sich zu uns. »Seid ihr schon bereit?«, fragt sie in die Runde und knöpft die oberen Knöpfe ihres Mantels zu. »In meinen jüngeren Jahren war ich genauso übermütig wie Solja.« Elsa nickt zu ihrer Nichte hinüber, die ihr Rentier fertig macht und die Skier bereitstellt. Solja sieht klasse aus mit ihrem teuren graublauen Skianzug, der ihre Augen zum Leuchten bringt. Ihr Make-up ist auf das Blassrosa ihrer Mütze abgestimmt.

»Das würde ich mich wirklich nicht trauen«, sagt Meike anerkennend und zieht sich die Handschuhe über ihre rot gefrorenen Finger. »Ich meine, ich bin wirklich gut auf Skiern. Aber mit einem Tier davor? No way.«

»Wartet ab, ich wette, sie gewinnt«, setze ich auf Soljas Übermut. Mir fällt auf, dass sie ihre liebe Not mit dem Tier hat, das unruhig hin und her tänzelt, als sie versucht, es anzuschirren.

»Sollte ihr nicht jemand helfen?«, frage ich just in dem Moment, als ein Mann, so groß wie ein Schrank, mit schwingenden Schritten auf sie zusteuert.

What the fuck. Einer der Rocker! Onni, wenn ich mich recht erinnere.

»Oh«, knurrt Meike neben mir und ballt ihre Hände an ihren Seiten zu Fäusten. »Das ist er. Der hat mir aufgelauert.«

»Sicher?«, frage ich nach. Diese Art Bedrohung hatte ich ja schon ganz vergessen gehabt.

»Ganz sicher! Wir sollten etwas tun.«

»Was denn?«, frage ich dümmlich und presse das Hundebaby an meine Brust, bis es beginnt zu zappeln.

»Komm mit«, kommandiert Meike und zieht mich mit sich. Der Welpe knabbert an meinem Finger und quengelt, weil er runter will.

Wir umkreisen einen Rentierschlitten, der dem Weihnachtsmann gehören könnte, und weichen einer Frau mit ziemlich aufgedrehten Huskys aus. Einer von ihnen knurrt mich an, was zur Folge hat, dass ich beinahe den Welpen vom Arm verliere.

»Keine Angst, kleiner Hase«, raune ich beruhigend und folge Meike, die sich jetzt neben Solja aufbaut.

»Brauchst du Hilfe?«, fragt sie laut und stemmt die Arme in die Hüfte, weil Onni sofort auf sie zukommt und ihr auf die Schulter klopfen will.

»Oh, ja, gern. Brunhilde will einfach nicht stehen bleiben«, brummt Solja konzentriert und macht sich an einer Schnalle zu schaffen. Sie bekommt offenbar nichts von der aufgeladenen Atmosphäre mit, die gerade beträchtlich beginnt zu knistern. »Du könntest sie halten«, schlägt Solja vor, ohne aufzuschauen.

»Schöner Tag«, sagt Onni jetzt und vergräbt die großen Hände in den Taschen seiner roten Holzfällerjacke.

Meike holt tief Luft und starrt ihm wütend ins Gesicht.

Er macht vorsichtshalber einen Schritt zurück.

»So, mein Freund. Ich will mal eines klarstellen, ich habe die Sache im Wald noch nicht vergessen«, erklärt sie mit erhobenem Zeigefinger. Onnis blaue Augen treten leicht hervor und er zuckt unruhig mit den Schultern. »Ja, ich weiß, dass du das warst. Und es war nicht witzig, kapiert?«, motzt Meike.

Er grinst schief und wiederholt: »Kapiert.« Und fügt hinzu: »Reki.«

»Hei, Kippis«, ertönt zeitgleich die fröhliche Stimme vom rothaarigen Sven und Hände legen sich auf meine Schultern. Ich wirble herum. »Freu mich, freu mich«, grüßt er und knetet mich dabei einmal ordentlich durch.

Der Welpe kläfft und wedelt mit dem Schwanz.

»Sven, hallo«, sage ich unsicher und frage mich, ob ich mich noch für die Blumen bedanken muss.

Meike schimpft weiter mit Onni und ich glaube, so langsam bekommt er Angst vor ihrem fuchtelnden Finger. Der Arme versteht ihre Aufregung nicht im Geringsten und schaut sich immer einmal wieder hilfesuchend um.

»Meike, hältst du jetzt Brunhilde, oder was?«, fragt Solja, die die ganze Unruhe einfach ignoriert. »Sonst werde ich hier nie fertig.«

Sven versteht und eilt zu dem Tier, als es gerade im Begriff ist, ohne Solja abzuhauen. Es bockt rum und drängt mich ab. Meine Füße rutschen über Eis und im letzten Moment greift mir jemand unter meinen Arm, damit ich nicht stürze.

»Vorsicht, Fräulein Hübsch.«

Arwo! Ich schnappe nach Luft. Fast beiläufig drückt er mir einen Kuss auf die Wange und stellt mich gerade auf meine Beine. Der Welpe nutzt seine Chance und gibt dem Mann, der meinen Puls erneut beschleunigt, einen Hundekuss. Arwo lacht und weicht zurück.

»Da ist wohl noch einer ganz verrückt nach dir«, rutscht es mir einfach so heraus und ich beiße mir auf meine vorwitzige Zunge.

»Ist das so?«, fragt er belustigt und führt seine Hand zu mciner Wange.

Federleicht berührt er mich und ich möchte ihn küssen. Einfach nur küssen. Und mich in seine Arme werfen. Ob mit oder ohne Welpen.

»Kippis on minun«, höre ich plötzlich Sven mit Empörung in der Stimme sagen.

Es irritiert mich, wie er sich dabei vor uns aufbaut, und als Arwo tatsächlich zurücktritt, will ich wissen, was los ist.

»Was hat er gesagt?«, frage ich und zupfe an Arwos Ärmel, während er Sven mit einem großen Hallo begrüßt. Sven boxt Arwo sacht in den Bauch und deutet eine Rauferei an. Onni mischt sich ins finnische Gespräch ein und lacht donnernd. »Du kennst die beiden?«, hake ich nach.

Arwo nickt zustimmend. Sven zwinkert.

»Ja, das sind die Arnold-Brüder. Ich glaube, sie wohnen ganz in der Nähe des Sees«, überlegt er.

»Ja, das stimmt. Sie haben uns in unserer Hütte geholfen, als wir ein Problem hatten«, berichte ich und versuche zu erraten, über was sie sich gerade so amüsieren. Womöglich über die peinliche Art unseres Problems?

»Die sind echt in Ordnung«, erklärt Arwo und reicht Onni jetzt die Hand.

Ich schüttle die schrägen Gedanken wieder ab.

»Das sag mal nicht so laut«, mischt sich Meike ein, die interessiert zugehört hat. »Der da …«, sie deutet auf Onni, »… hat mich mit einer Waffe im Wald verfolgt. Er ist schuld, dass ich beinahe draufgegangen bin.«

Onni sieht jetzt aus wie ein Schuljunge, wie er mit seiner Schuhspitze im Schnee bohrt, während er Arwo anspricht. Eine ganze Weile tauschen sie sich aus, bis Arwo sich wieder uns zuwendet.

»Er hat auf dich aufgepasst, sagt er. In der Nähe trieb sich ein alter Wolf herum, den er verfolgte, als du joggen warst. Und da du auf seine Rufe nicht reagiert hast und dich nicht vom

Rennen abhalten lassen wolltest, ist er dir gefolgt, bis er sicher war, dass der Wolf eine andere Route genommen hat.« Arwo lacht und übersetzt noch etwas. »Es wäre schade, wenn ein so hübsches Reh wie du angefressen wird, meint Onni.« Meikes Mund formt ein »Oh« und ihre Wangen färben sich rot. »Allerdings hat er zurzeit den Eindruck, dass du auf andere Weise irgendwie angefressen bist«, übersetzt Arwo weiter. Meike lächelt entschuldigend.

»Ich dachte, er hat mich verfolgt, um mich einzuschüchtern«, erklärt sie.

Ich lese Meikes Gedanken: Oder, um sie in seine Höhle zu verschleppen.

»Nein, ganz sicher nicht«, beschwört Arwo.

Nachdem Arwo alles erklärt hat, lacht Onni laut los.

»Rekiretki«, sagt er an Meike gerichtet.

»Ich glaube, sie wollten euch zu einer Schlittenfahrt einladen«, meint Arwo.

Onni nickt bestätigend und fügt etwas hinzu.

»Ah, verstehe«, sagt Arwo. »Sie wollten euch ursprünglich eine Schlittenfahrt verkaufen, als Gegenleistung für die ganzen Dienste, die sie euch erwiesen haben.«

Onni grinst breit und steckt dabei ganz leicht die Zunge zwischen seine Zahnlücke.

»Aber heute schenken sie euch die Fahrt, wenn ihr mitfahren wollt«, übersetzt Arwo.

Mein Gott, Sprachbarrieren! Was daraus alles entstehen kann.

»Na, dann sind ja alle Missverständnisse aus dem Weg geräumt«, meint Meike leicht zerknirscht und reicht dem lammfromm schauenden Onni die Hand.

Er deutet eine schnelle Verbeugung an, die ihm die Haare um die Schultern fliegen lässt.

»Ich fahre gern mit ihm mit«, sagt Meike entschieden.

»Wirklich?«, wundere ich mich.

»Ja, wirklich. Ich hab ihm Unrecht getan und ich wette, der kann mit seinem Schlitten umgehen. Ich will ja schließlich gewinnen«, meint sie jetzt und streckt mir die Zunge raus.

***

Als Arwo seinen Arm um meine Taille legt, berichtigt Sven plötzlich unsere Körperhaltung, indem er uns wieder trennt.

»Tämä on vaimoni«, meint er und lässt seinen Kopf bekräftigend wackeln. Ich runzle die Stirn. Was hat das denn jetzt zu bedeuten? Arwo lacht heiser auf und erwidert etwas. Sven fährt sich durch den roten Bart und nickt zu mir.

»Was sagt er denn jetzt?«, will ich wissen.

»Sven erhebt Anspruch auf dich«, erklärt Arwo belustigt.

»Wie bitte?«

Sven zwinkert mir wieder zu und winkt mich zu sich.

Ich reagiere nicht.

»Er meint, er habe dich zuerst gesehen«, sagt Arwo.

Ich lächle verlegen und erdrücke mein Hundebaby.

»Das stimmt nicht. Genau genommen habe *ich* dich auf der Fähre zuerst gesehen«, erinnere ich Arwo und er lächelt süß.

»Und ich habe dich schon vorher in Hamburg entdeckt«, übertrumpft er mich und übersetzt es für Sven.

Dem rothaarigen Wikinger entgeht nicht, dass ich nach Arwos Hand angele. Er seufzt bedauernd, klatscht in seine Hände und sagt etwas mit kräftiger, sonorer Stimme.

»Sven erklärt mir hiermit den Krieg«, höre ich Arwo übersetzen, während ich versuche, Sven mit Gesten klarzumachen, dass ich nicht zu haben bin. Er ignoriert meine Versuche ungerührt.

»Er meint, du musst dich raushalten, bis wir Männer das unter uns ausgemacht haben.« Arwo seufzt bedauernd. Sven grinst noch breiter und rückt seine Mütze zurecht, während Arwo weiterredet. »Er schlägt vor, dass der Gewinner des Rennens dich bekommt.«

»Das wird ja immer schöner«, spotte ich.

»Ich habe zugestimmt.«

Ich gebe Arwo einen Stoß.

»Wie kannst du? Bist du wahnsinnig? Ich bin doch kein Preis.«

»Stimmt. Du bist der Hauptgewinn«, sagt er und fügt mit leiser Arroganz hinzu: »Und ich bin der Siegertyp.«

Sven und Arwo schlagen ein und besiegeln ihr Abkommen. Als Arwo noch etwas sagt, klatscht Sven sich belustigt auf die Schenkel.

»Ich habe ihn noch eben über deine Launenhaftigkeit aufgeklärt, nur der Fairness wegen«, flüstert Arwo mir zu und ich kneife ihn in die Seite.

Sven beugt sich zu Arwo herüber und flüstert etwas.

»Er würde teilen, wenn du tatsächlich so anstrengend bist, wie ich sage. Er hat kein Problem damit, mir auch etwas Spaß zu gönnen«, sagt Arwo belustigt.

Ich hoffe, sie scherzen nur. Und ich wünsche mir, dass Arwo und ich gewinnen.

***

Wenig später stehen wir am Start. Vor mir geht es beträchtlich den Abhang hinab und wir befinden uns an der äußeren Front neben einem Rentiergespann und einem dicken Pony, das ein Mädchen auf Skiern ziehen wird. Arwos Hunde sind sehr angespannt und springen auf der Stelle herum. Ich kann meine Mädels nicht sehen, es sind einfach zu viele Teilnehmer, die sich dicht an dicht drängen. Täti Elsa steht in den Zuschauerreihen mit dem Welpen auf dem Arm und winkt uns zu.

»Ich bin nervös«, gebe ich zu und schaue mich zu Arwo um, der mich eng vor sich eingekesselt hat.

»Wieso? Weil du Angst hast, wir verlieren und du dann mit Sven nach Hause gehen musst?«, scherzt er und gibt seinen Hunden einen Befehl, damit sie ruhig stehen.

»Nein, du Witzbold. Ich habe Angst, dass wir uns die Knochen brechen«, erkläre ich so ruhig, wie es mir möglich ist. Nach den ersten Metern, die für meinen Geschmack zu senkrecht nach unten gehen, läuft die Strecke, die von einzelnen Bäumen gesäumt ist, enger zusammen. Wie ein Nadelöhr. Dann taucht sie in ein Waldstück ein, das nicht wesentlich vertrauenerweckender aussieht.

»Ach, lass die Hunde nur machen. Die wissen, wie sie uns heil ans Ziel bringen«, beruhigt mich Arwo und richtet die schiefsitzende Mütze auf meinem Kopf.

»Mit Verlaub, deine Hunde sind toll, aber sie sind nur Hunde. Keine Superhelden.«

»Verdammt, bist du dir sicher?«, höre ich Arwo witzeln, bevor er sich etwas nach vorne beugt.

Weit entfernt sehe ich einen Mann, der eine Fahne hebt. Er beginnt den Countdown.

»Jetzt geht es los, Fräulein Hübsch. Gleich schlägt die Stunde der Wahrheit.« Er haucht mir einen heimlichen Kuss auf die Wange.

»Kymmenen, yhdeksän, kahdeksan …« Der Mann in seiner signalfarbenen Jacke zählt von zehn hinunter. Die Hunde beginnen zu heulen und zu kläffen. Aber nicht nur Arwos, sondern auch etliche andere Gespanne werden unruhig. Neben uns schlägt das Pony mit seinem Kopf und weicht zurück, sodass das Mädchen Probleme mit ihren Skiern bekommt.

»Kolme, kaksi, yksi, los!« Mein Magen kribbelt wie im freien Fall, als die Hunde sich in die Gurte werfen. Arwo spornt sie mit seiner Stimme an und schon sausen wir den Hang hinab.

Schnee spritzt auf und trifft mein Gesicht. Plötzlich prescht das Pony an uns vorbei. Allerdings ohne Anhang. Arwo lenkt die Hunde nach links und versucht, sich nicht von dem bockenden Pferdchen schneiden zu lassen, während es die markierte Rennbahn verlässt.

»Ja, so ist gut. Los jetzt, ich habe viel zu verlieren!«, ruft Arwo dem Leithund zu.

Als würde er seinen Herren verstehen, legt er sich jetzt richtig ins Zeug.

»Vorsicht!«, schreie ich, als uns ein Rentierschlitten überholt.

Sven lacht laut und tippt sich zum Gruß an seine Stirn. Esther, die bei ihm mitfährt, grölt begeistert und versucht, ihre wilde Mähne zu bändigen, die ihr ins Gesicht weht. »Losers!«, ruft uns Sven über seine Schulter zu, als er seinen Schlitten vor unsere Hunde setzt.

»So eine Frechheit. Hat er gerade Loser gesagt?«, frage ich. Mein Kampfgeist ist geweckt.

»Ja, so in der Art«, antwortet Arwo und schnalzt mit der Zunge.

In der nächsten Kurve versuchen wir, uns nicht abhängen zu lassen, und ich frage mich, ob Rentiere wirklich fliegen können.

»Wir kriegen euch!«, rufe ich Esther zu und werde von Arwo zur Seite gedrückt, um einem Ast auszuweichen.

Ups.

»Du musst aufpassen, Fräulein Hübsch«, rügt er mich.

Ein Hügel und wir tauchen in ein Waldstück ein. Jetzt wird der Pfad eng. Dicht hinter uns holt ein weiterer Hundeschlitten auf. Die Huskys müssen nur eine Person ziehen und haben es leichter.

»Bevor du verlierst, springe ich einfach ab. Dann bist du schneller«, schlage ich irre vor und verschlucke mich an meinem Kichern.

»Du bist ja ein ganz helles Köpfchen, Vivien. Das wäre sicher eine gute Idee, wenn es nicht so wehtun würde, auf die Eisflächen aufzuschlagen.«

»Verdammt!«, quietsche ich, als der Schlitten so schnell in eine Kurve geht, dass ich kaum mitkomme.

»Mach dir keine Sorgen, schau nach vorne«, versucht Arwo, mir Sicherheit zu geben.

Wir holen Sven ein.

»Seine Rentiere sind hier nicht so wendig«, überlegt Arwo laut.

»Was hast du vor?«, frage ich alarmiert, als Arwo den vorgeschriebenen Weg verlässt.

Wir jagen eine Erhöhung hinauf und durch dichten Pulverschnee. »Halt dich fest«, befiehlt er und ich gehorche. »Ducken.«

Das war knapp.

Ich halte die Luft an, als die Hunde uns durch Gestrüpp ziehen. Mit einem Poltern landen wir wieder auf der Fahrbahn. Arwo lacht, und als ich mich umdrehe, erkenne ich auch, warum. Sven und Esther sind mit dem Weihnachtsmannschlitten plötzlich hinter uns. Der rothaarige Mann knurrt irgendetwas vor sich hin und sieht ärgerlich aus.

Ich winke vergnügt. Er fährt für meinen Geschmack etwas zu dicht auf und ich greife, ohne darüber nachzudenken, nach einem schneebeladenen Tannenzweig über uns. Ich zupfe nur kurz daran und die weiße Pracht kommt ins Rutschen. Sie ergießt sich zielgenau über den Rentieren und Esther. Wie durch ein Wunder bleibt Sven verschont, hat aber alle Hände voll damit zu tun, die Rentiere zu drosseln, damit sie nicht ausbrechen.

»Entschuldigung, aber im Krieg und in der Liebe ist alles erlaubt!«, rufe ich ihnen zu.

Esther sieht lustig aus, so ganz in Weiß. Fehlt nur noch die Karotte.

»Du spielst nicht fair, Fräulein Hübsch. Das gefällt mir«, scherzt Arwo und in meinem Bauch rühren sich die gefährlichen Schmetterlinge, als er mich so ansieht. Auf diese hungrige Art, die mich verrückt macht.

Als wir aus dem Waldstück sausen, schlägt mir eisiger Wind entgegen und kühlt meine überhitzten Wangen. Arwos Arme liegen dicht an meinem Körper und geben mir Sicherheit. Als wäre das Entkommen aus dem Dickicht ein Startsignal, geben alle Teilnehmer des Rennens so richtig Gas. Sie verteilen sich auf breiter Strecke, die ersten überholen. Wer hätte gedacht, dass die rosa Elchkuh immer noch so gut dabei ist. Ich verliere fast das Gleichgewicht, als ein Schneeball mich mitten im Gesicht erwischt. Das laute Gackern erkenne ich sofort. Meike!

»Friss Schnee, Vivi!«, ruft sie und lacht. Sie fährt mit Onni ein Hundegespann mit acht Tieren.

»Na, warte! Das wirst du mir büßen«, krächze ich und versuche, den Schnee aus meinem Halsausschnitt zu bekommen.

»Das glaube ich kaum«, zwitschert sie, als sie uns mühelos überholt.

Gleich würden wir eine Markierung umfahren müssen und nach Norden abdrehen.

»Können wir nicht schneller?«, frage ich übermütig.

»Noch nicht«, bremst mich Arwo. »Du bist ganz schön verrückt.«

»Ich will gewinnen. Und nur die Besten sind verrückt, wusstest du das nicht?«, erkläre ich.

»Das dachte ich mir«, gibt Arwo zur Antwort und stupst mich.

Wir holen einen Mann auf Skiern ein, der sich von einem Norwegerpferd ziehen lässt. Als wir ihn überholen wollen, lässt er uns nicht vorbei. Schnee spritzt uns entgegen und Arwo lässt sich wieder zurückfallen.

»Das ist Thore, der ist nicht ohne. Da müssen wir aufpassen«, brummt Arwo.

Fast fährt der Typ im Zickzack, um uns zu behindern.

»Vorsicht. Sven holt auf«, warne ich.

Arwos Blick ist so lebhaft und konzentriert. Mir bleibt die Luft weg bei seinem Anblick.

»Alles klar«, knurrt er und legt ein riskanteres Manöver hin. Er lässt die Hunde zwischen Pferd und einer Erhöhung durchlaufen, die am Ende sehr steil wird.

Oh! Wenn wir nicht schnell genug vorbei sind, dann kippen wir. Ich kneife die Augen zusammen.

»Oh, mein Gott«, stoße ich aus.

Arwo grinst. »Das habe ich schon einmal aus deinem Mund gehört«, erinnert er mich. Ich spüre seinen warmen Atem an meiner Wange. »Das war in deinem Bett, wenn ich mich richtig entsinne.«

Wie kann er jetzt daran denken? Wir könnten jeden Moment draufgehen!

Arwo jubiliert, als er den Schlitten vor das Pferd setzt.

Der Mann, Thore, brüllt ihm etwas zu, das sich nicht nett anhört, und ich muss kichern.

Ich wende mich Arwo zu und drücke ihm einen Kuss auf die Wange. Er lächelt süß. Das ist der Moment, an dem Sven an uns vorbeisaust. Shit!

»Verdammt«, flucht Arwo, lässt von mir ab und konzentriert sich wieder auf seine Hunde.

Sven umrundet vor uns die Markierung und bringt seine Rentiere auf direktem Weg zum nächsten Waldstück.

Es geht einen Hügel hinauf. Die tief stehende Sonne lässt den Schnee glitzern, als wären es tausende kleine Diamanten, und weiter entfernt in ihm erkenne ich Meike und Onni, die eine Bruchlandung gemacht haben. Meike klopft sich gerade Schnee vom Hintern. Ich winke ihr schadenfroh zu.

»Siehst du das? Die hatten Pech.« Ich zeige auf den Schlitten, der in einer Schneeverwehung liegt. Die Hunde haben es sich gemütlich gemacht und warten auf ihr Herrchen, der seinen Karren buchstäblich selbst aus dem Dreck ziehen muss. Die Ziellinie ist nicht sehr weit entfernt. Die Rufe, die uns alle anfeuern, werden vom Wind zu uns herübergetragen, wie ein Spielball aus Tönen. Arwo lässt die Hunde schneller werden. Wir holen auf. Der Leithund rennt auf der Höhe des Schlittens von Sven und Esther.

»Kuckuck«, höre ich plötzlich Solja hinter uns.

Ich schaue unter Arwos Arm durch. Solja ist wendig und flink auf ihren Skiern und das Rentier reagiert auf jede kleinste Regung von ihr. Sie sieht aus wie eine Amazone. Eine nordische Kriegerin, die bereit ist, sich ihren Sieg zu holen, koste es, was es wolle. Fast habe ich ein wenig Angst vor ihr, als ich ihre entschlossene Miene sehe.

»Nicht die auch noch«, beschwert sich Arwo und lenkt unseren Schlitten neben Sven.

Jetzt wird es wirklich schnell. Meine Hände klammern sich fest an den Griff. Nicht lange und wir jagen zwischen Svens Schlitten und Solja auf ihren Skiern entlang. Die Menge vor uns klatscht rhythmisch in die Hände. Einige singen ein Lied. Auf einmal flucht Arwo und drosselt die Geschwindigkeit. Der Schlitten schlingert. Irgendwas hat sich in den Kufen verkeilt, und als es endlich zermalmt wird und abfällt, hat Sven einen erheblichen Vorsprung.

»Nein, nein, nein. Sven darf nicht gewinnen«, jaule ich. Solja ist immer noch neben uns.

»Dann will ich mal für dich den Sieg holen, was?«, zwitschert sie über den Tumult hinweg.

Arwos Kiefermuskeln zucken unruhig und sein Blick ist stur nach vorne gerichtet. Solja schießt vor. Wenige Herzschläge später hat sie Sven und Esther eingeholt. Es ist ein Kopf-an-Kopf-Rennen. Wir gehen als Dritte durch das Ziel.

Und Solja gewinnt um Haaresbreite.

»Geil, das war der Hammer«, stoße ich aus, als wir endlich zum Stehen kommen. Ich stehe von Kopf bis Fuß unter Strom. Das Adrenalin wird wild durch meine Adern gepumpt und ich fühle mich beinahe schwerelos. Voller kindlicher Freude werfe ich mich in Arwos Arm und presse ihm meine Lippen auf den Mund. Zu meiner Überraschung unterbricht er den Kuss etwas unsanft und drückt mich von sich.

Kapitel 25

»Hey, hey, Fräulein Hübsch. Nicht so stürmisch.« Seine Stimme ist leise und ernst.

Nicht so stürmisch? Echt jetzt? Mir entgehen seine unruhigen Blicke in die jubelnden Menschenreihen nicht. Nach wem sucht er?

Ich bemühe mich um einen neutralen Gesichtsausdruck, obwohl alles in mir versteinert.

Nach einer Weile murmel ich: »Alles okay bei dir?«

Er lächelt. Verlegen. »Natürlich«, antwortet er und nimmt Abstand von mir. »Ich kümmere mich dann mal um die Hunde«, fügt er knapp hinzu und wendet sich von mir ab.

Ein Mann mit Glatze kommt zu ihm, klopft ihm anerkennend auf die Schulter. Arwo unterhält sich mit ihm und lobt seine Hunde, während ich wie bestellt und nicht abgeholt neben dem Schlitten stehe. Meine Wangen glühen vor Scham, weniger vor Kälte. Solja wird von Onni Huckepack genommen und im Kreis gewirbelt. Sie jubelt und hält ihren Pokal in Form eines Rentiers in die Höhe. Alle sind so ausgelassen. So fröhlich.

»Schätzchen, du gehörst jetzt mir!«, ruft Solja zu mir herüber und wirbelt mit den Armen.

Sven hilft Esther von seinem Schlitten und drückt ihr einen Kuss auf den Handrücken. Wie ein höflicher Adliger, schießt es mir durch den Kopf. Arwo hat nur noch Augen für seine Hunde, also stehle ich mich heimlich davon.

»Hei, da bist du ja«, begrüßt mich Täti Elsa und übergibt den Welpen wieder in meine Obhut. »Ihr wart ja fantastisch, du und Arwo. Fast hättet ihr das Rennen gemacht.« Sie reibt sich die knorrigen Hände und pustet einmal hinein, um sie aufzuwärmen. »Ein tolles Team«, fügt sie an.

Ich weiß nicht, was ich sagen soll, und gebe nur ein leises »Ja« von mir.

Esther hakt sich gerade bei Sven ein und wird von ihm fortgeführt.

»Willst du auch einen Grog, Liebchen?« Täti Elsa stupst mich auffordernd an.

Mein Blick bleibt an Arwo hängen, der von einer schlanken Frau angesprochen wird, die sich immer wieder in affektierter Geste ihr langes Haar über die Schulter wirft.

»Wer ist das?«, kommt mir die Frage über die Lippen.

»Ach, beachte diese Person am besten gar nicht«, murrt Elsa nur und macht eine abwertende Handbewegung, bevor sie mich einfach stehen lässt, um zur Glühweinbude zu stolzieren. Enorm, wie die alte Dame mit den Hüften schwingen kann. Fast macht sie Solja Konkurrenz.

Beachte diese Person nicht, hallt es in mir nach. Wie soll das gehen? Sie ist schlank, blond, mit schönen Gesichtszügen und schaut giftig zu mir herüber. Womöglich der Beginn einer lebenslangen Feindschaft, ihrer Miene nach zu urteilen.

Arwo legt ihr die Hände auf die Schultern, als sie hitzig gestikuliert. Meine Neugier ist so was von geweckt. Ist sie etwa seine Freundin, oder etwas in der Art? Ein kalter Knoten zieht sich in meinem Magen zusammen und das Hoch, das ich vor Kurzem noch empfunden habe, geht über in eine Talfahrt.

»Verdammte Scheiße«, knurre ich mir selbst zu. Es scheint, als hinge ich an Problemen. Als würde ich ohne Probleme nicht auskommen. Und sobald ich eines abstreife, ist ein neues ganz sicher nicht weit.

Meike kommt zu mir und tätschelt den Welpen, der auf meinem Arm fast eingeschlafen ist.

»Das war ja eine klasse Sache. Nur deswegen würde ich noch mal nach Finnland kommen. Wenn so ein Rennen keine Reise wert ist, dann weiß ich auch nicht«, sagt sie atemlos.

Ich lächle schief. Fast hätte es für mich einen ganz anderen Grund gegeben, noch einmal wieder zurück nach Finnland zu reisen. Doch dieser Gedanke schmilzt, wie die feinen Schneeflocken, die gerade in meinem Gesicht landen. Fakt ist: Arwo will mich nicht in der Öffentlichkeit küssen und redet dort drüben mit dieser Blondine. Er vermeidet es, in meine Richtung zu sehen.

»Ich schwöre, das wird ein übler blauer Fleck«, überlegt Meike laut und befühlt ihren Po. »Wie kann denn Schnee nur so hart sein?«, fragt sie mich und holt mich aus meinen düsteren Grübeleien.

»Keine Ahnung«, antworte ich gleichgültig. Wie können Schmetterlinge nur so grausam sein?

»Ich habe gehört, du warst Wettgegenstand?«, erinnert mich Meike und trifft damit einen weiteren empfindlichen Nerv.

Wut schäumt so unvermittelt in mir hoch, dass ich am liebsten platzen würde. Ich zähle innerlich bis zehn und suche die Umgebung nach brauchbaren Waffen ab, mit denen ich Arwo und seine giftige Blonde erschlagen könnte.

»Hättest du wirklich mit Sven nachhause fahren müssen, wenn er gewonnen hätte?«, stichelt Meike, obwohl sie meine Miene mit Sicherheit richtig deutet. »Na, dann hättest du ja was zu erzählen daheim.« Sie grinst doof und schiebt sich ihre

Mütze höher auf den Kopf. »Vivien, das Luder, das die Finnen vernascht.«

»Sehr witzig«, zische ich und mir fällt eine Peitsche ins Auge, die unweit von mir an einem Schlitten lehnt.

»Oha, bist du mies drauf, oder was?«, fragt Meike etwas vorsichtiger nach und nimmt Abstand.

»Nein, ich tu nur so«, murre ich.

Sie folgt meinem Blick und runzelt die Stirn. Jetzt entdeckt sie Finnlands next Topmodel, das diesmal sehr arrogant zu uns herüberschaut.

»Wer ist *das* denn?«, fragt Meike.

»Würde ich auch gern wissen.« Ich vermeide es, sie anzusehen und zu zeigen, wie verwirrt ich gerade bin.

»Das ist Berta, die Schwester seiner Frau«, mischt sich plötzlich Täti Elsa ein.

Meike lacht freudlos. »Im Ernst?« Ihre Stimme ist nicht mehr als ein Flüstern.

Mein Magen sackt eine Etage tiefer.

Die Tasse mit Grog, die mir von Elsa unter die Nase gehalten wird, verursacht mir Übelkeit. Fast fällt mir mein eigener Name nicht mehr ein, geschweige denn, wie man ein Getränk ablehnt.

»Ich nehme den gern«, greift Meike ein.

Mein Blick klebt weiter auf Täti Elsas Mund, der jetzt einen rosa Lippenstiftabdruck auf dem Rand ihres Bechers hinterlässt.

»Seine Frau?«, höre ich mich nach gefühlten Minuten tonlos fragen. Das kann doch nicht sein? Sollte Arwo mich so dreist angelogen haben? Täti reagiert nicht auf meine entsetzte Frage, weil Solja fröhlich auf uns zugehüpft kommt.

»Habt ihr mich gesehen?«, jubelt sie und dreht eine gekonnte Pirouette, die ihre langen Haare fliegen lässt.

»Wer hätte deinen Sieg nicht sehen können. Glückwunsch!«, gratuliert Meike und nimmt sie in den Arm.

Ich begebe mich dann mal alleine in mein Vakuum aus Verzweiflung und klinke mich aus. Es fühlt sich an, als wäre ich gar nicht mehr wirklich da.

Bald sind wir komplett, inklusive Wikinger-Anhang, und ich will nur noch nach Hause. Sven kann seine Augen nicht von mir lassen und versucht, Esther irgendwas zu erklären, das mit mir im Zusammenhang steht. Onni knufft Meike immer wieder in die Seite und freut sich einen Keks, wenn sie dabei quiekt wie ein Meerschwein. Ich habe genug von der finnischen Kälte, die mir die Nase laufen lässt. Und genug von finnischen Komplikationen anderer Natur. Mein Leben ist auch ohne schon verkehrt genug.

»Hei, da bist du ja«, sagt Arwo, als er zu uns stößt. Er streicht mir sanft über die Schultern und sieht mich argwöhnisch an, als ich einen Schritt zurücktrete.

Ich drücke ihm ohne ein Wort den dösenden Welpen in den Arm. Als ich wortlos gehen will, greift er meine Hand. Ich schaue ihn finster über die Schulter an. Unsere Blicke verbinden sich miteinander. Dicke Flocken beginnen vom Himmel zu fallen, legen sich auf den dunklen Stoff seiner Jacke und berühren mich schneidend kalt an meinen Wangen.

»Fährst du bei mir mit? Ich kann dich später zur Hütte fahren«, bittet er. Seine Stimme klingt rau.

»Nein, nicht nötig. Ich begleite Solja. Schließlich hat sie mich gewonnen, nicht wahr?«, gebe ich zurück, ohne die Miene zu verziehen.

Solja spürt die eisige Stimmung und legt mir ihren Arm um die Hüfte. »Ganz recht. Wir bringen vorher Täti Elsa nach Hause und dann nehme ich meinen Gewinn mit.« Sie lässt Arwo nicht aus den Augen, genießt beinahe die gekippte Stimmung zwischen uns.

Als ich erneut gehen will, stößt er vor und hält mich energischer zurück. Dabei erwacht der müde Welpe und rührt sich.

»Vivien, weshalb stellen wir uns denn so an?«, fragt er etwas überheblicher.

Meine Augenbrauen schnellen in die Höhe. Ist das zu fassen?

»Sag mal, ist das dein Welpe?«, unterbricht Solja unser Blickduell.

»Ja, für die Nachzucht«, antwortet Arwo knapp und versucht, nach meiner Hand zu angeln, die ich ihm entziehe.

»Hübsch. So blaue Augen«, sagt Solja im Plauderton.

»Danke«, erwidert Arwo, ohne sie anzusehen.

»Vivien, können wir nicht einfach reden, wenn es ein Problem gibt?«, fragt er mich.

Mein Stichwort. Keine Probleme mehr! Ich drehe mich wortlos um und gehe. Für einen kurzen Moment sieht es so aus, als würde Arwo mir folgen, doch dann bleibt er zurück.

»Kann denn dein Welpe auch schwimmen?«, höre ich Solja gehässig fragen.

Plötzlich mischt sich Elsa unwirsch ein. »Das reicht jetzt, Solja. Du solltest dich was schämen. Es war ein Unglück damals, nichts weiter«, schimpft sie laut.

Ich spüre fast, wie Solja den Kopf einzieht, und beeile mich, zum Wagen zu kommen, um dort auf die anderen zu warten.

***

Ich lehne gerade mit dem Hintern am Heck des Fiats, als Arwo aus der Menge auf mich zuhält. Sein Blick ist entschlossen, seine Hände tief in den Hosentaschen vergraben und ich wappne mich.

»Vivien, ich möchte, dass wir uns heute Abend sehen«, bestimmt er geradeheraus.

»Sorry, ich habe keine Zeit«, lehne ich ab.

Ein unsicheres Lächeln zuckt in seinem Mundwinkel, als er sich zu mir herüberbeugt.

»Du bist beleidigt, weil ich vorhin etwas abweisend war nach dem Rennen, nicht wahr?«

Das trifft es nicht ganz, aber ich sage nichts. Mein Gesicht scheint irgendwas zu verraten, das Arwo in seiner Vermutung bestätigt.

»Du kannst doch jetzt nicht sauer sein, nur weil es mir zu früh ist, vor dem halben Ort mit dir herumzuknutschen.«

Autsch. Ich schnappe nach Luft.

»Es ist mir egal. Ich habe schlicht und einfach keine Zeit für dich, Arwo. Außerdem hast du das Rennen verloren«, erkläre ich ihm.

Er legt seinen Kopf leicht schief und sieht mich ungläubig an. »Du spinnst doch«, antwortet er abfällig. »Du bist einfach nur eingeschnappt.«

»Hör zu, ich fahre morgen wieder nach Hause. Danach werden wir uns nie wiedersehen. Es war wirklich schön mir dir, aber du brauchst dich nicht wegen mir zu verbiegen. Es war doch von Anfang an klar, dass es zwischen uns nichts Ernstes ist. Der Kuss eben …« Ich verstumme kurz, als ein Schatten über sein Gesicht huscht. »… es ist einfach über mich gekommen. Und ich sehe es genauso wie du. Es wäre vor den ganzen Leuten ein falsches Signal gewesen«, sage ich so ruhig wie möglich.

»Wenn du das alles so siehst …« Arwos Mund verzieht sich zu einem Strich. Er holt Luft, sagt dann aber nichts, schaut nur eine Weile über uns in den Himmel.

»Lass es gut sein«, flüstere ich. »Du bist nicht das, was ich suche, Arwo«, füge ich hinzu.

»Und was suchst du?«, will er wissen.

»Nicht jemanden wie dich«, antworte ich traurig.

Er sucht nach Worten und lacht freudlos. »Gut. Dann wünsche ich dir eine gute Heimreise, Vivien«, sagt er jetzt emotionslos.

»Ja, danke«, gebe ich zurück. »Dir auch alles Gute.« Mit Frau und Kind und den dazugehörigen Affären.

Arwo wendet sich ab, senkt den Kopf und stapft davon, ohne sich auch nur noch einmal umzusehen.

***

Solja fährt gewohnt zügig den kleinen Fiat über die verschneiten Straßen. Meine Stirn liegt an der kalten Scheibe und ich hauche Wölkchen an das Glas, um sie mit dem Finger durchzustreichen. Esther und Meike sind bei Sven und Onni mitgefahren. Die beiden Rocker haben noch eine Lebendfalle für den gemeingefährlichen Vielfraß, damit wir ohne Angst den Müll entsorgen können.

»Sag einmal, Vivien. Wann wirst du uns denn wieder besuchen kommen?«, will Täti Elsa wissen.

Ich stoße hart die Luft aus und meine kleinen durchgestrichenen Wolken verschwinden unter einer großen. »Ich weiß nicht«, antworte ich wahrheitsgetreu. »Ich habe sehr viel zu Hause zu erledigen.« Aus Erfahrungen endlich klug werden, zum Beispiel.

»Ja, das habe ich gehört. Aber ich bin mir sicher, dass ein so aufgewecktes Kind wie du es schnell schafft, sich neu zu organisieren«, meint Täti.

Mal schauen, wie aufgeweckt ich bin.

»Danke, das ist nett«, antworte ich müde.

»Und Arwo, wann kommt er dich besuchen?«, fragt Täti Elsa weiter und meine Augen beginnen unangenehm zu brennen.

»Gar nicht. Wie kommen Sie darauf, dass er mich besuchen sollte?«, frage ich unglücklich.

»Na, ich dachte, ihr beide …« Sie dreht sich zu mir um. Schaut mich fragend zwischen den Sitzen hindurch an.

»Seiner Frau wird es ganz sicher nicht gefallen, wenn Arwo mich in Deutschland besuchen würde«, gebe ich zu bedenken. Täti Elsa zieht sich ihre Cashmere-Mütze vom Kopf und runzelt die faltige Stirn. Ihre Haare stehen wirr ab, was ihr die Anmut eines geplatzten Kissens verleiht.

»Welche Frau denn?«, fragt sie mich allen Ernstes.

»Seine Ehefrau meine ich. Die Mutter seiner Tochter«, versuche ich, der Dame auf die Sprünge zu helfen.

Sie sieht einen Augenblick aus, als müsse sie eine komplizierte Gleichung im Kopf lösen.

»Ah, Judith meinst du«, sagt sie gedehnt. »Aber sie sind nicht verheiratet«, gibt sie knapp hinterher.

»Nicht?« Mein Gehirn ist wie Watte. »Aber Sie sagten doch …«

Täti Elsa bringt mich mit einer Handbewegung zum Schweigen. »Da habe ich mich wohl in der Wortwahl vertan. Ich meinte Verlobte. Dauerverlobte, wenn man es genau benennen möchte. Sie hat vor Ewigkeiten einen Antrag von Arwo bekommen, schon vor Maris Geburt«, berichtet sie locker.

Verlobt. Das macht es natürlich nicht viel besser. Arwo hat mich also nicht angelogen, aber mir eine wichtige Kleinigkeit verschwiegen. Ich stoße die angestaute Luft hart aus.

Solja beobachtet mich im Rückspiegel. Ihre Augen werden schmal.

»Die beiden haben eine Beziehung für Unentschlossene, Vivien. Wie du und Chris. Wie mein Vater und meine Mutter. Du weißt schon, wenn sich einer von beiden nicht festlegen kann oder will. Ich versuche, dir die ganze Zeit von ihm abzuraten«, erinnert meine Freundin mich.

»Abraten? Von wem? Von Arwo?«, hakt Täti Elsa nach. Sie sieht betroffen aus. So richtig schockiert.

»Ja, genau. Vivien kann so einen Mann nicht gebrauchen, der sich nicht festlegen kann«, antwortet Solja spitz.

»Solja, du eifersüchtiges, kleines Ding! Was redest du denn da?«

»Täti!«, stößt Solja überrascht aus.

Der Wagen schlingert leicht.

»Du hast überhaupt keine Ahnung und setzt so ungeheuerliche Dinge in die Welt«, knurrt die alte Dame. Sie ist ganz schön sauer und bekommt sogar hektische Flecken im Gesicht.

»Aber …«, setzt Solja an und wird unwirsch zum Schweigen gebracht.

»Nichts aber, Solja. Vergiss endlich die alten Dramen. Vergiss eure Rivalität. Dein Vater ist nicht mehr auf dieser Welt.«

Solja schnappt nach Luft. »Wie kannst du …«

Elsa fährt Solja erneut über den Mund. »Dein Bruder hat es ganz und gar nicht leicht. Er ist viel zu gut für diese Welt.«

Aha?

Solja lacht bitter.

»Sein einziges Versagen in seiner Beziehungswelt war, dass er sich ausgerechnet in eine Frau ähnlich seiner Mutter verlieben musste«, schimpft Täti Elsa.

Jetzt wird es interessant.

»Er hätte so viele Mädchen hier haben können, aber nein, es musste die unerreichbare Judith sein. Das Fräulein kommt und geht, wie es ihr gefällt. Sie parkt die gemeinsame Tochter dreihundert Tage im Jahr bei ihm, spielt ein wenig mit Arwos Gefühlen und stiehlt sich dann wieder davon.«

Oha. Ich schlucke.

»Das kann ich mir kaum vorstellen. Weißt du, wie vielen Mädchen er in Deutschland nachgestellt hat, wenn er da war, Täti?«, fragt Solja.

Elsa zischt missbilligend. »Davon will ich gar nichts wissen.«

»Klar. Davon willst du nichts hören. Es könnte ja auch sein, dass dein perfektes Bild von deinem Liebling Risse bekommt.«

Elsa richtet sich zu ihrer vollen Größe auf ihrem Sitz auf.

»Mein Liebling«, beginnt sie. »Hör auf damit, sonst hat es sich gleich ausgelieblingt«, entgegnet sie scharf.

Einen Moment lang funkeln die beiden Frauen sich wütend an. Solja senkt zuerst den Blick.

»Ich biete dir viel, meine liebe Nichte. Und das von ganzen Herzen. Aber ich verlange, dass du deinem Bruder seinen Teil zugestehst und aufhörst, dich so kindisch zu benehmen.«

»Na, das wird ja immer besser«, stößt Solja aus.

»Arwo ist ein guter Kerl. Er wünscht sich auch nur ein bisschen Glück auf dieser Erde. Wie jeder von uns«, sagt Elsa mit Nachdruck.

»Aber natürlich«, brummt Solja.

»Kehre erst vor deiner eigenen Tür, Mädchen«, mahnt Elsa.

Solja sagt jetzt nichts mehr.

Ich suche ihren Blick im Spiegel, aber sie starrt stur auf die weiße Straße. Flocken werden vor die Frontscheibe getrieben und hinterlassen nasse Spuren.

»Brauchst jetzt nicht beleidigt zu sein, hörst du? Das ist ja wie früher. Wie alt bist du?«, murrt Täti Elsa nach einer gewissen Zeit.

Soljas Ohren sind rot und um ihre Nase ist sie weiß. Ich danke Gott für die Schweigeminute, in der ich Zeit habe, ganz langsam die Informationen zu verarbeiten.

Elsa dreht sich wieder zu mir um und zaubert sich ein gewinnendes Lächeln auf das Gesicht. »Arwo hat ein Päckchen zu tragen. Aber ich habe gehört, dir geht es nicht anders«, meint sie.

Ich nicke zögerlich.

»Jeder hat eine Vergangenheit. Manch einer tut sich schwer damit, sie abzustreifen. Wenn du verstehst, was ich damit sagen will.« Sie macht eine Pause und tätschelt mein Knie. »Liebes, tue mir einen Gefallen und mach dir ein eigenes Bild.« Sie schaut Solja von der Seite an. »Solja ist kein guter Ratgeber, was Arwo angeht.«

Solja schnauft abfällig.

Das Puzzle, das ich in meinem Kopf habe, setzt sich langsam zusammen. Falsche Teile werden aussortiert und ersetzt.

»Wisst ihr, Kinder, es gibt nur eine Sonne und einen Mond. Es gibt nur eine Solja und eine Vivien, wie sie hier im Auto sitzen. Und es gibt nur einen dazugehörigen Mann, der zu ihnen passt«, sagt Täti Elsa und ihr Blick geht mir gerade durch und durch.

Ich hatte Arwo Unrecht getan und jetzt hatte er bestimmt die Schnauze endgültig voll von mir. Plötzlich erkenne ich die innere Zerrissenheit in seinem Blick, die ich nicht gedeutet habe, als ich ihn nach dem Rennen küssen wollte. Plötzlich scheint alles so klar.

***

Solja und ich sind als Erste wieder in der Hütte und fachen schon mal das Feuer im Ofen an, damit es schön warm wird. Heute ist der letzte Abend, den wir in Finnland verbringen. Solja ist tief in Gedanken versunken und antwortet auf alles, was ich sage, mit *mh*, *ja*, *aha* oder *klar*. Meine Gedanken vollführen wilde Sprünge in meinem Kopf und beschäftigen sich mit der Liebe, mit meinem Leben und meinen Wünschen für die Zukunft. Als der Ofen das kleine Wohnzimmer endlich aufheizt, lasse ich mich rücklings auf das Sofa fallen. Ich fühle mich schwer. Soljas Miene trägt eine ähnliche Traurigkeit, wie ich sie fühle. Fast scheint es, als läge dieses Gefühl in der Luft um uns herum, sodass wir es atmen müssen. Herzschmerz zu Herzschmerz.

Kapitel 26

»Solja, hast du Viktor eigentlich noch erreicht?«, frage ich, als sie unschlüssig vor dem Fenster steht und hinausstarrt.

»Ja, er hat zurückgerufen«, sagt sie.

»Und, was wollte er? Dir ein schönes neues Jahr wünschen?«, scherze ich.

»Ja, so in etwa«, antwortet sie etwas zu gedehnt.

»Seid ihr auf dem Weg der Annäherung?« Ich sehe, wie sich ihre Kiefermuskeln vor Anspannung bewegen. »Es muss doch möglich sein, dass er dich versteht. Er liebt dich doch«, schimpfe ich und denke daran, wie ungerecht Menschen miteinander umgehen können. Ich allen voran.

»Natürlich liebt er mich. Er ist auf dem besten Weg einzusehen, dass ich meine Freiräume brauche«, entgegnet sie und schenkt mir ein Soljalächeln, als sie sich über die Schulter zu mir umsieht. »Manchmal bedarf es ein wenig Erziehung und eine Ehe bekommt die richtige Richtung, weißt du, Liebes.«

»Ach, wirklich?«, frage ich leicht ironisch. Wer ist denn dabei, wen zu erziehen?

»Ja, auf jeden Fall. Viktor ist ein richtiger Mann, da ist es manchmal etwas schwieriger als bei einer Memme. Aber ich habe ihn im Griff«, antwortet sie todernst.

Ich warte.

»Er ist etwas temperamentvoll, zugegeben. Man muss ihn unbedingt in dem Glauben lassen, dass er das Sagen hat. Und das bringt seine Schwierigkeiten mit sich«, erzählt Solja weiter.

Ich kenne den hochgewachsenen Anzugträger als Kavalier der alten Schule. Er hält dir die Tür auf, hilft dir aus dem Mantel, schützt dich vor Regen und hofiert eine Frau bis zum Erbrechen. Allerdings ist er alles andere als ein Beckenrandschwimmer, er weiß genau, was er will und wie er seine Frau haben möchte. Und er hat ein Talent zur Manipulation. Deshalb die politische Karriere, schätze ich.

»Viktor hat sich entschuldigt, vorhin. Es hat mich fast zu Tränen gerührt …«, beginnt Solja und verstummt.

Sie vermeidet es, mich anzusehen, und ich verenge misstrauisch die Augen.

»Du kannst mir wirklich sagen, wenn etwas aus dem Ruder läuft, das weißt du ja«, erinnere ich sie und sie schweigt.

Es dauert eine Weile, bis ich den Motor des Fahrzeuges auf der Auffahrt höre. Solja öffnet die Tür und schaut hinaus.

»Sie kommen«, sagt sie bedrückt, als wünsche sie, sie hätte noch Zeit gehabt.

Umständlich erhebe ich mich aus den Kissen. Vielleicht sollte ich mich lieber nach oben verziehen. Mir ist eigentlich nicht nach Gesellschaft. Ich könnte Solja vorschlagen, mitzukommen? »Oh, du meine Güte«, stößt Solja in dem Augenblick, als ich es formulieren möchte, erschrocken aus und schlägt sich die Hand vor den Mund.

Nein! Nicht noch mehr Katastrophen. Ich werde definitiv Urlaub von diesem Urlaub brauchen.

»Was ist denn?« Ich laufe zu ihr und stoße die Tür weiter auf, damit ich nach draußen schauen kann.

Im Dämmerlicht erkenne ich den riesigen Jeep, aus dem fünf Personen aussteigen. Zumindest versuchen es alle. Der große Onni lädt sich Esther auf den Arm und hebt sie aus dem Wagen. Ihr rechtes Bein ist bandagiert und sie trägt übergroße Wollsocken.

»Wo sind ihre Schuhe?«, frage ich dümmlich. Dann entdecke ich sie an den Schnürbändern zusammengebunden um Rasmus' Hals.

»Sie hat sich verletzt«, erkennt Solja fassungslos.

Sven und Meike schließen die Autotüren und kommen den anderen nach.

»Halb so wild«, beruhigt uns Meike schon von Weitem, als sie unsere langen Gesichter entdeckt.

»Na, das will ich hoffen. Wie viel kann denn noch schiefgehen?«, flüstert Solja. Ihre beherrschte Maske verrutscht und ich lege ihr tröstend meinen Arm um die Hüfte.

»Es sieht süß aus, wie der Riese mit dem Heavy-Metal-Look die kleine Esther mit ihren Zöpfen trägt, oder?«, versuche ich, sie aufzumuntern.

»Ja, aber fällt dir auf, wie sie zu ihm aufschaut?«

Oh, ja. Das ist alarmierend.

Wir treten zur Seite und lassen Onni die Verletzte auf das Sofa bringen. Rasmus tippt sich zum Gruß knapp an seinen Hut. Onni erzählt Esther die ganze Zeit etwas auf Finnisch und sie lacht dann und wann, wenn sie es für passend hält.

»Was ist passiert?«, frage ich und hocke mich vor Esther, um die verstörende Nähe zu dem Wikinger zu unterbrechen, der ihr so intensiv in die Augen schaut, dass selbst mir schwindelig wird. »Hallo, was hast du gemacht?«, frage ich erneut.

»Ich bin in ein Loch getreten und habe mir den Knöchel verknackst«, erzählt sie munter und ohne mich anzusehen.

Ist denn das zu fassen? Ich räuspere mich laut.

Onni hilft Esther, die Jacke auszuziehen, und klopft ihr das Kissen auf.

»Kannst du nicht gucken, wo du hinläufst, oder was?«, frage ich leicht gereizt.

»Ich war abgelenkt«, kommt es abwesend zurück.

Natürlich!

»Und von was?«, will ich wissen.

Sie lächelt Onni versonnen an, als er ihren Fuß hochlegt und ihr Bein streichelt, als wäre sie ein zerbrechliches Kätzchen.

Ganz ehrlich. Dieser Bär ist so was von zart und fürsorglich, wie ich es mir hätte nicht vorstellen können.

»Lass mich raten. Deine Ablenkung ist zwei Meter groß, hat blaue Augen und eine beachtliche Zahnlücke, die bei näherer Betrachtung echt niedlich ist«, vermute ich.

Endlich habe ich ihre Aufmerksamkeit. Sie blinzelt angestrengt, als gelte es, einen Bann zu brechen, unter dem sie steht.

»Nein, da war ein Hermelin«, behauptet sie. »Hast du schon einmal eins gesehen? Ich meine aus nächster Nähe?«

Ein was? Ist das ein Codewort für irgendwas?

»Nein«, antworte ich knapp.

»Ich glaube, sie sind verwandt mit Frettchen oder so. Die sind unglaublich schön. Und flink. Ich habe ihm nachgeschaut, als wir einen Rundgang auf Onnis Hof gemacht haben und da ist es passiert.«

»Ach so?« Und das soll ich jetzt glauben?

Onni erhebt sich wieder zu voller Größe.

»Lapin Kulta?«, fragt er Solja grinsend.

»Bier? Ne, Jungs«, lässt sie ihn abblitzen und er macht einen Schmollmund, der gut zu Meikes Dreijährigen gepasst hätte.

Sven hebt seinen Zeigefinger, als hätte er eine fabelhafte Idee. Das erinnert mich irgendwie an Wickie aus dem Kinderprogramm im Fernsehen, fehlt nur noch das Nasestupsen.

Im nächsten Moment ist er auch schon aus der Tür und bald darauf zurück mit seiner Bierreserve.

Na dann, Kippis!

»Die drei wohnen tatsächlich nur einen Steinwurf von hier entfernt. Man kann sogar das Dach unserer Hütte vom Rande des Sees bei ihnen erkennen«, berichtet Meike.

Onni setzt sich zu Esther und sagt sanft zu ihr: »Nätti tyttö.«

Meike runzelt die Stirn. »Hat er gerade ‚nette Titte' gesagt?«, fragt sie irritiert. »Ungehobelt sind sie ja schon, oder?«

Esther grinst verlegen. Onni strahlt sie unschuldig an.

»Och nein, ihr Spinner. Nein, er hat gesagt, sie sei ein hübsches Mädchen«, übersetzt Solja und rollt mit ihren Augen.

»Oh, das ist aber lieb«, zwitschert Esther und tätschelt Onnis große Hand, an der ein Siegelring steckt.

Svens Finger wandern derweil an Meikes Hintern und sie zuckt zusammen. Rasmus wackelt rhythmisch, was sich als lautloses Lachen entpuppt.

»Das macht der schon die ganze Zeit. Ein entzückendes Spiel, sag ich euch«, erläutert Meike und tritt einen Schritt von Sven fort.

Etwas später singen die drei ihr Trinklied und stoßen mit dem Bier an. Esther und Onni flirten ohne Worte miteinander und das macht mich unruhig. Sollte ich am Ende auch dafür verantwortlich sein, dass Esther sich von Henry distanziert? Nur, weil sie wegen mir mit nach Finnland gekommen ist? Weil ich eine Neigung zu Nervenzusammenbrüchen habe?

Die drei Männer lachen über irgendwas, das Rasmus gesagt hat, und wir Mädels gucken uns irritiert an. Plötzlich steht Rasmus auf und geht vor Solja in die Knie. Solja schaut ausgerechnet hilfesuchend zu mir. Ich hebe entnervt die Hände. Wie schräg kann der Abend schon werden? Rasmus wirft sich sein langes dunkelblondes Metaler-Haar über die Schultern und greift Soljas zierliche Hand. Mein Blick saugt sich an seinem schwarzen T-Shirt mit dem Totenkopf fest.

»Solja«, beginnt er ernst. Sven grunzt vor Lachen. »Willst du mich hei – ah – raten?«, fragt er und schaut wie ein Welpe zu ihr auf.

Na, da hat aber jemand deutsche Vokabeln geübt.

Onni klopft ihm auf die Schulter und grölt irgendwas.

»Wie bitte? Meint er das ernst?«, fragt Meike zwiegespalten. Esther schießen Tränen in die Augen. Vor Rührung?

»Ich liebe dich«, gibt Rasmus bellend hinterher.

Soljas Blick ist unbezahlbar. Sie ringt um Worte und um Fassung. »Ähm, ich – also«, stammelt sie überfordert. Sie sieht erfrischend hilflos aus und in dem Moment, als sie sich auf die Unterlippe beißt, fängt Rasmus an zu lachen.

»Vitsi, Solja«, erklärt er und steht auf.

»Witz? Damit macht man doch keine Witze«, zischt Solja. Sie starrt den großen Mann, der vor ihr steht, nieder. Na ja, sie versucht es.

»Vitsi«, erklärt er erneut und hebt beschwichtigend die Arme.

Solja sieht aus, als würde sie ihm gleich eine reinhauen. Und wenn sie sich dafür auf die Zehenspitzen stellen müsste. »Ich gebe dir gleich Vitsi«, knurrt sie und schiebt Rasmus zur Haustür.

Sven und Onni erheben sich gleichermaßen belustigt wie bedauernd und ziehen sich ihre Jacken wieder über. Das ist ein Rauswurf, der sich gewaschen hat.

»Oh, Solja«, maulen sie im Chor.

Esther sieht ein wenig bestürzt aus. »Du kannst sie doch nicht so einfach vor die Tür setzen«, ruft sie. »Onni hat mich so schön verarztet«, erinnert sie uns mit Nachdruck.

»Ich verarzte dich gleich auch mal«, gibt Solja ärgerlich zurück.

Esthers Augenbrauen schnellen in die Höhe. »Nanu? Wie redest du denn mit mir?«, antwortet sie darauf schärfer als gewohnt.

»Jetzt schlägt es dreizehn«, schimpft Solja, als Rasmus ihr einen Kuss auf die Wange drückt. Sie droht ihm mit der Handfläche und er weicht zurück.

»Sorry«, sagt er und deutet einen Diener an, der ihm seine Haare ins Gesicht fallen lässt. Alles in allem hat diese Darbietung etwas von einer Nummer mit Tanzbären im Zirkus.

Dann sind sie raus und die Tür fliegt ins Schloss.

***

Endlich kehrt Ruhe ein. Nach einem langen ausgiebigen Abendessen setzen wir uns mit den letzten zwei Flaschen Sekt zusammen. Esther hängt immer noch auf Wolke drei und ich habe Angst, dass sie sich gedanklich zu Wolke vier und höher schwingt, nur weil Onni eine Art Männlichkeit an sich hat, die Henry vielleicht fehlt. Oder, besser gesagt, die ihm vorübergehend abhandengekommen ist.

»Tja, Mädels. Jetzt sitzen wir hier. Und morgen geht es schon wieder nach Hause«, sagt Meike.

Esther seufzt.

»Und, Vivien, wie geht es mit dir weiter?«, will Meike von mir wissen und lehnt sich genüsslich zurück. Ihre braunen Haare haben ein Vogelnest am Oberkopf von ihrer Mütze und ich muss mich schon wundern, dass sie es einfach ignoriert.

»Wie meinst du das? Ist das so eine Frage wie: Wirst du endlich erwachsen?«, frage ich zurück.

Sie nickt grinsend.

»Ich schätze, ich werde nie ganz erwachsen, aber ich werde mich bemühen zu lernen, wie man sich in der Öffentlichkeit benimmt. Versprochen«, antworte ich schnappend und komme mir recht schlagfertig vor.

Meike interpretiert es falsch. »Mann, Vivien. So war das nicht gemeint. Sei doch mal normal, Süße.«

»Hab ich schon versucht. Waren die schlimmsten fünf Minuten meines Lebens. Ich habe mir vorgenommen, einfach ich selbst zu sein. Und nur Leute in meinem Leben zu dulden, die mich so akzeptieren«, erkläre ich witzelnd. »So wie euch, zum Beispiel.«

»Das hört sich gut an. Also muss ich mir keine Sorgen wegen Chris machen?«, hakt Solja nach.

»Nein, eher nicht«, bestätige ich recht sicher.

»Und sonst noch Vorsätze für das neue Jahr?«, fragt sie, ohne mich aus den Augen zu lassen.

Ich trinke einen großen Schluck, um Zeit zu gewinnen.

»Ich habe keine strikten Vorsätze. Im Grunde bin ich ja frei in meinen zukünftigen Entscheidungen. Alles ist möglich.«

»Außer Chris«, untermalt Meike.

»Du hast recht. Freiheit ist kostbarer als jedes Geschenk, das dich dazu verleiten mag, sie aufzugeben. Von Balthasar Graciany Morales«, zitiert Esther und legt ihr Bein höher.

»Freiheit«, haucht Solja plötzlich erstickt. Sie schluckt schwer und schließt die Augen.

»Na, zu gierig gewesen? Tut weh, wenn die Kohlensäure in der Nase prickelt, oder?«, ärgere ich sie.

Dann verzieht sie ihr hübsches Gesicht und beugt sich nach vorne. Sie presst ihre feingliedrigen Finger vor die Augen. Ihre Schultern beginnen zu zucken.

Ich halte die Luft an. Meike stößt mich unsanft in die Seite und ich stürze zu Solja, um sie zu halten.

»Solja, was ist denn?«, frage ich besorgt und nehme sie in den Arm. Sie füllt zischend ihre Lungen mit Luft und stützt sich auf mich. Ich streiche ihr über den Rücken und bette ihren Kopf an meinem Schlüsselbein, weil sie beginnt zu schluchzen. »Mein Schatz, was ist los?«, frage ich noch einmal, aber ich weiß es bereits. Meine Augen füllen sich genauso mit Tränen, während meine Freundin wie ein Häufchen Elend immer kleiner in meinem Arm wird.

Betroffen sehen wir Übrigen uns an. Keiner sagt ein Wort, bis Solja sich etwas beruhigt hat.

»Ich muss euch etwas sagen«, schluchzt sie und nimmt von Esther ein Taschentuch entgegen. »Ich hab die Fähre nicht bezahlt und kann es auch morgen nicht.«

Okay, das wusste ich nicht.

Meike starrt sie ungläubig an. »Was soll das heißen, du hast die Fähre nicht gebucht?«

»Ich habe nicht gesagt, dass ich sie nicht gebucht habe«, korrigiert Solja und schnäuzt sich ausgiebig. »Ich habe sie sogar angezahlt, aber wir können nicht an Bord, wenn der Betrag nicht vollständig beglichen wird.«

Logisch.

»Was?!«, stößt Esther aus. »Das kann nicht wahr sein, oder doch?«

»Doch, ist es. Ich habe alles versucht, ich kann an keines meiner Bankkonten ran«, erklärt Solja.

»Warum? Du hast uns doch eingeladen. Du hast gesagt, alles sei erledigt und wir sollen uns um nichts kümmern«, erinnert sie Meike unruhig.

»Seid ihr pleite?«, fragt Esther unverblümt.

»Gott, nein. Aber man hat mir den Zugriff auf die Konten genommen«, zischt Solja säuerlich und ballt ihre Hände zu Fäusten, sodass ihre Knöchel weiß werden.

»Wer …«, beginnt Esther und kommt von selbst drauf.

»Viktor«, bestätigt Solja. »Wir haben eine Krise und das ist seine Art, mir seine Macht zu demonstrieren.«

»Das ist harter Tobak«, überlegt Meike und zupft nachdenklich an einem losen Faden ihres Wollpullovers.

»Vivien, du siehst gar nicht überrascht aus. Wusstest du davon?«, spricht mich Esther streng an.

»Na ja, das ein oder andere«, antworte ich zögerlich.

»Warum sagst du uns denn nichts?«, fragt Meike und schüttelt ungläubig den Kopf.

»Weil *ich* es nicht wollte«, meldet sich Solja wieder zu Wort.

»Und wie kommen wir jetzt nach Hause? Ich muss zu meinen Kindern und Henry«, erklärt Esther und faltet ihre Hände im Schoß.

»Es tut mir so leid.« Solja sackt wieder in sich zusammen und weint.

»Hey, hey, beruhige dich. Alles wird gut. Ich habe noch einen größeren Betrag auf meiner Kreditkarte. Mit der kann ich die Überfahrt für uns alle bezahlen«, beschließe ich.

»So weit kommt das noch, dass die Arbeitslose unter uns die Rechnungen begleicht«, sagt Meike.

Danke auch! Ich verkneife mir einen Kommentar.

»Solja hat gemeint, ich bin bald nicht mehr arbeitslos. Stimmt doch, oder?«, hake ich leicht verunsichert nach.

Solja nickt eilig. »Natürlich, das Angebot meines Bekannten steht. Jetzt liegt es an dir.«

Meike fährt sich mit der Hand über den Mund, wie sie es oft tut, bevor sie die Führung in unserer Gruppe übernimmt.

»Ich werde jetzt Mark anrufen und das regeln«, verkündet sie ruhig. Eine Weile schaut sie Solja in ihr verweintes Gesicht. »Ich möchte, dass du uns erzählst, was bei euch zu Hause geschehen ist, Solja«, fordert sie im nächsten Atemzug.

»Ein Wort: Ehekrise«, gibt Solja zu und ihre Unterlippe bebt leicht.

»Wir dachten, es sei alles gut bei euch. Es hatte immer den Anschein gemacht, als würde Viktor dich vergöttern«, sagt Meike.

»Hat er dich betrogen?«, fragt Esther und erntet einen bösen Blick von Solja.

Das Thema Nummer eins auf diesem Trip der besonderen Art: Untreue. Wo fängt sie an, wo führt sie hin? Ein irres Grinsen zuckt um meinen Mund.

»Nein, natürlich nicht.« Solja sieht aus, als wäre ihr gerade ein Wesen der dritten Art begegnet.

»Hast du ihn betrogen?«, bohrt Esther weiter.

Mann, kommt mir das Gespräch bekannt vor.

Solja knurrt leise und wischt sich ihre Mascaratränen fort. »So einfach ist das nicht. Viktor sieht mich gar nicht. Er liebt die Trophäe an seiner Seite. Die schöne, kluge Solja. Solange sie macht, was ihm beliebt.«

»Wie meinst du das genau?« Esther sieht aus, als verstünde sie die Welt nicht mehr.

»Er liebt nicht *mich*, so meine ich das.« Soljas Miene ist entrückt.

»Täuschst du dich da nicht?«, fragt Esther leise.

»Ganz sicher nicht.« Solja atmet zitternd ein. »Viktor engt mich ein. Dieser Mann ist wie ein Schatten, der über mich wacht, der mich auf Schritt und Tritt beaufsichtigt. Neuerdings mischt er sich sogar in die Belange des Rennstalls ein. Und da bin ich irgendwann ausgeflippt.«

Das kann ich mir bildhaft vorstellen, wie Solja ihre Klamotten in ihre Guccikoffer kloppt, noch ein paar von Viktors teuren Anzügen zerschneidet, bevor sie mit dem Porsche zum Flughafen rauscht.

»Und dann?«, fragt Meike.

»Ich habe meine Sachen gepackt und bin weg. Zu Täti.«

»Ist Viktor dir nicht nachgereist?«

Solja lacht bitter. »Nein, er hat einen Angestellten geschickt, um mich zur Vernunft zu bringen. Ist das zu fassen?«

»Das nenne ich mal stumpf. Und ich dachte immer, mein Leben hört sich an wie schlecht erfunden«, flüstere ich betroffen.

»Was sagst du?«, fragt Solja, die mich zwischen zwei Schnäuzern nicht verstanden hat.

»Er hat dich nicht verdient«, antworte ich nachdrücklich und küsse Solja auf den Ansatz ihrer Haare. Der Duft ihres Parfüms kitzelt in meiner Nase.

»Danke, du bist lieb«, sagt sie und tupft eine einsame Träne auf ihrer Wange fort.

Ich bin wirklich überrascht. Nie wäre mir in den Sinn gekommen, dass es irgendein Mann wagen würde, so leichtfertig mit Soljas Gefühlen umzugehen.

»Hast du denn nicht schon vorher mit ihm geredet und ihm erklärt, dass es dich belastet, wenn er sich so verhält?«, fragt Esther nachdenklich. »Viele Dinge können aus der Welt geschafft werden, wenn man Probleme anspricht.«

»Natürlich habe ich das. Weißt du, was er gesagt hat? Neben ‚Du bist so süß, wenn du sauer wirst' war auch ‚Ich liebe dich, aber du übertreibst' ganz oben dabei«, erzählt Solja.

Das hat etwas von Chris.

»Das ist sicher nicht nett und nicht gut durchdacht von deinem Mann. Aber es kann ja nicht alles gewesen sein, was dich dazu bringt, nach Finnland abzuhauen«, meint Esther und trifft ins Schwarze.

Solja schluckt schwer. »Nein, das war es auch nicht. Er hat mich ermuntert, die Pille abzusetzen und von jetzt an ganz zu Hause zu bleiben. Nur für ihn und als Glucke für die Kinder, die einem angehenden Bürgermeister gut stehen.«

In meinem Mundwinkel zuckt ein Lächeln. »Er scheint dich wirklich nicht besonders gut zu kennen. Du als Mutter?«, plappere ich, ohne nachzudenken, und Solja rückt leicht von mir ab.

»Was soll das denn heißen?« Solja verengt den Blick.

»Äh …« Mein Lächeln gerät schief, als ich Esthers Warnung in den Augen sehe.

»Ich meine, du hast doch noch ganz andere Prioritäten. Ich wollte auf keinen Fall sagen, dass du eine schlechte Mutter wärst, oder so«, verteidige ich mich eilig.

»Sie würde die lieben Kleinen in jedem Fall nicht verhätscheln. Und sie würden einen frühen Selbsterhaltungstrieb entwickeln«, wirft Meike ein und zwinkert uns zu.

»Danke auch!«, murrt Solja, muss aber trotzdem leicht grinsen.

»Präzise Pläne hat der Herr jedenfalls für dich«, stellt Esther besorgt fest.

»Ja, er hat alles durchgeplant. Nur, ohne auf mich Rücksicht zu nehmen. Oder meinen Standpunkt zu erfragen.« Solja versucht, tief durchzuatmen.

»Der spinnt ja. Hast du ihm die Meinung gegeigt?«, hake ich nach.

»Natürlich. Und nur zu eurer Information. Ich habe ihm schon einmal angedroht, ihn zu verlassen.«

»Echt?« Ich hab wirklich nicht viel mitbekommen in der letzten Zeit. Wie konnte das passieren?

»Ja, eigentlich schon dreimal, um genau zu sein. Das erste Mal hat er mir vor anderen den Mund verboten. Das zweite und dritte Mal hat er mich an unserem Hochzeitstag versetzt.«

»Du hast nie etwas davon erzählt«, sage ich und denke an die letzten Jahre zurück.

Das mit dem Drohen kenne ich. Ich hatte Chris schon so einiges angedroht und nie in die Tat umgesetzt, weil ich es nicht konnte. Ich verließ ihn und kam zurück. Ich setzte ihn vor die Tür, nur um ihm in die nächste Bar zu folgen. Es sollte eine therapeutische Anlaufstelle für Frauen geben, die nur drohen und nichts davon tun.

»Was wirst du jetzt machen, Solja?«, fragt Esther sichtlich mitgenommen.

»Ich habe lange darüber nachgedacht und mich selbst hinterfragt«, beginnt sie.

Das muss nicht leicht gewesen sein. Solja hasst es, sich selbst zu reflektieren.

»Und du hast das geschafft«, ermuntere ich sie und schaue sie verwegen an. »Überleg doch mal. Wir beide haben nicht nur gedroht. Wir sind tatsächlich gegangen. Schau uns an«, jauchze ich fast. Okay, nicht zu genau hinschauen. Ich wurde verlassen … und wir haben uns noch nicht akklimatisiert, sind aber bestimmt auf dem richtigen Weg dorthin.

»Gehen ist der erste Schritt, Vivien«, mischt sich Meike neunmalklug ein. »Aber dabei zu bleiben, ist etwas anderes.« Wo sie recht hat …

»Liebst du Viktor denn?«, fragt Esther als Nächstes Solja und ich hänge gespannt an Soljas Lippen.

»Irgendwie ja«, sagt sie und neue Tränen verfangen sich in ihren dichten Wimpern. »Aber ich will mich scheiden lassen. Ganz klar.«

Das nenne ich Nägel mit Köpfen machen.

»So drastisch?«, hakt Esther nach.

Soljas Augen glitzern gefährlich.

»Ihr könntet euch auch auf Zeit trennen«, erinnert Esther sie.

»Ich denke nicht, dass das eine Option ist«, erwidert Solja spitz. »Ich habe bereits einen Termin bei einem Anwalt in Hamburg. Vorausgesetzt, ich komme dort pünktlich an.« Sie drückt meine Hand.

»Mach dir darüber bitte keine Gedanken. Wir werden morgen zusammen aufbrechen und ich begleite dich zu deinem Rechtsbeistand«, schlage ich ihr vor.

»Ich hätte schon viel eher auf Täti hören und euch alles erzählen sollen«, antwortet Solja.

»Das hättest du«, pflichtet Meike ihr bei.

»Deshalb willst du den Betrieb deiner Tante Elsa übernehmen. Du versuchst, dich selbstständig zu machen?«, vermutet Esther.

»Ja, ich will meinen Anteil des Rennstalls in Hamburg mit dem meiner Tante zusammenlegen. Ich habe die Chance, eine wirklich gute Linie von Rennpferden zu züchten. Und Täti kann das Gestüt nicht mehr alleine führen, wisst ihr. Sie ist krank geworden.« Solja macht eine Pause.

»Oh, was hat sie?«, fragt Esther.

»Ihr Herz ist schwach.« Solja atmet tief durch und sammelt sich. »Als sie mich kontaktiert hat, war es wie ein Fingerzeig Gottes für mich.«

Wie unglücklich ausgedrückt, in Anbetracht des Ernstes der Erkrankung. Meikes Miene erzählt, dass sie dasselbe denkt.

»Und Arwo? Hat er kein Interesse an dem Gestüt? Immerhin ist er ja auch Berufsreiter«, hakt Esther nach.

»Er hat ein Haus und Ländereien schon vor langer Zeit überschrieben bekommen. Trotzdem wird er seine Stellung und auch ein gewisses Mitspracherecht behalten.«

Ich sehe, dass die Vorstellung Solja nicht schmeckt, dass sie sich aber bereits damit arrangiert.

»Das hört sich doch vernünftig an. Du kannst bestimmt auch Hilfe gebrauchen«, muntere ich Solja auf.

»Wisst ihr, ich bin da sehr zuversichtlich und ich freue mich total darauf, einen ganz neuen Anfang zu wagen.« Ihre Augen leuchten wieder etwas. »Aber ich muss mich erst gegen Viktor behaupten. Seine Anwälte sind blutrünstige Hunde, das könnt ihr mir glauben.«

»Wir werden dir alle beistehen. Komme, was wolle«, erkläre ich feierlich und nehme mein Glas. »Auf ein neues Jahr, mit Höhen und Tiefen. Und auf unsere Freundschaft!«, bringe ich einen Toast aus.

»Auf neue Jahresvorsätze. Ich werde einen Neuanfang wagen, meinen Mann ablegen und die besten Rennpferde der Welt züchten«, verkündet meine Freundin mit den schwarzen Schlieren auf ihren rosigen Wangen. »Und du?«, fragt Solja mich.

Grüblerisch verziehe ich mein Gesicht, als mich drei Augenpaare gespannt ansehen.

»Ich werde einen neuen Job antreten, Chris aus meinem Leben streichen …« Meike hebt skeptisch ihre rechte Augenbraue. »… und versuchen, keine dummen Dinge mehr anzustellen.« Ich proste ihr zu.

»Na, da bin ich mal gespannt, ob dir das gelingt«, platzt es aus Solja heraus und sie lacht ein wenig. Wie schön.

»Na, hör mal«, beschwere ich mich gespielt empört und stupse sie. »Es ist nicht immer meine Schuld, wenn mir was Doofes passiert.«

»Könnte auch schlechtes Karma sein«, pflichtet Esther mir bei und stößt grinsend mit mir an.

»Genau«, stimme ich zu.

»Nein, es liegt an dir. Du machst halt manchmal dumme Dinge«, verkündet Meike streng.

Ich suche nach Worten und hebe mahnend meinen Zeigefinger.

»Wisst ihr, was ich glaube? Ich denke, irgendeine von euch hat eine Voodoopuppe von mir angefertigt und *zwingt* mich, blöde Sachen zu machen, weil es sonst langweilig wäre. So muss es sein.«

Meike klatscht sich auf die Oberschenkel.

»Du bist witzig, Vivien. Bleib einfach, wie du bist«, meint sie lachend und ihr Blick ist so wohlwollend und herzlich, dass mir ganz warm wird.

Meike überlegt einen Moment und richtet sich dann auf dem Sessel zu voller Größe auf. »Ich werde an einem Geschwistertier für Jesse arbeiten …«

»Oh, habt ihr das gehört?«, unterbricht Esther sie.

»… ja, ihr habt richtig gehört. Und ich werde Vivien vergeben, was sie mir angetan hat«, sagt Meike.

Ich senke meinen Blick.

»Es ist ja fast schon Schnee von gestern, nicht wahr?«, gibt Meike leise, aber fest, wie ich es von ihr gewohnt bin, hinterher.

»Und jetzt bin ich dran«, löst Esther die plötzliche Anspannung, die sich breitmacht. »Ich werde mich neu in meinen Mann verlieben.« Wenn das aus einer Entscheidung heraus funktioniert, will ich bei ihr Unterricht nehmen. »Außerdem werde ich die Kinderzimmer renovieren«, verkündet sie feierlich.

»Schon wieder?«, fragt Meike ungläubig. »Du hast doch gerade erst letztes Jahr …«

Während ich meinen Arm wieder um Solja lege, blende ich die Debatte über Farbwahl und Hochbetten aus.

»Ein neues Spiel, ein neues Glück«, hauche ich, wie früher, wenn eine von uns vor den Scherben einer verunglückten Beziehung stand.

»Auf uns! Kippis!«, flüstert meine Freundin und lässt unsere Gläser klirren. Hoffnung liegt in ihren rotgeweinten Augen und sie bettet ihren Kopf auf meine Schulter.

Meike und Esther rufen ihre Männer an, um das Überfahrt-Desaster zu managen. Solja und ich schauen uns überrascht an, als Esther überaus streng auf Henry reagiert, als er meint, dass er sich damit überfordert fühlt, sich mitten in der Nacht um eine so spezielle Angelegenheit zu kümmern. Sie weist ihn auf die Tatsache hin, dass er sich zu dem angeblich starken Geschlecht zählt. Und dass ihm bestimmt etwas einfallen wird. Dann legt sie einfach auf. Meike hat es mit Mark dagegen leichter, weil die Vorstellung, dass Meike auch nur noch eine Nacht länger fortbleiben könnte, bei ihm mehr Panik auslöst als die Vorstellung, eine Nachtschicht einzulegen.

Etwas später haben wir uns in dicke Klamotten geschmissen und beobachten draußen die fantastischen Nordlichter.

»Es gibt doch kaum etwas Schöneres als dieses Phänomen«, sagt Solja und nimmt meine Hand, während wir zum See spazieren. »Wir nennen die Lichter Revontulet, Fuchsfeuer.«

»Ich dachte immer, das Licht haben die Wikinger mit Blitzen von Thor, dem Donnergott, erklärt?«, fragt Meike.

»Es gibt viele Variationen und Legenden. Einmal handelt es sich bei dem Licht am Himmel um Blut der Toten, die im Todesreich spielen und reiten. Aber ich finde die mit dem Fuchs schöner. Dieser Fabel nach läuft ein Fuchs durch die arktischen Fjells, die Hochgebirge, schleudert Schnee auf und erhellt den Nachthimmel mit seinem Funken sprühenden Schwanz«, erklärt Solja.

Ich sauge die kalte Nachtluft tief in meine Lungen. Morgen würde ich diesen Ort wieder verlassen. Und fast fühlt sich mein Herz schwerer an als zu dem Zeitpunkt, als ich hier eintraf. Solja bemerkt meine Stimmung.

»Was hast du?«, fragt sie leise.

»Ach, nichts«, antworte ich und schaue über den eisigen See. Am Ende erahne ich die Lichter einer Hütte. Das Haus der Arnold-Brüder.

»Nichts kann ja nicht sein«, mahnt sie mich.

»Ich denke an Arwo«, gebe ich zu.

Solja schaut mich wissend an. »Hab ich es doch geahnt.« Sie seufzt. »Du hast diesen Idioten tatsächlich gern, oder?«

»Ich glaube, in diesem Fall ist nicht er der Idiot, Solja.«

»Ist er nicht?«, fragt sie und ich werfe ihr einen finsteren Blick zu. »Spaß, Vivi.«

Ich verdrehe die Augen. »Vitsi, Solja«, mache ich Rasmus von heute Nachmittag nach.

»Okay. Vielleicht, aber auch nur ganz vielleicht, lag ich falsch, wie ich über meinen Bruder gedacht habe«, sagt Solja kleinlaut. »Ich kann nicht fassen, dass ich gerade *Bruder* gesagt habe«, zischt sie angewidert.

»Ich auch nicht«, gebe ich zurück und lächle.

»Ich habe wirklich gedacht, er will sich nicht an Judith binden, ehrlich.« Sie runzelt angestrengt die Stirn und lässt sich auf einem umgestürzten Baumstamm nieder, der vor dem See liegt. Meike und Esther formen nicht weit von uns Kugeln aus Schnee und bauen Minischneemänner. »Judith hatte da mal so was angedeutet, als ich sie traf«, erzählt Solja und überlegt angestrengt. »Allerdings muss ich zugeben, die Alte war mir noch nie ganz koscher.«

»Wie ist sie so?«, frage ich, obwohl ich nicht sicher bin, ob ich es wirklich wissen möchte.

»Du bist hübscher«, antwortet Solja viel zu schnell.

»Das meine ich nicht.« Auch wenn es mich irgendwie beruhigt, dass sie das denkt.

»Judith ist eine dominante Person, die dich in Grund und Boden reden kann«, beschreibt Solja.

Reden kann ich auch, denke ich.

»Sie hat eine einnehmende Persönlichkeit und ist verdammt schlau.«

Oh. Dumm bin ich nicht, aber schlau? Ich verziehe unbewusst meinen Mund.

»Ganz ehrlich, ich kann verstehen, warum Arwo sich in dich verguckt hat. Wenn man mit so einer Person zu tun hatte, braucht man etwas Harmloses«, plaudert sie und schiebt den Schnee vor ihren Füßen vor und zurück.

»Sag mal, wie zum Teufel meinst du das jetzt wieder?«

»Oh, nicht so, wie es sich angehört hat.« Sie grinst schief. »Es könnte doch sein, dass er instinktiv spürt, dass du eine gute Seele bist, jemand, der Geborgenheit und eine feste Hand braucht.«

Ich kichere albern. Hätte ich nicht so viel Sekt intus, würde ich sie jetzt würgen wollen.

»Seien wir doch ehrlich. Du bist ein liebes – manchmal etwas naives – Mädchen«, meint sie.

Ich hauche ihr einen Luftkuss entgegen.

»Sorry, Baby, but it's true«, sagt sie ungerührt.

»Whatever.« Ich strecke ihr die Zunge entgegen.

Esther setzt sich zu uns und analysiert uns mit ihren Rehaugen. »Wisst ihr, eine buddhistische Weisheit sagt: Was im Ton übereinstimmt, schwingt miteinander. Was wahlverwandt ist im inneren Wesen, das sucht einander.« Sie macht eine bedeutungsschwere Pause. »Wenn Arwo zu dir passt, dann findet ihr euch.«

»Ich schätze, das wird nicht geschehen«, höre ich mich mit brüchiger Stimme antworten. Mein Herz schlägt einen harten Rhythmus. »Ich habe es nämlich vermasselt.« Mal wieder. Nur diesmal anders.

»Wer sagt das denn?«, fragt Meike, die die ganze Zeit stumm zugehört hat.

»Ich habe ihn ziemlich abblitzen lassen, als ich dachte, dass er mich angelogen hat. Er hat gemeint, er sei nicht verheiratet und wollte nicht weiter darüber reden. Als Elsa dann sagte, er unterhielte sich mit der Schwester seiner Frau, da ist etwas in mir durchgebrannt«, berichte ich zerknirscht und schildere den Tathergang.

»Es war ein Missverständnis, das man aus der Welt räumen kann«, meint Esther.

Meike nickt zustimmend und schiebt sich ihre Haare hinter die Ohren, bevor sie sich zu mir herüberbeugt und sagt: »Du kannst es ihm erklären.«

»Der hält mich doch jetzt für eine völlig neurotische Spinnerin«, befürchte ich.

»Ach, bestimmt nicht.« Esther guckt mich lieb an.

»Wir können ja die Schuld Soljas Täti geben«, schlägt Meike witzelnd vor und es wird still.

»Ich wette, er hat ein für alle Mal genug von mir.« Ich muss an das denken, was ich zu ihm gesagt habe. Worte sind wie Pfeile. Je mehr man den Bogen spannt, desto höher die Durchschlagskraft. Was, wenn ich den Bogen überspannt hatte? »Außerdem werde ich ihn nicht mehr sehen. Wir fahren ja morgen«, überlege ich laut.

Wieder betretene Stille.

»Andere Mütter haben auch …«

Ungläubig schaue ich zu Esther und sie verstummt.

»Was denn?«, fragt sie unsicher.

Meike schüttelt den Kopf.

»Du könntest im März mit mir zurück nach Finnland kommen«, fällt Solja ein. »Ich könnte sowieso Hilfe gebrauchen.«

»Ja, warum nicht?«, sagt Esther und klopft mir aufmunternd auf mein Knie. »Das ist doch eine super Idee.«

Ich überlege und gehe es in Gedanken durch. Voller Hoffnung würde ich auf Täti Elsas Hof ankommen und in den Stall laufen, um Arwo zu suchen. Und dann, nach einer aufregenden Ewigkeit, würde ich ihn finden. Hoch zu Ross. Mit irgendeinem anderen Mädel zusammen, das seine neue Freundin ist.

Wir alle sitzen die nächsten Minuten stumm nebeneinander, wie die Hühner auf der Stange, und schauen in den Himmel. Die Lichter bilden eine Art grüne Welle, die auf einer Seite einen Wirbel formt.

»Ich finde, es sieht aus, als würde der Fuchs am Himmel entlanglaufen, um zu uns zurückzukehren«, meint Esther irgendwann.

»Ja«, hauche ich gedankenverloren.

»Schau, es verändert sich. Fast sieht es aus wie ein Unendlichkeitssymbol, findest du nicht?« Esther zeigt hinauf.

»Ein Zeichen für Zuversicht«, schlägt Solja vor. »Ein Himmelswink.«

»Wenn elektrisch geladene Teilchen des Sonnenlichtes aus der Magnetosphäre auf sauerstoffarme und Stickstoffatome der oberen Schichten der Erdatmosphäre treffen und diese ionisieren, dann entstehen Polarlichter. Durch Rekombination wird Licht ausgesandt und …«

»Meike?«, unterbricht Solja Meike leise, ohne den Blick vom Himmel abzuwenden.

»Ja?«

»Versau es nicht.«

»Okay.« Meike kuschelt sich an Esther an.

Ich glaube an den Silberstreif am Horizont und winke in Gedanken dem Fuchs mit dem brennenden Schwanz zu. Vielleicht kehre ich doch nach Finnland zurück? Nur um ein weiteres Mal hier zu sitzen und diesen Frieden zu spüren, der mich beginnt einzunehmen.

Kapitel 27

Ich zähle bis zehn und halte mir die Augen zu. Alles dreht sich, das leere Zimmer, in dem ich barfuß stehe, kippt und ich beginne zu rutschen. Meine Finger kleben an meinen Lidern fest und ich kann sie erst runternehmen, als ich die Zahl Zehn laut ausgesprochen habe. Ich wanke wie auf hoher See und drehe mich im Kreis. Es ist ein Spiel. Verstecken und finden. Nur vage nehme ich die Silhouette von Arwo wahr. Oder ist es Chris? Sie scheint sich zu verändern. Ich renne los, haste durch den großen Saal auf die Tür zu, in dessen Rahmen er lässig lehnt. Ehe ich die Gestalt erreiche, ist sie fort und ich schrecke hoch.

Ich hasse wirre Träume! Meine Augen gewöhnen sich nur langsam an die Dunkelheit in meinem Zimmer. Wie lange habe ich geschlafen? Ich strecke meine Hand nach meinem Handy aus, um auf die Uhr zu sehen, die wesentlich zuverlässiger scheint als der alte Wecker auf dem Tisch. Mein T-Shirt klebt auf meiner feuchten Haut und ich fröstle. Die wirren Traumfetzen hängen noch in meinem Kopf und lassen meinen Herzschlag erst langsam wieder ruhiger werden.

Fast sechs Uhr. Ich lege das Handy zurück, ohne die Nachrichten zu öffnen, die eingegangen sind. Plötzlich lässt mich ein Geräusch innehalten und ich lausche. Klick-Klack. Klick. Ich richte mich schwungvoll auf und blinzle in Richtung Fenster. Der Vorhang bewegt sich ganz leicht vom Wind, der durch die Ritzen dringt, und der Mond schickt sein fahles Licht hinein, um die Umrisse der Möbel zu zeichnen. Wieder ein Klack. Diesmal lauter. Hoffentlich können Vielfraße nicht klettern! Ich schiebe mich aus dem Bett und gehe auf Zehenspitzen zum Fenster. Vorsichtig schiebe ich den geblümten Vorhang zur Seite. Mein Herz tut einen heftigen Satz. Arwo steht unten und ist gerade im Begriff, die nächsten Kiesel zu werfen. Als er mich sieht, lässt er sie fallen und winkt mir zaghaft zu. Ich öffne das Fenster, ein Strom kalter Luft jagt mir eine Gänsehaut über meinen Körper.

»Hey«, begrüße ich ihn und spüre, wie meine Hände vor Aufregung feucht werden.

»Guten Morgen, Fräulein Hübsch«, antwortet er leise. »Ähm. Ich habe mich gefragt, ob du mir hier draußen Gesellschaft leisten und die Nordlichter anschauen würdest?«

Was für eine Frage. Ein Lächeln erobert meine Lippen.

»Ich komme«, rufe ich tonlos, wirble herum und suche mir in Windeseile Kleidung zusammen.

Bemüht, keinen Mucks zu machen, verlasse ich das Haus. Arwo steht vor den Stufen der Veranda, das Leuchten der Polarlichter zaubert einen besonderen Glanz in sein Haar. Und als er mir einen seltsamen Blumenstrauß mit diesem Lächeln entgegenhält, ist es endgültig um mich geschehen.

»Für dich, Fräulein Hübsch. Als Wiedergutmachung.«

»Wiedergutmachung für was?«, frage ich zögerlich. Denn ich hätte ja auch etwas wiedergutzumachen.

»Dafür, dass ich gezögert habe.« Er grinst schief und schaut mich intensiv an.

»Du meinst den Kuss beim Rennen?«, vergewissere ich mich und komme versucht elegant näher.

»Es wird nicht wieder vorkommen«, verspricht er und hält mir seine Hand auffordernd entgegen. »Wenn du ‚Ja' zu einem nächtlichen Picknick sagst.«

Ich nehme den Strauß an, der aussieht, als hätte er die Blumen aus verschiedenen Zimmerpflanzen zusammengestohlen.

»Mhm, lass mich darüber nachdenken …«, beginne ich kokett.

Er hebt eine Augenbraue. »Du machst mich echt irre, Vivien. Sag doch einfach Ja«, schlägt er vor.

»Ich mache dich irre?«, frage ich unschuldig. »Kannst du mir das genauer erläutern?«

Er streicht sich seine Haare aus der Stirn und kommt näher. Seine Hände flirten mit dem Saum meiner Jacke.

»Alles an dir macht mich verrückt, Vivien«, raunt er. »Dein Gang, die Art, wie du dich bewegst.« Seine Finger streichen über meine Wange, finden meine Lippen. »Dein Mund, was du redest.«

»Was ich rede?«

»Ich glaube, ich kenne niemanden, der so viel Unsinn redet wie du.« Er schmunzelt.

»Na gut. Nehmen wir einmal an, dass ich Ja sage. Wirst du mir ehrlich deinen Beziehungsstatus erläutern?«, frage ich mutig und schaue ihn auffordernd an.

»Zu haben. Ledig. Frei«, antwortet er leichthin.

»Gut«, sage ich knapp.

»Ich wusste, dass du mich willst«, flüstert er neckend, während er mich an sich zieht. Behutsam schlingt er seine Arme um meine Taille und hebt mich hoch, als wäre ich federleicht.

Ich schaue auf ihn hinab, sehe, wie sich das Grau seiner Augen zu verflüssigen scheint. Um mich herum verliert alles an Bedeutung. Der eisige Wind, der mein Haar zaust. Der Mond, der sich verdunkelt. Das Heulen eines Tieres in den Wäldern.

Der Schatten an Soljas Fenster. Nur das heftige Klopfen meines Herzens fühlt sich gerade wichtig und richtig an.

»Du hast recht«, gebe ich es endlich zu und lege meine Hände an seine Wangen. Ich streiche über die rauen Stoppeln seines Dreitagebartes und hebe sein Kinn leicht an, sodass sich unsere Lippen treffen könnten. Seine starken Arme halten mich, pressen mich an sich. Mein Haar fällt wie ein Fächer vor unsere Gesichter und unsere Münder schweben dicht voreinander.

»Ich werde dir alles erklären, wenn du mich lässt, Vivien«, haucht er. Sein Atem liebkost meine Lippen.

»Okay«, antworte ich.

»Ich habe mich ernstlich in dich verliebt, Vivien.«

Mein Herzschlag setzt einmal aus, um daraufhin in einem schnelleren Rhythmus gegen meine Rippen zu hämmern.

»Ich bin auch verliebt«, höre ich mich sagen.

In seinem Mundwinkel zuckt das kleine überhebliche Lächeln, das mich so in Rage versetzen kann.

»Ich weiß«, sagt er in meinem Mund, als er mich endlich küsst.

Mir entrinnt ein Seufzen, als sich unsere Zungen treffen und ihr Spiel miteinander spielen. Ich schlinge meine Beine um Arwos Hüfte und er schiebt mich höher. Meine Hände schließen sich in seinem Nacken, fast verliere ich den kleinen Strauß und ein Dorn sticht mir in den Finger.

»Du bist die bitter-süßeste Verführung, die es für mich gibt, Vivien«, erklärt er zwischen zwei Küssen. »Ich will herausfinden, was wir füreinander sein können«, raunt er und trägt mich die Veranda hinauf.

»Einverstanden.« Erst jetzt entdecke ich die Decken auf der Hollywoodschaukel und die Kerzen, die an den Seiten aufgestellt sind.

Arwo setzt mich ab und dirigiert mich dorthin.

»Du hast an alles gedacht, oder?«, frage ich erstaunt.

»Natürlich, was hast du erwartet?«

Ich setze mich und Arwo hüllt mich in Decken, bevor er die Kerzen anzündet und dicht an mich heranrückt.

»Ich war sehr überrascht, als ich die SMS von Solja bekommen habe«, sagt er plötzlich und ich schaue ihn verwirrt an.

»Was für eine Nachricht?«, frage ich und kuschle mich an ihn. »Sie hat mich über unser Missverständnis und ihren Anteil daran aufgeklärt.«

»Das wusste ich nicht. Ich weiß nicht, was ich sagen soll«, erkläre ich. Damit hätte ich nicht gerechnet.

»Leider muss ich zugeben, dass es stimmt, wenn Solja meint, dass ich eine bewegte, unstete Vergangenheit habe, was meine Beziehung angeht. Und auch den einen oder anderen Mist habe ich gebaut«, berichtet Arwo.

»Wer hat das nicht«, gebe ich zu bedenken und mir fällt eine ganze Liste an Vergehen und Dummheiten ein, die ich angesammelt habe.

»Ich fände es schön, wenn wir unsere Sünden so nach und nach offenbaren könnten. Nicht alle auf einmal.« Er schaut mich unter seinen unverschämt langen Wimpern an. »Ich spekuliere darauf, dass wir viel Zeit haben, um uns richtig kennenzulernen. Was meinst du?«, fragt er leise und beobachtet mich dabei genau.

Ich lächle. »Gute Idee. Ich bin dabei«, stimme ich zu und bin so glücklich in diesem Moment. Ich freue mich auf jede einzelne Sünde, die da noch kommt.

Zärtlich nehme ich seine warme Hand in meine und drücke sie. »Danke, dass du den ersten Schritt gemacht hast, nach gestern«, sage ich und ziehe die Decke, in die ich gekuschelt bin, höher in meinen Nacken.

»Ich schätze, ich konnte gar nicht anders. Vermutlich hast du mich verhext«, scherzt er und wird dann wieder ernst. »Ich hoffe, du kannst dich mit dem Gedanken anfreunden, meine Tochter irgendwann einmal kennenzulernen?«

Ich muss nicht lange überlegen. »Wenn sie etwas von dir hat, werde ich sie lieben«, erkläre ich feierlich.

Er hebt eine Augenbraue leicht an.

»Ganz ehrlich, ich mag Kinder. Das habe ich dir schon erzählt.« Ich mache eine wirkungsvolle Pause und tippe mir nachdenklich an den Mund. »Besonders mit Rosmarin-Kartoffeln und Sauce Hollandaise. Es ist toll, wenn sie frisch aus dem Ofen kommen …«

Arwo lacht so wunderbar, dass mir ganz warm wird, während er seinen Arm um mich legt.

»Du bist wirklich nicht ganz dicht«, stellt er fest.

»Was denn? Du hast mich gerade als Hexe tituliert«, erinnere ich ihn feixend.

Seine Finger legen sich sanft an meine Wangen, halten mein Gesicht, als wäre es das Kostbarste der Welt.

»Schweig einfach«, raunt er und küsst mich erneut.

Ich spüre den Schmetterlingen nach, die in meinem Bauch Samba tanzen.

Während der nächsten zehn Minuten kuscheln wir uns dicht aneinander und reden so ehrlich wie möglich miteinander. Ich erzähle ihm von Chris – nur das Wichtigste, dass unsere Trennung unschön war –, von meinem Hang zur Theatralik, die ihn schmunzeln lässt, und meiner Freundschaft zu Solja.

»Weißt du, ich habe es dir nicht gesagt, aber ich habe Sven vor dem Rennen ganz deutlich erklärt, dass du zu mir gehörst«, sagt Arwo.

»Also habt ihr doch nicht um mich gespielt?«, hake ich nach.

»Eigentlich haben wir nur darum gespielt, ob er eine Schlittenfahrt mit dir bekommt.«

»Oh, eine Schlittenfahrt konntest du ihm nicht einfach so zugestehen? Verstehe. Wir sind also egoistisch«, stelle ich grinsend die Vermutung an.

»Ich teile nicht gern. Aber ich bin kein Egoist. Das lass ich nicht auf mir sitzen.«

»Na gut.« Ich lächle.

»Aber wer weiß, vielleicht hättest du seinen Fahrstil besser gefunden. Das konnte ich nicht riskieren.« Sein Daumen streicht über meine Finger.

»Ach so, deshalb«, antworte ich verträumt und versinke in dem Grau seiner Augen, das mich in sich aufsaugt.

Unwillkürlich beuge ich mich zu ihm herüber, und gerade als unsere Lippen sich wiederfinden, geht die Haustür hinter uns auf.

»Hoppla«, höre ich Solja belustigt sagen. Ich drehe mich zu ihr um. »Bruderherz«, grüßt sie Arwo nett. Seine Miene wirkt überrascht und er verspannt sich neben mir. »Unschön, dich hier zu sehen«, plaudert sie einfach weiter und Arwo zieht mich demonstrativ näher an sich.

»Guten Morgen, Schwester. Schönes Nachthemd, kommt mir bekannt vor.« Ein Blick zu mir. Ich zucke mit den Schultern.

»Tja, die meisten Frauen wählen ihr Nachthemd mit mehr Verstand als ihre Männer. Nicht wahr?«, antwortet Solja und verzieht spöttisch ihr Gesicht. Wie kann man eigentlich so perfekt aussehen, wenn man gerade aus dem Bett kommt?

»Der Spruch ist gestohlen, Solja. Das hat Coco Chanel einmal gegenüber der *Vogue* gesagt«, antwortet Arwo und Solja hebt anerkennend den Daumen.

»Du bist ja doch gar nicht so auf den Kopf gefallen«, neckt sie und gibt einen leisen Pfiff von sich.

Arwo streicht sich verlegen durch sein Haar. »Ich weiß nicht, wie ich es ausdrücken soll, Solja«, beginnt er ernst. »Aber ich bin dir dankbar.«

Sie winkt großmütig ab. »Es ist ja, wie es ist. Ich kann ja nicht ewig so tun, als hätte ich keinen großen Bruder.«

»Das meine ich gar nicht«, erklärt Arwo. »Ich meine die Nachricht, die du mir geschickt hast«, berichtigt er.

Solja lässt die Tür auf und zu schwingen, während sie darüber nachdenkt. »Welche Nachricht?«, fragt sie dann.

»Wegen mir, du weißt schon«, versuche ich, ihr auf die Sprünge zu helfen.

»Ja, klar«, stößt sie aus und im selben Moment scheint sie sich an etwas zu erinnern. Sie runzelt die Stirn und dreht sich um. »Esther?«, brüllt sie die Treppe hinauf und knallt die Haustür zu. »Du kannst mir wenigstens Bescheid sagen, wenn du in meinem Namen Nachrichten versendest«, motzt sie.

Arwo und ich schauen uns verdutzt an und müssen gleichzeitig lachen.

»Okay, hat mich sowieso stutzig gemacht«, sagt Arwo leichthin und haucht mir einen Kuss auf die Stirn.

Wir rücken dichter zusammen und entdecken eine Sternschnuppe, die das grüne Leuchten über den Wäldern durchbricht. Alles ist perfekt für diesen Moment.

Kapitel 28

Das Meer ist weit und grau, wie es sich vor uns im Hafen erstreckt. Die Fähre ist bereit. Wir sind bereit. Solja tänzelt aufgedreht neben mir her. Ich bin mir sicher, dass es nicht an den Stimmungsaufhellern liegt.

»Meike, trödle nicht!«, ruft sie über die Schulter, als wir vom Pier zum Anleger gehen und sie zurückfällt, weil sie eine SMS an Mark schreibt.

Ich spüre, wie Arwo meine Hand fester hält, mit jedem Schritt, der uns dem Abschied näherbringt.

»Nun ist es so weit«, sagt er leise und schaut mich wehmütig an. Der Wind zerrt an meinem Haar und ich schließe den Reißverschluss meiner Jacke.

»Ich werde bald zurück sein«, verspreche ich. »Nur ein paar Wochen, ein paar Erledigungen, und du hast mich einen ganzen Monat an der Backe.«

»Das hört sich ja wie eine Drohung an«, scherzt er und Solja mischt sich ein. Mal wieder.

»Das ist es auch, Romeo. Du hast keine Ahnung, auf was du dich da einlässt. Also sage nicht, ich hätte dich nicht gewarnt, Bruderherz.«

Wen hat sie jetzt vor wem gewarnt?

Arwo lacht heiser. »Ich mag es, wenn sie mich so nennt. Bruderherz«, erklärt er. »Vielleicht gewöhne ich mich daran.«

Esther schüttelt den Kopf. »Solja übertreibt, was Vivi angeht«, verteidigt sie mich und stellt sich zwischen Solja und Arwo. »Das tut sie immer, aber das weißt du sicher«, vermutet sie und umarmt ihn einmal fest. Sie flüstert ihm etwas zu, das ihn lachen lässt, und spaziert dann voraus zur Fähre. Sie humpelt noch ganz leicht, was ihren Gang an einen Pinguin erinnern lässt.

»Na gut. Ich werde dann auch mal«, erklärt auch Solja.

Arwo streckt ihr die Hand zum Abschied entgegen. Sie zögert einen Augenblick und starrt auf ihre lackroten Gummistiefel, bevor sie sich ungelenk zu ihm hinüberbeugt und ihn in den Arm nimmt. Schnell und ruckartig.

»Also, pass' auf Täti Elsa auf und bereite alles vor. Ich werde mich bei dir melden«, sagt sie und rauscht dann an uns vorbei, Esther hinterher.

»Wer ist das? Und was hat sie mit Solja gemacht?«, witzelt Arwo und ich sehe genau, wie glücklich ihn Soljas Sinneswandel macht.

Meike bleibt an einem Pfosten hängen, weil sie immer noch von ihrem Display hypnotisiert ist. Fast geht sie einfach an uns vorbei, ohne uns zu registrieren. »Mark bekommt Jesse nicht zu den Großeltern«, erklärt sie abwesend und Arwo nutzt die Gelegenheit, mich an sich zu ziehen und zu küssen.

Ich spüre, wie er die Luft einzieht, als ich ihm in die Unterlippe beiße und meinen Mund dann fest auf seinen presse. Ich kann nicht genug von ihm bekommen.

»Ähm«, sagt Meike neben mir und tippt mich an. »Wir müssen jetzt.«

Ich löse mich widerwillig von ihm.

»Danke noch mal für deine Rettung, Arwo. Und ich hoffe, wir sehen uns bald wieder«, sagt sie feierlich.

»Das wäre schön, Meike.« Arwo ergreift ihre Hand.

»Sag Bescheid, wenn du mal wieder in Deutschland bist, ja?«, erinnert sie ihn.

»Natürlich.«

Sie drückt Arwo einmal und hält sich wieder ihr Handy vor die Nase.

Der Wind frischt auf. Auf dem Wasser erblühen weiße Schaumblumen zwischen den kleinen Eisschollen.

»Vivien?«, höre ich Arwos raue Stimme nahe an meinem Ohr und er zieht mich wieder an sich. Sein Lächeln ist klar wie das Meer. Ohne Umwege, ehrlich und direkt. Seine Hand streicht meinen Rücken hinauf und langsam wieder hinab. »Versprich mir, dass du artig bleibst.«

Ich löse mich so weit von ihm, dass ich in seine grauen Augen sehen kann.

»Bleibst du denn artig?«, frage ich neckend.

»Natürlich«, sagt er lächelnd. »Du hast mein Herz. Also pass' drauf auf.« Er verengt seinen Blick, als ich nicht gleich antworte. »Ich schwöre dir, wenn du nicht artig bist, werde ich kommen und dich übers Knie legen«, droht er.

»Oh, à la *Shades of Grey* etwa?«, frage ich lüstern. »Das klingt vielversprechend.«

Er beißt sich auf die Unterlippe und das Glitzern in seinen Augen löst ein Kribbeln in mir aus. »Bis bald, Fräulein Hübsch«, flüstert er und gibt mir einen unschuldigen Kuss auf den Mund.

»Ich werde auf dein Herz achtgeben, wenn du auf meines aufpasst«, sage ich leise und bin überwältigt von der Wärme in mir.

Als ich mich umdrehe und mit schwerem Herzschlag von Arwo fortgehe, habe ich Rückenwind. Er treibt mich auf das mächtige Schiff zu, hin zu einer neuen Zukunft. Einem neuen Abschnitt voller Abenteuer. Solja steht am Geländer und hat ihre Hände in ihren gegenüberliegenden Ärmeln verborgen.

Ihre Kapuze bläht sich vom Wind, während sie sich umdreht und zu Meike und Esther geht, die auf mich warten.

»Danke noch mal, Esther«, sage ich zu ihr, als sie ihren Arm um meine Taille legt. Wir winken beide Arwo ein letztes Mal zu.

»Versuchungen sollte man nachgeben, wer weiß, wann sie wiederkommen«, antwortet sie und lächelt lieb. »Natürlich gilt das nicht für jede von uns«, fügt sie an.

»Freust du dich auf Henry?«, frage ich, während wir alle zusammen unter Deck gehen.

»Und wie. So süß Onni auch war.« Sie hält mir die Tür auf und ich sehe, dass sich ihre Wangen leicht röten.

»Wundervoll!«, ruft Meike uns über die Schulter zu, während sie ihren Koffer eine Treppe hinaufwuchtet. »Ich freue mich wie verrückt auf zu Hause.«

»Ich mich erst. Anwaltstermine sind toll«, mischt sich Solja mit leuchtenden Augen ein. »Ich habe über einen Bekannten – der ganz nebenbei ziemlich scharf auf mich ist – einen Toprechtsverdreher bekommen. Ich bin so gespannt, wie er Viktor die Hosen ausziehen will.«

»Pfui«, sage ich und grinse schief.

»Wir werden jeden Cent für unsere Pläne brauchen. Dein Arsch sollte dir in diesem Fall der nächste sein«, mahnt sie und bläst sich eine gelöste Locke aus dem dramatisch geschminkten Gesicht.

»Ja, aber gleich ein Rosenkrieg?«, grüble ich.

»Warten wir es mal ab. Aber ich kenne Viktor besser als du. Wenn er hört, dass ich ernst mache, fährt er zuerst die Krallen aus. Ganz sicher.«

»Du schaffst das schon«, meint Meike und schiebt Solja weiter hinauf, weil sie den Weg versperrt. Hinter uns bildet sich bereits eine Schlange.

»Natürlich schaffe ich das«, trällert sie und hievt ihren Koffer weiter.

»Ich kann es immer noch nicht fassen, dass du dich tatsächlich im Pferdegeschäft versuchen willst, Vivi«, höre ich Esther hinter mir sagen. »Ist das denn jetzt fest entschieden, dass du das Angebot von dem Verlag sausen lassen willst?«

»Nein, nicht unbedingt. Ich höre es mir erst mal an. Sehr wahrscheinlich kann ich die Illustrationen auch von Finnland aus machen. Dann bleibt ja noch genug Zeit für die neue Herausforderung.«

»Du und Pferde«, sagt Esther belustigt.

»Das wird spannend«, quietsche ich aufgeregt und drehe mich zu ihr um. »Das wird eine ganz neue Episode in meinem Leben. Aber ich bin lernfähig.«

»Ja, und wenn nicht jetzt, wann dann«, gibt Meike zu bedenken. »Ich finde, du machst das genau richtig. Einen mutigen Neuanfang. So frei wie jetzt wirst du vielleicht nie wieder sein.«

Solja stürmt plötzlich durch eine Tür. »Hier ist der ultimative Platz, Mädels«, höre ich sie noch euphorisch rufen.

Meike verdreht die Augen. »Hat jemand die Kotztüten dabei?«, mault sie, als ihr klar wird, dass Solja unser Lager an einer riesigen Glasfront plant, vor der sich das Meer unheilvoll auftürmt.

***

Als ich den ersten Fuß auf Travemündes Boden setze, ist es, als würde mich eine mir sonst unbekannte Energie vom Rückgrat aus aufrichten. Ich stehe fest auf meinen Beinen und habe einen Plan. Ein Ziel für die Zukunft. Ein Projekt mit meiner besten Freundin. Und das fühlt sich sehr gut an.

»Oh, da sind sie«, jauchzt Esther und wird schneller neben mir.

Solja schiebt sich ihre Sonnenbrille höher auf die Nase und wirbelt ihr Haar gekonnt in den Nacken. Ich erkenne Henry und die kleinen Zwillinge, die aufgeregt an seinen Händen zappeln. Die Zöpfe der Mädchen wippen im Takt. Daneben steht Mark mit Jesse auf den Schultern, der wie verrückt seine Ärmchen schwingt.

»Meike, schau mal«, sage ich und nehme ihr den Koffer ab, damit sie loslaufen kann. Die ganze Zeit über habe ich gespürt, dass sie es kaum noch erwarten kann, endlich ihre kleine Familie in die Arme zu schließen.

»Mami, Mami«, singen die Zwillinge Thale und Fee im Chor. Henry strahlt übers ganze Gesicht, als Esther ein älteres, unglaublich schleichendes Paar überholt und bei ihnen ankommt. Kinderlachen wirbelt durch die Luft, als sie ihre Lieben in die Arme schließt.

Mir wird warm in meiner Brust und ich nehme Soljas Hand. Wir warten etwas abseits, bis sie alle sich zu Ende abgeknutscht haben und uns wahrnehmen.

»Vivi. Du bist auch da«, ruft Fee und baut sich vor mir auf, damit ich sie hochnehmen kann. Sie trägt lustige Ohrringe, die mich irgendwie an Frauenhygieneartikel erinnern.

»Du siehst ja cool aus«, sage ich und drücke sie, während ich einen nassen Kuss von ihr bekomme.

»Wir haben uns schön gemacht für euch«, erklärt die kleine Maus und wackelt mit dem Kopf, was ihren Schmuck schwingen lässt.

»Das ist super, meine kleine Motte. Wo hast du die tollen Dinger denn her?«, frage ich grinsend und stoße Solja in die Seite, die gerade Mark steif die Hand entgegenstreckt.

Sie schaut sich fragend zu mir um und ihre Augen weiten sich.

»Oh, Tampons. Sie hat Tampons an den Ohren baumeln?«

»Ich auch«, sagt Thale stolz und präsentiert ihre mit gelben und blauen Tupfen bemalten Ohrringe.

Esther schlägt sich die Hand vor den Mund. »Henry, was hast du dir denn dabei gedacht?«

Er sieht resigniert aus.

»Sie haben dich eben vermisst und dein Zimmer auf den Kopf gestellt. Dabei haben sie die gefunden«, erzählt er lahm.

»Ihr seid ja doof«, mischt sich jetzt Jesse ein und stemmt seine kleinen Fäuste in die Seiten.

Meike lacht schallend.

Fee und Thale tauschen einen langen Blick miteinander.

»Du bist selber doof«, sagen sie wie aus einem Mund.

»Das sind keine Ohrringe. Die braucht Mama, wenn sie die Parodontose hat«, belehrt Jesse mit diesem Blick, den er unverkennbar von seiner Mama hat.

Ich muss kichern.

»Periode, Schatz«, berichtigt Meike ihren Spross.

»Die tut man da rein, wo die Babys rauskommen«, erklärt Jesse den beiden Mädchen weiter und rümpft dabei die Nase.

Thale tippt sich an die Stirn. Fee verzieht ihr Gesicht schmerzlich. »In den Storch?«, fragt sie mit Verzweiflung in der Stimme.

Henry nimmt Thale auf den Arm. »Das erklärt Mama dir, wenn wir zu Hause sind, okay?«

Esther hebt die Augenbrauen. »Das kannst du gleich wieder vergessen. Du hast nicht weniger Informationen über diese Thematik als ich.«

»Aber du bist die Frau«, stellt er klar.

»Man kann aber auch Ohrringe daraus machen«, mische ich mich ein und kuschle mit Fee, die sich wie ein Kätzchen an mich schmiegt.

»Oh, oh«, sagt Solja plötzlich. »Chris auf halb neun«, flüstert sie mir zu.

Mein Blick ruckt nach links und ich entdecke meinen Ex-Verlobten, wie er aus der Menge auftaucht und auf uns zukommt. Er richtet sich im Gehen seine Krawatte und verbirgt Blumen hinter seinem Rücken.

Mark erntet einen vorwurfsvollen Blick von Meike. »Ich hatte keine Ahnung«, erklärt er betroffen in meine Richtung.

»Mal ganz ehrlich, Mädels. Wie stellt ihr euch das in Zukunft vor? Es wird immer mal ein unfreiwilliges Treffen geben. Wir sind schließlich alle befreundet«, erinnert mich Henry an die Sachlage.

Ich lege meine Hand beschwichtigend auf seine Schulter, während ich auch Thale in seine Obhut übergebe. »Ich habe kein Problem damit. Ihr braucht euch keine Gedanken zu machen«, erkläre ich fest.

»Das finde ich gut«, macht sich Mark Luft. »Siehst du, Meike. Alles kein Problem. Du hättest dir den Terror sparen können.« Terror? Mein Gott, sie hatten also mit aller Kraft versucht, jegliche Komplikation von mir fernzuhalten?

»Meine Hübsche«, ruft Chris, weicht geschickt einer Frau mit Kinderwagen aus und strahlt mich an. Er erfasst sofort die Situation und meine Stimmung. Es scheint ihn zu überraschen, dass ich so ruhig bin.

»Ich bin so froh, dass wir jetzt endlich reden können. Die letzten Tage waren die Hölle, das musst du mir glauben«, versucht er, mich zu einer Reaktion zu bringen. Er hört sich fast atemlos dabei an.

Solja stellt sich neben mich. »Was habe ich dir geschrieben, Christian?«, fragt sie angriffslustig.

»Solja, tue mir bitte einen Gefallen und lass mich mit meiner Frau alleine reden«, fordert er und erntet ein süffisantes

Lächeln von Solja. »Mit deiner Frau?«, fragt sie nach und lacht. »Was stimmt eigentlich nicht mit dir?«

Ich postiere meinen Trolley zwischen mir und Chris, während er mir die teuren Rosen entgegenhält. Mir fällt auf, wie wenig Seele sie haben. Ich betrachte Chris' schlanke, auf den Punkt gestylte Gestalt. Seine manikürten Hände mit dem Siegelring – weil er meint, er wäre über hundert Ecken adlig – und seine feine, aristokratische Nase. Er hat wirklich etwas, das Frauen einfach faszinieren muss.

»Du hast zwei Minuten«, antworte ich gelassener, als ich mich fühle.

»Vivi!«, mahnt mich Solja und zupft an meinem Ärmel. »Das kann doch nicht dein Ernst sein? Dieser Mann hat dich von vorne bis hinten beschissen. Du gönnst ihm besser nicht ein Wort mehr.« Sie sieht mich ärgerlich an.

»Doch, das muss jetzt sein«, bitte ich und trete einen Schritt zur Seite.

Esther nimmt Thale aus Henrys Arm und die zwei Familien wenden sich zum Gehen.

»Wir warten auf dem Parkplatz auf dich«, lässt Meike beiläufig fallen, als sie meinen Koffer an sich nimmt. Solja schnauft abfällig und entfernt sich. Aber nicht, ohne eine gruselige Geste zu machen.

»Was möchtest du?«, frage ich meinen Ex, der ungewöhnlich unbeholfen vor mir steht. Der Wind bringt seine Frisur durcheinander.

»Dich, ich möchte dich«, raunt er und nimmt meine Hand.

Die Berührung fühlt sich seltsam an. So vertraut, so fremd.

»Das wird nichts, Chris«, antworte ich gefasst. Eine immense Unruhe macht sich plötzlich in mir breit, als er sich die feinen Hosenbeine etwas an den Knien hochzupft, um vor mir in die Knie zu gehen.

»Denk nicht mal daran«, höre ich mich sagen.

Seine Augenbrauen hüpfen nach oben. »Oh, ja. Da bin ich aber froh, dass du das auch unnötig findest«, sagt er allen Ernstes.

Ich verdrehe innerlich die Augen.

»Ich liebe dich, Vivien. Du bist *die* Frau für mich.«

Mein Mund klappt auf und, ohne dass ein Ton meine Lippen verlässt, wieder zu.

»Ich weiß, ich weiß, was du jetzt sagen willst. Aber hey, ich brauchte leider eine Weile, um mir sicher zu sein. Das Ganze mit der Hochzeit hat mir irgendwie Angst gemacht, meine Hübsche.« Ein gewisses Flehen liegt in seiner Stimme, wie ich es noch nie bei ihm gehört habe, und es schnürt mir die Kehle zu. »Süße, ich werde alles für den Rest meines Lebens tun, um es wiedergutzumachen. Das schwöre ich dir.«

Er drückt meine Hände, küsst sie und ich wehre mich gegen seine Nähe.

»Chris, das mit uns, das muss hier und jetzt enden«, sage ich traurig.

Er schaut mich komisch an. Seine Oberlippe kräuselt sich leicht. Er ringt um Fassung.

»Komm schon, das kann nicht dein Ernst sein. Wir sind *das* Traumpaar! Wir gehören zueinander.«

»Nein, eben nicht. Du wirst jemand anderen finden, der besser zu dir passt.«

»Das heißt, du willst mich wieder in die Hölle schicken, aus der ich gerade komme?«, fragt er tonlos. Seine Gesichtszüge entgleiten.

»Chris, ohne Hölle kannst du doch gar nicht. Es wird nicht lange dauern, und du vermisst das Feuer.«

»Wie zum Teufel meinst du das jetzt?«, will er wissen und sieht dabei säuerlich aus.

»Wie ich es sage«, antworte ich.

»Hast du einen anderen?«, fragt er leise und seine Augen werden groß. »Du willst es mir heimzahlen, nicht wahr?«

»Nein, damit hat das nichts zu tun.« Langsam bin ich gereizt und zähle innerlich bis zehn.

»Womit dann?«

»Ich habe einfach nur unsere Beziehung satt.«

Er packt meine Hand fester. Ich entwinde sie ihm.

»Gut, wenn du es mir heimzahlen musst, bevor wir wieder von vorne beginnen können, dann tu es«, gibt er mir den Freifahrtschein.

»Bitte?« Ich kann es nicht glauben.

»Such dir jemanden anderen, probiere es aus und dann komm zurück zu mir«, schlägt er vor und ich muss lachen.

»Du bist wirklich unglaublich.« Es dauert eine Weile, bis ich mich wieder fange. »Unsere Liebe ist bitter und krank. Ich werde nie wieder zu dir zurückkommen, Chris«, erkläre ich ihm.

»Wenn du das mal nicht bereust. Es dauert keine zwei Monate und du wirst mich anrufen«, prophezeit er.

Ich wende mich von ihm ab und lasse ihn stehen. Die Sonne bricht durch die Wolkendecke und schickt ihre warmen Strahlen zu uns herunter.

»Denk an meine Worte!«, ruft er mir nach.

»Werde ich«, antworte ich ruhig und hüpfe über eine Pfütze.

»Und ich werde auf dich warten, meine Hübsche. Hörst du?«

Ich sage nichts mehr und gehe zu Solja, die das Schauspiel mit Argusaugen beobachtet hat. Ihre Finger trommeln auf dem Griff ihres Koffers.

»Und? Wollte er, dass du ihm alles vergibst und vergisst, was er getan hat?«, fragt sie mit einem spöttischen Zug um den Mund.

»Ja, so in etwa.«

»Hast du ihm gesagt, dass du weder Jesus bist noch an Alzheimer leidest?«

»So ähnlich.«

»Na, dann ist ja alles gut.« Sie lacht.

Ich hake mich bei Solja ein und führe sie mit mir den Weg zum Parkplatz entlang.

Möwen ziehen kreischend ihre Bahnen über uns.

»Und ist es dein Herz, das bricht. Ich schenke dir meins im Sonnenlicht«, sagen Solja und ich wie aus einem Mund und spazieren davon.

Danksagung

»Finnischer Schnee von gestern« wäre nicht entstanden, wenn es nicht liebe Menschen gegeben hätte, die mich unterstützt hätten.

Danke an meine Mädels. Schön, dass es euch gibt!

Danke auch an meine Familie, die an mich geglaubt und mir den Rücken freigehalten hat.

Und herzlichen Dank an die Agentur Scriptzz, insbesondere an meine großartige Agentin.

Printed in Germany
by Amazon Distribution
GmbH, Leipzig

19263708R00235